Jennie
Fields

Die Unteilbarkeit der Liebe

Roman

Aus dem Amerikanischen
von Veronika Dünninger

PENGUIN VERLAG

Die Originalausgabe erschien 2020
unter dem Titel *Atomic Love*
bei G.P. Putnam's Sons, New York.

MIX
Papier aus verantwortungsvollen Quellen
FSC www.fsc.org
FSC® C014496

Klimaneutral*
Druckprodukt
ClimatePartner.com/14044-1912-1001

Penguin Random House Verlagsgruppe FSC® N001967

1. Auflage

Redaktion: Susann Rehlein
Umschlaggestaltung: Favoritbüro
Umschlagabbildung: © CSA-Printstock/Getty Images
Satz: Satzbau Leingärtner, Nabburg
Druck und Bindung: GGP Media GmbH, Pößneck
Printed in Germany
ISBN 978-3-328-60239-2

www.penguin-verlag.de

Für meine geliebte Tante Rosalind,
die in der Schönheit, Erhabenheit und Macht
von Worten schwelgte

Chicago, 1950

1

Die heiße Berührung der Großstadt noch auf ihrer Haut, löst Rosalind ihre Strumpfbänder und wirft die Strümpfe mit einer Handvoll Waschsoda in das Waschbecken im Badezimmer. Eine Angewohnheit aus den Kriegsjahren. Sie ist von 1942 bis 1944 mit zwei strapazierfähigen Paaren ausgekommen, weil sie sie wie seltene Orchideen behandelte. Guter Gott, sie kannte Mädchen, die sich Linien auf die Waden malen mussten, nachdem sie ihre letzten Strümpfe zerrissen hatten und sich keine neuen leisten konnten. Linien, die spätestens um zwei Uhr nachmittags so verschmiert waren wie Lippenstift nach einem verzweifelten Kuss.

Das Gefühl des Krieges, der Rationierungen, des Entsetzens, jeden Morgen die Zeitung aufzuschlagen und stets das Schlimmste zu sehen, konnte man auch nach Jahren nicht abschütteln. Rosalind würde den brennenden Schmerz in ihrer Kehle nie vergessen, mit dem sie zusah, wie ihr Nachbar den blauen Stern auf der Familienflagge im Fenster schluchzend gegen einen goldenen austauschte, zum Zeichen, dass sein Sohn gefallen war. In ihrer Familie gab es keine Söhne, aber sie und Louisa leisteten dennoch ihren Beitrag. Louisa polierte eine Zeit lang Torpedos in einem Rüstungsbetrieb. Und was Rosalind tat, beendete, könnte man sagen, den Krieg insgesamt. Aber sie weiß, dass es sie verfolgen wird bis zu dem Tag, an dem sie stirbt.

Heutzutage steht sie bei Field's hinter dem Tresen für alten Schmuck. In die kunstvoll gearbeiteten Gegenstände in ihrer Auslage sind Lebensgeschichten verwoben: Hinter dem ovalen Glas auf der Rückseite einer viktorianischen Brosche befindet sich geflochtenes silbergraues Haar von irgendjemandes Mutter. Dann ist da ein Ring, auf dem eine Reihe von Edelsteinen glitzert – ein Rubin, ein Smaragd, ein Granat, ein Amethyst, noch ein Rubin und ein Diamant. Ein Verbundenheitsring. Männer in Georgia schenkten diese Ringe Frauen, die sie liebten, aber nicht heiraten konnten. Rosalind fragt sich unwillkürlich, was für eine Frau den Beweis einer Liebe tragen würde, die ihr nie wirklich gehörte.

Rosalind ist Wissenschaftlerin. Nach dem Krieg nahmen die zurückkehrenden GIs die wichtigen Arbeitsstellen den Frauen wieder ab. *Ihr könnt jetzt gehen. Wir sind zurück*. Wahrscheinlich hätte sie ihre Stelle ohnehin verloren, selbst wenn die Sache mit Weaver nicht schiefgegangen wäre. Aber das heißt nicht, dass sie das Labor nicht vermisst.

Auf dem Heimweg heute Abend, als sie erschöpft und traurig aus dem Field's trat, kam sie an einem ungewöhnlich großen Mann vorbei, der am *Sommerfreuden!*-Schaufenster des Kaufhauses lehnte. Er starrte sie unverhohlen an, aus bemerkenswert blauen Augen. An der Wabash Avenue erhaschte sie wieder einen Blick auf ihn. Als sie die Erie Street überquerte, war er da, seinen Filzhut tief in die Stirn gezogen, in Eile, um die Ampel noch zu schaffen. Breitschultrig, muskulös, mit entschlossenem Schritt. Das war der Moment, als Rosalind bemerkte, dass er sich das linke Handgelenk an die Rippen presste – wie eine Frau, die eine Handtasche an sich drückt, damit sie ihr nicht gestohlen wird. Eine Kriegsverletzung vielleicht? Er musste ihr bis zum Lake Shore Drive gefolgt sein, denn als sie zu ihrem Hauseingang abbog, sah sie blaue Augen, die sie von der anderen Straßenseite aus beobachteten.

Frank, der Portier, ließ sie herein. »Miss Porter. Schönste Zeit des Jahres, nicht wahr?«

Vielleicht hatte der Kerl einfach dieselbe Richtung gehabt, alles bloß ein Zufall. Den ganzen Krieg über hatten Männer mit ihr geflirtet – bis sie herausfanden, was sie arbeitete. Ihre Intelligenz machte ihre Anziehungskraft jedes Mal zunichte. Jetzt, wo sie dreißig Jahre alt und noch immer unverheiratet ist, haben die Leute angefangen, sie »attraktiv« zu nennen. Sie hasst diesen verdammten Ausdruck. Es würde ihr Selbstwertgefühl steigern, wenn mal wieder ein Fremder sich von ihr angezogen fühlen würde. Ihre größte Befürchtung ist, dass sie *so eine* Frau werden wird – eine, die allein lebt, die niemand beachtet, wenn sie die Straße hinuntergeht. Eine Frau, die unsichtbar geworden ist, uninteressant. *Die arme Miss Porter. Sie hatte nicht viel vom Leben.*

Sie reißt die Fenster im Wohnzimmer auf, um die Seebrise hereinzulassen. Wohin sie ihrer Arbeit wegen (und Weavers wegen) auch gegangen ist – Tennessee, Washington, die Wüsten von New Mexico –, stets hat sie sich danach gesehnt, zu diesem glitzernden Seeufer, seinen Segelbooten und hoch aufragenden Gebäuden zurückzukehren.

Sie schält sich aus ihrer Bluse, streift ihren Büstenhalter ab und lässt ihre schwitzende Haut von der Brise kühlen. Hier oben im neunzehnten Stock, dem Wasser zugewandt, kann niemand sie sehen. Sie tut es an jedem heißen Abend: ein Ritual, das es ihr gestattet, für einen Moment den kühlen Hauch des Sees an sich heranzulassen. Ihre Brustwarzen verhärten sich in der Zugluft. Ihre Haare bauschen sich. Früher einmal war sie eine sinnliche Frau, eine Frau auf der Suche nach Genuss. Das war allerdings ihr Geheimnis. Und das Verlangen nach Genuss hat nicht nachgelassen, lediglich die Möglichkeiten, es zu befriedigen, sind seltener. Zwischen ihren nackten Brüsten baumelt die Halskette, die Weaver ihr vor langer Zeit geschenkt hat, mit einem winzigen Kästchen aus Gold und Platin daran. Rosalind hat sich von allem getrennt, was mit Weaver zusammenhing, nur nicht von der Kette, einem antiken Stück, das er ihr aus England mitgebracht hat. Das Miniaturkästchen hat einen Deckel, den man öffnen kann. Ein brüchiges Stück Pergamentpapier ist darin verborgen, das Wort *Geduld* in verblasster brauner Tinte darauf geschrieben. Sie sollte sich auch von der Halskette trennen. Sie sollte Weaver für immer vergessen. Dieses Schmuckstück zu tragen ist kaum besser, als wenn eine Frau einen Verbundenheitsring in Ehren hält. Aber was sie tun *sollte* und was sie zu tun imstande ist, das sind oft zwei Seiten einer unlösbaren Gleichung.

Nachdem sie ihre Stelle verloren hat, kann sie jetzt kaum noch das Geld für die Wohnung am Lake Shore Drive aufbringen, die sie mit solch hochfliegenden Träumen angemietet hatte. Sie war in die höchsten Kreise der Wissenschaft vorgedrungen. Der Nobelpreisträger Enrico Fermi war ihr Mentor gewesen, hatte an sie geglaubt, auf sie gezählt. Eine Zeit lang durfte seine Meisterschülerin in den warmen Gewässern der Elemententdeckung schwimmen, während sie gleichzeitig mehr Geld verdiente, als die meisten Frauen sich erhoffen konnten. Die atemberaubende Aussicht der Wohnung, die elegante Küche mit dem modernen Herd, der Portier und der hauseigene Minimarkt, all das ruft ihr in Erinnerung, dass sie früher einmal kein gewöhnliches Mädchen war. Jetzt fühlt sie sich weniger als gewöhnlich. Aber zumindest kann es bei ihrem jetzigen Job nicht passieren, dass sie über hundertfünfzigtausend Menschen tötet.

Mitten beim Abendessen klingelt das Telefon. Nachdem sie sich die Mühe gemacht hat, ein Schweinekotelett zu braten, so dünn und traurig es auch ist, wird sie jetzt nicht an das verdammte Telefon gehen. Später, nachdem sie das Geschirr gespült und ein Bad genommen hat, klingelt das Telefon wieder. Sie weiß, wer es ist. Louisa ruft nie nach neun an. Ihre Freundinnen sind zu erschöpft von ihren Kindern, um sich zu dieser Zeit zu melden. Ihr bester Freund, Zeke, ist verreist. Sie spürt, wie sich ihr Kiefer anspannt. Sie könnte beschließen, nicht ranzugehen. Aber die Wissenschaftlerin in ihr erträgt keine unbeantworteten Fragen oder Telefonanrufe.

»Hallo?«

»Rosalind.«

Sie atmet den Schlag in die Magengrube weg, den ihr die wohlklingende Stimme mit dem klaren britischen Akzent verpasst. Er hat diese Woche schon dreimal angerufen.

»Roz. Bist du da?«

»Was willst du?«, fragt sie.

»Dich.« Ihr wird flau im Magen. Er ist alles, was sie verabscheut. Und alles, wonach sie sich verzehrt.

»Weaver, lass mich in Ruhe. Ich mein's ernst.«

»Hör zu. Du musst mich anhören.«

Er hat kürzlich erst wieder angefangen anzurufen. Nach vier Jahren Schweigen. Nachdem er ihr die Jahre gestohlen hat, in denen sie vielleicht einen Ehemann hätte finden können. Nachdem er sie ihrer Karriere beraubt hat.

Sie hört, wie er tief Luft holt. »Roz, wir standen uns einmal so nahe, wie sich zwei Menschen nur stehen können. Es ging mir besser mit dir. Und ich weiß, dass es dir besser mit mir ging. Bitte sag mir, dass du mich treffen wirst.«

»Nein.«

»Nur ein einziges Mal. Damit ich erklären kann …«

»Was könntest du denn schon erklären?«

»Was passiert ist.«

»Das spielt keine Rolle mehr.« Aber natürlich spielt es eine Rolle. »Du hast mir gesagt, dass ich mich nie wieder bei dir melden soll. Ich bin davon ausgegangen, dass das dein Ernst war.«

»Nein. Nein! Ich werde dir alles erklären. Lass mich dir meine Nummer sagen. Bitte notiere dir die neue Nummer. Hast du einen Stift da?«

Hat sie nicht, und sie hat auch nicht die Absicht, einen zu holen.

»Hyde Park 3-5806. Hast du's? Hyde Park 3-5806.« Er spricht drängend, hypnotisch. »Ich sage es noch ein drittes Mal. Ich weiß, wie dein Gedächtnis funktioniert. Hyde Park 3-5806. Ruf mich an.« Später, als sie im Bett liegt, läuft die Rufnummer in ihrem Gehirn in Endlosschleife – ein nervtötender Ohrwurm.

Die Männer im Labor nannten einander beim Nachnamen. Daher gewöhnte sie sich an, ihn Weaver zu nennen. Augen, die ständig ihre Farbe änderten, volle braune Haare, ein Grübchenkinn à la Cary Grant. Er war das Sinnbild eines gut aussehenden Mannes. Dass er es wusste, störte sie am meisten an ihm. Seine Überheblichkeit. Seine Selbstgewissheit. Ihr war von Anfang an bewusst, dass der Mann zum Flirten aufgelegt war, und das nicht nur ihr gegenüber. Sein klangvoller Akzent hätte jedes Mädchen entzückt. Weaver war von Cambridge abgeworben worden, um dem Manhattan-Projekt in New York beizutreten. Fermi hatte ihn schließlich, ein Jahr nachdem Rosalind im Labor angefangen hatte, nach Chicago geholt.

Als sie Weaver damals fragte, ob er die Stadt mochte, antwortete er: »Wo ich bin, spielt keine Rolle, solange ich an etwas Wichtigem arbeite.« Sie wollte, dass er Chicago wertschätzte, die Architektur und das Seeufer zur Kenntnis nahm. Sie sagte ihm, es sei die ultimative amerikanische Stadt. Das Herz des Landes. Tatsächlich wusste Weaver gutes Essen und Kunst zu schätzen. »Ihr habt hier verdammt tolle Steaks. Das muss ich euch lassen.« Aber er war ein Mann, der in den Hügeln und Tälern seiner Gleichungen und Theorien lebte und sich die ganze Zeit beweisen musste.

Die Wissenschaft gab ihnen immer Gesprächsstoff. Sie und Weaver liebten es, über Neutronenquellen zu diskutieren. Hatte Fermi sich zu früh vom Berylliumpulver abgewandt? Sie fand, ja. Er nicht. Und was war mit diesem geheimen neuen Element, Plutonium, hergestellt durch den Beschuss mit Uran-238?

»Darin liegt unsere Zukunft«, sagte sie.

»Es ist zu schwer herzustellen.«

»Das ist, was wir auf der Hanford-Anlage erschaffen werden. Da wette ich mit dir um tausend Dollar.«

»Mir wäre lieber, es wären tausend gemeinsame Dinner.« Er streckte die Hand aus, um den Deal zu besiegeln, und führte dann ihre Hand an seine Lippen. Heute schuldet er ihr noch immer die Dinner mehrerer Jahre.

Rosalind hatte damals ihre eigene Vision von dem Projekt. Sie wusste, dass die Spaltung eines einzigen Uranatoms mehr als drei Millionen Mal so viel Energie freisetzen konnte wie fossiler Brennstoff. Nutzbar gemacht und entsprechend gelenkt, konnte diese saubere, unendlich verfügbare Energie konstruktiv eingesetzt werden, um Städte zu beheizen und Maschinen zu betreiben. Aber als sie zu Weaver davon sprach, grinste er nur.

»Meine Liebe, die Nazis arbeiten an einer Atomwaffe. In genau diesem Augenblick, in ihren kleinen Verstecken, während sie ihre Schnurrbärte zwirbeln. Niemand denkt im Moment an irgendetwas anderes als den Krieg. Uns geht es ausschließlich um die Verteidigung.«

Sie war verärgert, aber nicht überrascht. Sie sah ja die Männer um sich herum, war verwirrt davon, wie sehr sie den Krieg genossen, ihn belebend zu finden schienen. Wettpinkeln, sich beweisen, andere besiegen war ihr Ding. Das Wissen, wie man sich das Atom zunutze machte: Konnte das in den Händen von Männern je sicher sein?

2

In einem Restaurant wie dem Berghoff, gesteckt voll mit Familien, Paaren und Sechsergrüppchen, fällt ein einsamer Essensgast zwangsläufig auf, vor allem einer, der so groß ist wie Szydlo. Was der Grund ist, weshalb er um einen Platz an der linken Wand gebeten hat: weit genug entfernt von Rosalind Porters Tisch für vier Personen, nah genug, um sie zu beobachten. Als Rosalind sich zu ihrer Nichte vorbeugt, funkeln ihre goldenen Ohrringe vor ihrem ebenholzfarbenen Haar.

Szydlo beschattet sie jetzt seit zwei Wochen, könnte sie mit geschlossenen Augen zeichnen: das glänzende schwarze Haar kaum gebändigt von Schildpattkämmen, milchweiße Haut, kluge Augen, gewölbte Augenbrauen. Sie könnte Hedy Lamarrs Schwester sein. Einmal ging er auf der Straße dicht an ihr vorüber, nur um ihr nahe zu sein, nicht wie sonst vierzig Schritte hinter ihr. Und was er wahrnahm, war kein Parfüm. Stattdessen war es der Duft von warmem Honig. Er denkt daran, wenn er nachts wach liegt: denkt an dieses reine, runde Aroma von ihr. Und es erregt ihn gegen seinen Willen.

Während er beobachtet, wie Miss Porter mit ihrem Schwager spricht und kopfschüttelnd ihre Schwester betrachtet, wird ihm bewusst, dass er sie bis jetzt immer nur als einsame Gestalt gesehen hat. Daher fasziniert es ihn festzustellen, dass ihr Blick oft auf eine Art zur Seite huscht oder auf ihre Hände fällt, die besagt, dass sie selbst unter Familienangehörigen das Gefühl hat, nicht dazuzugehören.

Das ist, was er über Rosalind Porter gelernt hat: Sie kauft im Discounter ein, und sie wählt einfache, billige Dinge aus, als ob sie aufs Geld achten muss – angeschlagenes Obst und Fleisch aus dem Sonderangebot. Ihr Blick ist stets abwesend, als ob sie mit Fakten und Zahlen beschäftigt wäre. Er hat beobachtet, wie sie einen Bankangestellten auf einen Irrtum bei der Kontoführung hingewiesen hat. Der Filialleiter kam, um sich zu entschuldigen, daher musste sie recht gehabt haben.

Sie ist organisiert, verlässt ihre Wohnung jeden Tag zur gleichen Zeit und kommt zur gleichen Zeit nach Hause. Sie trifft ihre in den Vororten lebenden Freundinnen nur selten. Wenn sie mit ihnen telefoniert – es bereitet ihm ein beschämendes Vergnügen, sie dabei zu belauschen –, schwafeln sie von sich selbst, ihren Kindern und ihren Ehemännern, und sie ermuntert sie die ganze Zeit. Erst am Ende des Gesprächs fragen sie, wie es ihr geht, und legen dann rasch auf. Die Ausnahme ist jemand namens Zeke. Zeke stellt ihr unzählige persönliche Fragen. Er besitzt die ganze Lebendigkeit und weibliche Koketterie, die Miss Porter fehlt. Er ist eindeutig ein alter Freund. Gehen sie abends aus, hakt sie sich bei Zeke ein. Während sie sich unterhalten, sieht sie zum Himmel hoch und lacht. Da ist Liebe zwischen ihnen. Nur nicht die Art, die den Leuten verständlich ist.

Miss Porter hängt wohl keiner Religion an, trägt selten einen Hut und schlüpft oft in bequeme Sandalen, um zu Fuß zur Arbeit zu gehen. Einmal, auf dem Lake Shore Drive, blieb sie mehr als fünf Minuten stehen, um auf den See hinauszustarren. Szydlo musste in den Schatten eines der großen Häuser dort schlüpfen und hoffen, dass niemand herauskam und ihn wegscheuchte. Er war völlig gebannt von ihrem ausladenden Rock, der sich in der Seebrise wie ein Segel blähte. Ihre schwarzen

Locken bauschten sich zu einem üppigen Strahlenkranz. Als sie sich umwandte, sah sie aus, als wüsste sie nicht, wo sie war. Was hatte sie in dem Funkeln des Sees entdeckt?

Während sie jetzt mit ihrer Nichte redet, fällt ihm auf, dass sie auf einmal glücklich und entspannt wirkt. Wie sie dem Mädchen zärtlich übers Haar streicht, wie sie sich zu ihr vorbeugt, all das verrät, wie sehr sie dieses zehnjährige Mädchen wertschätzt, das ihr so verblüffend ähnlich sieht. Wenn Rosalind Porter eine einsame, eiskalte Gestalt ist, dann lässt ihre Liebe zu ihrer Nichte sie warm und gefühlvoll werden.

»Soll ich das Wiener Schnitzel oder den Sauerbraten bestellen?«, flüstert Ava Rosalind zu. Ava ist Stammgast im Berghoff, seit sie zwei Jahre alt war. Kein Kinderteller für sie.

»Hast du das Gefühl, du brauchst eine Umarmung oder ein Kichern?«, fragt Rosalind.

»Was ist was?«

»Die Umarmung ist der Sauerbraten. Das Wiener Schnitzel ist mehr Spaß.«

»Warum hab ich das noch nie gegessen? Wiener Schnitzel. *Wiener Schnitzel!* Sag du es mal.«

Rosalind sagt »Wiener Schnitzel, Wiener Schnitzel, Wiener Schnitzel«, bis sie beide lachen. Die Abende mit Louisa, Henry und Ava sind Fixpunkte in Rosalinds Leben. Louisa ist zwanzig Jahre älter als Rosalind. Nachdem Louisa geboren war, konnte ihre Mutter kein weiteres Kind mehr bekommen. Und dann, in ihrem zweiundvierzigsten Lebensjahr, stellte sie zu ihrem Erstaunen fest, dass sie wieder schwanger war. Sechs Monate nachdem die kleine Rosalind das Licht der Welt erblickt hatte, starb die Mutter an Eierstockkrebs. War es der Krebs, der sie letztendlich wieder fruchtbar gemacht hatte? Oder war es die Schwangerschaft, die den Krebs seinen verhängnisvollen Lauf nehmen ließ? Das Ergebnis war so oder so ein mutterloses Kind, von der großen Schwester Louisa aufgezogen.

Jahr für Jahr wurde Rosalind an jedem einzelnen ihrer Geburtstage die Geschichte ihrer Erziehung aufgetischt. Wie oft hat sie die Erzählung gehört, wie Dr. Porter, nachdem er seine Frau verloren hatte, eine Haushälterin einstellte, damit sie sich um seine Tochter kümmerte? Wie er eines Winternachmittags nach Hause kam und das Baby schon vom Gehsteig aus wimmern hörte und Rosalind auf dem Boden liegend vorfand, nackt bis auf eine schmutzige Windel. Als er sie hochhob, war ihre Haut eiskalt. Er hatte Leichen obduziert mit Lippen, die weniger blau waren. Und wo war die Haushälterin? Im Esszimmer, besinnungslos unter dem Esszimmertisch, ihr Rock hochgerutscht, unter dem ein rosa Strumpfhalter mit einer Tasche für einen Flachmann hervorschaute. *Und so kam es, dass Louisa dich in ihre Obhut genommen hat.*

Das war die Geschichte, die Rosalind hörte, lange bevor sie ihre Bedeutung verstand. *(Warum lag die Haushälterin auf dem Boden? Was ist ein Flachmann?)* Als sie alt genug war, befragte sie Louisa, ihren Vater und Henry. Jeder von ihnen erzählte ihr den Rest ein wenig anders.

Von ihrem Vater erfuhr sie, dass die Nachbarin ihnen, nachdem die unzuverlässige Haushälterin weggeschickt worden war, ihr Hausmädchen »lieh«, während sie selbst den Sommer über in Michigan war. Aber eine Kinderfrau musste gefunden werden, und zwar schnell. Der Vater lehnte eine Bewerberin nach der anderen ab. Er war sechsundfünfzig Jahre alt und ein gefragter Mann: Er hatte seine Arztpraxis aufgegeben, um als Gerichtsmediziner für Cook County zu arbeiten. Das organisierte Verbrechen war auf dem Vormarsch. Kaum eine Woche verging, in der »Dr. Joe« nicht in der *Tribune* abgebildet war, neben einer aufgedunsenen Leiche stehend, die aus den Tiefen des Chicago River gefischt worden war. Dr. Joe war eine Kapazität! Die Schlagzeilen lauteten: LAUT DR. JOES ANALYSE WURDE O'FLAHERTY AUS DEM OFFENEN FENSTER HERAUS MIT EINEM TOMMY-GEWEHR ERSCHOSSEN!

»Ich war ein gefragter Mann. Wie hätte ich mich denn um ein Baby, ein Mädchen noch dazu, kümmern sollen?«, erklärte ihr Vater ihr. »Und ich war zu dem Schluss gekommen, irgendeine nette Familie, die Empfängnisprobleme hatte, könnte dir ein besseres Leben bieten.«

»Du wolltest mich weggeben?«

»Na ja, es war nur zu deinem Besten – und zu meinem natürlich.« Sie glaubt nicht, dass sie je über diesen Satz hinweggekommen ist.

Louisa erklärte ihrem Vater: »Wenn du das Baby weggibst, wird Mutter sich im Grab umdrehen.«

»Was soll ich denn sonst tun?«, fragte er. »Estelles Haushälterin läuft mit einem Pamphlet über den theosophischen Mystizismus in ihrer Schürzentasche herum. Von dieser Hilfskraft großgezogen, wird deine Schwester eine Wilde oder, noch schlimmer, eine Demokratin! Ich bin nicht dazu bestimmt, die Verantwortung für ein Baby zu übernehmen. Ich bin ein *Mann*!«

Ein Mann. Männer leisteten wichtige Arbeit. Frauen bildeten das Rückgrat. Das war, was ihre Mutter Louisa beigebracht hatte. Also könnte sie doch dank ihrer hervorragenden Schulnoten gut dafür sorgen, dass die Haushaltskasse am Monatsende stimmte. In ihren freien Augenblicken könnte sie sogar zum Vergnügen ein Buch lesen. Das College kam nie auch nur in Betracht.

Mit einundzwanzig hatte Louisa erreicht, was ihre Mutter einst als den größten Erfolg einer Frau angesehen hatte: einen guten Ehemann an Land zu ziehen. Sie und Henry lebten ein paar Blocks von ihrem Vater entfernt in einem brandneuen Bungalow. Sie freuten sich auf ein paar unbeschwerte, romantische Monate mit Frühstück im Bett, bevor sie eine Familie gründen wollten. Es war Ende 1920. Der Krieg war vorbei. Frauen durften wählen, zeigten ihre Fesseln. Sie und Henry planten eine Fahrradtour in Wisconsin. Sie redeten sogar darüber, mit dem Zug nach New York City und dann auf einem Dampfer nach Paris zu fahren. »Wir waren verliebt. Wir wollten erst einmal ein Paar sein. Keine Familie. Ich wollte ein hübsches Mädchen mit einem Mann an meinem Arm sein«, erzählte Louisa Rosalind Jahre später, noch immer verbittert, wie es schien.

Denn anstatt ihre kleine Schwester den Theosophen zu überlassen, brachten Louisa und Henry Rosalinds Gitterbettchen und Hochstuhl zu sich nach Hause und stellten sich auf schlaflose Nächte ein. Wie alle verlassenen Babys war Rosalind bedürftig. »Du hast jedes Mal deine Finger in meinen Arm gekrallt, wenn ich versucht habe, dich abzulegen. Wie ein Affenbaby«, sagte Louisa gern.

Bei der Beschreibung windet sich Rosalind noch immer.

Henrys Sichtweise war stets freundlicher gewesen. »Du warst etwas ganz Besonderes! Was für ein Geschenk! Du hast mit neun Monaten gesprochen. Bis hundert gezählt, als du eineinhalb warst. Und dein erstes Wort war ›warum‹. ›Warum meinen Löffel wegnehmen?‹ ›Warum schlafen?‹ ›Warum?‹ Mit zweieinhalb, als eines Tages die Milch auf dem Tablett deines Hochstuhls überschwappte und auf den Boden tropfte, hast du gefragt: ›Warum Kreis?‹« Henry erzählte ihr, er sei vom Frühstückstisch aufgestanden, um zu sehen, wohin sie zeigte, und hätte festgestellt, dass jeder Tropfen einen genau gleichförmig ausstrahlenden Ring in der bereits angesammelten Milch bildete.

»Gute Frage«, sagte er zu ihr. »Na ja, ich würde sagen, jeder Tropfen Milch ist rund. Das heißt, wenn er auf die bereits verschüttete Milch trifft, erzeugt er einen runden Abdruck. Einen Kreis.«

Henry fuhr fort, ihr zu erklären, was er über Oberflächenspannung wusste. Wie sich Moleküle aus allen Richtungen miteinander verbanden, sodass jeder Tropfen eine Kugel bildete. Er zeichnete ihr sogar ein Diagramm.

»Das ist doch albern. Das kann sie unmöglich verstehen«, beschwerte sich Louisa.

Aber wenn er Rosalind ins Bett gesteckt hatte und die Jalousie herunterziehen wollte, zeigte sie zum Vollmond. »Warum ist der Mond ein Kreis? Ist der Mond Moleküle?«

»Der Mond?«, fragte er. »Ja.«

»Alle zusammen Moleküle? Aus allen Richtungen?« Sie bewegte die Hände, um es zu demonstrieren. Er sah lächelnd zu dem Gestirn am Himmel hoch. »Und das war der Moment, Kleine, in dem ich wusste, dass du Wissenschaftlerin werden würdest.«

»Ich überlege, ob ich nicht versuchen sollte, wieder eine Stelle in der Wissenschaft zu finden«, wagt Rosalind sich jetzt leise vor. Sie sieht jeden am Tisch an, wendet sich aber hauptsächlich an Henry. Ihre Liebe zur Wissenschaft hat etwas Beängstigendes für sie selbst – es ist eine Liebe, von der sie sich abgewandt hat.

»Gut so«, sagt Henry. »Gut so.«

»Ich vermisse es«, sagt sie.

»Alles andere wäre seltsam.«

»Ich versuche, zu Vorträgen zu gehen. Ich bekomme noch immer das *Journal of Applied Physics* und das *American Journal of Physics*. Ich versuche zu lesen, was ich kann.«

Louisas Nasenflügel blähen sich. »Jetzt, wo die ganzen GIs wieder da sind, meinst du wirklich, eine Stelle in der Wissenschaft würde einer Frau offenstehen?«

Rosalind macht den Mund auf und wieder zu.

»Du bist etwas Besonderes«, sagt Henry. »Du kannst das, genau wie du es früher gekonnt hast.«

»Du *kannst* es, Rozzie!«, bekräftigt Ava. Aber Rosalind wird bewusst, dass Louisa recht hat: Wer wird sie schon einstellen, vor allem nach Weavers Bericht?

Henry streckt einen Arm über den Tisch aus und drückt ihre Hand. »Das ist deine Bestimmung. Du musst nur wieder daran glauben.«

Während Ava voller Begeisterung ihr Wiener Schnitzel isst und Louisa sich über ihre grässlichen neuen Nachbarn und ihre Angst vor dem Kommunismus auslässt, furcht Rosalind die Stirn, sie schüttelt den Kopf und sieht sich um. Sie wünschte, sie könnte sich von diesem flauen Gefühl ablenken, das in ihr rumort – dem Gefühl, dass sie nie wieder glücklich sein wird. Im Berghoff wimmelt es von Familien. Liebespaaren. Alle anderen scheinen eine schöne Zeit zu haben. Und dann entdeckt Rosalind an einem Tisch an der Wand, nahe der Bar, den Mann. Selbst im Sitzen ist er größer als alle anderen um ihn herum. Sie bemerkt seinen Bürstenschnitt, seine gleichmäßigen Züge, die Tatsache, dass sein Tisch für eine Person gedeckt ist. Warum geht dieser gut aussehende Mann allein zum Dinner? Und dann, obwohl die Bar ihr die Sicht halb versperrt, bemerkt sie, wie er sich das Handgelenk an die Rippen presst. Ihr Mund ist auf einmal wie ausgedörrt. *Er ist es.* Sie ist sich ganz sicher. Der Mann, der ihr gestern nach Hause gefolgt ist. Er sieht auf, und ihre Blicke treffen sich. Sie kann durch den halben Raum hinweg erkennen, dass seine Augen blau sind. Ein absolut außergewöhnliches, metallisches Blau. Sie verliert den Faden des

Gesprächs mit ihrer Schwester. Ist er ein Verehrer oder ein Verrückter? Ein Schauer durchläuft sie.

»Bist du taub, Roz?«, fragt Louisa. »Ich habe dich eben gefragt, in welchen Vorort Jane Ann gezogen ist?«

»Oh ... entschuldige ... Glenview.«

»Richtig. Glenview. Das ist der, den ich mir für uns ansehen wollte.«

»Wir ziehen *nicht* in einen Vorort«, erklärt Henry entschieden. »Geht es dir gut, Roz? Du bist ja auf einmal ganz blass.«

»Schon gut. Entschuldige. Ich war in Gedanken woanders.« Viele Männer wurden im Krieg verwundet. Vermutlich ist es gar nicht derselbe Mann. Trotzdem, ihr Herz hämmert. Sie legt Ava einen Arm um die Schultern.

»Und, wie viel Spaß hat dieses Wiener Schnitzel gemacht?« Sie presst die Worte durch die Enge in ihrer Kehle hervor.

»So viel Spaß! Das ist jetzt mein Lieblingsessen.« Als Rosalind den Blick hebt, sieht sie, wie die azurblauen Augen des Mannes von ihrem Gesicht huschen, so plötzlich, wie Finger von einer heißen Herdplatte gerissen werden.

3

In der darauffolgenden Woche entdeckt Rosalind ihn, als er durch den Regen sprintet, um ihren Bus an der nächsten Haltestelle zu erreichen. Triefend nass steigt er ein, ohne ihren Blick zur Kenntnis zu nehmen. Später spürt sie, wie er sie beobachtet, und ihre Haut beginnt zu kribbeln. Was will er von ihr? Zwei Tage später bemerkt sie ihn bei Janice' Parfümangeboten, kurz vor Ladenschluss. Er schiebt Flakons hin und her, als würde er sie begutachten. Aber als Janice ihn fragt, ob sie ihm behilflich sein kann, schüttelt er den Kopf und geht. Rosalind wird immer beklommener zumute. Warum ist dieser Mann ständig da? Sie überlegt, ob sie die Polizei verständigen soll, aber er hat nichts Unrechtes getan. Wenn er ihr auf der Straße nahe kommen sollte, denkt sie, kann sie ja schreien.

Zeke, der eine Freund, der sie liebt, egal was sie ihm über sich anvertraut, hat begonnen, ihn den »Schattenmann« zu nennen. Unzertrennlich seit ihrer Jugend, sind sie und Zeke der größte Bewunderer des jeweils anderen und sehen sich oft. Die Tatsache, dass er sie nie so lieben kann, wie ein Mann eine Frau liebt, ist eine traurige Wahrheit, die sie irgendwie noch enger zusammenschweißt. »Ich will eine peinlich genaue Beschreibung dieses Burschen, Bunny. Jedes. Einzelne. Detail«, erklärt Zeke.

»Na ja, er ist attraktiv, auf eine irgendwie grüblerische Art. Unheimlich groß. Strahlend blaue Augen. Sein Haar ist kurz, blond. Er bewegt sich wie ein Athlet. Ich verstehe nicht, warum so einer mir folgen sollte.«

»Du weißt, ich liebe Rätsel.« Er räuspert sich. »Okay, zwei Möglichkeiten. Er findet dich attraktiv, oder du stehst auf seiner Abschussliste.«

»Würde ein Mann einer Frau denn so hartnäckig folgen, wenn er sie einfach nur *mag*?«, fragt sie.

»Du siehst gut aus«, sagt Zeke.

»Ich glaube nicht, dass er mir aus einem *guten* Grund folgt.«

»Vielleicht ist der arme Kerl in Liebe entbrannt und zu schüchtern, um dich anzusprechen. Selbst gut aussehende Männer können schüchtern sein, weißt du.«

Sie seufzt. »Ich würde sagen, die Chancen dafür stehen ungefähr bei zwölf Prozent – und bei achtundachtzig Prozent dafür, dass da irgendetwas Unheilvolles im Gange ist. Aber trotzdem danke, dass du versucht hast, mich aufzumuntern.«

Später, allein, als sie über den Mann nachdenkt, wird sie ganz zittrig und muss sich einen kräftigen Schluck Chianti aus einer halb geleerten Flasche einschenken, die Zeke ihr vor über einem Jahr mitgebracht hat. Als sie 1947 ihren Job verlor, fing sie an, ein bisschen zu trinken, und dann noch ein bisschen mehr, in dem Versuch, ihre Einsamkeit zu bekämpfen und die Ratlosigkeit angesichts der Frage, wie es mit ihrem Leben weitergehen sollte. Was so wehtat, war nicht nur der Verlust von Weaver; es war der Verlust ihrer selbst als Wissenschaftlerin. Eben waren sie und ihre Physikerkollegen noch dabei, gemeinsam unentdecktes Terrain zu durchqueren. *Niemand* hatte je die andere Seite erreicht, und sie konnten sie *sehen*, konnten sie praktisch schon berühren. Rosalinds Ideen erleichterten es ihnen, das Unmögliche möglich zu machen. Und dann: *Ende*. Sie wurde von der Party ausgeschlossen, wurde geschnitten. Kein Weaver. Keine Wissenschaft. Das Vergessen im Alkohol schien ihre letzte Zuflucht zu sein. Doch sie fügte sich Schaden zu. Morgens wachte sie benommen auf. Ihr Gedächtnis – das Fermi einst fotografisch genannt hatte – war beeinträchtigt. Sie konnte keine komplexen Zahlen mehr im Kopf multiplizieren oder sich die eintausend Details gewöhnlicher Momente in Erinnerung rufen, wie sie es früher gekonnt hatte. Einmal wachte sie auf dem Boden liegend auf. Genau wie die berüchtigte Haushälterin ihres Vaters mit dem Flachmann in der Hand.

Um sich zu retten, wandte sie die Wissenschaft an. Sie rechnete aus, wie lange es dauerte, den Alkohol vollständig auszuscheiden. Sie studierte, wie Alkohol im Körper umgewandelt wird, seine Auswirkungen auf die Leber. Seine langfristigen Folgen. Die Mathematik der Nüchternheit, sagte sie sich. Sie ging auf kalten Entzug. Jeden Abend versuchte sie, immer größere Zahlen im Kopf zu multiplizieren. Sie betrachtete Fotografien und testete, an wie viele Details sie sich später erinnern konnte. Sie stellte Berechnungen an. Sie führte Tabellen. Und sie behielt Zekes Flasche mit Chianti, um sich vor Augen zu halten, dass sie die Macht über ihr Verlangen hatte, sich vor dem Schmerz zu verkriechen. Sie hätte die Flasche wegwerfen sollen, denkt sie jetzt. Es ist lange her, seit sie zuletzt einen Tropfen Alkohol angerührt hat. Und dieser Wein ist mit Sicherheit gekippt. Schwarze Rückstände sinken auf den Boden ihres Glases. Aber bei dem Gedanken an diesen hochgewachsenen Mann mit den blauen Augen, dessen Interesse an ihr so überwältigend zu sein scheint, kippt sie ihn hinunter, mit Sedimenten und allem.

Am Freitag, als sie vom Zahnarzt kommt, entdeckt sie ihren Verfolger an der Bushaltestelle auf der anderen Straßenseite, wo er stirnrunzelnd Zeitung liest. Es ist Zeit, dieser Sache ein

Ende zu setzen. Das Herz schlägt ihr bis zum Hals, und ihre Hände sind zu Fäusten geballt, als sie auf ihn zutritt. Er sieht erschrocken auf.

»Warum verfolgen Sie mich?«, fragt sie. Sie sind umgeben von Hunderten von Leuten. Trotzdem hämmert ihr Herz.

Sonnenfältchen umrahmen seine strahlenden, kornblumenblauen Augen. Lange blonde Wimpern und die plötzliche Röte seiner Wangen verleihen ihm eine gewisse Verletzlichkeit. Sie versucht, sich darauf zu konzentrieren.

»Miss Porter, ja, kann ich Sie auf eine Tasse Kaffee einladen?« *Großer Gott. Er weiß ihren Namen.*

»Ich muss zurück zur Arbeit.«

»Wenn Sie sich den Zahn hätten ziehen lassen, hätten Sie sich auch verspätet.« Er zeigt auf das Gebäude, aus dem sie eben gekommen ist. »Ihre Vorgesetzte wird nicht dahinterkommen.«

»Woher wissen Sie, wo ich war? Wer *sind* Sie?«

»Nur auf einen Kaffee.« Er nickt in Richtung des Neonschilds auf der anderen Straßenseite. WINDY CITY DONUTS. Darin sitzen jede Menge Leute.

»Wie kommen Sie darauf, dass ich mit Ihnen Kaffee trinke? Ich will, dass Sie aufhören, mich zu verfolgen. Oder muss ich erst die Polizei rufen?«

Er holt tief Luft und greift mit einem gequälten Lächeln in sein Jackett. Er zückt eine abgegriffene Brieftasche und zeigt ihr eine Messing-Dienstmarke und einen Ausweis. »Mein Name ist Charles Szydlo.« Seine Stimme ist sanft und vorsichtig. »FBI.«

Sie ist so verblüfft, dass sie einen Moment braucht, bevor sie hervorstoßen kann: »Sie machen Witze.«

Er schüttelt den Kopf.

»Was könnten Sie denn von *mir* wollen?«

»Kommen Sie und setzen Sie sich für ein paar Minuten mit

mir«, sagt er, während er noch einmal in Richtung des Cafés nickt. »Ich werde es Ihnen erklären.«

Sie zögert, dann nickt sie. Ein FBI-Agent. Die Unwahrscheinlichkeit dieser Tatsache verblüfft sie. Als sie an der Ecke die Straße überqueren, versucht sie, ein Gefühl für ihn zu entwickeln. Aufrecht, einzeln. Ein ehemaliger Soldat wahrscheinlich. Vor dem Krieg wird er ein anderer Mann gewesen sein. Die Fältchen um seine Augen verraten ihr, dass er früher einmal viel gelächelt hat. Jetzt lächelt er überhaupt nicht. Er zeigt durch das Schaufenster auf eine Kuchenplatte mit Donuts. »Ich nehme einen von denen. Sie auch?«

Sie zuckt die Schultern. »Ja, gut.«

Beim Bezahlen drinnen hält er seine Brieftasche mit derselben Hand, mit der er auch das Geld herausnimmt. Seine Finger sind lang und schlank. Seine andere Hand, bemerkt Rosalind, ist mit einem Spinnennetz aus Narben und verdickter Haut überzogen. Sie hat unwillkürlich Mitleid mit ihm wegen seiner Verletzung. Sie verspürt den Drang, die Hand auszustrecken und die wulstigen Striemen zu berühren.

Bei dem Tisch am vorderen Fenster angelangt, zeigt er auf die Sitzbank, sagt: »Miss Porter«, und bedeutet ihr, Platz zu nehmen. Ein Schauer durchläuft sie, als sie ihren Namen wieder aus seinem Munde hört. Ist er hier, um sie wegen irgendetwas zu beschuldigen? Sie spürt das Schlagen ihres Herzens in der Kehle.

Er rutscht ihr gegenüber in die Sitznische, nimmt den Hut ab und legt ihn neben sich. »Nun, Sie warten auf eine Erklärung …«

Eine Bedienung kommt, bevor er noch mehr sagen kann, stellt zwei weiße Becher auf den Tisch und beginnt, Rosalind einzuschenken.

»Keinen Kaffee für mich«, sagt sie.

»Aber irgendetwas wollen Sie doch sicher trinken?«, fragt er. »Einen Tee vielleicht?«

Sie nickt.

»Bitte bringen Sie der Dame Tee.«

»Wollen Sie den Kaffee, den ich eben eingeschenkt habe?«, fragt ihn die Bedienung.

Er zieht den Becher schweigend zu sich heran, öffnet die Tüte mit einer Hand, dann zieht er eine Papierserviette aus dem silbernen Ständer und legt einen der mit Schokolade überzogenen Donuts aus der Tüte vor Rosalind hin.

»Ehrlich gesagt bin ich selbst kein großer Kaffeetrinker. Dachte nur, zu Donuts braucht man welchen.« Er nimmt einen Bissen. »Die sind gut. Sie sollten Ihren kosten.« Sie kann sehen, dass der Mann sich bemüht, sich freundlich zu geben, ungezwungen.

»Warum bin ich hier?«, fragt sie.

Er beugt sich vor, starrt sie einen Moment an, bevor er das Wort ergreift. »Sie haben mit Fermi am Manhattan-Projekt gearbeitet, richtig?«

Jahrelang wurde sie angewiesen, *nie* ein Wort über ihre Arbeit zu verlieren. Nur zu sagen, dass sie einen Job im Metallurgischen Labor hatte. Was die Reisen nach Oak Ridge und Hanford und Los Alamos betraf – oh, Gott, diese endlosen Wüstennächte im Bett mit Weaver –, da hatte sie ihrer Familie immer gesagt, sie fahre für ein paar Tage mit Freundinnen weg. Und jetzt sitzt sie hier Mr. FBI gegenüber und sagt lieber erst mal nichts. Sie beobachtet, wie er seine versehrte Hand verbirgt. Egal, wie lange es her ist, seit sie ihren Job verloren hat, sie beschützt das Projekt noch immer.

Er starrt sie mit diesen wasserblauen Augen an. »Erzählen Sie mir von Ihrer Beziehung zu Thomas Weaver«, fordert er sie auf.

»Weaver?«, fragt sie. »Warum?«

»Er interessiert uns.«

»Na ja, mich interessiert er nicht mehr. Ich will nichts mehr mit ihm zu tun haben. Und ich will mit Sicherheit nicht über unsere ›Beziehung‹, wie Sie es nennen, sprechen.«

Szydlo lehnt sich nur zurück und schüttelt den Kopf. »Auf den Mund gefallen sind Sie schon mal nicht«, sagt er.

»Freut mich, dass ich Sie amüsiere.«

Er nimmt einen Schluck Kaffee. »Ich möchte wetten, Sie schüchtern viele Männer ein. Eine Kernphysikerin.«

»Nicht mehr.« Sie sieht ihn stirnrunzelnd an. »Ich verkaufe Schmuck.« Selbst nach dreieinhalb Jahren verspürt sie noch immer ein ironisches Kribbeln dabei, die Worte laut auszusprechen.

»Waren Sie überrascht, als Weaver angefangen hat, Sie wieder anzurufen?«

»Woher ... Woher wissen Sie, dass er angerufen hat?«

»Ich weiß, dass Sie Nein gesagt haben. Sie haben ihn nicht trotzdem getroffen?«

»Ich will nichts mehr mit ihm zu tun haben. Ich habe ihm gesagt, er soll mich in Ruhe lassen.«

»Um genau zu sein, haben Sie ihm gesagt ...« Er zückt ein kleines Notizbuch aus seiner Brusttasche. »Halt dich aus meinem Leben raus.« Er sieht bedeutungsvoll auf.

»Ich ... Woher ...?«

»Wir haben Ihr Telefon angezapft.«

Sie braucht einen Moment, um diesen Brocken zu schlucken. Vorgestern hat sie sich bei ihrer Freundin Marie über ihre Menstruationskrämpfe beklagt. Hitze kriecht ihren Nacken hoch.

»Es tut mir leid, dass wir Ihre Privatsphäre verletzen mussten«, fährt er fort. »Wir hatten natürlich einen Gerichtsbeschluss.«

»Ich habe nichts Unrechtes getan.«

»Wir sind ja auch nicht hinter Ihnen her.«

»Und doch verfolgen Sie mich. Sie sind übrigens nicht sehr gut darin. Ich habe Sie öfter bemerkt, als ich zählen kann.«

»Wie hat Ihr Freund mich genannt? Den Schattenmann? Es ist schwer, jemanden zu beschatten, wenn man zwei Meter groß ist.«

Rosalind erinnert sich, wie sie zu Zeke gesagt hat, der Schattenmann sei bedrohlich, aber attraktiv, und ein Schauer durchläuft sie. *Sie hatte ihn im Detail beschrieben. Diese Augen!*

»Ich musste nur sichergehen, dass Sie nicht einer von Weavers Kontakten sind, bevor ich Sie anspreche.«

»Kontakte? Was soll das denn heißen?«

»Ich weiß, dass Sie zu Mr. Weaver gesagt haben, dass Sie ihn nicht treffen wollen. Wir – das FBI – hätten gern, dass Sie Ihre Meinung ändern.«

»Augenblick. Ich bin verwirrt.«

Die Bedienung bringt ihr einen Becher heißes Wasser, sagt: »Fast hätte ich's vergessen«, zieht einen Teebeutel aus ihrer Schürzentasche, reißt die Verpackung herunter und wirft den Teebeutel in den Becher, bevor sie davonschlurft.

»Wir wollen, dass Sie diese Nummer anrufen, die er Ihnen gegeben hat. Dass Sie anfangen, ihn wieder zu treffen.«

»Warum?«

»Weil er Sie wieder in seinem Leben haben will. Und wir müssen wissen, was er im Schilde führt. Erinnern Sie sich an die Nummer, die er Ihnen gegeben hat?«

»Hyde Park 3-5806.«

Er sieht sie bewundernd an.

»Was will das FBI von Weaver?«

»Wir glauben, dass er in ein paar unschöne Dinge verstrickt ist. Sie haben ja bereits gesehen, wie erbärmlich schlecht ich darin bin, andere Leute zu beschatten. Helfen Sie mir aus, dann erzähle ich Ihnen mehr.« Er schenkt ihr ein schiefes Grinsen. *Also kann er doch lächeln.* Er ist noch mal attraktiver, als sich sein Gesicht aufhellt, auch wenn es nur ein Aufflackern ist. »Sie standen sich einmal sehr nahe«, sagt er auffordernd.

»Genau das habe ich in letzter Zeit zu vermeiden versucht.«

Er nickt. »Ich weiß, dass es nicht gut geendet hat.«

Sie ist konzentriert mit ihrem Teebeutel beschäftigt, taucht ihn immer wieder ins Wasser. Nicht gut geendet? Weaver hat sie von allem getrennt, was in ihrem Leben wichtig war.

»Was, glauben Sie, hat er getan?«

»Oder wird er vielleicht noch tun«, ergänzt er.

»Etwas so Schlimmes, dass Sie diesen ganzen Aufwand betreiben?«

Er nickt ernst.

»Könnten Sie ihn nicht einfach festnehmen und dann an den Zehen aufhängen oder was immer Ihre Leute zu tun pflegen?«

»Wir wollen Weaver noch nicht festnehmen. Wir wollen, dass er seine Kontakte preisgibt, und ihn dann auf frischer Tat ertappen.«

»Auf frischer Tat, wobei?«

Als sie den Blick hebt, sieht sie, dass Szydlo sie mit zusammengekniffenen Augen mustert, ihre Vertrauenswürdigkeit abschätzt.

»Fühlen Sie sich ihm gegenüber noch immer zur Loyalität verpflichtet?«

»Ich hasse den Mann.«

»Dann könnten wir Sie vielleicht überreden, uns zu helfen?«

»Was, glauben Sie, hat er getan? Ich habe es verdient, das zu erfahren.«

Er fängt ihren Blick auf und sieht sie eine ganze Weile an, ohne ein Wort zu sagen.

»Ihn auf frischer Tat wobei ertappen?«, fragt sie noch einmal.

»Es ist kein Bagatelldelikt.«

»*Was* ist kein Bagatelldelikt?«

»Hochverrat.«

4

Halb elf am Abend, und auf den FBI-Fluren ist alles still. Selbst die polnischen Putzfrauen – die regelmäßig Novenen dafür beten, dass Charlie eine ihrer Töchter heiraten wird – haben ihre Staubsauger weggeräumt und sind nach Hause gegangen. Die neu installierte Klimaanlage hat sich ausgeschaltet, deshalb kann Charlie das Parfüm der letzten Telefonistin riechen. Er geht hinüber zu der Fensterfront und drückt ein Fenster auf. Er genießt die feuchte Brise auf seinem Gesicht, nimmt das Schillern der Großstadtlichter wahr, streckt die Hand über das Fenstersims aus, um das Prickeln des Regens zu spüren. Im Radio haben sie an diesem Morgen gemeldet, dass die Temperatur heute Nacht abfallen soll. Schon jetzt ist es deutlich kälter.

Er hat mehr Telefonüberwachungen abgesessen, als er zählen kann, im Allgemeinen mit einem guten Buch, Tagträumereien. Heute Abend hat Hemingways *Über den Fluss und in die Wälder* den Zweck nicht erfüllt. Das Kreuzworträtsel in der *Tribune* war auch zu schnell gelöst. Und alles, was von dem Braten-Sandwich von Keeley's noch übrig ist, sind ein paar Krusten, in weißem Papier zu einer Kugel zusammengedrückt. Er wird allmählich gereizt und nervös. Warum hat Miss Porter Weaver nicht angerufen? Als sie sich verabschiedeten, hatte er gesagt: »Rufen Sie ihn heute Abend an, Miss Porter. Tun Sie es für Ihr Land.« Sie lächelte sogar, als er das sagte. Frauen. Mein

Gott. Er weiß nicht, wie man sie dazu bringt, auch nur eine einzige verdammte Sache zu tun.

Nachdem er aus Matsushima zurückgekehrt war, als Linda – er war sich so sicher gewesen, dass sie auf ihn warten würde – ihm das Herz zerrissen hatte, war er dem FBI beigetreten, um Frauen aus dem Weg zu gehen. Wie die Armee war auch das FBI eine männliche Bastion aus Fakten und Informationen. Und zudem eine Chance, in einer Welt, die über die Maßen schlecht war, Gutes zu tun. Nach dem Krieg nahmen sie auch verkrüppelte Männer wie ihn, wenn sie an der FBI-Akademie Höchstleistungen brachten. Auch darin lag ein Teil des Reizes. Besser als die anderen zu sein, Erwartungen zu übertreffen. Athletisch, von Natur aus sorgfältig und detailorientiert, ist er gut in dem, was er tut, plus: Hier muss er kaum je einer Frau gegenübertreten, abgesehen von einer gelegentlichen Sekretärin.

Zuerst wurde er nach Peoria abgestellt. Er hatte nicht gewusst, dass ein Job so langweilig sein konnte. Aber er war noch immer dabei, von seinen Jahren in Matsushima zu genesen, und die Anonymität von Peoria war ihm recht. Niemand kannte ihn gut genug, um zu fragen, warum er so ausgezehrt, so erschöpft aussah. In Chicago hatte er den Schmerz des Krieges ausgeblendet, indem er sich beschäftigte. Zuerst schloss er sein Jurastudium in Rekordzeit ab, und dann ließ er sich fürs FBI ausbilden. Die verschlafene Stille von Peoria hingegen begünstigte den Schmerz. Diese Wochen der Langeweile gaben ihm Zeit, seine Kriegserfahrungen aus jeder Pore auszuschwitzen, ein Leben voller Vertrauen und Unschuld zu betrauern.

Als er den Anruf bekam, dass er zurück nach Chicago versetzt werden würde, war er überrascht und erleichtert zugleich. Er kehrte in die Kellerwohnung im Haus seiner Schwester zurück, in der er schon während seines Jurastudiums gewohnt hatte – und hat sie irgendwie noch immer nicht verlassen.

Die Versetzung nach Chicago erfolgte aus einem einzigen Grund: weil er Polnisch sprach. Die meisten Agenten kehrten nie zu ihren Hauptbüros zurück. Es hat etwas fast Grausames, wie das FBI Leute an Orte abstellt, an die sie freiwillig niemals gehen würden. Aber in Chicago gilt es, polnische Gangster zu schnappen, da sind polnische Bürger, die Schutz brauchen, und sie sagten Charlie, seine Fähigkeiten als Übersetzer würden von unschätzbarem Wert sein. Dann, nach nur zwei Wochen, in denen er Jimmy »Bananas« Banasiak jagte, wurde er zu dem Spionageteam versetzt, wo er seitdem sein Polnisch nicht ein einziges Mal benutzt hat. Jetzt ist es sein Job, russische Spione zu schnappen.

Das FBI steht an vorderster Front des Kalten Krieges, und Charlie steht an der Kampflinie. In den letzten sechs Monaten hat der Senator für Wisconsin, McCarthy, immer wieder verkündet, dass selbst das Außenministerium von Spionen infiltriert ist. Die Bürger rechnen inzwischen damit, dass sowjetische Spione aus Gullys auftauchen. Beim Elternabend fängt man an, die anderen Eltern misstrauisch zu beäugen, beiläufige Bemerkungen alter Freunde bei Cocktails werden hinterfragt. Niemand hasst die Kommunisten mehr als FBI-Direktor J. Edgar Hoover, aber Bürogerüchten zufolge ist selbst er ärgerlich auf Senator McCarthy. »Lügen und Übertreibungen untergraben das ganze FBI«, erklärte er. Das stimmt: Die neue Angst vor den Roten führt in viele Sackgassen.

Aber das, woran Charlie arbeitet – die Leute dingfest zu machen, die Informationen zum Bombenbau an die Russen weitergegeben haben –, nun ja, *das* ist real und dringend zugleich. Als die Russen im vergangenen Jahr ihre Version der Atombombe testeten – viel früher, als irgendjemand erwartet hatte –, erschütterte das die Welt. Und jetzt haben sie Klaus Fuchs geschnappt, einen deutschstämmigen Wissenschaftler, der in Los Alamos gearbeitet und für die Russen spioniert hat. Er hat ausgeplaudert, was er weiß, nur leider haben die Russen dafür gesorgt, dass er nie die Namen anderer Wissenschaftler erfahren hat, die ihnen zuarbeiteten. Fuchs behauptete, gehört zu haben, dass ein anderer Wissenschaftler versprochen hat, Informationen über die bislang noch hypothetische Wasserstoffbombe weiterzugeben.

Charlie konzentrierte sich aus einer Reihe von Gründen (zeitlicher Ablauf, Zugangsmöglichkeiten, Beweise für frühe Sympathien für die Kommunisten) auf Weaver, und letzten Monat war er sich endlich sicher genug, um sich mit seinem Plan, Miss Porter zu rekrutieren, an Binder zu wenden. Er hatte vorgehabt, jemand anders dafür abzustellen, die Wissenschaftlerin zu beschatten und zu bezirzen, jemanden wie Dick Hazelmill. Dick hat immer irgendeine Frau am Start, wenn auch meist vulgäre, die keine zwei zusammenhängenden Sätze sagen können. Binder schnaubte spöttisch und blies Charlie eine Rauchwolke ins Gesicht.

»Eine Physikerin? Sie ist zu scharfsinnig für Hazelmill. Sie sind der schlaue, sensible Typ, Szydlo. Eine kluge Frau wird sich eher für Sie erwärmen.«

»Ich glaube kaum, dass ich mich dafür eigne, Sir. Schon weil ich zu groß bin, um irgendjemanden zu beschatten.«

»Sie machen das. An die Arbeit.« Vor dem Krieg hatte seine Schwester oft gesagt, die Mädchen würden sich zu ihm hingezogen fühlen wie die Motten zum Licht. Er spielte im Basketballteam seiner Highschool die Center-Position, schloss die Schule als Jahrgangsbester ab und bekam ein Stipendium für Champaign. Jetzt, mit einunddreißig Jahren, denkt Charlie, dass er der Letzte ist, der dafür abgestellt werden sollte, eine Frau zu handhaben. Er ist zu der Überzeugung gelangt, dass Frauen ausschließlich existieren, um Männer zu enttäuschen.

Außerdem, was für eine Frau würde schon einen Mann mit einer verstümmelten Hand wollen, der außerdem zu scheu ist, ihr in die Augen zu schauen?

Heute Abend wird Rosalind Porter der Neigung ihres Geschlechts, andere zu desillusionieren, gerecht. *Bleib entspannt*, sagt er sich. *Es ist nur ein Rückschlag, nicht das Ende. Was macht es schon, wenn sie Weaver noch nicht angerufen hat?* Er ist wütend auf sich selbst, weil er sich so entmutigt fühlt.

Nach dem, was er im Krieg durchgemacht hat, sollte er es besser wissen. Er ist am Leben. Er leidet keine Schmerzen. Er hat einen Regenmantel zum Anziehen, Schuhe, die nicht zerschlissen und mit Sackleinen umwickelt sind. Allzu lange hatte er keines von beidem. Er hat gut zu Abend gegessen – dieses Sandwich von Keeley's war köstlich. In der Gefangenschaft hat er nichts gekriegt als verdorbenen Reis und hin und wieder einen Happen Fisch, der so alt war, dass er stank. Mit so wenig im Bauch, an Beriberi leidend, nach Stunden auf einer Holzpritsche mit nur einer Reisstrohmatte unter sich, war er sich nie sicher, ob er am nächsten Morgen wieder aufwachen würde.

Er wird es nie wieder warm haben, bezweifelt, dass er das Frühjahr erleben wird. Es ist so kalt, dass selbst das Fleisch unter seinen Fingernägeln schmerzt. Seine Zehen sind blau. Seine Haut ist brüchig wie toter Lavendel. Zusammengerollt unter der Decke, die Knie bis zur Brust angezogen, einen Fuß unter den anderen gesteckt. Die verdammte Decke ist dünn wie ein Spinnennetz. Ihm ist kalt, seine Muskeln brennen. Den ganzen Tag über hat er fünfzig Kilo schwere Zementsäcke von einem Güterzug zu einer Lagerhalle geschleppt. Die Gefangenen bauen einen Staudamm für Nagoya. Wenn er die Zementsäcke auf den Haufen fallen lässt, entweichen Wolken aus Staub, der die Lungen reizt. Jetzt hustet er ihn heraus, rutscht näher an Harris heran. Alle Männer teilen sich die Pritschen. Das ist die einzige Möglichkeit, am Leben zu bleiben. Es kümmert sie nicht, ob ihre Bettnachbarn ranzig riechen. Ob sich die Knochen ihrer Schlafgenossen durch ihre Haut bohren. Wärme. Menschlichkeit. Er hustet wieder.

»Gib Ruhe, Szydlo«, knurrt Harris. »Ich brauche meinen Schlaf.«

»Entschuldige.«

»Ich sag dir, wenn ich nach Hause komme, werde ich unter dieser dicken Quiltdecke, die meine Großmutter gemacht hat, in meinem eigenen verdammt weichen Bett schlafen, Kumpel, und zwar ohne dich.«

»Wem sagst du das.«

»Und ich werde die Heizung aufdrehen, bis alle im Haus schwitzend und fluchend aufwachen. Es ist mir egal, wie hoch am Ende die Rechnung ist.«

»Ja. Oh, ja.«

Charlie denkt an sein eigenes weiches Bett in seinem Zimmer zu Hause, die Kissenbezüge, die seine Mutter mit Vögeln, Hüttensängern, bestickt hat, die frischen, gebügelten Laken, das warme Federbett. Wie groß ist die Wahrscheinlichkeit, dass er irgendetwas davon je wiedersehen wird? Oder seine Eltern?

Ein paar Stunden später wacht er auf. Dünnes, bläuliches Berglicht stiehlt sich durch das kleine Fenster unter der Decke. Der Wachmann, den sie am meisten hassen, den sie »Gurgel« nennen, weil er sich ständig räuspert, hat die Tür aufgerissen. Er wird jeden Mann prügeln, der nicht sofort von der Pritsche aufspringt. Charlie fröstelt mehr als sonst. Ist die Temperatur jäh abgefallen? Ist er krank? Er stößt Harris an der Schulter an. »Kumpel, steh auf. Gurgel ist hier. Beweg dich.«

Nichts.

Er hebt den Kopf und sieht hinüber. Harris liegt da, sieht so entspannt aus wie seit Monaten nicht mehr.

»Harris?«

Die Erkenntnis kriecht an Charlies Rückgrat hoch: Er berührt die Hand seines Pritschennachbarn. Sie ist eiskalt.

Später tragen zwei andere Gefangene den Leichnam fort. Niemand stützt Harris' Kopf, sodass er schlaff an seinem Hals baumelt. Charlie will rufen: Nehmt mich auch mit! Er ist ernüchtert, als ihm bewusst wird, dass ihm der Tod inzwischen mehr Hoffnung gibt als die Vorstellung, wieder in Freiheit zu leben.

Aus seinen Gedanken gerissen, als das Lämpchen an der Schalttafel zu blinken beginnt – Miss Porter bekommt einen Anruf –, schnappt sich Charlie die Kopfhörer und stülpt sie sich rasch über. Er schaudert. Die Erinnerung hat ihn mit derselben alten Frage zurückgelassen: Warum hat er überlebt, während so viele andere gestorben sind?

»Hallo«, meldet sich Rosalind. Sie klingt abgelenkt, erschöpft.

»Hallo, Roz.«

Diese gepflegte britische Wochenschau-Aussprache – das kann nur Weaver sein. »Es ist schon spät. Entschuldige. Ich habe dich doch nicht geweckt, Liebling, oder?«

»Ich war eben dabei, mich bettfertig zu machen.«

»Ich weiß, ich bin ein solcher Langweiler, rufe dich zu oft an«, sagt Weaver. »Aber ich muss dich sehen. Wenn du mir nur eine einzige Chance gibst. Das ist alles, worum ich dich bitte.«

»Nein.«

»Aber du weißt nicht, was für mich auf dem Spiel steht.« Weavers Stimme klingt erstickt.

»Na schön. Was steht denn für dich auf dem Spiel, Weaver? Sag's mir.«

»Mein Leben liegt in Trümmern, seit ich dich verlassen habe.«

»Und meines nicht?«

»Hör zu. Ich weiß, dass du wütend bist. Du hast jedes Recht dazu. Aber hör mich an. Triff mich nur ein einziges Mal. Lass mich dir erzählen, was wirklich passiert ist.«

Schweigen. Und dann: »Warum sollte ich dir vertrauen?«

»Weil ich Dinge zu sagen habe, die dich dazu bringen könnten, deine Meinung zu ändern. Wenn du nur die Wahrheit wüsstest ... dann würdest du es verstehen.« Und dann dämpft er seine Stimme zu einem Flüstern, als er fortfährt: »Ich kann nichts davon am Telefon sagen.« Charlie beugt sich vor. Ahnt Weaver, dass die Leitung angezapft ist?

»Es ist schon spät«, sagt Miss Porter. »Ich gehe jetzt zu Bett.«

Oh, Gott! Sag Ja zu ihm!

»Morgen Abend. Ich flehe dich an.«

Miss Porter holt so laut Luft, dass Charlie es hören kann. Vielleicht ist sie zu müde, um Widerstand zu leisten. Vielleicht hat Weaver sie zermürbt. Vielleicht tut sie es, weil sie Charlie geglaubt hat, als er ihr sagte, die Sicherheit der Welt ruhe auf ihren Schultern. Aus welchem Grund auch immer, sie sagt: »Na schön, Weaver. Aber vergiss das Dinner. Versuch gar nicht erst, mir den Hof zu machen. Wenn du mich sehen willst, komm morgen Abend um acht vorbei. Bleib nicht länger als eine Stunde. Und erwarte nicht, dass ich dich verköstige.«

»Gott sei Dank, und auch dir«, sagt Weaver. »Schlaf gut, meine Liebe.«

Sie legt auf, ohne sich zu verabschieden. Charlie reißt die Kopfhörer herunter und lacht schallend auf.

Rosalind sitzt im Dunkeln in ihrem Wohnzimmer. An der Decke tänzeln und wirbeln die Lichter vom Lake Shore Drive. Sie muss zu Bett gehen. Sie muss diesen Anruf vergessen. Wie soll sie mit Weavers Stimme in ihrem Kopf einschlafen? Weaver war früher einmal ihre Droge – eine, die ihr Genuss bereitete und sie dann verzweifelt zurückließ. Jetzt ist sie clean. Da Weaver noch immer in Hyde Park lebt und Rosalind nicht mehr zur South Side zur Arbeit fährt, hat sie es geschafft, ihm nicht ein einziges Mal über den Weg zu laufen. Das Letzte, was sie will, ist, wieder in ihre Sucht gezogen zu werden. Wenn sie ihn sieht, wird sie ihm ins Gesicht sagen: *Hör auf, mich anzurufen. Gib's auf. Es ist vorbei. Ich werde dich nie wieder in mein Leben lassen.*

Falls Special Agent Szydlo zugehört hat, wird er sich wohl toll vorkommen, jetzt, wo sie Ja gesagt hat. Er hatte sogar kurz angedeutet, Weaver wieder zu treffen würde ihr eine Chance auf Rache bieten. Sie hat sich nie als rachsüchtigen Menschen gesehen. Aber ihre Neugier ist geweckt. Könnte Weaver wirklich das Monster sein, das die ganze Welt an den Rand des Abgrunds gebracht hat?

So sehr sie Thomas Weaver einmal geliebt hat, war er doch immer von einer Aura des Mysteriösen umgeben. Einem Schweigen, einem Dunkel, einer Andeutung von Geheimnissen. Warum hat er aus heiterem Himmel angerufen? Warum muss er sie auf einmal sehen? Was, wenn sie, nur für eine einzige Nacht, seine Geheimnisse aufdecken und ihn dann fröhlich vernichten könnte?

Als Charlie an der U-Bahn-Station Damen aussteigt, haben sich die Straßen in Pfützen verwandelt, und der Wind ist gnadenlos. Zum Glück hat er heute Morgen einen Regenmantel mitgenommen. An den ersten beiden Blocks kommen ihm zwei Betrunkene entgegen, ein Bursche in einer Kellneruniform und eine fröstelnde junge Prostituierte in einem fadenscheinigen gelben Kleid. Sie fragt: »*Hej, chcesz się zabawić?*« Ob er ein bisschen Spaß sucht.

»*Przepraszam, nie*«, antwortet er.

Sie ist eindeutig hungrig und durchgefroren. Nichts an ihr sieht nach Spaß aus. Es gibt heutzutage so viele vom Krieg Vertriebene, von Veränderung und Verlust geschundene Seelen. Seit die Deutschen in Polen eingefallen sind, heißt es, leben in Chicago mehr Polen als in jeder polnischen Stadt. Er ist bereit, ihr den Fünfdollarschein in seiner Brieftasche zu geben. Aber bevor er sie erreichen kann, fährt ein Wagen heran, und sie steigt ein. Unwillkürlich hat er Mitleid mit ihrem jungen Leben.

Während er die Seitengassen hinuntergeht, sind das Einzige, was er hört, seine eigenen Schritte und das Maunzen einer streunenden Katze. Die Polen gehen früh zu Bett, stehen früh auf, arbeiten hart. Das Haus seiner Schwester ist ein Arbeitercottage aus dem Jahr 1893, mit einem Spitzdach, klein und bescheiden. Die Lage in Wicker Park ist ein Vorteil. Ihr Ehemann, Mack, trinkt gern einen Schluck in der Bar an der Ecke, dem Szczęście. Die Kinder gehen auf die Burr School. Peggy kann in zwanzig Minuten zu Fuß zu St. Mary of the Angels gehen, nicht weit von dort, wo ihre Eltern früher lebten. Sie lässt keinen Morgen aus. Früher sagte sie oft: »Komm mit, Charlie. Du weißt schon. Ein paar Gebete sprechen.« Aber wie einer der Burschen, die mit ihm zusammen in Matsushima ums Überleben kämpften, gern sagte: »Gott und ich sind keine Kumpel mehr.«

Im Haus ist alles dunkel; sie müssen schlafen gegangen sein. Charlies Wohnung ist Peggys umgebauter Keller, mit einer eigenen Tür nach draußen. Ein Vorhang trennt sein Bett vom Wohnbereich ab. Eine behelfsmäßige Toilette, um eine Stufe erhöht, und eine Dusche mit einem Abfluss im Boden. Keine Küche. Wenn er rechtzeitig nach Hause kommt, isst er oben mit Peggy und ihrer Familie zu Abend. Er kann sich nicht erinnern, wann das das letzte Mal vorgekommen ist. An jedem Monatsersten steckt er zwanzig Dollar in das Glas auf ihrem Küchentresen, sein Beitrag zu dem Essen, das er nie isst.

Er zieht sich um, schlüpft in eine Chinohose und ein Sweatshirt und steigt die Stufen zur Küche hoch, in der Hoffnung, sich ein Hamm's aus Pegs Kühlschrank zu holen. In letzter Zeit fühlt er sich ständig erschöpft, aber das Schlafen fällt ihm trotzdem schwer. Manchmal hilft Bier. Manchmal hilft nichts.

Er ist verblüfft, Peggy am Küchentisch sitzen zu sehen.

»Oh, entschuldige«, sagt er. »Wusste nicht, dass du noch auf bist.«

»Es ist auch deine Küche.« Sie zeigt auf eine Schale mit Obst. »Willst du einen Pfirsich?« Sie hat bereits von einem abgebissen und wischt sich den Saft vom Kinn. Er bemerkt, dass ihr goldbraunes Haar unter einem Netz fest um stachelige Lockenwickler gedreht ist. Warum tun Frauen so schmerzhafte Dinge, wie auf Lockenwicklern zu schlafen? Peggys Haar ist immer perfekt. Ihre Kleider sind tadellos gebügelt, ihre Schuhe poliert.

»Was ich wirklich brauche, ist ein Bier.«

»Ich wünschte, du würdest etwas essen.«

»Was hast du zum Abendessen gemacht?«

»Kohlrouladen. Sind gut gelungen.«

»Das glaube ich gern.«

Er öffnet den Kühlschrank, der mit Glasschüsseln gefüllt ist. Er sieht vier überzählige Kohlrouladen, dicke Babys, in einer Reihe aneinandergekuschelt. Eine einzige Kohlroulade pro Mann hätte vielleicht geholfen, ihn und seine Freunde während des Krieges vor der Beriberi zu schützen. Jetzt ist es nur ein Gericht unter vielen. Die Rouladen werden übermorgen aufgegessen sein. Peggy führt einen ordentlichen, sparsamen Haushalt. Sie hat das von ihrer Mutter gelernt, die in ihrem ganzen Leben nie auch nur eine Weintraube vergeudet hat. Er nimmt sich ein Hamm's und öffnet es an dem Flaschenöffner, der an der Wand befestigt ist. Charlie zieht sich einen Stuhl zurück und setzt sich Peggy gegenüber.

Er schließt die Augen, als er diesen ersten kalten Schluck trinkt – das Beste, was er den ganzen Tag gefühlt hat. Es ist, als ob seine Seele zusammengeballt war und das Bier sie an den Rändern lockert. Er seufzt behaglich. Er ist zu Hause. Er ist in Sicherheit. Seine Schwester betet für ihn, auch wenn er nicht für sich selbst beten wird.

»Geht's dir gut, Kleiner?«, fragt sie.

»Na klar. Warum sollte es mir nicht gut gehen?«

»Ich weiß nicht. Du arbeitest wie ein Besessener. Kann mich nicht erinnern, wann ich dich das letzte Mal lächeln gesehen habe.«

Er zuckt die Schultern. »Ach ja? Wann hast du mich denn das letzte Mal überhaupt gesehen?«

Sie lacht. »Stevie hat mich neulich gefragt: ›Wohnt Onkel Charlie noch hier?‹ Ich habe gesagt: ›Soweit ich weiß, ja.‹«

»Tut mir leid.«

»Selbst sonntags, wenn wir von der Kirche zurückkommen, bist du nicht da. Wohin gehst du denn immer?«

»Ich weiß nicht. Square Dance? Redetraining? Strickclub?«

Sie sieht ihn kopfschüttelnd an. »Witzbold. Ist die Arbeit gut? Jagst du noch immer Rote?«

»So gut ich kann.«

»Stimmt es, was dieser Senator McCarthy sagt, dass es im Außenministerium von Spionen nur so wimmelt?«

Er schüttelt den Kopf. »Nein. McCarthy ist ein Spinner. Es gibt vielleicht einen. Oder zwei. Wir haben keinen Beweis.«

»Da bin ich ja erleichtert. Ich würde mit einem Babuschka-Kopftuch grauenhaft aussehen.«

Er lacht. »Du würdest es mit Würde tragen.«

Ihre Miene wird ernst. »Ich mache mir einfach Sorgen. Stell dir vor, Kinder in einer kommunistischen Welt großzuziehen. Die Wahrheit zu flüstern, während die Regierung Lügen brüllt. Nicht genug zu essen zu haben. Unser Haus mit zwei anderen Familien zu teilen ...«

»Das wird nicht passieren, Peg. Nicht hier. Nicht jetzt.«

»Daheim in Polen ist es passiert.«

»Hier wird es nicht passieren. Versprochen.«

Sie beugt sich vor und küsst ihn auf die Wange. »Dank Burschen wie dir. Ich bin stolz auf dich, Kleiner. Hör zu.« Sie umfasst seine Schultern, schlägt unvermittelt einen anderen Ton an. »Ich habe mir überlegt, dich mit Sherry Nowak zu verkuppeln. Sie ist Laura Mlynarskis kleine Schwester. Sehr hübsches Mädchen. Blond und zierlich ... und eine perfekte Nase. Eine absolut perfekte Nase.«

»Ich bin nicht interessiert an Sherry Nowaks Nase.«

»Und was ist mit dem Rest von ihr?«

»Im Moment nicht.«

Sie blinzelt, presst die Lippen zusammen. »Du weißt, dass Linda deine Loyalität nicht verdient hat«, sagt sie dann.

»Es ist nicht wegen Linda.«

»Ich wundere mich nur.« Peg schüttelt den Kopf auf eine besorgte, vorwurfsvolle Art. Die Lockenwickler wippen. »Du bist seit fast vier Jahren wieder da, Charlie.«

»Ich weiß, wie lange ich wieder da bin.«

»Worauf wartest du denn dann noch? Ma hätte dich gedrängt, jemanden zu finden, wenn sie noch am Leben wäre.«

»Na ja, Ma ist nicht hier.«

»Ja. Umso schlimmer.« Wenn Charlie seine Schwester in

letzter Zeit ansieht, dann sieht er ihre Mutter, als sie jung war. Stets zuversichtlich. Freundlich. Die gleichen blauen Augen. Es gab niemanden in der Nachbarschaft, der sich nicht auf Lidia Szydlo verließ, sich nicht Rat suchend an sie wandte. Sie wusste das richtige Kraut, um deinen Husten zu lindern, das richtige Gebet, um dein Herz zu beschwichtigen, das Richtige zu sagen, wenn niemand sonst dich verstand.

Sie starb im April 45 an Lungenentzündung, nur Monate vor dem Ende des Krieges und Charlies Freilassung. Peggy sagte, St. Mary's sei zu ihrer Beerdigung so überfüllt gewesen, dass die Leute bis in den Vorraum standen. Sein Vater, der ein Jahr nach Charlies Heimkehr starb, erzählte seinem Sohn, es hätte seiner Mutter das Herz gebrochen, dass sie es gewesen war, die darauf gedrängt hatte, dass er sich freiwillig zur Armee meldete. Sie gab sich die Schuld daran, dass Charlie auf den Philippinen gelandet war und vielleicht nie mehr nach Hause kommen würde. »Es hat sie umgebracht. Schlicht und ergreifend.«

»Ich gehe schlafen«, sagt er jetzt zu Peggy und stellt seine Flasche in den Leergutkasten.

Peggy steht auf und streckt die Arme nach ihm aus. »Komm her, Kleiner«, sagt sie.

Er zuckt die Schultern, tritt auf sie zu, und sie zieht ihn in eine Umarmung. Er hört das Ticken der Uhr über der Tür, Grillen draußen auf dem Gras. Das Zeug, das sie sich auf die Lockenwickler spritzt, riecht nach Ahornsirup.

»Du weißt schon, dass ich dich liebe, oder?«, fragt sie.

»Na klar«, sagt er. »Ich weiß, Peg.«

»Ich will nur, dass du glücklich bist, das ist alles.«

»Ich bin glücklich«, erwidert er.

Sie schüttelt den Kopf. »Lüg deine Schwester nicht an. Das ist eine ganz schlechte Taktik.«

»Okay, Boss.« Er küsst sie auf beide Wangen, dann stapft er die Stufen hinunter, aufgemuntert von dem Bier, bekümmert von Peggys Sorge um ihn. Vielleicht hat sie recht. Er kann nicht umhin, sich bedrückt zu fühlen, während er um sich blickt, auf den Betonboden, die niedrige Decke. Als er aus dem Krieg zurückkehrte, dachte er oft an Selbstmord. Er konnte den giftigen Geruch des Waffenöls schmecken, das kalte Metall seines Dienstrevolvers spüren, der zwischen seinen Lippen steckte. Jetzt ist er einunddreißig Jahre alt und lebt in einem Keller. Eine andere Art Selbstmord. Nicht ein Möbelstück hier unten ist nicht stark abgenutzt und ausrangiert – genau wie er. Er streift seine Kleider ab und legt sich ins Bett, steif, unbehaglich und allein.

5

Rosalind durchwühlt den Schrank nach einem Kleid, tuscht ihre Wimpern, zieht ihren Lippenstift nach. Sich dabei zuzusehen, wie sie sich für Weaver schön macht, beschämt sie. Aber es ist vier Jahre her, seit sie sich zuletzt gesehen haben, und sie will, dass er sie unwiderstehlich findet. Sie will, dass er sich erklärt und um Verzeihung bittet. Und dann plant sie, sein Herz zum Bluten zu bringen, so wie er es mit ihrem gemacht hat.

Als der Türsummer ertönt, ist es zwanzig nach acht. Arrogante Leute kommen immer zu spät. Sie nimmt den Hörer der Gegensprechanlage ab. Frank, der Portier, seine Stimme schrill und unbehaglich, sagt: »Es ist … Mr. Weaver. Sie … äh … Miss Porter, möchten Sie, dass ich ihn hochlasse?« Frank bewacht dieses Gebäude, seit sie hier wohnt. Früher sah er Weaver fast jeden Abend mit ihr nach Hause kommen. Frank und Weaver führten lautstarke Diskussionen über die Cubs und die White Sox – Weavers neu gefundene amerikanische Leidenschaft. »Heiraten Sie den Mann bald, hören Sie?«, sagte Frank. »Ein Mädchen wie Sie sollte verheiratet sein.« Und dann wurden die Bomben auf Japan abgeworfen.

Sie wusste, dass sie die Japaner hassen sollte. Sie hatte gehört, dass die Soldaten grausam waren. Und dass das Land skrupellos und machthungrig war. Und doch zerstäubte der Zögling ihres Manhattan-Projekts am Ende stillende Mütter, kleine Mädchen, die Puppen an sich drückten, alte Frauen, die Tee einschenkten, Männer, die zu betagt waren, um zu kämpfen. Er warf ihre Häuser in Flammenwinde, zerstörte ihre Krankenhäuser und Schulen. Er schleuderte eine ganze Stadt in die Sonne, und die Amerikaner lachten, während sie brannte. Und dann wählten sie noch eine andere Stadt aus und taten dasselbe. Über einhunderttausend Träume verbrannten in einer Feuersbrunst, die zu heiß war, um Rauch zu erzeugen. Fünfzigtausend starben später an ihren Verletzungen.

»Das geht vorbei«, sagte Weaver zu ihr, als sie bei seiner Berührung zusammenzuckte.

»Ach ja?«

»Ich bin hier. Und ich habe vor zu warten, bis es dir besser geht.« Seine Worte berührten sie. Und mit der Zeit spürte sie tatsächlich, wie sie zu heilen begann, sich ihm allmählich wieder annäherte, ihre Leidenschaft neu entdeckte. Dann, eines Abends nach der Arbeit, auf dem Gehsteig vor der Eckhart Hall, beendete Weaver mit einem einfachen Satz ihre Beziehung. Es war vorbei. Es gab jemand anders. Keine Vorrede. Keine Erklärung. Frank musste ihr an dem Abend hoch zu ihrer Wohnung helfen, nachdem sie noch zu der Bar getaumelt und zu betrunken, um aufrecht zu gehen, nach Hause gekommen war.

»Der Mann ist ein Verräter«, sagte Frank zu ihr. »Sie sind besser dran ohne ihn. Aber vom Trinken wird es nicht besser, Miss Porter.« Sie weiß nicht mehr viel von jenem Abend. Aber sie erinnert sich, dass Frank sie im Aufzug hochbrachte, sie aufs Sofa setzte, ihr ein Glas Wasser einschenkte und sie anwies: »Trinken Sie das ganze Glas aus, sonst werden Sie morgen früh höllische Kopfschmerzen haben.«

Jetzt fragt der Portier noch einmal im Flüsterton: »Sind Sie sicher, dass Sie ihn sehen wollen, Miss?«

»Lassen Sie ihn hoch, Frank.«

»Okay …« Sie kann fast hören, wie er die Schultern zuckt.

Sie wirft einen Blick in den Spiegel neben der Tür, besorgt, wie Weaver sie sehen wird. Aber als sie die Tür öffnet, ist sie es, die ergriffen ist. Der Mann, der vor ihr steht, ist stark gealtert. Neun Jahre älter als sie, ist er dünner als früher, und sein Haar ist an den Schläfen ergraut. In der Vergangenheit hat er Ruhe ausgestrahlt. Jetzt bemerkt sie an ihm eine verblüffend nervöse Energie. Und doch fühlt sie sich in seiner Nähe, Gott steh ihr bei, doppelt so lebendig.

»Hi, meine Liebe.«

»Weaver.«

»Du siehst schön aus. Ich meine, *außergewöhnlich* schön. Du hast keine Ahnung, wie sehr ich mich freue, dich zu sehen.« Er war nie so überschwänglich. Er war immer zurückhaltend … britisch.

»Ich habe die kitschigste gekauft, die ich finden konnte«, sagt er und überreicht ihr eine Schachtel Pralinen. Sie ist ringsum mit einer Spitzenborte aus Goldpapier verziert, die Worte »Ich liebe dich« in roter Folie oben aufgeprägt.

»Na, na, na«, sagt sie trocken. Wo hat er das Ding vier Monate nach dem Valentinstag aufgetrieben?

»Ich habe mich vergewissert, dass sie mit Ahorncreme sind.« Weaver ist ganz verrückt nach Ahorn, etwas, was er nie kennengelernt hat, bevor er nach Amerika kam. Sie machte ihn mit Ahornsirup, Ahornbonbons, Ahorncreme bekannt. »Oh, und hier drin …« – er hält eine braune Tüte hoch – »… Kirschen. Ich weiß, dass du sie jeden Juni kaufst.«

»Ich will keine Geschenke«, sagt sie.

Er legt die Kirschen auf dem Tischchen im Flur ab und tritt auf sie zu. »Stoß mich nicht weg. Du hast keine Ahnung, wie sehr ich dich vermisst habe.« Er streckt die Arme aus, um sie an sich zu ziehen, aber sie duckt sich weg.

»Ich hole dir einen Drink«, sagt sie. »Scotch und Soda, ohne Eis?«

»Du erinnerst dich.«

»Es gibt vieles, woran ich mich erinnere.« Sie sagt es in keinem freundlichen Ton.

Erleichtert, eine Aufgabe zu haben, beschwört sie sich, ihn nicht anzusehen. Als sie die Flasche Scotch aus dem Barschrank nimmt, wird ihr bewusst, wie kostbar sie ist: vor dem Krieg abgefüllt, Staub auf den Schultern. Uralte Geschichte. Nachdem er gegangen war, erinnerte Scotch sie zu sehr an das, was sie verloren hatte. Sie hat ihn nicht angerührt seit ihrem letzten gemeinsamen Abend.

»Diese Wohnung habe ich immer gemocht«, sagt er und blickt sich wohlwollend um. »Vor allem morgens, wenn wir zum Sonnenaufgang über dem See aufgewacht sind …«

Seine Worte bereiten ihr Schmerzen, erinnern sie an all die Jahre, in denen sie so vertraut miteinander waren, als wären sie verheiratet. Sie verstießen gegen jede Regel, nach der Rosalind erzogen wurde, und es fühlte sich nie falsch an. Sie teilten den Sonnenaufgang, verbrachten den Tag zusammen im Labor, saßen sich gegenüber, während sie Take-away aßen. Manchmal hielten sie inne, nur um sich bei den Händen zu halten. Sie liebten sich auf dem Bett, dem Boden, dem Sofa, in der Badewanne, in der Küche. Nachdem er gegangen war, fragte sie sich immer wieder, ob es mehr als Verlangen gewesen war. Für sie war es viel mehr gewesen. Aber wie hatte er so leichtfertig gehen können? Sie schenkt sich ein Glas Scotch ein, verzichtet auf das Soda. Sie braucht den Scotch, um ihm gegenüberzutreten. Sie trinkt zwei kräftige Schlucke, bevor sie sich zu ihm aufs Sofa setzt.

Sie war eben zweiundzwanzig geworden, als sie Weaver kennenlernte, und war noch absolut unschuldig. Man könnte ihrem

Vater die Schuld geben. Als Rosalind aufwuchs, kam er jeden Sonntag zum Dinner. Das war die einzige Zeit, zu der sie ihn sah. Eine lebhafte Diskussion während der Vorspeise über die Chicagoer Politik oder die weibliche Wählerschaft führte zwangsläufig spätestens beim Dessert zu einem Vortrag über die Gefahren, die von der männlichen Bevölkerung ausgingen. Dr. Joe hatte bei seiner Arbeit als Gerichtsmediziner entsetzliche Dinge gesehen. Frauen, die gewalttätige Männer gewählt hatten, Frauen, die versucht hatten, ungewollte Schwangerschaften zu beenden, und dabei zu Tode gekommen waren, oder die in ein Leben als Prostituierte geschlittert und an den falschen Kunden geraten waren. In jedem Fall war die Moral der Geschichte der Tod. Rosalind hörte diese Warnungen so oft, dass sie Liebe fortan mit Gefahr gleichsetzte. Sie wuchs in Angst vor dem anderen Geschlecht auf. Dr. Joe war nicht allzu erfreut, als Henry verkündete, Professor Fermi hätte Rosalind rekrutiert, um an einem Top-Secret-Projekt zu arbeiten. »Mit diesen ganzen Männern im Team«, bemerkte ihr Vater. »Das kann kein gutes Ende nehmen.«

Aber Rosalind hätte sich durch niemanden von dem abbringen lassen, was sie als ihre beste Chance ansah, etwas zu bewegen. Die Leute lachten, wenn sie sagte, fossile Brennstoffe würden eines Tages ausgeschöpft sein. Sie war überzeugt, mit Kernenergie könnten sie langfristig die Welt versorgen. Und da Fermi ihrem Engagement Beifall zollte, gab es nichts, was sie nicht getan hätte, um ihn stolz zu machen. Sie fuhr mit dem Bus zu einem Holzplatz, um die Unmengen an Holz zu bestellen, die sie benötigten, um den Meiler zu bauen. Sie führte Ferngespräche mit dem Reifen- und Gummiunternehmen Goodyear über die Maße und die Form und Sicherheit der Nähte des quadratischen Ballons, den sie brauchten, um die Reaktion zu beherbergen.

Was Fermi am stolzesten machte, war ihr Entwurf eines Bortrifluorid-Zählers, der wie ein Geigerzähler funktionierte und Neutronen zählte, um dabei zu helfen, die entstehende Reaktion zu messen. Andere hatten versucht, genau so ein Gerät zu entwickeln, aber Rosalind experimentierte tagelang, bis sie herausfand, dass das Bor auf 96 Prozent Bor-10 angereichert werden musste, um die gewünschte Konsistenz zu erreichen. Die Aufregung, die sie verspürte, als es ihr endlich gelang, war nicht unähnlich dem Gefühl, sich zu verlieben. An dem Tag, an dem sie ihre Entdeckung enthüllte, gingen Fermi, Anderson und sie vor den Felsen am Ende der Fifty-fifth Street schwimmen. Das war im Sommer zu einer Art Ritual nach der Arbeit geworden. Aber an jenem Tag rollte Fermi sein Handtuch aus und brachte eine Flasche Champagner zum Vorschein. Wie war er in Kriegszeiten an eine solche Köstlichkeit gekommen? »Ein Geschenk von einem Bewunderer«, erklärte er und präsentierte sie wie eine Trophäe. »Und jetzt bewundere ich Sie, Rosalind.« Er ließ den Korken knallen. Sie reichten die Flasche lachend herum, tranken von dem kalten Flaschenhals. Sie hatte noch nie zuvor Champagner gekostet und war schockiert und entzückt zugleich von seinen säuerlichen Perlen. Nichts hatte sich je so dekadent angefühlt wie der Moment, als sie zu dritt auf diesen Felsen saßen, ihre Füße im kühlen Wasser baumeln ließen und Rosalinds Erfolg feierten.

Trotz der Aufgaben, in denen sie sich hervortat, gab sie sich alle Mühe, nicht das Maskottchen des Teams zu sein. Fünfzig Männer und Rosalind. Abgesehen von Fermi behandelten alle Kollegen sie wie eine kleine Schwester. Sie neckten sie. Sie spielten ihr Streiche. Steckten eine künstliche Maus unter ihre Handtasche. Träufelten roten Farbstoff in ihre Coca-Cola, sodass sie zwei Tage lang einen roten Ring um die Lippen hatte. Es war schwer zu glauben, dass solch brillante Männer sich mit solch albernen Witzen amüsieren konnten. »Danke, Jungs. Mein Victory-Red-Lippenstift war eh fast aufgebraucht.«

Aber wenn Fermi nicht da war und ein ernstes Problem auftrat, bezogen sie Rosalind nur selten in die Diskussionen mit ein. Wenn sie zufällig etwas mitbekam, trat sie näher und meldete sich trotzdem zu Wort. Männer, stellte sie fest, übersahen oft das Offensichtliche. Oder arbeiteten zu hart daran, auf eine neue Idee zu kommen, die ein gutes Licht auf sie werfen würde, anstatt in der Vergangenheit nach Antworten zu suchen. Rosalinds Ideen verblüfften die Männer im Allgemeinen.

Sie lernte rasch, dass ihre Gedanken, in der Stimmlage einer Frau ausgesprochen, unhörbar waren. Wenn sie Beachtung finden wollte, musste sie die Tonhöhe senken. Und sie stellte fest, dass die Männer, wenn sie langsamer sprach, mit Luft zwischen ihren Sätzen, innehielten und zuhörten. Binnen eines Jahres bezogen die Kollegen Rosalind mehr ein. Sie wandten sich ihr zu. Aber da sie nicht hervorstechen wollte, gab sie sich Mühe, jedem Anerkennung zu zollen. Sie versuchte immer, die Männer glauben zu machen, ihre Ideen seien von ihnen inspiriert worden.

Dann kam Thomas Weaver aus New York anstolziert. Er war vor dem Krieg mit dem Schiff von Cambridge nach Columbia gekommen, um an der Kernspaltung zu arbeiten, und ein Schreiben von Franklin D. Roosevelt war nötig gewesen, um zu verhindern, dass er nach England zurückgeschickt wurde, um zu kämpfen. Anfang dreißig, Single, blitzgescheit, hatte er keine Angst davor, aufzufallen. Im Gegenteil, danach verlangte es ihn.

Sie hörte ein paar ihrer Wissenschaftskollegen murmeln: »Für wen zum Teufel hält der sich eigentlich?«

An seinem dritten Tag im Labor sprach er sie an. »Wir haben uns noch gar nicht richtig bekannt gemacht«, sagte er und streckte die Hand aus. »Ich würde sagen, Fermi wusste, was er tat, als er Sie in einen Laborkittel gesteckt hat. Sie sind nicht irgendeine Frau.« Er sah sie bewundernd an. »Ihren Zähler habe ich bereits kennengelernt. Pures Genie.«

»Danke.«

»Ich ziehe den Hut vor Ihnen.« Er nahm einen imaginären Hut ab und machte eine alberne Verbeugung. Sie lachte. Rosalind war eine der Ersten im Met Lab, die sich Weavers großspuriger Art gewachsen zeigten und ihn zu mögen lernten.

Nicht lange danach, im Dezember, standen alle Met-Lab-Wissenschaftler in Schals und Wollmützen fröstelnd auf der Beobachtungsplattform über dem bitterkalten unterirdischen Squashcourt, auf dem sie den Meiler errichtet hatten, und verfolgten ihren ersten Versuch mit einer anhaltenden Reaktion. Es war das Schlagen ihres Neutronenzählers, das ihnen verriet, dass die Reaktion aktiv war. Er tickte und klickte, bis sie nur noch ein Dröhnen hörten. Ein Herz, das Gefahr lief zu zerspringen.

Als ihr Zähler die Geschwindigkeit und Intensität nicht länger verarbeiten konnte, wurde er ausgeschaltet und der Messschreiber eingeschaltet. Alle waren still. Es gab nicht einen Wissenschaftler auf diesem kalten Balkon, der sich nicht in höchster Anspannung vorbeugte. Weaver, der neben ihr stand, ergriff ihre behandschuhte Hand und drückte sie. In dieser aufgeladenen Atmosphäre hob Fermi, wie der größte der Dirigenten, den Arm, ein Salut an das Universum und seine Magie.

»Der Meiler ist in die kritische Phase getreten«, erklärte er. Und dann hielten alle den Atem an, während Fermi den Meiler in Betrieb setzte. Die Minuten verstrichen, eine, zwei, drei, vier! Weitaus länger, als irgendjemand erwartet hatte. Wenn sich die Frequenz unkontrolliert erhöhte, würde ganz Chicago in die Luft fliegen und Rosalinds eigene Atome würden zwischen den Trümmern umhergeschleudert werden. Nein, sagte sie sich.

Der Schnellabschaltstab konnte herabgelassen werden. Die Kontrollstäbe eingefahren. Trotzdem, nicht eine Person in diesem Raum konnte sich sicher sein, ob Menschen schnell genug waren, um eine Katastrophe zu verhindern. Zur Verstärkung standen drei Männer nervös da, einen Fuß nach vorn gesetzt, Eimer mit Kadmiumsulfat in den Händen, um es, falls nötig, in den Meiler zu schütten. Als Fermi schließlich das Zeichen gab, den Abschaltstab herabzulassen, war ein kollektives Ausatmen zu hören. Die Männer stellten die Eimer ab. Fermi schüttelte staunend den Kopf und lächelte. Wie ein großer Seefahrer hatte er sie sicher durch den Hurrikan gesteuert.

An jenem Abend fand im Haus der Fermis eine Party statt. Sie war seit Wochen geplant, lange bevor irgendjemand wusste, dass das Projekt so schnell vorankommen würde, dass dieser Abend der perfekte Zeitpunkt zum Feiern sein würde. Rosalind nippte an einem Ginger Ale. Weaver saß neben ihr auf dem Sofa, einen Scotch in der Hand. Sie kostete seinen Drink – sie hatte noch nie zuvor Whisky getrunken – und sagte ihm, sie könne verstehen, woher das Wort »Butterscotch« vielleicht abgeleitet war. Darüber musste er lachen. »Butterscotch? Mein liebes Mädchen, Sie erstaunen mich.« Er begann, sie darüber auszufragen, warum sie sich zur Wissenschaft hingezogen fühlte. Er erkundigte sich nach ihrer Familie, wie es war, ohne Mutter aufzuwachsen, die einzige Frau in ihren Kursen, in ihrem Hauptstudienfach, auf ihrem Gebiet zu sein.

»Es ist, als ob man der erste Ausländer in einem abgeschotteten Land ist«, antwortete sie. »Meine Macht besteht darin, dass ich die Sprache beherrsche. Ich schockiere die Einheimischen gern, indem ich sie fließend spreche.«

Er sah sie bewundernd an. »Sie sprechen sie fließender als der Rest von uns.« Die Hitze, die in ihr aufwallte, ließ sie für einen Moment verstummen. Aber schon bald befanden sie sich in einer lebhaften Diskussion darüber, warum Actinoid-Isotope ungerade Neutronenzahlen brauchten, um spaltbar zu sein. Sie bemerkte, wie Laura Fermi sie beide mit einem anerkennenden Lächeln beobachtete. Sobald Weaver ging, um ihre Drinks aufzufüllen, gesellte Laura sich zu ihr. »Er ist ein wirklich gut aussehender Bursche, nicht wahr?«

»Ja.«

»Wenn ich jünger wäre, würde ich ihm schöne Augen machen. Er mag Sie. Ein Blinder könnte das sehen.« Rosalind spürte, wie sie errötete.

»Ich lerne ihn eben erst kennen.«

»Wie viele Männer ist er zu selbstsicher. Aber dafür sind schließlich Frauen da, oder? Um die Männer in ihre Schranken zurechtzustutzen?« Lauras Englisch war weitaus besser als das ihres Ehemanns, auch wenn ihre Redewendungen manchmal auf eine witzige Weise durcheinandergerieten. »Aber Sie könnten das, Rosalind. Sie sind schlau genug dafür. Und jetzt sagen Sie mir«, fuhr Laura fort, wobei sie etwas näher an Rosalind herantrat, »Sie sind die Einzige, die ich das fragen kann: Warum gratulieren heute Abend alle Enrico? Was ist passiert?«

Hitze stieg in Rosalinds Nacken hoch. »Sie wissen es nicht?«, flüsterte sie. »Er hat es Ihnen nicht erzählt?«

»Ich frage Enrico, und er sagt, geh und kümmere dich um die Gäste!«

Wenn Fermi es Laura nicht erzählt hatte, wie könnte dann Rosalind es tun, das jüngste Mitglied des Teams, die einzige Frau?

»Wenn Sie es mir erzählen, werde ich nicht sagen, dass ich es weiß. Es ist eine große Sache, ja?«

»Ja … sehr groß.«

»So groß wie …« Laura starrte sie mit schokoladenbraunen Augen an.

»Laura ... bitte.«

»Erzählen Sie mir irgendetwas. Eine winzige Kleinigkeit ist mehr, als ich habe.«

»Na ja.« Rosalind grub ihre Schuhspitze in den Teppich, suchte nach Worten. »Es ist so wichtig, als ob ... als ob er einen japanischen Admiral versenkt hätte.«

Laura blinzelte ungläubig. Jeder wusste, dass die Situation im Pazifik verheerend war. Die amerikanische Flotte war so gut wie ausgelöscht, und es stand zu befürchten, dass Hawaii bald erobert werden würde.

»Sie machen Witze mit mir, ja?«, fragte Laura.

»Ich sage nicht, dass er tatsächlich einen Admiral versenkt hat. Ich meinte nur, es ist eine große Sache. Eine sehr große.«

»Ich flehe Sie an, es mir zu erzählen, Rosalind. Ich muss wissen, was passiert ist.«

»Mrs. Fermi«, unterbrach Weaver sie, während er Rosalind ein Glas Scotch reichte. »Butterscotch für Sie, meine Liebe«, sagte er, und dann wandte er sich an Laura und legte ihr eine Hand auf die Schulter. »Wir wollen doch nicht, dass unsere Rosalind sich den Mund verbrennt, oder? Und dafür bei Signor Fermi prompt in Ungnade fällt.«

»Mund verbrennt? In Ungnade fällt?«

»Das sind beides charmante amerikanische Redensarten«, erklärte Weaver, wobei er alle Zähne aufblitzen ließ. »Sich den Mund verbrennen heißt, etwas zu erzählen, was man nicht erzählen sollte. Und in Ungnade fallen ist das, was passiert, wenn man etwas sehr, *sehr* Schlimmes tut. Fermi würde ihr nie verzeihen.«

Laura schob schmollend die Unterlippe vor und wandte sich wieder an Rosalind. »Aber es ist eine sehr, sehr große Sache, ja?«

»Ja. Sie wären stolz«, erwiderte Rosalind. »Wenn wir alle

heute Abend gegangen sind, wird er es Ihnen sicher erzählen. Er ist derjenige, der es Ihnen erzählen muss.« Fermi beobachtete sie von der Ecke des Raums aus. Er erhob sein Glas.

Zu der Zeit lebte Rosalind nicht weit vom Campus mit fünf anderen jungen Frauen, hauptsächlich Hochschulsekretärinnen, zusammen. Als sich die Party nach Mitternacht ihrem Ende entgegenneigte, stellte Weaver fest, dass seine Wohnung nicht weit von ihrer lag, und bestand darauf, sie zu Fuß nach Hause zu begleiten. Er war nicht mit dem Wagen gekommen, da die Regierung begonnen hatte, das Benzin zu rationieren.

»Sie hätten sowieso Angst vor meinem Fahrstil«, meinte er, während sie ins Freie traten. »Ich habe gelernt, auf der anderen Seite zu fahren, und hier denke ich ständig, dass alle anderen wie die Verrückten fahren. Irgendwann fällt es mir dann immer ein.« Seine Stimme hallte in der Nachtluft wider. Schnee knirschte unter ihren Füßen. Es war so kalt, dass Rosalinds Nasenflügel zusammenklebten. Sie konnte den Geruch des Holzrauchs kaum wahrnehmen, der aus irgendjemandes Schornstein aufstieg. Die meisten Häuser lagen im Dunkeln, die Straßenlaternen standen zu weit auseinander. Wieder griff er nach ihrer Hand.

»Passen Sie auf«, sagte er. »Das hier ist tückisch.« Er zeigte auf eine vereiste Fläche, die sich auf dem Gehsteig zwischen ein paar weißen Stellen verbarg, schwarz und unheilvoll.

Trotz ihrer Handschuhe jagte seine Berührung ein Kribbeln durch ihre Adern. Das ganze Ausmaß ihrer »Erfahrung« mit Männern beschränkte sich darauf, dass sie bei ein und demselben Tanzabend für Militärangehörige zwei verschiedene Soldaten geküsst hatte. Letztendlich hatten sich die beiden geprügelt. Und jetzt hielt der gut aussehende Thomas Weaver ihre Hand. Sie hatte keine Ahnung, was sie davon halten sollte. Warum in aller Welt sollte er *sie* wählen?

Ihr Leben lang war sie das »schlaue« Mädchen gewesen. Bei diesem Spruch »Männer sprechen selten Mädchen an, die eine Brille tragen« ging es nicht wirklich um die Lesehilfe. Was für ein Mann wollte schon mit einem lesebesessenen Mädchen zusammen sein? Louisa versuchte ihr zu helfen. Als Rosalind auf die Highschool kam, bestand Louisa darauf, dass sie zum Friseur ging, nahm sich Zeit, um ihr beizubringen, wie man sich die Augenbrauen zupfte. Sie kaufte ihr neue Kleider. Ein Mädchen, erklärte Louisa, musste attraktiv aussehen und den Männern gefallen, um ihre Hauptaufgabe im Leben zu erfüllen: einen Partner zu finden, für Nachwuchs zu sorgen und ein Zuhause zu schaffen. »Das ist die natürliche Ordnung«, erklärte sie. Vielleicht war es der hohle Klang ihrer Stimme, der dafür sorgte, dass sich Rosalind die Nackenhaare aufstellten. Wenn das die natürliche Ordnung war, warum wirkte Lou dann immer so unglücklich? Und warum klang sie so oft, als ob sie etwas aus einem Drehbuch vorlas? Trotzdem, nachdem Louisa sie ein bisschen aufgehübscht hatte, hatte Rosalind eher das Gefühl, etwas Besonderes zu sein. Und die Jungen schienen es zu bemerken.

Dann, als der Schulinspektor aufgrund von Prüfungsergebnissen und Begeisterungsstürmen von Lehrern darauf bestand, sie im Alter von sechzehn Jahren aus der Hyde Park High zu nehmen, damit sie an der Universität von Chicago ein Studium begann, machte sie das bei den Jungen nicht beliebter. Dass sie sich in Mathematik und Naturwissenschaften hervortat, bescherte ihr auch an der Universität keinen Freund. Ihr Freund Zeke empfahl, sie müsse sich nur bemühen, die Tatsache zu verschleiern, dass sie mehr wusste als jeder Mann, dem sie begegnete. Dieser Moment mit Weaver war etwas völlig Neues: ein Mann, der sie *wegen* ihrer Intelligenz zu schätzen schien. Sie fühlte sich völlig aus dem Gleichgewicht geworfen.

»Ich finde, Rosalind ist ein wundervoller Name«, sagte er.

Sie schüttelte den Kopf. »Er ist zu altmodisch. Ich weiß nicht, was meine Eltern sich dabei gedacht haben.«

»Er ist shakespearisch. Sagen Sie nichts dagegen.«

Sie lachte.

»Die Wahrheit ist ...« Seine Stimme stockte. Er wandte sich ihr zu und lächelte nervös. »Ist Ihnen im Labor denn nie aufgefallen, dass ich Sie ständig anstarre?«

Sie hatte keine Ahnung, was sie sagen sollte. Sie hatte sich nie vorgestellt, dieser gut aussehende Mann könnte in romantischer Hinsicht an ihr interessiert sein. Sie waren Kollegen, die über die Vorteile von Berylliumpulver diskutierten.

»Hören Sie, ich ... ich habe versucht, nichts für Sie zu empfinden, aber ich bringe es nicht fertig, ich weiß, das sollte ich.« Seine Lippen bebten. Als ihr bewusst wurde, dass unter seiner lautstarken Überheblichkeit irgendetwas Wehrloses lag, kam ihr Herz ins Schleudern und schwankte zwischen Verlangen und Angst.

Er glitt mit seinem behandschuhten Daumen über ihre Lippen.

»Wenn ich diese Lippen küsse, werde ich nicht mehr aufhören wollen«, sagte er. »Roz, kommen Sie mit zu mir nach Hause«, flüsterte er. »Bitte ... Meine Wohnung ist nicht weit.«

Ihr Vater hatte ihr eingeschärft, dass Männer Raubtiere waren, und Weaver hatte eben genau die Worte gesagt, die die bösen von ihnen sagten, um unschuldige Frauen auf den Weg zu führen, von dem es kein Zurück mehr gab. Ein Licht in ihr erlosch.

»Ich muss nach Hause«, beharrte sie.

»Bitte?«, flüsterte er noch einmal.

»Ich bin nicht die Art Frau, für die Sie mich halten. Gute Nacht, Weaver.« Sie begann, auf ihr Haus zuzugehen. Schnell genug, um ihm zu entkommen. Langsam genug, um nicht auszurutschen und sich alle Knochen zu brechen. Er holte sie rasch ein.

»Dann begleite ich Sie nach Hause, in Ordnung?«, bot er an, voller britischer Galanterie.

»Ja«, willigte sie ein. »Sehr gern.« Er ergriff ihre Hand und legte sie in seine Armbeuge, jetzt ganz der beschützerische Kavalier.

»Ich denke wirklich, Sie sind sehr schön«, sagte er. »Und ich denke auch, Sie wissen es nicht.«

Danach hofierte er sie mit Blumen, Dinnerabenden, langen Spaziergängen. Der Winter ging in einen nassen Frühling über, in dem praktisch nie die Sonne schien. Morgens fiel es ihr schwer, aus dem Bett zu steigen. Aber Weaver schien noch mehr unter der Dunkelheit zu leiden. Seine Augen, die sonst ständig ihre Farbe änderten, trübten sich zu einem traurigen, blassen Blau ein. Er rauchte unablässig, als versuchte er, das kleinste bisschen Glück, das er finden könnte, aus jeder Zigarette zu ziehen.

Eines Spätnachmittags, als er sie vom Campus nach Hause begleitete, während ihre Regenschirme aneinanderstießen, erklärte er: »Ich muss Ihnen etwas sagen.«

»Okay.«

»In England war ich verheiratet.«

Ihr wurde flau im Magen, so wie einmal auf einer riesigen Achterbahn. »Verheiratet?«

»Es hat kein gutes Ende genommen«, fügte er hinzu.

Das konnte vieles bedeuten, daher schwieg Rosalind, in der Hoffnung, er würde fortfahren. Aber lange Zeit rauchte er nur vor sich hin, die Stirn gefurcht auf diese für ihn typische Art.

»Sie wollen mir nicht erzählen, was passiert ist?«, fragte sie.

Er warf seine Zigarette auf den Boden, zischend landete sie in einer Pfütze. Er zog an seiner Hutkrempe. »Sie ist bei einem Luftangriff ums Leben gekommen.«

»Das tut mir leid. In London oder …«

»Wir haben in Cambridge gelebt, aber sie war mit dem Zug nach London gefahren, um ein paar Dokumente zu unterzeichnen. Sie hatte eine Freundin, die ein kleines Haus in Forest Hill besaß. Der Ehemann der Frau war als Soldat im Krieg, und sie war ganz allein in ihrem Haus und fühlte sich einsam, daher hat meine Frau bei ihr übernachtet. Es war während des Blitzkriegs. Im Krieg versucht man, sich so normal wie möglich zu verhalten. Ein geregeltes Leben zu führen. Ich habe sie nicht davon abgehalten, in die Stadt zu fahren. Das hätte ich tun sollen. Ich weiß nicht, warum sie und ihre Freundin nicht zum Luftschutzraum gegangen sind. Die Sirenen gingen los, wie üblich. Vielleicht haben sie gelacht und getrunken und sich gedacht: *Ach, zum Teufel. Überlassen wir es dem Schicksal.*«

»Wie lange ist das … Wann war das?«

»Ende Oktober 1940.« Seine Miene war ausdruckslos, während er ihr das alles erzählte. Er hätte eine Passage aus einem Geschichtsbuch vortragen können. Er sah Rosalind dabei überhaupt nicht an. Die Muskeln in seiner Wange zuckten und arbeiteten.

»Wie war ihr Name?«, fragte Rosalind. Er hatte eine Ehefrau gehabt. Sie war tot. Seine scherzhafte, selbstüberzeugte Art hatte nie irgendetwas davon verraten.

»Ihr Name war Victoire.«

»Victoire?«, wiederholte Rosalind.

»Sie war aus Südfrankreich, aus Marseille, und älter als ich. Ein ganzes Stück älter … Hören Sie, Roz, es war keine glückliche Ehe. Ich nehme an, das muss ich dazusagen. Ich will Ihr Mitleid nicht. Wir hatten schwer zu kämpfen. Vielleicht wollte ich, dass sie nach London fuhr … Es gab Tage, an denen ich ihren Anblick nicht ertragen konnte.«

»Sagen Sie das nicht, Weaver.«

Er zuckte die Schultern. Während sie darüber nachdachte, schien es ihr, dass seine Ehrlichkeit ein gutes Zeichen war. Er erwartete kein übertriebenes Mitgefühl oder bauschte seinen Verlust auf. Vielleicht hatte er seine Frau nicht einmal geliebt. Die falsche Entscheidung eines jungen Mannes. »Sie sind nach Amerika gekommen, um der Traurigkeit zu entfliehen?«, fragte Rosalind.

»Ich habe das Land Hals über Kopf verlassen. Die englischen Männer wurden unter Druck gesetzt, sich zum Militär zu melden – auch ich, obwohl ich kriegswichtige Arbeit leistete, die die meisten nicht leisten konnten. Gesunde Männer sollten Uniformen anziehen und die Nazis besiegen, meinte man. Ich hätte einen lausigen Soldaten abgegeben. Ich wäre längst tot. Als ich dem Manhattan-Projekt beitrat, war das eine Gelegenheit, mich in etwas Wichtiges zu stürzen. An einem sichereren Ort zu sein. Durchatmen zu können. New York gefiel mir nicht besonders gut, aber ich fühlte mich dort sicher. Dann kam ich nach Chicago und fand Sie. Es tut mir leid, dass ich Ihnen nicht von Victoire erzählt habe. Ich habe mit niemandem darüber geredet.« Er war nicht in Tränen aufgelöst oder von Schmerz erfüllt, aber in diesem Moment war sie dennoch zutiefst gerührt. Der Regen trommelte auf ihre Schirme, als sie die Hand zu seinem Gesicht hob und seine Wange mit dem Daumen liebkoste, ihre Finger erregt vom Kratzen seines Barts.

»Weaver«, sagte sie. »Ich glaube … ich hätte gern, dass Sie mich nach Hause bringen. Zu Ihnen nach Hause …«

Seine Lippen teilten sich verblüfft. »Sind Sie sicher?«, fragte er atemlos.

Sie lächelte nur.

In jener Nacht wurden sie ein Liebespaar. Zum Teufel mit den Warnungen ihres Vaters. Das hier war, was sie mehr als alles andere wollte: sich einem anderen Menschen, Herzen, Atem und Geist nahe fühlen. Geben. Empfangen. Sich auf eine Art lebendig fühlen, die sie nie für möglich gehalten hätte. Sie stellte bald fest, dass sie nicht die langweilige, intellektuelle Frau war, als die sie sich selbst gesehen hatte, sondern ein lebendiger und sinnlicher Körper, der sich wie Algen in einer steigenden Flut bewegte. Unersättlich. Ohne Scham.

Und doch hatte Weaver inmitten all der Freude irgendetwas Verschlossenes an sich. Selbst wenn sie aneinandergeschmiegt in einem Bett schliefen oder sich am Tisch gegenübersaßen und Toast aßen, konnte sie durch dieses trübe Dunkel nie zum schwarzen Herzen seines Kummers vorstoßen. War da etwas in seiner Vergangenheit, das ihn quälte? Ein schmutziges Geheimnis, für das er sich schämte? Oder ging es um Victoire, die er, wie er behauptete, nie wirklich geliebt hatte? Vielleicht hatte er in dem Punkt gelogen. Seine Unzugänglichkeit zeigte sich als plötzliches Schweigen mitten in einem Gespräch, als dumpfer, abwesender Blick. Rosalind wusste, dass er ihr nie ganz gehören würde. Es kam sogar vor, dass er ausging und ihr später nicht sagen wollte, wo er gewesen war. »Ein Mann muss ein paar Dinge für sich behalten«, sagte er dann. Und irgendwann, nach einer Reise nach England, brachte er ihr die kleine Halskette mit dem Wort »Geduld« darin verborgen mit.

Wie beunruhigend das alles war. Warum konnten Menschen keine Gleichungen sein? Mathematik und exakte Wissenschaft beruhten auf Gewissheit. Weaver hatte recht. Gewissheit gab es nicht, wenn es um Menschen ging. In den seltenen Momenten, in denen sie den Mut aufbrachte, ihn zu fragen, was ihn bedrückte, wechselte er das Thema. Selbst an ihren besten Tagen konnte sich jederzeit eine Wolke lautlos vor ihre Sonne schieben.

Später dachte sie, dass das vielleicht ein Teil seiner Anziehungskraft war. Rosalind mochte Wissenschaftlerin sein, aber sie hatte gelesen, was die meisten Mädchen lasen. Sie hatte Heathcliff kennengelernt. Mr. Rochester. Mr. Darcy. Max de Winter. War es denn nicht das höchste Ziel jeder Romanze, einen grüblerischen, geheimnisumwitterten Mann für sich zu gewinnen? Und schließlich hatte er *sie* gewählt, ein schlichtes, wissenschaftlich denkendes Mädchen. Nicht die Art Mädchen, die Männer im Allgemeinen liebten, wie Louisa so oft hervorhob.

Und dann, Ende Februar 46, über drei Jahre nach Beginn ihrer Liebesaffäre, ließ er sie fallen. Es war nach der Arbeit. Als sie das Gebäude verließ, hatte er draußen auf sie gewartet. In jenen Tagen war er nicht oft da. Fuhr nach Los Alamos. Oak Ridge. Washington, D.C. Sie war tief deprimiert gewesen seit Hiroshima und Nagasaki, hatte ihn weggestoßen. Ihre Arbeit hatte sich auch verändert, und das auf keine befriedigende Art: Sie unterrichtete Fermis Kurse, während er herumreiste.

»Hör zu, wir müssen reden«, sagte er.

»Ich habe Kopfschmerzen«, erwiderte sie. »Ich hatte nichts zu Mittag. Es tut mir leid. Wenn es etwas Wichtiges ist, lass mich wenigstens bei Hartwick's eine Tasse Tee und ein Sandwich holen.«

»Nein. Hör zu, ich kann dich nicht mehr treffen.«

»Was?«

»Es sollte nicht sein … du und ich.« Er sprach so schnell, so abgelenkt, dass sie sich nicht sicher war, ob sie ihn richtig verstanden hatte.

»Was sagst du mir da?«, fragte sie.

»Es tut mir leid. Wir müssen das beenden.«

»Was beenden?«

»Diese … Romanze … beenden.« Seine Hände waren zu Fäusten geballt. Sein Gesicht war bleich.

Romanze? Selbst während ihrer Depression wegen der Bombe, trotz Ablenkung und Fremdheit, sah sie ihre Liebe als flexibel genug, um Enttäuschung, Wut, Wahrheit zu verkraften.

»Was habe ich getan?«, fragte sie. »Ist es, weil ich ständig traurig war? Ich weiß, es war nicht leicht mit mir seit der Bombe, aber ich werde mich bessern. Versprochen.« Es musste ihre Schuld sein, dass er sich zurückzog. »Ich weiß, es war grässlich, mit mir zusammen zu sein.«

»Nein. Es sollte einfach nicht sein. Es lohnt sich nicht, darüber zu diskutieren.«

»Es lohnt sich nicht, darüber zu *diskutieren*!« Sie sagte es zu laut. Kollegen strömten rings um sie herum aus dem Gebäude. Er besaß nicht einmal die Höflichkeit, sie an irgendeinen ungestörten Ort zu bringen, um es zu erklären.

»Ich kann nicht weiter darüber reden«, sagte er. Und dann wandte er sich zum Gehen. Sie befürchtete, sich übergeben zu müssen. Oder in Ohnmacht zu fallen. Der Gehsteig schwankte unter ihr, und der Himmel drohte einzustürzen.

»Geh nicht. Du musst mir das erklären. Ich liebe dich, Weaver. Egal, was ich getan habe. Du weißt, dass ich dich liebe.«

Er wandte sich noch einmal um, seine Augen fast schwarz. »Es gibt jemand anders«, zischte er. »Das ist alles, was du wissen musst.« Und dann ging er.

Sie machte den Mund auf, um ihm nachzurufen, aber es kam nichts heraus. Als würde sie durch Wasser waten, tastete sie sich vor, zu einer Bank unter einem Baum, von der Straße abgewandt. Ein Pappkaffeebecher stand darauf, und sie fegte ihn zur Seite. Er landete auf dem Boden; dann hob der Wind ihn auf und rollte ihn geräuschvoll den Bürgersteig hinunter. Es war kalt, nicht die Art Wetter, bei dem irgendjemand draußen sitzen sollte. Trotzdem saß sie da, zusammengekauert in ihrer Jacke, zu benommen, um zu weinen. Sie blieb so lange reglos sitzen, dass sie ihre Füße kaum noch spüren konnte, als sie schließlich aufstand und zu einer Bar ging, wo selbst noch so viele Drinks den Schmerz nicht vertreiben konnten.

Einen Scotch in der Hand, scheint sich Weaver jetzt in ihrer Wohnung richtig wohlzufühlen. Er erkundigt sich nach ihrem Leben, und dann blickt er bestürzt, als sie ihm erzählt, dass sie bei Field's Schmuck verkauft.

»Könntest du nicht wenigstens Physik unterrichten oder so?«

Sie betrachtet sein ausgezehrtes Gesicht und bemerkt die Besorgnis in seinem Blick.

»Die Wissenschaft und ich haben uns getrennt«, sagt sie.

»Das glaube ich nicht. Warum?«

»Du weißt, warum.«

Weaver sieht in sein Glas. »Aber du liebst die Wissenschaft«, sagt er leise. »Du hast einmal gesagt ... du lebst für ihr Geheimnis und ihre ... was war es gleich wieder?«

Sie seufzt. »Verlässlichkeit.«

Als sie es das erste Mal sagte, schlug er vor, sie solle es für die Studenten auf eine Tafel schreiben, damit sie es sich einprägten.

»Ja, Verlässlichkeit. Genau das. Deine Gefühle haben sich doch sicher nicht geändert.«

»Ich habe geliebt, dass alles mit der Zeit so lösbar und messbar schien. Aber die Zerstörung, die wir geschaffen haben, Weaver ... Wie messen wir das?«

Er sieht stirnrunzelnd zu ihr hoch. »Wir hatten einen Krieg zu gewinnen.«

»Kannst du dich so leicht freisprechen?«

»Das muss ich.«

»Na ja, ich kann das nicht. Wer war das, der gesagt hat, dass die Welt jeden bricht? Wir haben es anders gemacht als alle zuvor: Wir haben die Welt gebrochen. Du und ich und Anderson und Zinn und Fermi. An jedem einzelnen Tag taumelt die Erde unseretwegen am Rande des Abgrunds.«

»Darling.« Er legt eine Hand auf ihre.

»Fass mich nicht an.« Sie zischt die Worte, und sie bemerkt, wie seine Lippen beben.

»Rosalind ... Ich muss dich anfassen. Ich kann an nichts anderes denken als daran, dich anzufassen.«

»Ich hasse dich, Weaver.« Sie war so entschlossen gewesen, ruhig, neutral, kalt zu bleiben, aber jetzt ist ihre Stimme voller Gift.

»Du hast allen Grund, mich zu hassen«, sagt er. »Glaub nicht, dass ich das nicht weiß.« Er schüttelt den Kopf. Er blickt bekümmert. »Aber ich werde tun, was immer erforderlich ist, um es bei dir wiedergutzumachen. Wir sind hier. Wir sind zusammen. Wir werden uns über diese Sache aussprechen.« Seine Lippen sind blass. Die Zeit scheint die Gewissheit, die er früher einmal ausgestrahlt hat, untergraben zu haben. Vielleicht ist Gewissheit etwas, über das nur junge Leute verfügen. »Was die Bombe betrifft, es ist nicht so, dass ich die Macht dessen, was wir angerichtet haben, nicht erkenne. Aber das ist vorbei. Es liegt hinter uns.«

»Es liegt vor uns allen. Und jetzt, wo die Russen die Bombe haben ...« – Sieht sie ihn zusammenzucken? – »... kann das Ende nicht mehr weit sein.«

»Nein, du übertreibst. Und das weißt du.« Er nimmt noch einen Schluck von seinem Scotch. »Sie arbeiten jetzt daran, die Atomkraft auf positive Arten zu nutzen. Das war doch immer deine Leidenschaft. Du musst ein Teil davon sein.«

»Selbst wenn ich der Wissenschaft verzeihen könnte, was wir erschaffen haben – nach dem Bericht, den du verfasst hast, wer würde mich da noch einstellen?«

Weaver reibt sich die Stirn, weicht ihrem Blick aus. »Du hast keine Ahnung, wie leid mir das tut«, erwidert er.

»*Du* warst es.« Niemand im Labor wollte es zugeben, aber sie war sich sicher gewesen, dass Weaver ihre Entlassung angezettelt hatte. Fermi war verreist, aber nachdem ein vernichtender Bericht über ihre Instabilität verfasst worden war, hätte selbst Fermi sie nicht retten können. Weaver streckt eine Hand aus und berührt zärtlich, liebevoll ihr Haar. Er steckt ihr eine Strähne hinters Ohr.

»Ich habe gesagt, fass mich nicht an.«

»Du hast keine Ahnung, was ich für dich empfinde …«

Seine Worte werden von ihrer Wut hinweggespült. »Du hast diesen Bericht verfasst. Wer sonst wusste denn, was ich damals durchgemacht habe?« Sie erinnert sich allzu gut an diese furchtbare Zeit: Erst verlor sie ihren Vater; dann verlor sie Weaver; für eine Weile verlor sie den Verstand und schließlich ihren Job. Das Gebäude ihres Lebens krachte zusammen. Und ihre Liebe zur Wissenschaft, bereits beeinträchtigt von der Bombe, starb.

»Du bist eine geborene Physikerin, Roz. Du kannst wieder anfangen …« Sie erwartet, dass sie sarkastisch auflachen wird, aber stattdessen hört sie nur, wie sie ein hässliches schluchzendes Geräusch macht. Ein rasselnder Atemzug und ein Hicksen. Es steigt unkontrolliert in ihr auf, verdammt. Warum hat sie sich bereit erklärt, ihn zu treffen? Warum hat sie auf Szydlo gehört?

»Ich würde alles tun, um es wiedergutzumachen«, sagt er, seine Stimme ist jetzt ein raues Flüstern. »Ich kann es bei dir wiedergutmachen, wenn du mich lässt.«

Sie starrt ihn an. Könnte dieser Mann wirklich Geheimnisse an die Sowjets verraten? Die Sowjets, die so wenig Respekt vor der Freiheit oder sogar dem Leben selbst zu haben scheinen.

Die Sowjets, die ihr Volk hinter einen Eisernen Vorhang aus Lügen gesteckt haben.

»Warum bist du gerade jetzt zurückgekommen?«

Er kneift die Augen zusammen. »Es gibt Gründe, die ich dir noch nicht erklären kann. Aber wenn du mir nicht verzeihen kannst, dann weiß ich nicht, was ich tun werde.« Er verhakt seine Finger mit ihren, und für einen Moment lässt sie es zu. Seine Berührung singt auf ihrer Haut. Inzwischen hat sie gerade genug Scotch getrunken, um diese entzückende Vertrautheit zu genießen. Er beugt sich vor und küsst sie, sanft zunächst. Seine Lippen sind heiß. Nicht warm, sondern glühend, als ob er Fieber hat. Mein Gott, der Geschmack seiner Küsse, das Gefühl von ihm, als er sie an sich zieht. Das Verlangen überkommt sie, und sie stößt ein ersticktes Stöhnen aus, als er sie innig küsst. *Weaver!* Dann legt sie ihm beide Hände auf die Schultern und stößt ihn mit mehr Kraft, als sie zu besitzen glaubte, von sich.

»Roz ...«

»Geh!«

»Ich weiß, dass du mich ebenso sehr liebst wie ich dich«, sagt er. Mit der linken Hand streichelt er so sanft wie entschlossen ihren Nacken, bevor er sich ihre Halskette um die Finger schlingt. Als er sie anhebt, baumelt das kleine Kästchen aus Platin und Gold in der Luft. »Du trägst es noch immer.«

Aber selbst mit dem ganzen Scotch, den sie gekippt hat, und obwohl seine Berührung sie noch immer durchkribbelt, reißt sie ihm den Anhänger aus der Hand und steht auf.

»Bitte. Bitte geh.«

»Roz ... Ich liebe dich. Wir sind füreinander bestimmt.« Wie leicht wäre es, sich in diesen überwältigenden Strudel des Verlangens ziehen zu lassen, sich nicht länger zu sträuben. Aber sie ist eine erwachsene Frau, kein Mädchen mehr, das sein Leben aufs Spiel setzt.

Sie geht zu der Hutablage im Eingangsbereich und nimmt seinen Filzhut in die Hand. »Geh«, sagt sie noch einmal. »Und erwarte nicht, dass ich dich je wieder treffen werde.« Mit einem verletzten Blick in den Augen nimmt er den Hut entgegen. An der Tür wendet er sich noch einmal um. »Ich werde wiederkommen«, sagt er. »Ich werde das hier nicht aufgeben.«

»Und ich werde wieder Nein sagen.«

6

In der Schule hat Rosalind gelernt, dass das Wort »Atom« aus dem Griechischen stammt und »unteilbar« bedeutet. Früher einmal war das Atom das kleinste Partikel, das die Menschheit kannte, daher ging man davon aus, dass es unmöglich zu teilen war. Rosalinds Erwachsenenleben war davon bestimmt, ein Atom zu spalten. Aber falls sie sich je wieder verlieben sollte, dann will sie, dass ihre Liebe so ist, wie die alten Griechen glaubten, dass ein Atom sei: unzerbrechlich. Dafür bräuchte es einen ganz besonderen Mann, vielleicht einen, den es gar nicht gibt. Die Alternative besteht darin, für den Rest ihres Lebens allein zu bleiben.

In diese düsteren Gedanken ist sie versunken, als Charles Szydlo am nächsten Morgen an ihren Verkaufstresen tritt. Er nimmt den Hut ab und hält ihn sich an die Brust, als sei er im Begriff, den Treueschwur der Vereinigten Staaten zu sprechen.

»Kann ich Ihnen behilflich sein?«, fragt sie ihn, ohne aufzusehen.

»Wie ist es mit Weaver gelaufen?«

»Nicht hier«, antwortet sie. Sie hat die ganze Nacht kaum ein Auge zugetan. Es hatte sich angefühlt, als wäre ihr Laken mit Glasscherben übersät. Ein zu großer Teil von ihr betrauert noch immer den Verlust der Person, die sie früher einmal war. Weavers Besuch hat das alles wieder aufgerührt: ihre Liebe zur

Wissenschaft, ihre frühere Mitgliedschaft in einem exklusiven Herrenclub. Erst nachdem Weaver gegangen war, erinnerte sie sich, dass sie ihn ursprünglich eingeladen hatte, weil er gesagt hatte, er müsse ihr etwas sagen. Etwas, das nicht am Telefon besprochen werden könne. Etwas, so ihre Vermutung, das Szydlo gern wissen würde. Sie, mit dem perfekten Gedächtnis, hat es vergessen. Sie, die all seine Geheimnisse aufdecken und ihn dann mit dem Müll hinausbringen wollte, hat ihm nicht eine einzige Frage gestellt.

Stattdessen hatte er eine fast unbeherrschbare Welle des Verlangens in ihr ausgelöst, an die sie jetzt beschämt denkt. Es ist die verdammte Schuld dieses Agenten. Sie selbst wäre niemals neugierig genug gewesen, um Weaver zu treffen, wenn Szydlo sie nicht gedrängt hätte.

Sie zieht eine Schale mit Ringen heraus und dreht jeden einzelnen um, bis sie genau richtig daliegen.

»Sie haben ihn gestern Abend getroffen«, sagt er.

»Ich habe gesagt, nicht hier.«

»Niemand kann uns hören.«

»Nicht hier.« Sie hebt den Blick nur lange genug, um Szydlos eindringliche blaue Augen zu sehen. Sie zieht noch eine andere Schale heraus – diesmal eine mit Halsketten – und rückt die Ketten auf dem schwarzen Samt zurecht, während sie sich erinnert, wie Weaver ihren Nacken liebkoste, als er die Kette anhob, um ihr zu beweisen, dass sie ihn noch immer liebte. Szydlo legt seinen Hut auf dem Tresen ab und streckt seine gesunde Hand aus, um ihr Handgelenk festzuhalten.

»Ich denke, Sie sollten mir besser sagen, was los ist. Sehen Sie mich an, Miss Porter.«

Seine Berührung ist anmaßend. Wieso glaubt er, das Recht zu haben, seine Hand auf ihre zu legen?

»Ich will das nicht tun«, sagt sie.

»Was tun? Mit mir reden?«

»Ich will Weaver nicht wiedersehen. Ich will ihn nicht ausspionieren. Ich will Ihnen nicht Bericht erstatten. Und ich habe mich nie bereit erklärt …« Sie verspürt einen wütenden Druck hinter den Augen. »Ich werde ihn *nicht* wiedersehen.«

»Hat Weaver Sie verletzt? Bitte sagen Sie mir, was los ist.« Er hält ihr Handgelenk noch immer gefangen. Gleichzeitig blickt er besorgt.

Ihre Vorgesetzte, Adele, kommt vorbei und sagt: »Kann ich Ihnen behilflich sein, Sir?«

Er reißt seine Hand zurück. Adele muss denken, dass er irgendein Verehrer ist und sie einen Zwist unter Liebenden haben.

»Sie hilft mir, ein Geschenk für meine Schwester auszusuchen«, antwortet er.

Adele steht da, nicht überzeugt, bewacht ihre Angestellte. Agent Szydlo starrt schweigend auf die Schale mit Halsketten, und Rosalind windet sich. Wie soll sie diese Diskussion beenden?

»Ich denke, das hier würde ihr gefallen«, sagt er und zeigt auf ein goldenes, mit Saatperlen besetztes Medaillon mit einer eingravierten Schwalbe. Rosalind hebt das Medaillon an und lässt es in seine große Hand sinken.

Sie holt einmal tief Luft. »Es ist wunderschön«, sagt sie, um eine feste Stimme bemüht. »Dieses Stück mag ich persönlich auch sehr.«

»Es ist wirklich sehr schön.« Er dreht das Schmuckstück in seinen Fingern und scheint tatsächlich interessiert daran. »Es ist der Vogel, der mir ins Auge gesprungen ist … Meine Mutter hat früher auf alles Hüttensänger gestickt«, sagt er. »Das hat sie an die Heimat erinnert.« Sein Mund wird sanfter bei der Erinnerung.

Rosalind spürt Adeles Augen, die sie beobachten.

»Aus welchem Land war sie?«

»Polen.«

Um einen aufrichtigen Ton bemüht, sagt sie: »Bei viktorianischem Schmuck steht eine Schwalbe für die Hoffnung, dass jemand zurückkehren wird, wie es Schwalben tun.«

»Das wäre so passend gewesen«, sagt er. »Aber meine Mutter hat nicht mehr erlebt, wie ich aus dem Krieg zurückgekehrt bin.« Seine Stimme ist leise und traurig.

»Das tut mir leid ...«

»Ist es teuer?«

Sie dreht das Preisschild um. »Es kostet fünfunddreißig Dollar. Ein entzückendes Geschenk für Ihre Schwester.«

Er sieht zu ihr hoch, lächelt nervös. Wenn Adele nicht in der Nähe wäre, würde sie ihm einen Ausweg bieten und sagen: *Ich weiß, das ist viel Geld. Schon gut.*

»Ich nehme es.«

Sie zieht die Augenbrauen hoch, als wollte sie sagen: *Sind Sie sicher?*

Er nickt. Adele dreht sich um und beäugt sie beide misstrauisch, dann wendet sie sich ab.

»Wenn Sie kurz warten können, packe ich es für Sie in eine Geschenkschachtel«, bietet Rosalind an.

»Das wäre hilfreich. Ich bin nicht sehr geschickt im Verpacken ...« Nein, natürlich, mit nur einer gesunden Hand. Rosalind wendet ihm den Rücken zu und sucht eine grüne, mit Karton ausgelegte Samtschatulle in der richtigen Größe heraus. Sie steckt die Halskette in die zwei Einkerbungen, legt die Schatulle dann in eine Field's-Pappschachtel und bindet sie mit der hauseigenen goldenen Schleife zu.

Er zückt seine stark abgegriffene Brieftasche, die Ecken eingedrückt und blank gerieben und abgerundet. Rosalind erhascht einen Blick auf die funkelnde Dienstmarke in der Mitte. Er legt die Brieftasche auf den Tresen, sodass er mit seiner gesunden Hand die Geldscheine herausziehen kann, und fächert sie wie einen Satz Karten vor ihr auf.

»Bitte nehmen Sie, was Sie brauchen«, fordert er sie auf.

»Ich weiß, dass Ihre Schwester die Kette lieben wird«, sagt Rosalind. Sie zählt das Geld vor ihm ab, irgendwie milder gestimmt von der Tatsache, dass er Hilfe beim Bezahlen braucht.

»So, bitte sehr.« Sie drückt ihm drei Münzen in die Hand. Er lässt sie in seiner Hosentasche verschwinden, steckt die Brieftasche ein, nimmt die Schachtel in die Hand und versucht noch einmal, ihren Blick aufzufangen.

»Danke«, sagt er.

Adele, die die ganze Zeit hinter dem Tresen war und so getan hat, als würde sie die Auslage an der Wand ordnen, wendet sich um, um ihm nachzusehen.

»Sagen Sie Ihrem Freund, dass wir keine Vertraulichkeiten während der Geschäftszeiten gestatten. Und mit Sicherheit keine Kabbeleien. Und nur weil er etwas gekauft hat …«

»Er ist nicht mein Freund«, entgegnet sie. »Ich habe keine Ahnung, wer er ist.«

Charlie ist beunruhigt. Was in aller Welt hat Rosalind Porter so aus der Fassung gebracht? Ist es, weil Weaver verletzend oder weil er liebevoll zu ihr war? Er hält sich nicht für besonders gut darin, Frauen zu lesen. Früher einmal glaubte er tatsächlich, er sei einer der wenigen Männer, die das andere Geschlecht verstehen. Damals, vor dem Krieg, als er Linda Dubicki liebte, konnte er mit allem, was er tat, genau die Reaktion erzielen, die er sich erhoffte. Wie großspurig er damals war. Andere Mädchen waren offen interessiert an ihm. Aber allein schon in ein und demselben Raum wie Linda zu sein, jagte selige Schauer über seinen Körper. Eine wohlproportionierte blonde Göttin, deren kehliges Lachen die ganze Musik war, nach der er sich je verzehrt hatte. Sie duftete nach Herbstblättern und Limonenwasser und Blumen, alles zugleich. Wenn er sie vor der Turnhalle zu einem Kuss an die Backsteinwand drückte, gab ihr Körper nach, und ihre Lippen öffneten sich unter der Berührung seines Mundes wie eine Rose in der Junihitze.

Jetzt seufzt er bei der Erinnerung an dieses kribbelnde Gefühl. Die Abende im Keller der Dubickis waren eine Eintrittskarte ins Wunderland. Nichts in seiner katholischen Erziehung hatte ihn darauf vorbereitet, dass das Leben solche Vergnügungen barg. Sie arbeitete in Kaminski's Bäckerei und hatte freitags am frühen Nachmittag Schluss und nahm, während er auf dem College war, fast jedes Wochenende den Zug hinunter nach Champaign. Da sie bei ihrer prüden Cousine übernachtete, liebten sie sich in leeren Kursräumen, zwischen mannshohem Mais. Einmal kam er mit einer Grille in der Unterwäsche und Mückenstichen auf dem Gesäß heim.

Empfängnisverhütung wurde in ihrem katholischen Viertel mit Missfallen beäugt, auch wenn Kondome für die Nichtgläubigen heimlich unter dem Tresen gehandelt wurden. Trotzdem ging Charlie, wenn er im Sommer zu Hause war, von seinem Viertel mehrere Blocks weit, um die verbotenen, aber notwendigen Dinge zu kaufen, denn er wusste, wenn er sie bei Lisowski's oder Jagoda's kaufte, würde seine Mutter mehr oder weniger sofort alles darüber wissen. Sie erklärte Linda für flatterhaft, albern, nicht gut genug für ihren Sohn. Es war das einzige Mal, dass er sie offen ignorierte. Er liebte Linda und war sich sicher, dass sie einander für immer treu verbunden sein würden. Als er aus dem Krieg zurückkehrte, fand er die Wahrheit heraus. Seine Jahre in Kriegsgefangenschaft hatten ein Haus

aus Narbengewebe um sein Herz errichtet. Und sobald Linda nur einen Blick auf seine Hand warf, nagelte sie die einzige Tür dieses Hauses fest zu.

Nach Ladenschluss sieht Rosalind Agent Szydlo vor dem Field's warten, wie an jenem ersten Tag, an dem sie ihn bemerkt hat. Er passt sich ihren Schritten an, und sie überlegt, wie sie ihn abschütteln kann.

»Sie erwarten doch nicht etwa *ihn*, oder?«, fragt er leise.

»Nein.«

»Macht es Ihnen etwas aus, wenn ich Sie begleite?«

»Ich gehe zu Fuß nach Lincoln Park.«

»Die ganze Strecke?«

»Der Bus kostet Geld.«

»Nicht sehr viel.«

»Mehr, als ich aus dem Fenster werfen kann.«

»Was gibt es denn in Lincoln Park?«

»Einen Vortrag.« Diese Vortragsreihe ist einer der wenigen dünnen Fäden, die Rosalind mit der Wissenschaft verbinden. Die ganze Woche hat sie sich auf den heutigen Abend gefreut. Sie wünschte, sie wäre nicht so müde.

Sie spürt, dass er sie anstarrt. »Was ist das Thema?«

»Gravitative Zeitdilatation.«

Er schüttelt den Kopf. »Das denken Sie sich aus, oder?«

»Einstein hat es sich ausgedacht. Das musste ich gar nicht tun.«

»Die Zeit kann sich ausdehnen?«

»Sie läuft langsamer ab, wo die Schwerkraft am stärksten ist.«

»Nein, im Ernst?«

»Es ist kein Witz. In dem Vortrag geht es darum, wie sie das neueste Experiment strukturieren, um es zu beweisen.«

»Das heißt, die Wissenschaft ist Ihnen immer noch wichtig?«

Sie wirft einen Blick auf sein langes, nachdenkliches Gesicht und furcht die Stirn. »Warum dachten Sie, dass es nicht so wäre?«

»Weil Sie offenbar nicht mehr als Physikerin arbeiten wollen.«

»Oh.« Die Worte tun weh.

»Leidenschaft für etwas zu haben ist ein Geschenk«, fährt Szydlo fort. »Das sollte man nicht wegwerfen.«

Sie macht den Mund auf, stockt. »Ich hätte nicht gedacht, dass mir jemand auf dem Weg zu meinem Vortrag einen Vortrag halten würde. Was kümmert es Sie überhaupt, was ich tue?«

Sie sieht, wie er sich seine verletzte Hand noch fester an die Rippen presst.

»Ich habe Fermis Beurteilungen über Sie gelesen, bis hin zu dem Punkt, an dem Sie Ihren Job verloren haben. Ich kann mir keine positivere Bewertung von irgendjemandes Brillanz vorstellen.«

»Oh ...« Sie bedauert, dass sie so schroff zu ihm war.

»Warum verkauft eine Frau wie Sie Schmuck?«

»Ich habe Rechnungen zu bezahlen.«

»Könnten Sie nicht einen anderen Job irgendwo an einer Universität oder in einem Labor bekommen? Mit Ihrem Hintergrund ...«

»Nach Weavers Bericht?«

»Haben Sie es versucht?«

Das ist eine Frage, die sie sich selbst fast jeden Abend stellt. Warum versucht sie es nicht wenigstens? Was hält sie ab?

Sie zuckt die Schultern.

»Das war ein schmutziger Trick«, sagt er. »Dass Weaver Sie in seinem Bericht als psychisch labil hingestellt hat, für Ihre Entlassung gesorgt hat.«

Szydlo versucht offensichtlich, sie aufzustacheln – sie dazu zu bringen, Ja zu sagen. Es ist nicht schwer. Ihre Wut auf Weaver köchelt knapp unter der Oberfläche.

»Er hat mich verraten.«

»Aber warum lassen Sie ihn dann gewinnen?«

Seine Frage bringt es so genau auf den Punkt, dass ihr der Atem stockt. Sie hat so oft darüber nachgegrübelt: Was hält sie von der Wissenschaft ab? Zum Teil ist es das Grauen dessen, was ihre ganzen eleganten Theorien angerichtet haben, wohin sie die Welt gebracht haben. Aber der Rest ist so viel komplizierter ... so viel persönlicher. Sie weiß, dass sie es endlich verstehen muss, dass sie sich durch das hindurchkämpfen muss, was sie behindert.

»Erzählen Sie mir, was Sie an der Physik lieben. Ich weiß nichts darüber.« Als sie sich umwendet, bemerkt sie ehrliches Interesse in seinen Augen.

»Na ja, ich liebe die Tatsache, dass sie absolut verlässlich ist. Dass man tatsächlich darauf vertrauen kann, dass die Gesetze des Universums einen nicht im Stich lassen.«

»Im Gegensatz zu Menschen?«

Sie sieht verblüfft zu ihm hinüber. »Genau.«

»Ich hätte Physiker werden sollen«, sagt er. Das bringt sie zum Lächeln. »Fahren Sie fort. Erzählen Sie mir mehr«, fordert er sie auf.

»Bei den Gesetzen des Universums ist es so, wenn irgendetwas dich verblüfft, dann deshalb, weil irgendein verstecktes Gesetz im Spiel ist, eines, das dich anfleht, es zu entdecken«, sagt sie. »Ich schätze, mein Glaube an die Physik ist für mich am ehesten so etwas wie eine Religion.«

Hat sie das je laut ausgesprochen? Die Physik ist das Gegenteil ihres Vaters, das Gegenteil von Weaver. Menschen lügen, kehren dir den Rücken, brechen dir das Herz. Schon bevor

Weaver sie verletzte, wusste sie, dass sie der Physik mehr vertraute als ihm.

»Hören Sie, Rosalind«, sagt er. »Darf ich Sie Rosalind nennen?«

»Meinetwegen.«

»Und nennen Sie mich bitte Charlie.«

Sie senkt den Blick. »Okay.«

»Wissen Sie, als ich heute zum Field's kam, wirkten Sie aufgewühlt. Hat Weaver Sie gestern Abend verletzt?«

»Kommt drauf an, was Sie mit verletzt meinen ...«

»Sagen Sie's mir. Ich kenne mich mit diesen Dingen nicht sehr gut aus.«

»Was für Dingen?«

»Männern und Frauen ...« Sie bemerkt die Besorgnis in seinen Augen. »Hat er Sie verletzt?«, fragt er noch einmal.

»Nicht auf die Art, die Sie meinen.«

Ihr fällt auf, dass sie im gleichen Rhythmus gehen, wahrscheinlich macht er kleinere Schritte, um sich ihr anzupassen. »Auf welche Art denn dann?«

Sie schüttelt den Kopf, weiß nicht, wie sie es erklären soll. »Es war nicht leicht, seine Anwesenheit zu ertragen.«

»Weil Sie ihn so sehr hassen?«

Sie hört ihre eigene Stimme, leise und verwirrt. »Weil ich ihn zu sehr liebe.«

»Oh.« Klingt Charlie enttäuscht? Oder ist sie selbst enttäuscht von sich? Sie hasst, was Weaver ihr angetan hat, und sie sollte ihn verabscheuen, aber nachdem sie ihn gestern Abend zur Tür hinausgeschoben hatte, war sie dennoch erfüllt von einer unbeschreiblichen Sehnsucht. Sie hasst die Tatsache, dass er noch immer Macht über sie hat.

»Wie erschien er Ihnen?«, fragt Szydlo.

»Wie er selbst. Nur älter. Dünner. Vielleicht nervöser.«

»Nervös weswegen?«

Sie zuckt die Schultern.

»Er hat gesagt, er müsse Ihnen etwas sagen … etwas, was er nicht am Telefon sagen könne.«

»Wir haben etwas getrunken. Er hat mir nichts gesagt. Er hat nur versucht, mich … weichzuklopfen, verstehen Sie?«

»Und, ist es ihm gelungen?«, fragt Szydlo.

Sie macht ein Geräusch, irgendwo zwischen einem Lachen und einem Schnauben.

»Was denn?«, fragt er.

»In Filmen würde eine Frau einen Mann für die Art ohrfeigen, wie Sie diese Frage gestellt haben.«

»Entschuldigung. Aber es schien wirklich, als ob er Ihnen etwas sagen wollte.«

»Er hat es aber nicht getan.« Sie hört, wie angespannt und wütend sie klingt. Doch die Fragen sind ja nicht unberechtigt. Warum hat sie nicht herausgefunden, was Weaver ihr sagen wollte? Warum hat sie die Orientierung verloren, sobald Weaver ihre Wohnung betrat?

»Hören Sie, Rosalind.« Szydlos Stimme ist freundlich. »Ich bin sicher, es wird eine Weile dauern, bis der Mann sich öffnet. Er wird Ihnen mehr erzählen, wenn er glaubt, dass Sie beide sich wieder nahestehen, wieder zusammen sind.«

»Wieder zusammen? Ich habe Ihnen nicht gesagt, dass ich das tun werde. Ich habe mich zu nichts bereit erklärt.«

»Nein.« Seine Stimme ist gleichmütig, geduldig. »Da haben Sie recht. Sie haben sich nicht dazu bereit erklärt. Aber ich hoffe trotzdem, dass Sie es tun werden, so schwer es vielleicht auch sein wird …«

»Sie wissen nicht, *wie schwer* es wäre.«

»Da haben Sie recht. Das weiß ich nicht.«

Eine Zeit lang schweigen sie beide, aber er weicht nicht von ihrer Seite. Sie fragt sich, ob er vorhat, sie den ganzen Weg bis nach Lincoln Park zu begleiten.

»Haben Sie ihm gesagt, dass Sie ihn nicht mehr sehen wollen?«, fragt er nach einer Weile.

»Ja.«

»Hat er Sie beim Wort genommen?«

Sie schweigt einen Moment, dann schüttelt sie den Kopf.

»Gut«, sagt er.

»Das ist *nicht* gut.«

»Hören Sie. Ich weiß, dass Sie noch immer Gefühle für den Mann haben, obwohl Sie es nicht wollen. Daher schlage ich vor, Sie nehmen sich ein bisschen Zeit, um zu sehen, was passiert. Und denken Sie nicht über mich nach. Oder das FBI. Oder was wir wissen wollen. Okay? Sie werden entscheiden, ob Sie ihn wiedersehen wollen. Sie werden entscheiden, ob Sie mehr aus ihm herauskriegen wollen.«

Sie gehen eine Weile weiter, und Rosalind denkt über seine Worte nach. Obwohl sie nie um diesen Auftrag – Weaver auszuspionieren – gebeten hat, ist sie noch immer ebenso fasziniert wie abgestoßen von dem Mann. Kann es sein, dass er entsetzliche Dinge getan hat, dass er Dinge tun wird, die Auswirkungen auf all die Leute haben könnten, die ihnen auf der Straße entgegenkommen? Jeden auf diesem Planeten? Sie schaudert.

»Ich will keine intimen Details, wissen Sie«, fährt Charlie fort. »Was zwischen Ihnen und Weaver läuft, geht mich nichts an. Aber Sie sind die Einzige, die Antworten bekommen kann. Die Einzige, mit der er reden wird. Wenn Sie einfach mitspielen könnten, ihn dazu bringen, sich zu öffnen … und sehen, ob er Ihnen irgendetwas Wichtiges erzählt. Wollen Sie das nicht versuchen?«

Sie gibt keine Antwort.

»Denken Sie darüber nach. Sehen Sie, wie Sie sich fühlen, wenn er wieder anruft, denn ich möchte wetten, das wird er tun.«

Er zückt eine cremefarbene Karte aus seiner Brusttasche. »Rufen Sie mich an, Tag oder Nacht«, sagt er. »Auf der Vorderseite steht meine Büronummer. Entschuldigung, wenn Sie die Karte halten könnten, schreibe ich Ihnen meine Nachtnummer auf die Rückseite.« Sie nimmt die Karte und hält sie in der hohlen Hand, sodass er mit seiner gesunden Hand darauf schreiben kann. »Wenn er irgendetwas Bedeutsames sagt – und ich denke, das wird passieren –, werden Sie mich erreichen wollen. Tragen Sie die Karte am besten bei sich, okay?«

»Aber selbst wenn ich mich bereit erkläre, ihn wiederzusehen, wenn er wirklich verstrickt ist in …« – sie hält bei dem Wort inne – »… *Hochverrat*, wie Sie gesagt haben, würden meine Aussagen ihn dann nicht praktisch auf den elektrischen Stuhl schicken?« Noch während sie es sagt, denkt sie, dass er, wenn er tatsächlich getan hat, was das FBI andeutet, nichts Geringeres verdient hat.

»Wenn er kooperiert, uns andere nützliche Namen nennt, dann könnte er glimpflich davonkommen. Haben Sie von Klaus Fuchs gehört, dem Mann, der verhaftet wurde, weil er Atomgeheimnisse verraten hat?«

»Ja, natürlich.« Sie liest alles, was sie kann, über die Atombombe und die Sowjets, auch wenn jedes Wort schmerzt. Die ganze Welt taumelt am Rande des Abgrunds – wegen etwas, das sie miterschaffen hat. Es scheint nur richtig, dass sie es im Auge behält.

»Dann wissen Sie es ja vermutlich: Fuchs hat seine Schuld eingeräumt. Hat uns Namen genannt. Er sitzt im Gefängnis. Aber weil er kooperiert, wird er in ein paar Jahren freikommen. Rosalind, Sie sind jemand, der den Unterschied zwischen Recht und Unrecht erkennt. Und ich habe auch das Gefühl, Sie sind eine Frau, die den Mut hat, ein Unrecht zu beenden. Sie wissen, dass Weaver und seine Kumpane an einer Wasserstoffbombe arbeiten, die Hunderte Male stärker ist als die Atombombe.«

»Ich habe keinen Zugriff mehr«, wendet sie ein.

»Ich bitte Sie. Es geht hier nicht um Geheimnisse. Wir alle wissen es. Die *Chicago Tribune* weiß es. Vielleicht können Sie nicht verhindern, dass die Russen die Atombombe haben. Aber was, wenn Sie verhindern könnten, dass Weaver Informationen über die Wasserstoffbombe weitergibt?«

»Hat Fuchs nicht gesagt, dass jemand das bereits getan hat?«

»Nein. Er hat aus zweiter Hand gehört, dass jemand installiert wurde, um diese Geheimnisse weiterzugeben. Was, wenn diese Person Weaver ist? Was, wenn Sie ihn aufhalten könnten?«

Rosalind wendet sich Agent Szydlo zu und sieht ihn an. Sie spürt, wie ihr Atem flach wird. Ihr Herz stolpert.

»Wenn es den Russen zuerst gelingt, könnte das das Ende bedeuten. Chicago ... puff«, sagt Charlie. Er ballt die Hand zur Faust und öffnet sie dann weit. »Weaver ist jemand, der sich auskennt. Jemand, der den Sowjets die letzten Hinweise zu ihrem Puzzle liefern könnte. Würden Sie die Frau sein wollen, die Millionen von Toten hätte verhindern können, es aber *aus persönlichen Gründen* nicht getan hat?«

Seine Worte jagen ein Kribbeln über ihre Kopfhaut.

»Hören Sie«, fährt er fort. »Ich mache es Ihnen nicht zum Vorwurf, dass Sie nichts damit zu tun haben wollen. Ich verstehe, dass Sie Angst davor haben, sich wieder mit Weaver einzulassen. Es wird von Ihrer Seite Mut erfordern. Aber lassen Sie es mich so ausdrücken: Was Sie heute entscheiden, könnte tatsächlich das Schicksal der Welt verändern. Wie oft wird jemand vor eine solche Wahl gestellt?«

7

Am Samstag ruft Weaver an, um Rosalind einzuladen, mit ihm im Bus hinunter zum Grant Park zu fahren.

»Ich weiß, du willst mich nicht sehen. Aber es gibt Dinge, die ich dir sagen muss.«

»Nicht heute.«

»Triff mich nur noch ein einziges Mal. Danach werde ich alles gesagt haben, was ich sagen muss.«

»Ich kann nicht.«

»Rosalind, ich werde nicht lockerlassen.«

»Tut mir leid. Ich kann heute nicht.« Ihr Instinkt befiehlt ihr, Weaver zu sagen, dass er sich ihr nie wieder auf weniger als drei Meter nähern soll. Wenn es nur um ihre eigenen Bedürfnisse oder ihre eigene Sicherheit ginge, würde sie es tun. Vor allem nach dem, was gestern Abend bei dem Vortrag passiert ist. Sie hatte einen Platz in der hintersten Reihe gewählt, hatte gebetet, sie möge niemandem vom Projekt über den Weg laufen, und sie zuckte zusammen, als Sam Stone in derselben Reihe zwei Stühle weiter Platz nahm. Sie versuchte, unsichtbar zu sein, sich auf ihrem Stuhl kleinzumachen. Sie hatte ihn seit drei Jahren nicht gesehen, und sie hoffte, dass er sie nicht erkannte. Aber mitten im Vortrag spürte sie auf einmal, wie er zu ihr herübersah. Beim Rausgehen hinterher hielt er sie am Arm fest. »Oh, meine liebe Rosalind, es ist ja so schön, Sie zu sehen«, sagte er mit einem übertrieben teilnahmsvollen Blick. »Wir vermissen Sie noch immer. Und reden über Sie. Sind besorgt um Sie, offen gestanden – ich und Hilberry und Agnew.« Drei Jahre sind verstrichen, und sie sind noch immer besorgt. Als ob sie erwarten zu hören, dass sie eben aus einer psychiatrischen Anstalt entlassen wurde. Wie töricht wäre sie, Weaver wieder in ihr Leben zu lassen, nach dem, was er ihr angetan hat? Trotzdem, sie war berührt von dem, was Agent Szydlo gesagt hatte, und besorgt genug, um nicht zu wollen, dass die Sowjets je wieder auch nur einen Fetzen Informationen bekamen. Sie hat geholfen, diese entsetzliche Bombe zu bauen. Ist es nicht ihre Pflicht, jetzt die Verbreitung von etwas noch Schlimmerem zu verhindern?

Aber ihre Nichte, Ava, wird sie übers Wochenende besuchen. Und das gestattet es ihr, wenn auch nur für einen Moment, Weaver aus ihren Gedanken zu verbannen. Avas Besuche sind das, worauf Rosalind sich immer am meisten freut. Alle sehen Ava als das Familienwunder an. Nachdem Louisa Rosalind bei sich aufgenommen hatte, erwartete sie, selbst ein oder zwei Kinder zu bekommen. Sie und Henry versuchten es. Aber genau wie bei ihrer Mutter verging auch bei Louisa ein Jahr ums andere, ohne dass sie schwanger wurde. Sie nannte ihre Unfruchtbarkeit den Familienfluch. Ihre Situation war sogar noch unfairer: Ihrer Mutter war wenigstens die Freude vergönnt gewesen, Louisa zur Welt zu bringen, bevor sie unfruchtbare Jahre durchlitt.

Als Rosalind in ihrem letzten Collegejahr in ein Wohnheim zog (hauptsächlich um ihrer Schwester zu entkommen), begann Louisa, an Übelkeit und Erschöpfung zu leiden. Sie war sich sicher, dass sie den gleichen Eierstockkrebs hatte, an dem ihre Mutter gestorben war. Noch bevor sie zum Arzt ging, wandte sie sich an ihren Anwalt und setzte ein Testament auf. Aber stattdessen waren das Unwohlsein und die Entkräftung Anzeichen, dass Ava sich ankündigte. Sechs Monate später erblickte ein Engel das Licht der Welt.

Ein paar Monate nach der Geburt, nachdem sie eines Abends drei Gläser Wein getrunken hatte, sagte Louisa zu Rosalind: »Nachdem du bei uns eingezogen warst, konnte ich selbst kein Kind bekommen. Es war wie ein Fluch. Dann ziehst du aus, und prompt kommt Ava daher. Und die Ironie dabei ist, dass sie dir wie aus dem Gesicht geschnitten ist! Die Brüder Grimm hätten sich kein verrückteres Märchen ausdenken können!«

Später machte Louisa einen halben Rückzieher. »Du wusstest doch, dass das nur ein Witz war, oder?« *Wenn* es ein Witz gewesen war, war er mit Sicherheit nicht witzig. Aber Rosalind konnte dennoch nicht anders: Sie verliebte sich in die kleine Ava, sobald sie sie zum ersten Mal sah. In den letzten Jahren hat Ava angefangen, Rosalind öfter zu besuchen. Wenn sie beide allein zusammen sind, beklagt sich Ava gern über Louisa. »Mama ist in einem Moment stocksauer. Und im nächsten zuckersüß«, hat sie berichtet. »Was ist denn bloß *los* mit ihr, Roz?« Das ist etwas, was Rosalind sich selbst schon lange fragt.

Zum Glück verstehen Rosalind und ihre Nichte sich fantastisch. Gewöhnliche Dinge, gemeinsam unternommen, fühlen sich magisch an: gegrillte Käsesandwiches machen. Am Oak Street Beach stundenlang Sandburgen bauen, in der Abenddämmerung an der Seepromenade entlangschlendern, Segelboote zählen. Sie lackieren sich gegenseitig die Zehennägel in Bonbonrosa. Und machen Akrobatik. Rosalind liegt im Wohnzimmer auf dem Rücken, die Beine hochgezogen und angewinkelt, und Ava klettert darauf und fliegt wie ein Flugzeug. Sie ist so frei und unbelastet, noch. Ava ist das Einzige in Rosalinds Leben, was sie nie infrage stellt, nie bereut.

Der Türsummer ertönt, und Rosalinds Herz macht einen Satz.

»Schicken Sie sie hoch«, bittet sie Moses, den Wochenendportier.

»Ihre Schwester kommt auch«, meldet Moses.

Als sie die Tür öffnet, marschiert Ava prompt herein, ihren runden Lacklederkoffer in der Hand.

»Hey, Kleine, stell ihn im Schlafzimmer ab.«

»Mach ich doch immer.«

»Lou, das ist ja eine Überraschung!« Dann bemerkt Rosalind die Miene ihrer Schwester. »Was ist los?«

»Henry und ich hatten eben den Streit des Jahrhunderts. So etwas gab es noch nie …« Ihre Stimme klingt zitternd und gedämpft.

Henry kann durchaus mürrisch sein, aber er hat Louisa immer Dinge durchgehen lassen, die sich niemand sonst bieten lassen würde. Sie ist die Wespe, und er ist der schlafende Bär. Sie sticht ihn, und er rollt sich knurrend herum und schläft weiter, ohne auch nur mit der Tatze zu schlagen. Rosalind fragt sich unwillkürlich, was ihn auf die Palme gebracht hat.

»Willst du darüber reden?«

»Falls wir je etwas Privatsphäre haben.«

»Wie wär's, wenn du eine Weile bleibst? Verbring den Tag mit uns. Wir können an den Strand gehen oder die Michigan Avenue hinunterschlendern. Das wird dich auf andere Gedanken bringen.« All die Jahre hat sie sich danach gesehnt, die Barriere zwischen sich und ihrer Schwester einzureißen, aber sie wusste nie, wie.

Louisa schüttelt den Kopf. »Nein. Ich wollte es dir nur sagen.«

Ava kommt aus dem Schlafzimmer, Rosalinds neuesten blümchenverzierten Strohhut auf dem Kopf. Ein kleiner Fehler im Stroh, und schon hat sie ihn fast geschenkt bekommen. »Bin ich nicht schön?«, fragt Ava.

»Unbeschreiblich glamourös«, erwidert Rosalind. Ava tritt an den Flurspiegel, um ihr neues Aussehen zu überprüfen, aber Rosalind entgeht nicht, dass sie zu ihrer Mutter hinübersieht, während sie den Hut zurechtrückt.

»Ich muss los«, sagt Louisa. »Danke, dass du sie nimmst.«

»Ruf an oder stoß einfach zu uns. Jederzeit, das ganze Wochenende, okay?«

Louisa schüttelt nur den Kopf. »Viel Spaß«, sagt sie tonlos zu Ava.

Ava starrt auf die Tür, nachdem sie gegangen ist.

»Sie streiten sich.« Sie stößt einen tiefen Atemzug aus. »Ein Glück, dass ich das Wochenende bei dir verbringen kann, was? Wollen wir Monopoly spielen?«

»Geh und hol das Brett.« Rosalind bewahrt drei von Avas Lieblingsbrettspielen unter ihrem Bett auf. »Und wenn du schon dabei bist, leg meinen Hut zurück dorthin, wo du ihn gefunden hast.«

»Aber ich sehe so glamourös darin aus!«, sagt Ava und wirft ihr eine Kusshand zu.

Fast eine Stunde später, mitten im Spiel, klopft es. Nur andere Bewohner des Hauses klopfen, ohne vom Portier angekündigt zu werden. Rosalind steht vom Boden auf und späht durchs Schlüsselloch, verblüfft, Weaver dort stehen zu sehen. Ihre erste Regung ist es, so zu tun, als wäre sie nicht da, sich an die Wand zu drücken und zu warten, bis er wieder gegangen ist, aber sie weiß, dass sie das vor Ava nicht tun kann.

Er lächelt nervös, als sie die Tür öffnet. »Du musst mir verzeihen«, sagt er. »Aber ich musste einfach kommen.«

»Wie hast du es geschafft, am Portier vorbeizuschlüpfen?«

»Er hat jemandem geholfen, ein Taxi heranzuwinken. Ich bin einfach reinmarschiert.« Natürlich. Sich berechtigt zu fühlen verleiht einem Menschen Macht. Er trägt eine gesteppte Jacke, eine Khakihose und hellbraune Wildlederschuhe, und er schwenkt einen Armvoll Nelken und Lilien. Er drückt Rosalinds Arm, als er an ihr vorbei in die Wohnung geht, obwohl sie nicht die Absicht hatte, ihn hereinzulassen. Wie gut er aussieht; wie verletzlich sie sich fühlt. Warum empfindet sie *noch immer* zu gleichen Teilen Wut und Zuneigung für diesen Mann?

»Na, wenn das nicht Ava ist, habe ich recht?«, fragt er, als er das Spielbrett auf dem Wohnzimmerboden sieht.

»Kenne ich Sie?«, fragt Ava.

»Ich bin Tom Weaver. Als ich dich das letzte Mal gesehen habe, hast du noch in den Windeln gelegen.«

»Nein. Als du sie das letzte Mal gesehen hast, hat sie schon gelesen«, widerspricht Rosalind. »Erinnerst du dich noch an Mr. Weaver?«, fragt sie Ava, um einen festen Ton bemüht. Sie versucht, Ava nicht zu zeigen, wie aufgewühlt sie ist.

Weaver legt die Blumen in seinen anderen Arm, geht in die Hocke und streckt dem Mädchen die Hand hin, das im Schneidersitz neben dem Spielbrett sitzen bleibt.

»Schön, dich wiederzusehen, Miss Ava«, sagt er.

Sie nimmt seine Hand und sieht mit einem verwirrten Stirnrunzeln zu ihrer Tante hoch.

Er richtet sich wieder auf und geht zur Küche, als sei es das Natürlichste, was ein Besucher tun könnte. »Hast du noch diese blaue Glasvase im ersten Schrank?« Seine Frage ruft ihr in Erinnerung, wie er immer die Führung übernahm. Sie hört, wie er in der Küche hantiert, schneidet und schnippelt und Wasser einfüllt. Ava wirft ihr weiter fragende Blicke zu. Sie spürt, wie sich ihre Wangen röten, während sie überlegt, wie sie ihrer Nichte erklären kann, warum Weaver hier ist, dabei weiß sie es doch selbst nicht.

Er taucht mit der mit den Blumen befüllten Vase wieder auf, sichtlich zufrieden, und stellt sie auf den Couchtisch im Wohnzimmer. Früher kaufte er ihr oft Blumen und arrangierte sie. So war das mit Weaver: Er war auf alle möglichen unerwarteten Arten äußerst fähig.

»Wie würde es euch Mädchen gefallen, zum Grant Park hinunter und vielleicht zum Art Institute zu gehen?«, fragt er. *Ich schlage vor, Sie nehmen sich ein bisschen Zeit, um zu sehen, was passiert*, hat Charlie zu ihr gesagt. *Und denken Sie nicht über mich nach. Oder das FBI. Oder was wir wissen wollen.* Ist sie stark genug, um Weaver wieder in ihr Leben zu lassen, ohne ihm zu gestatten, auf ihr herumzutrampeln?

»Ich liebe das Art Institute«, antwortet Ava. »Und den Grant Park.«

»Es ist warm«, sagt Weaver, »aber es geht eine Brise.«

»Ja, machen wir das, Rozzie? Gehen wir mit?«

»Und was ist mit dem Monopoly?«

»Das können wir später weiterspielen. Okay?«

Rosalind sieht zwischen Ava und Weaver hin und her. Beide haben die Augenbrauen hochgezogen. Was wird Lou sagen, wenn Ava ihr erzählt, dass ausgerechnet der verhasste Weaver mit ihnen einen Ausflug zum Grant Park unternommen hat? Andererseits, nimmt sie an, würde Charlie Szydlo aufmunternd nicken.

»Bitte«, sagt Weaver und tritt auf sie zu. »Es würde mir mehr bedeuten, als du ahnst. Nur dieses eine Mal?«

»Nur dieses eine Mal«, wiederholt sie. Wenigstens wird Ava als Puffer dabei sein. Aber warum hat Weaver sie überrumpelt? Dieser Mann, der vielleicht – vielleicht auch nicht – Geheimnisse an die Russen verkauft. Was will er von ihr, was ist so wichtig?

Als sie sich zur Tür wenden, bemerkt sie, dass er sie beäugt.

Seine Züge sind angespannt; er sieht irgendwie geschwächt aus. Und doch lächelt er und ist noch immer viel zu attraktiv.

»Auf geht's, Ladys!«, sagt er.

Im Grant Park wimmelt es von Familien, die die kühlenden Bäume und die Brise vom See genießen. Beim Buckingham-Brunnen bittet Ava um drei Pennys und wünscht sich drei Dinge, weigert sich aber, sie zu nennen. Dann nimmt Weaver einen halben Dollar aus seiner Hosentasche.

»Ein Penny wird für diesen Wunsch nicht reichen«, sagt er bedeutungsvoll zu Rosalind. Er stellt sich mit dem Rücken zum Brunnen, schließt die Augen und wirft die Münze über die Schulter. Sie landet mit einem lauten Platscher. »Es musste die linke Schulter sein, sonst geht er nicht in Erfüllung«, sagt er.

»Was?«, stöhnt Ava. »*Das* hast du mir nicht gesagt! Jetzt hab ich meine Pennys vergeudet.«

»Ich glaube, diese Regel gilt nur für mich. Aber für alle Fälle …« Er fischt noch drei Pennys aus seiner Hosentasche und drückt sie Ava in die Hand. Sie wirft sie der Reihe nach über die linke Schulter, jeden mit einem sehr ernsten Gesicht.

»Komm schon, Rozzie, willst du dir nicht auch etwas wünschen?«

Früher hat Rosalind sich gewünscht, Weaver möge irgendetwas Schlimmes zustoßen. Jetzt, wo sie die Macht hat, es wahr werden zu lassen, schüttelt sie den Kopf, gehemmt von seiner Nähe, seiner Menschenhaftigkeit.

Als sie an einem schlecht gekleideten, ungewaschenen Mann vorbeikommen, der mit einer Blechdose mit Pennys rasselt, zieht Weaver einen Fünfdollarschein aus seiner Hosentasche.

»Wie geht's dir, Kumpel?«, fragt er.

»Viel besser jetzt«, sagt der Mann, verblüfft von dem Geldschein, den er zusammenfaltet und einsteckt.

»Viel Glück«, sagt Weaver.

»Warum hast du ihm so viel Geld gegeben?«, fragt Ava, als sie so weit entfernt sind, dass der Mann sie nicht hören kann. »Meine Mutter sagt, Faulenzer sollten sich einen Job suchen.«

»Ich sehe das so«, sagt Weaver: »Mit richtig viel Pech könnte jeder von uns dieser Mann sein. Manchmal kann ein Bursche einfach keinen Job finden. Manchmal ist er krank.«

»Du hast ihm fünf Dollar gegeben. Bist du reich?«

Er bleibt stehen und lächelt. Rosalind kann sehen, dass Ava ihn verblüfft, vielleicht sogar bezaubert.

»Ich bin reicher, weil ich heute mit dir und deiner Tante Roz zusammen bin. So reich war ich schon sehr, sehr lange nicht mehr«, erwidert er.

Er kauft ihnen Eis am Stiel. Sowohl Weaver als auch Ava wählen das türkisfarbene.

»Was glaubst du, was für ein Geschmack das *wirklich* ist?«, fragt sie ihn.

»Blaubeer?«, überlegt er.

»Ich finde, es schmeckt wie der Himmel.«

Sie sitzen nebeneinander auf einer Bank, Ava zwischen ihnen, die ihre langen Beine baumeln lässt. Rosalind sieht, dass sie Weaver lächelnd beobachtet. Offensichtlich bezaubert er sie auch. Rosalind hingegen fragt sich immer wieder, wie sie ausgerechnet mit dem einen Mann im Grant Park gelandet ist, den sie am wenigsten sehen will. Er hat schon immer bekommen, was er wollte. Aber sie kann nicht umhin, über seine neue Freundlichkeit zu staunen. Und darüber, wie er Ava zum Lächeln bringt.

Im Art Institute ist es erstaunlich still für einen Samstag. Ein paar ältliche Frauen in sackartigen Kleidern. Eine große Familie. Vielleicht ist es ein zu schöner Tag, um drinnen zu sein.

Anstatt das prächtige Treppenhaus zu den lichtdurchfluteten Sälen mit impressionistischen Gemälden hochzusteigen, führt Weaver sie zunächst zu der unteren Ebene.

»Was gibt es denn hier unten?«, fragt Ava Weaver.

»Hast du je die Thorne Rooms gesehen?«

»Ich weiß nicht.«

»Das hast du«, wirft Rosalind ein. »Die Zimmer in Puppenhausgröße?«

»Ach die!«

Rosalind ist vor drei oder vier Jahren mit Ava dorthin gegangen. Inzwischen sind die Geduld und das Interesse ihrer Nichte sicher noch gewachsen. Rosalind hat diese perfekt maßstabsgetreuen Miniaturen historischer Zimmer immer geliebt. Sie sind nicht nur genauso niedlich wie Puppenhäuser, sondern atemberaubend exakte Darstellungen anderer Epochen, mit Ausblicken durch Türen und Fenster auf Gärten und Straßen dahinter. So komplex, so authentisch. Beleuchtet, als ob die echte Sonne durch Glasfenster schimmert. Rosalind hat das Gefühl, sie könnte in jede Szene treten, unter einem Kronleuchter auf dem perfekt gepolsterten Sofa sitzen, aus der Teetasse trinken, die auf dem Tisch wartet, an die kunstvolle Stuckdecke starren und die Füße auf einem Aubussonteppich ruhen lassen.

»Sie sind so verträumt«, kreischt Ava.

Der englische Saal aus der Tudorzeit. Der schicke kalifornische Laubengang von 1935. Rosalind liebt sie alle.

»Es ist, als ob man eine Reise unternimmt, findest du nicht?«, fragt Rosalind Ava.

»Sogar noch besser.«

»Komm hierher, Ava«, sagt Weaver. Er streckt die Hand aus, um ihrer Nichte auf das Podest zu helfen, von dem aus sie in ein Fensterchen blicken kann. »Was meinst du, wer in diesem prächtigen Raum ein Bad nimmt?« Auf dem Schild steht:

FRANZÖSISCHES BADEZIMMER UND BOUDOIR AUS DER REVOLUTIONSZEIT, 1793–1804. Eine ovale Badewanne ist in den Boden des Raums eingelassen, verziert mit Löwenköpfen und Messingketten. Kerzenleuchter an den Wänden erhellen den Raum.

»Eine Prinzessin«, erklärt sie.

»Eine französische Prinzessin«, ergänzt er.

»Ihr Name ist Ermine Gina«, verkündet sie feierlich.

»Was für ein perfekter Name für eine Prinzessin.«

»Sie ist so schön, dass die Männer in Ohnmacht fallen, wenn sie sie sehen«, flüstert Ava. »Einer nach dem anderen.« Weaver strahlt Rosalind an. Unweigerlich denkt Rosalind, dass die arme Ermine Gina sicher bald Bekanntschaft mit der Guillotine schließen wird.

Bis sie jeden der kleinen Räume erkundet, dann noch die Impressionisten gesehen und das Museum verlassen haben, hat sich der Himmel zu grauem Flanell verdüstert. Am Rand des Horizonts bemerkt Rosalind flackernde Lichter, und einen Augenblick später grollt von fern Donner heran.

»Hunger?«, fragt Weaver.

»Ja!«, ruft Ava. Rosalind ist gerührt von seinem Interesse an Ava. Sie hat zu glauben begonnen, dass er tatsächlich ein anderer Mann ist als der, den sie früher einmal kannte. Kann es sein, dass es ihm wirklich leidtut, sie verraten zu haben? Dass ihn irgendetwas wie durch ein Wunder verändert oder dazu gebracht hat, seine Entscheidungen zu bereuen? Es müsste ein Wunder sein, denn sie bezweifelt, dass Leute imstande sind, sich wirklich zu ändern. *Wenn ich ihn an mich heranlasse, dann darf ich nicht vergessen, dass es nur fürs FBI ist. Nur um das Richtige zu tun.*

»Siehst du das dort unten in der Straße?«, fragt er. »Tin Sing.

Dort gibt es fantastische Egg Rolls. Und Egg Foo Yong. Magst du Chinesisch, Ava?«

»Ist denn das ganze chinesische Essen aus Eiern gemacht? Ich habe noch nie welches gekostet«, sagt sie.

Er lacht. »Ich glaube, in Egg Rolls sind überhaupt keine Eier. Keine Ahnung, warum sie so heißen.«

Dicke gelbe Taxis gleiten die Michigan Avenue auf und ab. Die Brise vom See hat aufgefrischt. Es wird bestimmt bald Regen geben, der die Hitze hoffentlich vertreiben wird. Vor ihnen schleckt ein kleines Mädchen an einer Eistüte. Sie hinterlässt überall auf dem Gehsteig klebrige Schokoladenkleckse. Rosalind gibt sich alle Mühe, nicht hineinzutreten. Auf ihren hohen Absätzen stolpert sie gegen Weaver.

»Vorsicht, Mädchen«, sagt er und nimmt ihren Arm.

»Vorsicht, Mädchen«, äfft Ava ihn kichernd nach. Sie nimmt Rosalinds anderen Arm, und zusammen überqueren sie die Straße.

Ein komplexes rotes chinesisches Gesims prangt über dem Eingang zum Tin Sing. Das Neonschild im Fenster blinkt: BESTES CHOW MEIN. Es ist erst fünf, aber Stammgäste sitzen bereits beim Dinner. Die Hostess platziert sie an einem Tisch am Fenster, genau hinter dem Neonschild.

»Was für eine nette Familie«, sagt sie und reicht ihnen mit einer Verbeugung ihre Speisekarten.

»Danke«, erwidert Ava, während sie sich das Lachen verbeißt.

Weaver sieht sie beide warmherzig an. »Da gebe ich Ihnen recht. Wir sind eine entzückende Familie.«

»Danke, *Vater*!«, sagt Ava, und dann wendet sie sich zu Rosalind um und flüstert: »Weißt du, wo die Damentoiletten sind, *Mutter*?«

Rosalind zeigt zu einem Schild im hinteren Teil des Lokals. »Soll ich mitkommen?«

»Nein!«

Rosalind sieht ihr nach, während sie sich entfernt, aufrecht und selbstbewusst.

»Sie ist entzückend«, bemerkt Weaver.

»Das finde ich auch.«

»In ihr sehe ich dich als kleines Mädchen.«

»Ich war nie so lebenslustig.«

»Davon wirst du mich nicht überzeugen können.«

Er nimmt ihre Hand und küsst sie. Sie weicht nicht zurück. Sie kann seine Rasierseife riechen, seinen warmen, männlichen Duft, den sie einst so gut kannte.

»Gib mir eine Chance«, flüstert er und legt ihre Hand an seine Wange. »Das ist alles, worum ich dich bitte. Ich liebe dich so sehr. Allein schon wieder mit dir zusammen zu sein, bedeutet mir alles.«

Ihr Herz schmerzt, als ob es sich mit zu viel Blut, zu viel Leben füllt, nachdem es jahrelang vor sich hin vegetiert hat. Hat er ihr in der Vergangenheit je gesagt, dass er sie liebt? Kann sie seinen Worten auch nur für einen Moment trauen?

»Kannst du jetzt bitte sagen, was du mir sagen musst?«, fragt sie.

Er schüttelt den Kopf. »Nicht jetzt«, antwortet er. »Dafür brauchen wir etwas Zeit allein.«

»Kannst du mir nicht wenigstens ungefähr sagen, worum es geht?«

Er schüttelt wieder den Kopf. »Wenn wir das nächste Mal allein sind.« Jedes Mal, wenn er sie trifft, geht er davon aus, dass es ein nächstes Mal geben wird.

Der Kellner bringt ihnen eine Kanne Tee. Der Himmel flackert. Der Donner rollt näher. Ava kommt wieder und setzt sich mit einem zufriedenen Seufzer. In genau diesem Augenblick beginnt der Regen gegen das Fenster zu trommeln. Es ist ein herrlicher Lärm. Sie sind drinnen, zusammen. Der heiße Tee ist grasartig und beruhigend. Weaver beginnt, eine Geschichte von einem Hund zu erzählen, den er als kleiner Junge hatte, wobei er den Yorkshire-Akzent seines Vaters nachahmt. Bis das Essen kommt, macht er die Mimik des Hundes nach. Ava lacht so sehr, dass sie kaum essen kann. Rosalind spürt Weavers Bein, das sich an ihres presst. Sie könnte vor ihm zurückweichen, aber sie tut es nicht. *Er ist eine Droge*. Trotzdem, die Freude über Avas Fröhlichkeit, die Zärtlichkeit, als sein Blick für einen Moment auf ihrem Gesicht zu ruhen kommt, sind reicher und lohnender als alles, was sie seit sehr, sehr langer Zeit gefühlt hat.

Als Weaver sie an ihrer Haustür absetzt (wo jetzt Frank Dienst hat, der ihn finster ansieht), küsst er Ava die Hand und sagt ihr, dass es ihm ein Vergnügen war, Zeit mit ihr zu verbringen. Er küsst Rosalind auf die Lippen und flüstert: »Danke, meine Liebe.«

Avas Miene ist erschöpft, aber glücklich, als sie zusammen im Aufzug zur Wohnung hochfahren.

»Mr. Weaver ist so nett. Ist er nicht dein Exfreund? Der, den meine Mommy nicht mag?«

Rosalind nickt. »Sie vertraut ihm nicht, weil er mir einmal das Herz gebrochen hat.«

Sie öffnet die Tür, reißt die Fenster auf. Der Regen hat sich verzogen. Die Brise ist sanft.

»In Filmen brechen sich die Leute immer gegenseitig das Herz, aber dann versöhnen sie sich und leben glücklich und zufrieden bis ans Ende ihrer Tage«, sagt Ava. »Vielleicht könntet du und Mr. Weaver auch …«

»Wir hatten heute einen langen Tag, mein Schatz. Zeit für dein Bad.«

»Eines Tages würde ich gern genau so einen Mann wie Mr. Weaver finden. Wir werden himmelblaues Eis am Stiel essen. Und bis dahin kann man vielleicht … bis dahin kann man vielleicht auf dem Mond leben. Du könntest uns besuchen kommen. Du könntest sogar bei uns leben.«

»Du bist süß«, erwidert Rosalind. »Und ich weiß die Einladung zu schätzen. Aber erwachsene Leute brauchen ihr eigenes Leben.«

»Du solltest Mr. Weaver heiraten, und dann könntet ihr beide kommen und bei uns leben – in einem *getrennten* Mondhaus«, sagt Ava. Sie sieht aus, als ob sie ein unergründliches Rätsel gelöst hat. »Ich kann deine Brautjungfer sein. Ich bin sehr gut darin, Sträußchen zu halten.« Sie lächelt ein perfektes, koboldartiges Lächeln.

»Mein Schatz, wenn ich beabsichtige, Mr. Weaver zu heiraten, wirst du es als Erste erfahren.«

8

Am Sonntag, in seinem guten Anzug und mit Krawatte, begleitet Charlie Peggy und ihre Familie zur Messe. Peggy wäre nicht glücklicher, wenn er ihr eine Vierliterflasche mit Chanel No. 5 überreicht hätte.

»Ich habe dafür gebetet«, sagt sie, während sie ihm die Wange küsst. Sie ist ein entzückender Anblick. Sommersprossig und hübsch frisiert, das karamellfarbene Haar unter einen marineblauen Hut gesteckt. Die Kette, die er ihr bei Field's gekauft hat, steht ihr gut. Als sie sich St. Mary's nähern, treffen sie auf Scharen von Leuten, die alle auf dem Weg zur Kirche sind. Als der Rest der Familie vor ihnen hergeht, klopft sein Schwager Mack Charlie auf den Rücken.

»Alter Knabe, du warst mein Held. Wie konntest du dich nur von Peg verdonnern lassen, wieder als Messdiener anzutreten? Du brichst mir das Herz.«

»Du denkst, mit zur Kirche zu gehen ist ein Fehler?«

»Ich denke, wenn du morgen vom Bus überfahren wirst, beschert dir der Kirchgang vielleicht einen Freifahrtschein zum Himmel. Aber dort sind nicht die Mädchen, mit denen man Spaß hat.«

An diesem Morgen hatte Charlie nach einer schlaflosen Nacht zwei Optionen in Betracht gezogen: zum Schießstand in Bridgeport fahren, der erstaunlicherweise sonntags geöffnet hat, oder zur Kirche gehen. Die Kirche ist näher und öffnet früher, und vermutlich ist es sowieso keine gute Idee, nach einer schlaflosen Nacht mit einer Schusswaffe zu hantieren. Er hofft, dass er unter dem riesigen Gewölbe von St. Mary's in der liturgischen Musik und den alten Ritualen einen Moment des Friedens finden wird – wenn auch nicht bei Jesus oder Gott. Er ist noch immer schlecht auf die beiden zu sprechen.

Es ist nämlich so, dass er seit Freitagabend ein Gefühl von Unbehagen, was Rosalind Porter angeht, nicht abschütteln kann. Er hat ein schlechtes Gewissen bei dem, wozu er sie drängt. Er kann sehen, dass Weaver eine reale Gefahr für sie darstellt. Aber ist es wirklich das, was ihn beschäftigt?

Seine Krawatte fühlt sich zu eng an – Peggy bindet all seine Krawatten. Sie hängen in seinem Kleiderschrank, eine Reihe Schlingen. Sobald er eine um den Hals hat, fummelt er den Knoten mit seiner gesunden Hand hoch. Das System funktioniert, es sei denn, er schiebt den Knoten wie heute zu hoch. Er konnte seine Krawatte noch nie lockern, ohne den Knoten zu ruinieren. Er fährt mit einem Finger um den Kragen, es ist verdammt warm heute.

Seine Nichte und sein Neffe, die vor ihm gehen, sind wie Miniatur-Erwachsene angezogen. Stevie in einem Anzug mit langer Hose, Cindy mit weißen Handschuhen und weißen Söckchen. Beide tragen Hüte. Als sie die Kirche erreichen, nimmt Stevie seinen ab, sodass sein roter Haarschopf, dunkel von Schweiß, zum Vorschein kommt. Cindy reicht ihren Hut Peg.

Die Kirche ist riesig, aber sie füllt sich bereits. Zum Glück bleibt es darin kühl. Auf der anderen Seite des Mittelgangs entdeckt Charlie Klassenkameraden von früher. Und auch Peggys Freundinnen. Ein paar scheinen verblüfft, ihn zu sehen. Manche winken. Drei seiner ehemaligen Lehrerinnen, alles Ordensschwestern, sind gemeinsam gekommen. Sie nicken, als sie ihn sehen, die Lippen zusammengepresst. Sie sehen noch immer genauso aus wie vor fünfzehn, zwanzig Jahren. Kindlich und geschlechtslos. Und dann sieht er Linda Dubicki den Mittelgang hochkommen, mit einem Baby an der Schulter und einem Kleinkind, das hinter ihr hertrottet. Er hätte wissen müssen, dass sie hier sein würde. Sie ist schwanger. Ihr Gesicht ist so dick angemalt, dass sie nicht wie sie selbst aussieht. Er holt tief Luft, schließt für einen Moment die Augen. Und als er sie wieder aufschlägt, sieht er ihren Ehemann, seinen früheren Klassenkameraden Stash Majewski, den Gang hochschlurfen. Er versucht, das Kleinkind unter Kontrolle zu halten, das immer wieder in die eine oder andere Richtung abschwenkt. Stash hat einen Bierbauch und hatte keine Zeit, sich zu rasieren. Sein Anzug passt ihm nicht mehr. Die Nähte drohen zu platzen. Er sieht erschöpft aus.

»Oh, Herrgott noch mal, Stash. Jetzt beeil dich schon«, faucht Linda von der Bank aus. »Ohne dich wären wir gar nicht erst zu spät gekommen.«

Vielleicht sollte Charlie doch an Gott glauben. Denn ohne seine kaputte Hand wäre er es, der jetzt dort vor sich hin schlurft.

Father Janowski hat sich nicht verändert, seit Charlie ihn vor vier Jahren zuletzt gesehen hat. Sein hohlwangiges Gesicht und seine skelettartigen Finger machen Kindern Angst. Ichabod Crane mit einer hohen, zirpenden Stimme. Peg hat Charlie genötigt, zu ihm zu gehen, als er aus dem Krieg zurückkehrte. Der Priester verbrachte viel Zeit damit, sich wegen Charlies Glaubenskrise zu sorgen, fragte ihn jedoch nicht ein einziges Mal, was er während seiner Gefangenschaft erlitten hatte oder was mit seiner Hand passiert war. Als Charlie ihm zu sagen versuchte, wie Leute um ihn herum wegen der geringfügigsten

Vergehen geprügelt oder enthauptet wurden und wie man seine Hand verstümmelt hat, fühlte sich Father Janowski gar so unbehaglich, dass er aufsprang und erklärte, ein anderes Gemeindemitglied warte auf ihn.

Die Messe beginnt auf ihre übliche leiernde Art. Schlafmangel und Latein sind eine starke Mischung. Zweimal muss Mack Charlie in die Rippen stoßen. Charlie meint gelesen zu haben, dass man sich, wenn man anders nicht wach bleiben kann, auf die Zunge beißen soll. Er beißt zu hart zu und schmeckt Blut, metallisch wie ein schmutziger Penny. Seine größte Befürchtung ist, dass er, wenn er einschläft, aus einem Albtraum aufwachen, laut aufschreien, seine Familie in Verlegenheit bringen wird. Es ist grausam, wie er das Leiden immer wieder nacherleben muss, längst nachdem die eigentliche Folter aufgehört hat.

Um sich wach zu halten, sieht er hinüber zu Linda. Mehr als einmal hat er ihren Verlust als Amputation beschrieben. Der Schmerz dessen, was sie ihm nach dem Krieg angetan hat, brennt wie seine Hand, wenn er nachts zu schlafen versucht. Und doch hat er, wenn er die verletzte Haut tatsächlich berührt, keine Empfindung. Ganz ähnlich, wie er jetzt, als er Linda ansieht, schwanger, ihr Lippenstift ein leuchtendes Granatapfelrot, absolut nichts fühlt.

Linda war besorgt, aber unterstützend, als Charlies Mutter darauf bestand, dass er sich freiwillig zur Armee meldete. Alle wussten, dass die Einberufung kommen und Amerika spätestens bis zum Jahresende in den Krieg eintreten würde. Polen musste verteidigt werden. »Du bist ein kluger Junge, Charlie«, sagte seine Mutter. »Du könntest polnische Leben retten.«

»Ein Bursche muss gegenüber der Welt seine Pflicht erfüllen, oder?«, flüsterte Linda ihm später zu. »Ich nehme an, das gehört zum Mannsein.« Charlie fühlte sich geschmeichelt, dass sie ihn als Mann ansah. Ihr sanftes Lächeln sagte ihm, dass sie stolz auf ihn in einer Uniform sein würde, stolz, dass er tapfer vorangehen würde, um Polen zu verteidigen, das einen festen Platz in ihren Herzen hatte. Jetzt denkt er voller Bitterkeit an seine Naivität damals.

Die Briefe, die Linda ihm schickte, während er in der Ausbildung war, hätten einen Stein erröten lassen. Es war ein Wunder, dass die Zensoren ihre Geständnisse nicht einkassierten. Aber im Gedächtnis geblieben sind ihm die sanfteren, süßeren Briefe. Sie malten Träume aus, die Charlie und Linda teilten: ein Backsteinhaus in einem Vorort, mit einer Rutsche auf der hinteren Veranda und einer Garage für einen Familien-Chevrolet. Zwei Kinder: ein großer, aufrichtiger Junge wie er; ein Mädchen, so blond und hübsch wie sie.

»*Fahr du nach Übersee, Liebster. Das Kinderkriegen kann warten …*«, schrieb sie.

Doch dann, anstatt nach Europa geschickt zu werden, um Polen zu verteidigen, wurde er nach Corregidor verschifft, eine philippinische Insel an der Einfahrt der Manilabucht. Heiß und voller Krankheiten. An dem Tag, an dem Pearl Harbor bombardiert wurde, hat man auch jedes einzelne Flugzeug auf den Philippinen in die Luft gesprengt. Die wenigen Panzer, die zur Verfügung standen, waren so neu, dass niemand wirklich wusste, wie man sie bediente. Und es war nicht genug Essen angekommen, um die Truppen mit vollen Rationen zu verpflegen. Unterernährt, schlecht ausgerüstet und an der Ruhr erkrankt, waren die Amerikaner und Filipinos bald gezwungen, sich dem Feind zu ergeben. In der japanischen Kultur ist das die größtmögliche Schande. Der Tod ist der Kapitulation vorzuziehen.

Besiegt, ausgehungert, auf Schritt und Tritt gedemütigt, wurden die Gefangenen in ein Höllenloch namens Camp O'Donnell gebracht. Charlie konnte von Glück reden, dass er auf

Corregidor stationiert gewesen war. Die Kameraden von der Bataan-Halbinsel kamen nach einem neuntägigen Marsch ohne Essen oder Wasser an. Tausende hatte es auf dem Weg dahingerafft. Von denen, die überlebten, starben viele in ihren ersten Stunden in O'Donnell.

Charlie überlebte. Aber jeden Tag fragte er sich, warum. Nach einigen Monaten wurden er und mehrere Hundert andere auf ein klappriges Schiff nach Japan verfrachtet. Die Lager in Japan, dachten sie, würden bestimmt besser sein.

Unmittelbar nach ihrer Ankunft wurden sie nackt ausgezogen und ihre schmutzigen Khakihosen und Schuhe auf einem Haufen verbrannt. Geschöpfe in weißen Schutzanzügen, mit Kapuzen und Masken, sprühten sie mit giftigen Dämpfen ein, um die Läuse zu töten. Sie bekamen pyjamaartige graue Häftlingskleidung ausgehändigt, die für einen Meter fünfundsechzig große Männer gemacht war. Die Hose bedeckte knapp Charlies Knie. Das Hemd ließ sich kaum zuknöpfen. Die seltsamen schwarzen Leinenschuhe hatten einen Einsatz zwischen der großen Zehe und der nächsten und wurden hinten mit zwei Ösen geschlossen. Charlie musste sie vorn ganz aufreißen, um seine Füße, die Schuhgröße 48 hatten, hineinzuzwängen. »Riese! Missgeburt!«, beschimpfte ihn ein japanischer Wachmann in verblüffend gutem Englisch. Da er unter der vorderen Hälfte seiner Füße keine Sohlen hatte, umwickelte er seine Zehen mit mehreren Schichten Sackleinen, das er aus den Säcken riss, in denen die Schuhe gesteckt hatten. In ihren neuen Uniformen wurden die Gefangenen auf einen Zug verladen, der zu einer Stadt hoch oben in den Bergen fuhr.

Es regnet, als der Zug anhält. Eiskalter Regen trommelt von einem matten Himmel, der die Farbe von Fünfcentmünzen hat, brennt auf ihrer Haut und läuft ihnen in die Augen. Sie werden mit Bambusstöcken vorwärtsgetrieben, einen mehrere Meilen langen Abhang hinunter, der so schlammig ist, dass er ihnen die Leinenschuhe von den Füßen saugt. Charlie verliert das Sackleinen, das seine Zehen bedeckt hat, dreht sich um und hebt es rasch auf, bevor jemand drauftrampelt. Es dämmert, als sie den Fluss erreichen, an dem sich das Lager befindet. Die Gebäude sind so neu, dass Kiefernharz aus ihnen sickert. An dem Holz klebt noch immer Rinde, und zwischen den Brettern sind Ritzen. Während sie sich im Hof aufstellen müssen, versucht Charlie, das Zittern seines Körpers zu unterdrücken, indem er Bilder von heißen Duschen, heißem Kakao, Lindas Armen heraufbeschwört. Seine Zehen pochen. Selbst die drückende Hitze der Philippinen wäre dieser bitteren Kälte vorzuziehen. Der Kommandant besteigt ein behelfsmäßig zusammengezimmertes Podest, sichtlich behaglich in seiner dicken Wolljacke und einer pelzbesetzten Mütze. Er bellt: »Japan gewinnen. Wir ewige Sonne. Ihr Amerikaner Glühbirne. Ihr sterben. Wir lachen. Ihr sterben. Wir lachen!« Einer der Wachleute geht an der Reihe der Männer entlang, schlägt dabei wahllos mit einem Bambusstock zu. Charlies Größe und seine nackten Beine müssen seine Aufmerksamkeit erregen. Der Bambusstock peitscht gegen eine ungeschützte Wade, dann gegen die andere.

»Du sterben!«, brüllt der Wachmann zu Charlies Gesicht hoch. »Du sterben! Wir lachen!« Charlie spürt ein Rinnsal aus Blut an seinem rechten Knöchel hinunterlaufen. Noch mehr Blut am linken. Es ist alles gut, *denkt er.* Das sind nur Schnittwunden. *Und dann, als der lange Bambusknüppel genau unter seinem linken Ohr auf seinem Hals niedergeht, flammt ein Feuerstrahl auf, ein Stromstoß. Er sinkt auf die Knie, sieht Schwarz, dann Rot, dann Gold.*

»Du sterben«, sagt der Wachmann. »Wir lachen.« Soll er es so weit geschafft haben – auf einem Blechboot, auf dem er sich

übergeben und gebetet hat –, nur um dann in seinen ersten Stunden in Japan zu sterben? Er bedeckt den Kopf mit den Händen, wartet auf den nächsten Schlag.

Charlie blinzelt und sieht sich in der Kirche um, versucht, sein rasendes Herz zu beruhigen. Hat er ein Geräusch gemacht? Aufmerksamkeit auf sich gezogen? Irgendetwas muss er getan haben, denn Peg nimmt seine Hand und sieht ihn besorgt an. Du lieber Himmel. Aber niemand sonst starrt in seine Richtung. Gott sei Dank. Nur sie hat es gehört. Seine Lungen schmerzen. Manchmal, wenn er in diese dunklen Träume abschweift, vergisst er zu atmen. Jetzt saugt er gierig Luft in sich ein. Peggy drückt seine Hand. *Ich bin am Leben*, denkt er. Father Janowski beginnt mit seiner Predigt. Nicht mehr lange, dann können sie nach Hause gehen. Gott sei Dank.

In der Predigt geht es um das dritte Gebot, »Du sollst den Feiertag heiligen«. Janowski redet darüber, wie sie alle versammelt sind, um den Feiertag zu begehen, hier in den gütigen Armen von St. Mary's. Charlie entspannt sich. Es geht ihm schon besser. St. Mary's, die Kirche, in der er jeden Sonntag zwischen seiner Mutter und seinem Vater saß. Die wunderschöne St. Mary's. Wo er sich geborgen und als Teil einer Gemeinschaft fühlte. »Aber was passiert, wenn ihr nicht regelmäßig kommt?«, quäkt Father Janowski plötzlich. »Was passiert, wenn ihr glaubt, ihr habt an einem Sonntag Besseres zu tun? Was passiert, wenn ihr dem Herrn Woche um Woche um Woche den Rücken kehrt?« Während Janowskis Stimme durch den Raum gellt, wird Charlie bewusst, dass der Priester *ihn* anstarrt. Als er sich umsieht – ist es Wahn? –, hat sich die ganze Gemeinde zu ihm umgewandt. Selbst Linda, deren leuchtend rote Lippen mitfühlend lächeln, aber Charlie wendet den Blick ab.

»Sünde wird durch Nachlässigkeit beflügelt!«, fährt Father Janowski fort. »Wir sollen uns besondere Mühe geben, Gott am Sonntag zu ehren. Wenn wir das nicht tun, kommen wir vom rechten Weg ab. Wir sterben innerlich. Unsere Herzen werden leer, und wir haben wenig zu geben. Vielleicht *nichts*!« Charlie hat nichts zu geben. Er will nur gehen und nie wieder hierherkommen.

Als der Gottesdienst endlich vorbei ist, sehnt er sich nach frischer Luft, nach Entkommen, und er folgt Peg und Mack hastig den Mittelgang hinunter. Aber noch bevor er die Tür erreichen kann, wird er von Linda Dubicki angesprochen. Sie hält wieder ihren kleinen Jungen auf dem Arm. Die Nase des Kindes ist von Rotz verschmiert; es sabbert und reibt ihn an die Schulter ihres rosa Kleids. Ihr Gesicht ist aufgequollen, vermutlich von der Hitze und der Schwangerschaft, und ihr Dekolleté ist gerötet. Wo ist unter diesem ganzen Make-up das Mädchen, das er einmal geliebt hat?

»Ich kann nicht glauben, dass du hier bist, Charlie«, sagt sie.

Er holt einmal tief Luft. »Ich auch nicht.« Jedes Wort kostet ihn Kraft.

»Was macht die Rettung der Welt?«, fragt sie.

Er zuckt die Schultern. »Was macht die Mutterschaft?«, gibt er zurück. Er will gehen. Er will sie nie wiedersehen.

»Na ja, sieh es dir an«, sagt sie. Ein Kind zerrt an ihr; der Kleine spielt mit dem Speichel, den er auf ihrem Kleid verschmiert hat. »Es ist kein Vergnügen.«

»Ich muss Peg einholen«, sagt er und entfernt sich.

»Bitte, Charlie, warte«, ruft sie ihm nach.

Widerwillig wendet er sich um. »Ja?«

Sie läuft auf ihn zu. »Ich kann nicht aufhören, an die Zeit zu denken, als wir zusammen waren«, flüstert sie. Er geht weiter, aber sie folgt ihm entschlossen, ein Kind auf den Armen, das andere an ihrem Rockzipfel. Sie beugt sich unangenehm nah zu ihm vor. Er kann ihren Talkumpuder riechen, oder ist es der des Babys? »Die Art, wie du mich berührt hast, Charlie. Ich denke daran … ständig.«

»Ja. Das waren Zeiten, als ich noch beide Hände hatte, Linda. *Tolle* Zeiten waren das.« Die Bitternis in seiner Stimme ist ihm peinlich. Sie blinzelt unbehaglich, verlagert das Baby an ihre andere Schulter. Er hätte das niemals gesagt, wenn er nicht so übermüdet wäre.

»Ich wünschte, es wäre alles anders«, sagt sie. »Wenn ich doch nur … Ich hätte niemals sagen sollen, was ich gesagt habe.«

»Ach ja? Da hast du allerdings recht.«

Er kann nicht glauben, dass sie das in der Kirche, umgeben von Leuten, zu ihm sagt. Er geht auf die Tür zu.

»Charlie!«, ruft sie.

Was zum Teufel will sie? Diesmal ignoriert er sie. Seine Mutter hätte ihm die Ohren dafür lang gezogen, dass er so unhöflich ist, selbst zu Linda, die sie nicht leiden konnte. Trotzdem, es ist eine Erleichterung, Abstand zwischen sie beide zu bringen. Warum in aller Welt ist er bloß hierhergekommen?

Später, als sie nach Hause gehen, fragt Mack: »Was wollte die Dubicki denn? So, wie sie dich den ganzen Gottesdienst über beäugt hat, sah es aus, als ob sie dich am liebsten gleich auf dem Boden der Kirche flachlegen wollte.«

»Ja, so ähnlich.«

»Stell dir vor, wie sich Father Janowski aufgeregt hätte«, sagt Mack. Er äfft Janowskis schrille Stimme perfekt nach: »Herr in der Höhe, steige herab und strafe diese beiden Sünder!«

Charlie weiß, dass Peg gleich anfangen wird, das Mittagessen zu kochen. Sie bindet sich die Schürze um. Er sollte helfen. Den Tisch decken oder so. Aber er ist zu müde. Er geht hinunter zu seiner Wohnung. Sein Kopf schmerzt, und er kann die Erinnerung an Linda Dubickis Gesicht nicht abschütteln. Oder die Gedanken an Matsushima, die ihn in der Kirche überkommen haben. Er berührt seinen Hals, gleitet mit einem Finger über die Narbe und setzt sich für einen Moment, ruft sich in Erinnerung, dass alles okay ist. Er ist am Leben.

Er zieht seine Kirchenkleidung aus – was für ein Idiot war er, überhaupt hinzugehen – und streift eine Chinohose und ein T-Shirt über. Er nimmt das neue *Charlie-Parker*-Album und legt es auf den Plattenspieler. Auf dem Bett ausgestreckt, fühlt er sich so leer wie die Geldbörse eines Bettlers, lässt die süßen Klänge von Parkers Saxofon über sich hinwegströmen. Bilder von Rosalind Porter dringen in sein erschöpftes Gehirn ein. Natürlich, seit Freitag ist er besorgt, in was er sie da hineingezogen hat. Aber ein Mann sollte sich nicht selbst belügen. Irgendetwas an Rosalind Porter geht ihm nahe. Ihre seltene Mischung aus Brillanz und Verletzlichkeit und, ja, selbst die Wut.

Sie ist die erste Frau seit Linda, zu der er sich hingezogen fühlt. Ausgerechnet die eine Person, für die er sich nicht interessieren sollte. Er atmet schwer aus, schließt die Augen. Er flüstert ihren Namen zu den Klängen von Charlie Parkers Saxofon. »Rosalind.«

Peg ruft die Kellertreppe hinunter. »Wir haben Besuch zum Mittagessen, Charlie. Sieh mal, wer da ist!«

Oh, Mann. Er wird gezwungen sein zu reden, ein Lächeln aufzusetzen. Er seufzt und steht fluchend auf, schlüpft in Schuhe, stellt den Jazz ab. Pflichtbewusst steigt er die Stufen hoch, denn Peg verlangt nicht viel von ihm, wenn sie also mal was möchte, sollte er sich fügen. In der Küche steht Pegs Highschoolfreundin Sondra Becker. Sie hat ihm in der Kirche zugewinkt, mit ihrer behandschuhten Hand auf eine kindische Art durch die Luft gefuchtelt. Seit dem Krieg verwitwet, arbeitet sie als Sekretärin für einen Anwalt. Peg versucht ständig, Sondra mit irgendeinem Kerl zu verkuppeln. Die Frau ist nicht unattraktiv, und Peg ist es ein Rätsel, warum offenbar keiner ein zweites Mal mit ihr ausgehen will.

»Charlie.« Sondra streckt förmlich die Hand aus. Sie ist zurechtgemacht, ihr helles Haar gewellt, von einer Haarspange mit Schleife auf einer Seite hinters Ohr gesteckt. »Ich habe mich gefreut, dich heute in der Kirche zu sehen.«

Er nickt. Peg sieht ihn entnervt an. »Ich habe Sondra gebeten vorbeizukommen. Sie und ich haben nie die Gelegenheit zu plaudern.«

Er wundert sich nicht, dass Peg sie beide verkuppeln will – eher darüber, dass sie es nicht schon früher versucht hat. Oder vielleicht hat sie Sondra einfach vor dem beschützt, was Peg seine »Verdrießlichkeit« nennt.

»Schön, dass du uns Gesellschaft leistest, Sondra«, sagt er. Na bitte. Seine Mutter wäre zufrieden.

Das Mittagessen verläuft gut, bis Peggy sagt: »Das war meine Lieblingspredigt des Jahres. Eine hervorragende Idee von Father Janowski, uns daran zu erinnern, warum wir jeden Sonntag zur Kirche gehen müssen. Die perfekte Predigt für eine gewisse Person in diesem Raum«, ergänzt sie mit einem Blick auf Charlie.

Aber Sondra verblüfft ihn. »Ich bitte dich, Pegs, lass deinen Bruder in Frieden. Nachdem Ted gefallen war, konnte ich zwei Jahre keinen Fuß in die Kirche setzen.«

»Daran kann ich mich gar nicht erinnern. Stimmt das wirklich?«

»Ich war mir so sicher, dass meine Gebete ihn beschützen würden. Stattdessen ist er allein gestorben, weit weg von mir, während er vor Schmerzen geschrien hat. Ich habe Gott verflucht …« Ihre Miene trübt sich bei dem Gedanken, und am

Tisch entsteht ein Vakuum der Stille. Die Kinder sitzen mit weit aufgerissenen Augen da und starren einander an. Charlie fragt sich, wer ihr erzählt hat, dass er unter Schmerzen gestorben ist. Die meisten Offiziere berichteten den Witwen, ihr Mann sei sofort tot gewesen.

»Aber genau dann brauchst du die Kirche doch am meisten, oder?«, fragt Peg.

»Könnte man meinen. Doch du kannst dir nicht vorstellen, wie schwer es ist, den Glauben wiederzufinden. Du kannst es nicht wissen, wenn du selbst nie auf die Probe gestellt wurdest. Mack ist gesund und munter zurückgekehrt.«

Charlie nickt Sondra dankbar zu. Sie lächelt schüchtern zurück.

»Aber du *bist* wieder zur Kirche zurückgekommen, Sondra«, sagt Peggy.

»Ich bin zurückgekommen, als ich bereit dafür war«, erwidert sie. »An manchen Tagen fällt es mir immer noch schwer, meinen Glauben zu finden.« Peggy windet sich sichtlich. Wie kann es sein, dass seine Schwester darüber nie mit ihrer Freundin geredet hat? Hätte Peggy so viel Zeit damit verbracht, einen neuen Mann für sie zu suchen, wenn sie das gewusst hätte?

Nach dem Mittagessen, als Sondra ihren Hut aufgesetzt und ihre weißen Handschuhe angezogen, sich von allen verabschiedet und sogar Stevie geküsst hat – der ihren Kuss wegwischt, sobald sie ihm den Rücken kehrt –, verblüfft Charlie sich selbst, indem er ihr zur Tür hinaus folgt.

»Sondra«, sagt er. »Ich habe mich eben gefragt, ob du … ob du vielleicht gern einmal zum Dinner ausgehen würdest.«

Sie sieht zuckersüß zu ihm hoch. »Hör zu. Fühl dich nicht verpflichtet, mich zu fragen, nur weil Peg mich in deine Richtung schubst. Ich weiß nicht, warum sie das Gefühl hat, sie muss den Amor spielen.«

»Ich würde *erst recht nicht* fragen, weil Peg dich in meine Richtung schubst«, erwidert er. »Ich frage, weil ... weil wir vielleicht etwas gemeinsam haben. Ich denke, wir könnten vielleicht Freunde sein.«

»Oh ...« Ihre Wangen röten sich. Sie lächelt nervös. »Na dann, ich würde mich geehrt fühlen, mit dir zum Dinner auszugehen, Charlie.«

»Ich rufe dich an«, sagt er.

»Wunderbar.« Sie lächelt warmherzig.

Dann würde er endlich Ruhe vor seiner Schwester haben, denkt er. Und sie scheint doch ganz nett zu sein. Sie würde nicht erwarten, dass es um eine Liebesbeziehung geht, nur um Freundschaft. Er hat das Gefühl, das klargestellt zu haben. Und vielleicht haben sie ja tatsächlich etwas gemeinsam. Vielleicht könnte er etwas von ihr lernen.

9

Am Sonntagabend ruft Zeke Rosalind an.

»Wo hast du denn gesteckt?«, fragt sie. »Du kannst dir gar nicht vorstellen, wie oft ich bei dir angerufen habe!«

»Ich bin am Mittwoch spätabends aus New York zurückgekommen. Dann, am Donnerstag, ist Little Mommy gestürzt und hat sich die Hüfte gebrochen. Sie hat gesagt, sie ist über ihre Pantoffeln gestolpert. Aber ich bin sicher, sie ist über zu viel Bourbon gestolpert. Sie ist im Wesley Memorial.«

»Warum hast du mir das nicht erzählt?«

»War jeden Abend zu erschöpft, wenn ich endlich nach Hause gekommen bin, Bunny. Zu sauer auf sie, um auch nur darüber zu reden.«

»Ja, ja. Ich weiß, wie sie sein kann.«

»Du hast ja keine Ahnung, wie schön es ist, deine Stimme zu hören.«

Es kommt selten vor, dass zwei Leute im Leben so zusammenpassen wie Zeke und Rosalind. Seit sie elf waren, sind sie ein Herz und eine Seele. So schlau er auch war, als sie sich kennenlernten, war er trotzdem ein grottenschlechter Schüler. Im naturwissenschaftlichen Unterricht saß er da und zeichnete elegante Damen in aufwändigen Kleidern und sah nur hin und wieder auf, wie aus einem Traum. Mager und feingliedrig, mit rotblondem Haar, hatte er bereits begonnen, sich exzentrisch zu kleiden. Eine Zeit lang trug er jeden Tag einen Dreispitz, dann ein komplettes Cowboykostüm mit einer metallenen Gürtelschnalle, die so schwer war, dass sie ihm fast die Hose herunterzog, dann eine knallgelbe Latzhose. Die anderen Jungen wollten nichts mit ihm zu tun haben. Sie nannten ihn »Schwuchtel« und »Tunte«. Rosalind verstand diese Schimpfnamen gar nicht. Aber es war klar, dass sie und Zeke beide Außenseiter waren, beide für das verspottet, was sie einzigartig machte, und beide mit wenig Aussicht, sich zu ändern. Und beide waren glücklich, Zeit zusammen zu verbringen. In der Mittagspause, wenn sie ihre Sandwiches gegessen und ihre kleinen Milchkartons ausgetrunken hatten, zeichnete Zeke oft Kleider, nur für sie. »Das hier würde dir gut stehen, Bunny, mit einer Schleife am Ausschnitt, um deinen langen Hals zu kaschieren«, sagte er zum Beispiel. Ihr gefiel, dass er einen Spitznamen für sie hatte. Ihr gefiel, dass er sie mit weiblichen Kurven zeichnete, obwohl sie noch kaum welche hatte.

Eines Nachmittags, in der achten Klasse, als sie allein ganz hinten in der Bibliothek waren, flüsterte Zeke, er habe ein schreckliches Geheimnis. Und wenn er es nicht mit jemandem teilen könnte, würde er krank werden und sterben. Seine Stimme bebte. »Ich … fühle mich … von Jungen angezogen.«

»Von ihnen angezogen?«, fragte sie. »Das verstehe ich nicht.« Sie stellte sich zwei Magneten im naturwissenschaftlichen Unterricht vor, die aufeinander zuflogen und sich mit einem *Wumm!* trafen.

»Wenn ich davon träume, was, du weißt schon, davon, *was Erwachsene tun*, du weißt schon, *Sex* …« – sie war schockiert, das Wort zu hören; selbst Louisa nannte es »eheliche Beziehungen« – »… dann sind es Jungen … dann sind es Jungen, die ich mir vorstelle.«

»Du willst … Sex mit Jungen haben?« Rosalind hatte erst

kurz zuvor das erste Mal von Sex gehört, und es war schwer zu glauben. Ihre Mutter und ihr Vater hatten *das* getan? Henry und Louisa taten *das*?

»Jetzt hasst du mich. Ich wusste, du würdest mich hassen. Ich wusste es!« Er hatte noch nie so verletzlich ausgesehen.

»Ich könnte dich niemals hassen.« Aber ihre Neugier war geweckt: Was könnten Jungen denn miteinander tun? Nach dem wenigen, was sie über Sex wusste, war ziemlich klar, dass zwei Jungen für solche Dinge nicht gebaut waren. Wie zwei Knöpfe und keine Knopflöcher.

»Du wirst es doch niemandem sagen, oder? Du wirst niemandem sagen, dass ich *abartig* bin, oder?«

»Dein Geheimnis ist bei mir sicher«, erwiderte sie. »Für immer.«

Sie hatte über Atome gelesen, und ihr schien, dass es mit Zeke und dessen Begierden ungefähr so war wie mit einem Elektron auf einer zerfallenden Umlaufbahn. Dagegen anzukämpfen würde seine Energie nur abstrahlen. Ihn schwächen. Bis er, genau wie dieses Elektron, unaufhaltsam immer stärker vom Kern des Atoms angezogen und gebunden werden würde. Sie betete, dass ihn sein Verlangen nach Jungen, anders als bei diesem armen Elektron, nicht zugrunde richten würde.

Letztendlich lief es für ihn weitaus besser, als sie befürchtet hatte. Heutzutage arbeitet Zeke als Fotograf für die *Tribune*, hält mit seiner Kamera Straßenszenen und Fashionshows fest. Er ist gut in seinem Beruf und geschätzt von seinen Kollegen. Er hat es geschafft, seine Einzigartigkeit in Erfolg umzumünzen, und sie ist stolz auf ihn. Es gibt Männer in seinem Leben, aber das ist eine geheime Welt. Er erzählt es ihr, aber sie sagt nie einer Menschenseele etwas davon.

»Kommt deine Mutter klar?«, fragt sie.

»Du kennst doch Little Mommy. Wenn sie das Krankenhaus

verlässt, werden die Schwestern urlaubsreif sein.« Little Mommy war in ihren Zwanzigern ungefähr sechs Monate lang Konzertpianistin. Jetzt ist sie Ende sechzig, verwitwet und raucht Kette, während sie auf ihrem Steinway *Rhapsody in Blue* spielt. Zum Glück ist Zeke die Einberufung wegen seines Asthmas erspart geblieben. Seine Mutter hätte sich selbst nur zu gern zur Grundausbildung gemeldet.

Zekes Mutter Lona hat mehr als einmal vorgeschlagen, dass Zeke Roz heiraten sollte. »Warum denn nicht, Ezekiel?«, fragt sie gern, wobei sie eine Wolke aus Rauch ausstößt. »Ihr liebt euch mehr als sonst zwei Leute auf der Welt. Wer soll denn wissen, dass es nicht *diese* Art Liebe ist? Und ihr beide müsstet nicht ...« – bei diesen Worten sieht sie ihnen bedeutungsvoll in die Augen – »... für den Rest eures Lebens allein sein.« Jedes Mal, wenn sie das sagt, würde Rosalind sich am liebsten umbringen.

»Ach, jetzt schwafle ich schon wieder. Wie geht es denn dir?«, fragt Zeke.

»Du schwafelst nicht. Du hattest wichtige Neuigkeiten.«

»Ich bin meine Neuigkeiten leid. Little Mommy hat nicht eine Sekunde mehr von unserer Zeit verdient. Was gibt's bei dir Neues?«

»Oh ... Na ja, da gibt es zur Abwechslung tatsächlich etwas«, sagt sie.

»Spuck's schon aus.«

»Es könnte dich aufwühlen.«

»Gut. Ich bin ausgehungert nach etwas Pikantem.«

Rosalind konnte es kaum erwarten, Zeke zu berichten, wie sie den echten Schattenmann getroffen hat, aber Charlie hat sie ermahnt, nur zu sagen, dass sie Weaver wiedersehen wird. »Sie haben mich nie getroffen«, warnte er sie an jenem Tag in der Donutbude. »Sie dürfen auf keinen Fall jemandem vom FBI erzählen.« Trotzdem, sie hat viel über den blauäugigen Charlie

Szydlo nachgedacht seit dem Tag, an dem er sie nach Lincoln Park begleitet hat. Sie würde so gern mit Zeke über ihn reden. Darüber, wie sehr sie seine Fragen nach der Wissenschaft und die Art, wie er seine langen Schritte ihren anpasste, mochte. Ein trauriger und komplizierter Mann, der sie bittet, etwas zu tun, was gefährlicher ist, als er ahnt.

»Weaver ist zurückgekommen«, sagt sie. »Ich habe ihn einmal getroffen und ihm gesagt, dass ich ihn nicht wiedersehen will. Und dann, gestern, stand er einfach vor meiner Tür.« Sie berichtet ihm im Detail von ihrem Ausflug zum Grant Park, zum Art Institute, wie Weaver dem Bettler fünf Dollar gegeben hat, von dem chinesischen Restaurant, dem dampfenden Tee, den Worten der Liebe.

Zeke verblüfft sie, indem er sagt: »Bunny, hör zu, das ist das Beste, was dir überhaupt passieren konnte.«

»Was? Das meinst du nicht im Ernst!« Will ihr bester Freund sie denn nicht vor dem Mann beschützen, der ihr Leben zertrümmert hat?

»Das kann doch jeder sehen«, fährt er fort. »Bei euch war in den letzten vier Jahren Stillstand. Wie bei einem Waggon, der abgekoppelt und auf den Gleisen vergessen wurde.«

»Sehr charmant.«

»Genau. Nach dem, was du mir erzählt hast, will er es offenbar wiedergutmachen. Lass ihn zu Kreuze kriechen. Das wird deiner Seele extrem guttun. Aber was immer du tust, gib dich ihm nicht völlig hin, okay? Du musst dich selbst besser schützen. Darin bist du erbärmlich schlecht. Das ist dir doch klar, oder? Das warst du schon immer.«

Zeke sollte es wissen. Damals, als Weaver Rosalind verließ, setzte sich der Schock, dass er sie nicht mehr liebte, wie Blei in ihren Knochen fest. Nach diesem lächerlichen Abend, an dem sie sich betrank, hatte sie am nächsten Morgen nicht den Kater, den Frank prophezeit hatte, sondern konnte nicht aus dem Bett aufstehen. Nach dem Tod ihres Vaters im Juni war sie noch immer verletzlich. Nach den Bomben auf Hiroshima und Nagasaki im August hatte sie eine tiefe, brennende Traurigkeit empfunden. Nun, da sie zudem Weaver verloren hatte, war sie wie gelähmt.

Vielleicht wäre sie nicht zusammengebrochen, wenn nicht alle drei Dinge binnen eines Jahres passiert wären.

Es hatte genügend Warnzeichen dafür gegeben, dass es mit Dr. Joe bergab ging. Ihr Vater hatte angefangen, sinnloses Zeug zu reden, konnte Sätze nicht zu Ende führen, gab zu, dass er manchmal »die Zeit« verlor. »Ich weiß gar nicht, was ich heute gemacht habe«, sagte er eines Tages beim Abendessen zu ihnen.

»Du meinst, du hast nicht viel gemacht?«, fragte Louisa.

»Nein, ich meine, ich kann nicht …« Sein Gesicht war verkniffen und fahl. »Ich kann euch einfach nicht sagen, was ich gemacht habe.« Dann weinte er allen Ernstes. Ihr Vater, der Tränen verabscheute, schluchzte vor ihnen.

Der Arzt ihres Vaters sagte, Dr. Joe hätte »eine Verhärtung der Arterien«. Rosalind stellte sich ein Gewirr aus stechendem, undurchdringlichem Gestrüpp in seinem Gehirn vor, ein Dornendickicht, in dem keine Gedanken mehr fließen konnten. Obwohl er sich darüber beklagte und stritt, brachte Louisa ihn in ihrem Haus unter, in dem Zimmer, das einmal Rosalinds gewesen war. Die Wände waren noch immer mit rosa Ballerinen tapeziert. »Zu viele verdammte Tänzerinnen«, knurrte Dr. Joe. Es war eine der eher klarsichtigen Äußerungen, die er in jenen wenigen Wochen machte, bevor ein letzter Schlaganfall ihn dahinraffte.

Eines Morgens, als Louisa nach ihm sah, war sein Gesicht zu einem friedlichen Graublau verfärbt. »Wie die Farbe des Himmels vor einem Regen«, sagte sie zu Rosalind. Rosalind konnte sehen, dass ihre Schwester erleichtert war. Sie war überfordert gewesen davon, einen sterbenden Mann zu pflegen, während sie gleichzeitig versuchte, einer Fünfjährigen gerecht zu werden. »Er mochte es nie, wenn geweint wurde«, sagte Louisa bei seiner Beisetzung. »Daher habe ich nicht die Absicht, seine Beerdigung mit unnötigen Tränen zu ruinieren.«

Rosalind hingegen stellte zu ihrer Verblüffung fest, dass sie am Boden zerstört war. Obwohl Dr. Joe ihr leiblicher Vater war, war er gefühlt kaum mehr gewesen als ein abwesender, kritischer Großvater. Immer hatte ihm missfallen, dass Rosalind aus der Rolle ausbrach, die Frauen vorgeschrieben war. »Deine Mutter hätte dich aufgehalten, wenn sie noch leben würde. Darauf kannst du Gift nehmen«, hatte er einmal erklärt. Aber da ihre Beziehung nicht so eng gewesen war, wie sie es sich gewünscht hatte, fühlte sie sich durch seinen Tod auf eine verblüffende Weise betrogen und traurig zugleich. Er hatte sich bewusst entschieden, sich aus ihrem Leben herauszuhalten – ihr eigener Vater –, und das gab ihr das Gefühl, nicht liebenswert zu sein. Sie hatte einmal gehört, dass Hinterbliebene mehr um Menschen trauern, mit denen sie noch ungeklärte Angelegenheiten haben. Und Rosalind erkannte, dass es stimmte.

Zwei Monate später, als die Bomben auf Hiroshima und Nagasaki abgeworfen wurden, war sie noch immer verletzlich und in Trauer. Jetzt gab es noch hundertfünfzigtausend Seelen mehr zu beklagen. So, wie sie es sah, hatte sie binnen Sekunden mindestens hunderttausend Menschen ermordet. Und fünfzigtausend weitere durch Verletzungen dem Tod geweiht. Anfangs hatte sie geschluchzt und getobt. Über die Jahre, in denen sie am Manhattan-Projekt gearbeitet hatte, waren sie und viele der Wissenschaftler, mit denen sie zusammengearbeitet hatte, so töricht gewesen, sich einzureden, die Bomben, die sie erschufen, würden nur als Drohgebärde, als Druckmittel eingesetzt werden. Stattdessen hatte ihre Erfindung Leben ausgelöscht.

Als Weaver nur sechs Monate danach ging, hätte das eigentlich ihr geringster Kummer sein sollen. Und doch war sein Weggang – so abrupt und hasserfüllt – noch ein zusätzlicher Verlust zu all den anderen. Sie spürte den Schmerz physisch: Stromstöße schossen durch ihr Gehirn, Säure brannte in jeder ihrer Arterien. Zeke rief immer wieder an. Sie lag im Bett, im Dunkeln, außerstande, ans Telefon zu gehen. Am Morgen nachdem sie sich betrunken hatte, hatte sie ihn angerufen, um ihm zu sagen, dass Weaver Schluss gemacht hatte. Aber danach vergaß sie die Arbeit, das Essen. Das Baden. Das Leben.

Als sie die Augen aufschlug, stand Zeke vor ihrem Bett, sein Bürstenschnitt ein orangefarbener Heiligenschein in dem Licht, das vom Lake Shore Drive heraufdrang.

»Bunny-Girl«, flüsterte er. »Bist du am Leben?« In seinen Augen lag Besorgnis. Zeke war der Einzige, der einen Schlüssel zu ihrer Wohnung hatte, der ihre Pflanzen goss, wenn sie verreist war, und der versprochen hatte, Weavers Briefe zu verbrennen, sollte sie von einem Bus überfahren werden.

Sie versuchte zu sprechen. Es kamen keine Worte heraus. Er strich ihr behutsam übers Gesicht und flüsterte: »Bist du gelähmt oder so? Hast du Pillen geschluckt? Das würdest du doch nicht tun, oder?« Es gelang ihr, den Kopf so weit zu schütteln, dass er es sehen konnte.

»Ich schwöre bei Gott, ich bringe den Mann um«, verkündete er. Er stand breitbeinig da, die Fäuste geballt. »Hast du einen Schlüssel zu Weavers Wohnung? Ich werde ihn im Schlaf abstechen.«

»Nein«, stieß sie mühsam hervor. »Es ist nicht seine Schuld.«

»Nicht seine Schuld? Wie kommst du denn auf die Idee? Wie konnte er es wagen, dir das anzutun?«

»Ich war es«, sagte sie.

»Was hast *du* denn getan?«

»Ich habe ihn zu sehr geliebt.«

»Oh, mein Gott. Und deshalb hat er dich verlassen?«

»Ich habe ihn nicht verdient.«

»Hör auf damit. Du musst wütend sein. Du musst ihn zerquetschen, ihn verstümmeln, ihn *ausweiden* wollen!«

Sie presste die Augen fest zusammen.

»Wann hast du eigentlich das letzte Mal das Bett verlassen?«

»Ich weiß nicht.«

»Oder etwas gegessen?«

»Kein Essen.«

»Hast du vor, in diesem Bett zu sterben?«

»Ich hoffe es.«

Er rief ihre Schwester an.

Louisa und Henry kamen und packten eine Tasche mit ihren Kleidern, dann brachten sie sie mit einiger Mühe – sie wollte sich nicht anziehen, daher mussten sie sie in eine Decke wickeln, um sie zur Tür hinauszubringen – zu sich nach Hause, zurück in ihr altes Kinderzimmer, in dem Dr. Joe gestorben war. »Ich bin in der Todeskammer«, flüsterte sie vor sich hin. »Bald werde ich auch nicht mehr sein.« Ihre Schwester rief in Rosalinds Büro an – das jetzt Institut für Nuklearforschung hieß – und sagte, bei Rosalind sei eine Lungenentzündung diagnostiziert worden und sie sei im Krankenhaus. Zeke kam mindestens jeden zweiten Abend vorbei, um sie zu besuchen. Manchmal legte er sich zu Rosalind ins Bett und hielt sie in seinen Armen. »Ich liebe dich so sehr«, sagte er zu ihr. »Little Mommy hat recht. Ich fürchte, ich werde niemals einen Mann so sehr lieben wie dich.«

Aber sie liebte sich selbst nicht mehr. Jedes Mal, wenn sie ins Bad stolperte – die einzigen Zeiten, zu denen sie noch aufstand –, sah sie niemanden im Spiegel.

Louisa überredete Dr. Stiegel, einen alten Freund ihres Vaters, vorbeizukommen und mit ihr zu reden. Stiegel war besorgt. Er kontaktierte einen renommierten Psychiater namens Knaumann, der sich bereit erklärte, sie zu empfangen.

Rosalind widersetzte sich Louisa, als diese sie zwang, sich für den Termin anzuziehen.

»Ich will niemanden sehen«, schrie sie. Louisa knöpfte ihre Bluse zu, fuhr ihr mit einer Bürste durchs Haar.

»Du kannst nicht für den Rest deines Lebens im Bett bleiben«, erklärte sie. »Dieser Mann wird dir helfen.«

Rosalind erinnert sich, dass Knaumanns Praxis auf eine kalte Art schön war, sehr modern, und stark nach Pfeifenrauch roch. Er bot ihr Fruchtbonbons und ein Glas Wasser an. Er redete eine Stunde lang mit ihr.

»Und sind Sie wütend darüber, dass Ihre Mutter gestorben ist?«, fragte er sie. »Träumen Sie davon, an ihrer Brust zu saugen?«

»Wovon?« Sie hielt den Mann ernsthaft für verrückt.

Er stellte ihr zudringliche Fragen nach ihrem Liebesleben mit Weaver.

»Schämen Sie sich dafür, dass Sie sich einem Mann vor der Ehe hingegeben haben?«, fragte er.

»Schämen *Sie* sich dafür, dass Sie so tun, als ob Sie Psychiater wären?«, gab Rosalind zurück. Er schien nicht zu wissen, was er darauf erwidern sollte.

»Ich denke, Sie sind eine ungewöhnlich wütende junge Dame«, erklärte er.

»Ich bin wütend auf mich selbst«, sagte sie.

»Und doch lassen Sie es an mir aus.« Knaumann kritzelte etwas auf seinen gelben Notizblock.

Er empfahl Louisa, Rosalind für ein paar Monate in ein Sanatorium einweisen zu lassen. Aber für Louisa war ein Sanatorium ein Ort ohne Wiederkehr. Daher überredete sie ihn, ihr lediglich ein leichtes Beruhigungsmittel zu verschreiben, und brachte Roz nach Hause.

Seit sie auf der Highschool war, hatten Rosalind und Louisa miteinander im Clinch gelegen. Rosalind hatte die hauswirtschaftliche Ausbildung verweigert, die Louisa ihr aufzuzwingen versuchte – sie war lächerlich schlecht im Bügeln und Kochen und in sogenannten Frauenarbeiten im Allgemeinen –, und als Rosalind begann, akademische Preise abzuräumen, als sie ermuntert wurde, die Highschool zwei Jahre früher abzuschließen und an der Universität von Chicago als das jüngste Mädchen, das dort je studiert hatte, ein Studium aufzunehmen, war Louisa keine Stütze.

Henry spornte sie an. Zeke erklärte, er sei stolz, eine solche Intelligenzbestie zu kennen. Aber Louisa sagte: »Bild dir bloß nichts ein. Letztendlich wirst du ganz allein sein.«

»Ich gehe dem nach, was mich interessiert. Ich versuche, die Beste zu sein, die ich sein kann.«

»Vielleicht wirst du auf dem College ja einen Ehemann finden«, meinte Louisa.

»Das ist nicht das, was ich will!«, rief Roz.

Henry forderte Roz auf, Louisa zu ignorieren. »Es wird dich nicht weiterbringen, dich mit Louisa zu streiten.« Sie und ihre Schwester entfremdeten sich mehr denn je. Und nachdem Ava geboren war und Louisa Roz sagte, sie sei der Fluch gewesen, der auf ihrer Familie gelastet habe, war nicht mehr viel Liebe da, die verloren gehen konnte.

Aber als Weaver ging und Roz zusammenbrach, verschoben sich tektonische Platten. Obwohl Louisa ein sechsjähriges Kind zu Hause hatte, nahm sie ihre todunglückliche Schwester bei sich auf und kümmerte sich um sie wie seit Jahren nicht mehr. Louisa überschüttete ihre kleine Schwester mit Freundlichkeit, nach der Roz sich verzweifelt sehnte, umarmte sie zehnmal am

Tag, kochte ihr all ihre Lieblingsgerichte und redete stundenlang mit ihr, nicht nur über glückliche Dinge, wie es die meisten Leute getan hätten, sondern auch über traurige. Sie fragte nach dem Entsetzen, das Roz empfand, als die Bomben auf Japan fielen. Sie fragte, was Weavers Verrat für sie bedeutete. Sie redeten über ihren Vater, und sie lästerten beide darüber, wie er nie wirklich liebevoll oder interessiert gewesen war. Alles musste sich immer um *ihn* drehen, um *seine* Karriere, *seinen* Ruhm. Diese Gespräche waren unglaublich heilsam. Jetzt wird Rosalind mit einer gewissen Scham bewusst, dass sie in dieser ganzen Zeit nicht ein einziges Mal gefragt hat, wie es Louisa geht, oder über *ihre* Bedürfnisse nachgedacht hat. Sie könnte ihrem verletzlichen, verzweifelten Zustand die Schuld geben. Aber jetzt, Jahre später, wünschte Rosalind, sie hätte wenigstens ein klein wenig zurückgegeben, in genau jenem Moment, in dem sie beide sich am nächsten standen.

In jedem Fall hätte Louisa keine einfühlsamere Heilerin sein können. Es gab Tage, an denen sie an Roz' niedrigere, wütendere Emotionen appellierte. »Lass uns beide auf Vater und die Bombe und Weaver fluchen«, schlug sie eines Nachmittags vor. Sie schrien und fluchten. Es war albern. Es war wundervoll. Ihre Schwester verstand sie. Ihre Schwester *liebte* sie. Wie durch ein Wunder begann sich Rosalinds Schmerz mit der Zeit zu legen. Auch wenn sie insgeheim ahnte, dass ihre Schwester nicht eigennützig handelte. Sie wusste: *Louisa liebt mich am meisten, wenn ich gescheitert bin.*

Nachdem sie über fünf Wochen in der Arbeit gefehlt hatte, kam Roz zurück, noch immer erschüttert, beunruhigt von der Aussicht, weiter an der dunklen Seite der Atomkraft zu arbeiten, und voller Angst davor, Weaver sehen zu müssen. Aber sie wagte es.

Trotzdem war sie nicht so stabil, wie sie sein musste. Eines Nachmittags lief Roz im Flur Weaver über den Weg. Er blieb wie angewurzelt stehen, und sein Atem stockte. Seine Lippen wurden sichtlich blass. »Roz«, flüsterte er. *Er liebt mich noch immer!*, dachte sie. *Er bereut es, mich verlassen zu haben!* Sie war sich ganz sicher. Niemand sonst war in der Nähe, und sie trat auf ihn zu.

»Weaver«, flüsterte sie. Und dann, auf eine Art, die Eis durch ihre Adern jagte, wandte er sich von ihr ab.

»Bitte«, sagte er. »Sprich mich nicht an. Sprich mich nie wieder an.« Er ging zurück in die Richtung, aus der er gekommen war, und brachte sie dazu, unter einem Schwall von Tränen auf die Damentoilette zu stürzen. Und das war noch nicht einmal der schlimmste Moment. Es kam der Tag, an dem sie der Frau begegnete, für die er sie verlassen hatte.

Es war an einem Nachmittag ein paar Wochen später. Sie trat eben ins Freie, um ihren Bus zu erwischen, als sie Weaver mit einer auffälligen Dame seitlich des Gebäudes stehen sah. In High Heels, statuenhaft, wirkte die Frau weltläufig und exotisch. Ihr dunkles Haar war in der Mitte gescheitelt und auf beiden Seiten nach hinten gekämmt. Ihre Augen waren so schwarz und undurchdringlich wie Obsidian – Vogelaugen. Sie war eine olivhäutige, glamouröse Wallis Simpson, die Frau, für die König Edward VIII. abgedankt hatte. (Wie oft hatten Kinofilme in ihren Jugendjahren mit Wochenschauberichten über die Amerikanerin begonnen, für die der englische König auf die Krone verzichtet hatte?) Auch diese Frau war eiskalt und herrisch. Und sie war älter, als Roz erwartet hatte. Mitte vierzig. Vielleicht sogar fünfzig. Ihre Augenlider waren wie bei einer Ägypterin umrandet, und sie rauchte eine Zigarette in einem langen grünen Halter. Das war die Frau, die er ihr vorgezogen hatte. Wie blass musste ihm eine lesebesessene kleine Wissenschaftlerin im Vergleich erschienen sein.

Die Ernüchterung war schwindelerregend. Rosalind taumelte im Kreis wie ein angestochener Luftballon. Sie ließ den Bus abfahren, versteckte sich hinter der Kante des Gebäudes, nah genug, um jedes Detail ihrer eleganten Rivalin zu erfassen. Die Perlenohrringe, die dreifache Goldkette um ihren sehnigen Hals, die auf eine anzügliche, einladende Art in ihrer Bluse verschwand. Die Frau packte Weavers Arm mit blutroten Fingernägeln. »Wir müssen gehen, Thomas«, sagte sie mit einem Akzent. Einem französischen Akzent. Er hatte sich in eine Frau verliebt, die ihn an seine verstorbene Ehefrau erinnert haben musste. Weaver trottete neben ihr her wie angeleint. Rosalind hatte nie diese Art Macht über ihn gehabt. Später erzählte ihr eine Kollegin, dass sie geheiratet hatten. Ihr Name war Clemence. Ein Name, so süß wie Cream-Sherry.

Ein paar Wochen später hatte Roz ihren Job verloren. Sie sagten nicht, wer den Bericht verfasst hatte, aber Weaver war der Einzige im Labor, dem bewusst war, dass sie sich wegen ihrer Beteiligung an der Bombe tief bedrückt fühlte und hin und wieder an depressiven Verstimmungen litt. Er war der Einzige, der sich hätte denken können, warum sie – ausgerechnet an dem Tag, nachdem er ihr das Herz gebrochen hatte – »krank wurde«. Fermi war mit seiner Familie nach Los Alamos geflogen und nicht mehr da, um für seine Studentin einzutreten. Binnen weniger Wochen hatte sie nicht nur den Mann, den sie liebte, sondern auch ihre Karriere verloren.

Sie sollte Weaver verachten. Und doch, seit Samstag hat sie sich diesen Moment in dem chinesischen Restaurant in einem fort durch den Kopf gehen lassen, diesen Moment, als der Regen gegen das Fenster trommelte, Tee in ihrer Tasse dampfte, Weaver lebhaft plauderte und scherzte und Ava lachte. Dieser Moment kristallklarer Freude hat sich in ihr Herz eingebrannt. Am

Dienstagabend hat sie sich bereit erklärt, ihn im Bon Ton in der State Street zu treffen, ihrem gemeinsamen Lieblingsrestaurant während des Krieges. Er hat versprochen, dass er ihr diesmal etwas sagen wird, das ihre Meinung ändern wird.

Ich tue das fürs FBI, ruft sie sich immer wieder in Erinnerung, während sie zu dem Lokal geht. Trotzdem wird sie, als Weaver hereinkommt und sie durch den Raum hinweg anlächelt, von einem Stromstoß von Gefühlen durchzuckt. Als sie sich am Tisch gegenübersitzen, sind sie schweigsam. Er nimmt ihre Hand, sieht sie an, versucht ihre Miene zu lesen. Sie ist so nervös. Ihr Magen ist verkrampft, und ein leichter Schmerz zieht sich seitlich an ihrer Stirn hoch. Sie ist erleichtert, als er ihnen beiden einen Scotch bestellt.

Nach ein paar Schlucken sagt sie: »Hast du heute die Schlagzeilen gesehen – Korea?«

Er nickt und zieht die *Tribune* aus dem Außenfach seiner Aktentasche. Zusammen starren sie auf die widersprüchlichen Worte.

Yanks kurz vor Angriff auf Nordkorea
Truman: Wir sind nicht im Krieg

»Der absurdeste Teil ist das hier.« Rosalind zeigt auf einen Hinweis am Ende der Seite. »Ganzseitige *Kriegs*karte von Korea in Farbe.«

Er lacht. »Ja, das sollte wohl heißen: ›Ganzseitige *Nicht-im-Krieg*-Karte‹.«

»Ich kann nicht noch einen Krieg ertragen«, sagt sie.

»Das geht allen so.«

»Sie werden doch nicht unsere Bombe abwerfen, oder?«

»Ich hoffe nicht, Darling. Ich hoffe, sie werden diese verdammte Bombe nie wieder abwerfen.« Es ist das erste Mal, dass er je etwas in dieser Richtung zu ihr gesagt hat. »Außerdem«, fährt er fort, »haben die Russen jetzt ihre eigene Bombe. Vielleicht werden deshalb keine A-Bomben fallen. Vielleicht ist es ja zum Besten, dieses Gleichgewicht.« Ist es Weaver zu verdanken, dass »dieses Gleichgewicht« existiert? Die Vorstellung lässt sie schaudern.

»Ich frage mich ständig, wie haben sie wohl gelernt, ihre Bombe zu bauen?« Sie beobachtet ihn.

»Ich weiß nicht«, erwidert er. »Sie haben gute Wissenschaftler.« Er scheint nicht unangenehm berührt. Und doch wird sein Blick fast unmerklich abwesend.

»Aber es muss doch einer von uns gewesen sein, der die Information weitergegeben hat, meinst du nicht auch?«

Er schüttelt den Kopf, nimmt einen kräftigen Schluck von seinem Scotch. Ist das einstudierte Lässigkeit?

»Unmöglich zu wissen.« Er zuckt die Schultern. »Aber wenn, dann könnte es jeder gewesen sein. Fermi oder Zinn oder der Hausmeister von Los Alamos.« Er kratzt sich am Ohr. »Trotzdem, ist das denn wirklich etwas Schlimmes?«

»Natürlich ist das schlimm!«

»Das denkst du doch nur, weil du die ganze Propaganda gegen die Russen gelesen hast. Sie haben genauso gegen Hitler gekämpft wie wir. Und das ist noch gar nicht so lange her. Ich kann mich erinnern, wie ich hier saß und von den Russen als unserer Hoffnung an der Ostfront geredet habe.«

Als sie sich umsieht, erinnert sie sich an die Mahlzeiten, die sie und Weaver während des Krieges hier im Bon Ton eingenommen haben. An den alten ungarischen Geiger mit dem leuchtend grünen Halstuch, der traurige Melodien spielte. Die Debatten, die Sehnsucht. Hühnerpaprikasch, ungarisches Gebäck, selbst als die Lebensmittel rationiert wurden. Das Leben während des Krieges fühlte sich brüchig an, und Liebe war das einzige Gegenmittel. Jetzt fühlt es sich kaum weniger zerbrechlich an.

»Ich glaube, ich habe dir das nie erzählt, aber ich war früher einmal Kommunist«, sagt Weaver jetzt leise. »Damals in Cambridge. Witzig, selbst als die Engländer mich durchleuchtet haben, ist es nicht herausgekommen …«

»Du warst Kommunist?«

»Viele von uns damals. Ich war jung und idealistisch und glaubte, Reichtum sollte geteilt werden.«

»Aber nie selbst etwas zu besitzen. Sogar dein Job wird vom Staat kontrolliert. Den Leuten fehlt jegliche Freiheit.«

Er lacht. »Noch mehr Propaganda.«

»Ich habe gehört, dass die Russen sich darum prügeln, anständiges Essen zu bekommen. Und wenn du der Regierung widersprichst, könntest du umgebracht werden. Und was ist mit Freiheit?«

»Wie frei sind denn die Amerikaner, die keine Jobs und kein Geld haben?«, fragt er zurück. »Wie frei sind die Schwarzen, die die gleiche Arbeit verrichten, aber nicht genauso gut bezahlt werden, die in den Südstaaten nicht in Restaurants sitzen oder dieselben Toiletten benutzen dürfen? Wie frei sind die Prostituierten, die in den Stahlwerken in Gary arbeiten? Ich möchte wetten, sie fühlen sich nicht frei.«

»Gibt es in der Sowjetunion etwa keine Prostituierten? Oder werden sie vom Staat bezahlt?«, fragt sie.

»Darüber weiß ich nichts«, erwidert er. »Trotzdem, ich ziehe es vor, hier zu leben. Ich will hier leben und hier sterben. Mit dir.« Seine Stimme verliert sich. *Mit ihr?*

»Du hast mir etwas zu sagen. Ich bin hier, um zuzuhören.« Falls Weaver irgendetwas enthüllt, wird sie es an Charlie weiterleiten? Inzwischen will sie es für sich selbst wissen. Was kann Weaver ihr sagen, das ihn von dem freisprechen würde, was er ihr angetan hat? »Jetzt lass dich nicht lange bitten und rede«, flüstert sie.

»Du hast recht.« Er seufzt, schließt für einen Moment die Augen. »Hör zu … Damals, 1946, als ich mit dir Schluss gemacht habe, da hatte ich keine andere Wahl, Roz.«

»Wie bitte?«

»Ich musste es tun; das wollte ich sagen. Ich wurde *gezwungen*, dich zu verlassen.«

Sie sitzt da und blinzelt ihn an.

»Selbst nach der Bombe, als du dich so elend gefühlt hast, haben wir uns immer noch geliebt, oder? Ich hatte mich für dich entschieden. Ich wäre niemals gegangen, wenn man mich nicht gezwungen hätte. Du musst das doch gemerkt haben, dass es sich nicht richtig angefühlt hat.«

Sie denkt an die Tage, an denen sie nicht aus dem Bett aufstehen konnte, an den Morgen, als sie gefeuert und weggeschickt wurde, wie sie gedemütigt wurde, indem sie von einem Wachmann hinausbegleitet wurde. Und er behauptet, er hätte nicht *entschieden*, sie zu verlassen?

»Aber du hast eine andere Frau geheiratet«, entgegnet sie.

»Ich weiß, es hatte den *Anschein.*«

»Es hat nicht nur so ausgesehen. Du hast sie geheiratet.«

»Nichts, was du darüber zu wissen glaubst, ist wahr«, beharrt er.

Jeder Atemzug schmerzt. »Dann erklär es mir«, sagt sie mit zitternder Stimme.

»Ich wurde gezwungen, mit ihr zusammen zu sein.«

»Oh, Herrgott noch mal. Wie kann das denn sein? *Wer* hat dich gezwungen?« Sie kippt noch einen Schluck Scotch und muss prompt husten.

»Geht es dir gut?«, fragt er. »Heb die Hände. Dann haben deine Lungen mehr Platz, um sich auszudehnen.«

»Halt den Mund«, erwidert sie röchelnd.

Er blickt bestürzt. Sie versucht, einen Schluck Wasser zu nehmen, aber es nützt nichts. Das Husten treibt ihr die Tränen in die Augen, und sie wühlt in ihrer Handtasche nach einem Taschentuch.

»Roz, hör zu«, sagt er nach einer Weile, als ihr Keuchen schließlich nachlässt. Er beugt sich vor und legt eine Hand an ihre Wange. »Ich habe mich vor Jahren wie ein Idiot auf eine Sache eingelassen, und ich versuche, mich daraus zu befreien. Sie hat über zu viele Jahre hinweg alles diktiert, was ich getan habe. Unter anderem, dich zu verlassen. Aber es wird nicht mehr viel länger so weitergehen. Das kann ich nicht zulassen.«

»Diese ›Sache‹, auf die du dich eingelassen hast – hat sie zufällig mit den Russen zu tun?« Da. Sie hat es laut ausgesprochen.

»Ich kann dir nicht mehr sagen. Im Moment ist es zu gefährlich für dich, auch nur so viel zu wissen.«

»Ich bitte dich …!«

»Ich werde es dir erzählen. Aber erst, wenn ich freier bin … Und dann werde ich dir *alles* erzählen.«

Charlie hat sie ermahnt, Weaver nicht zu bedrängen. Ihm Zeit zu lassen, sich zu öffnen. Kann sie auch nur ein Wort glauben von dem, was er gesagt hat? Falls er sich mit den Russen eingelassen hat, behauptet er jedenfalls entschieden, dass er versucht, sich zu befreien. Er will nicht mehr. Kann sie glauben, dass irgendetwas davon wahr ist? Sie hasst, wie sehr sie sich danach sehnt, ihm zu glauben. Sie hasst, wie viel es ihr bedeutet. Liebe kann so hartnäckig sein.

Als sie nach dem Essen zu ihrem Haus gehen, nimmt er sanft ihre Hand. Dann umklammert er sie regelrecht. Sie ist mit einem Mann unterwegs, der vielleicht Geheimnisse an die Russen verkauft hat, der vielleicht ihr Land verraten hat. Die Tatsache, dass er *sagt*, dass er aussteigen will – ist das genug?

Als sie die Tür zu ihrer Wohnung öffnen, streckt sie die Hand nach dem Lichtschalter aus, aber er hält sie auf. »Im Dunkeln ist es angenehmer«, sagt er.

»Ja.«

Der Lake Shore Drive und die Lichter der Großstadt flimmern in der letzten Hitze des Tages wie eine Fata Morgana in der Wüste. Sie haben ein Wechselbad von glühend heißen Tagen und eisiger Kälte – es ist ein typischer Chicagoer Sommer. Rosalind geht zu den Fenstern, um sie etwas weiter zu öffnen. Aber während sie die Flügel aufreißt, tritt Weaver von hinten an sie heran und presst sich an sie.

»Ich liebe dich.« Er knetet ihren Körper mit seinen Händen, seine Lippen nah an ihrem Ohr. Sein Atem ist abgehackt, voller Verlangen. »Alles, was ich je wollte, bist du.«

»Vielleicht solltest du gehen und wiederkommen, wenn du mir alles erzählen kannst.«

»Nein. Dafür ist keine Zeit.« Seine Stimme bricht.

»Was? Was redest du denn?«

»Schscht.« Weaver schmiegt sein Gesicht an ihre Schulter. Seine Lippen sind trocken, brennend. Als er sie küsst, von ihrem Hals zu ihrem Ohr und wieder zurück, löst er trotz ihrer geballten Fäuste, ihrer anfänglichen Reserviertheit ein Gefühl aus, das von ihren Lippen bis hinunter zu der Stelle zwischen ihren Beinen schießt und ein glitschiges, tollkühnes Verlangen in ihr weckt.

»Lass mich rein«, flüstert er. »Bitte, lass uns wieder zusammen sein.«

Es ist so lange her, dass sie irgendetwas gefühlt hat. Diese plötzliche Begierde ist schmerzlich und wunderschön zugleich, eine Droge, nach der sie lechzt. *Warum soll ich mir dieses Vergnügen nicht nehmen? Warum kann eine Frau nicht einen Mann benutzen, um ihre Bedürfnisse zu befriedigen?* Sie verblüfft sich selbst, als sie sich umwendet und ihn küsst. Während er sanft ihre Kleidung aufknöpft, tastet sie nach der Schnalle seiner Hose. Ihr ganzer Körper ist wie elektrisiert. Sie will das hier. Sie braucht das hier.

»Meine Rosalind«, flüstert er. Er zieht sie nah an sich. Seine Haut, an ihre gepresst, sein breiter Oberkörper an ihren nackten Brüsten, seine Hände auf ihrem Gesäß, all das lässt sie aufstöhnen. Lange Zeit hat sich nichts so perfekt angefühlt. Als er sie auf den Boden zieht, liebkost er sie an Stellen, an denen sie seit Jahren von niemandem außer ihr selbst berührt wurde. Sie versinkt in einem Strudel des Verlangens, wie von Sinnen vor Lust, als er innehält, um ein Kondompäckchen aus seiner abgelegten Hose zu ziehen. Als er in sie eindringt, schreien sie beide auf. Sie brauchen nicht lange, um zum Höhepunkt zu kommen: wild, gegenseitig, explosiv. Danach, während sein ganzes Gewicht sie auf den Teppich drückt, erinnert sie sich, wie Zeke sie ermahnt hat, sich nicht hinzugeben, und sie lächelt im Dunkeln vor sich hin. *Ich habe es für mich getan. Alles nur für mich.*

Als Kind hatte Rosalind kaum ein Gefühl von sich selbst als körperlichem Wesen. Es heißt, dass Kinder ihre Mutter nachahmen und, indem sie sie spiegeln, lernen, ihre eigene körperliche Ausstrahlung zu verstehen. Sie ist sich sicher, dass Louisa sie geliebt hat, aber trotzdem hat ihre Schwester ihr diese Liebe schon wegen des geringsten Vergehens viel zu oft vorenthalten. Roz erinnert sich, wie sie für eine Umarmung zu ihrer Schwester lief und weggestoßen wurde und sich dann verzweifelt zu erinnern versuchte, was sie denn falsch gemacht hatte. Es gab Tage, an denen Louisa Rosalind umarmte und ihr sagte, was für ein braves Mädchen sie sei. Und dann Wochen, in denen sie kühl und abweisend war.

Daher tröstete sich Rosalind, indem sie fast ausschließlich in ihrer eigenen Welt lebte. Sie mochte Bauklötze und Zahlen und Puzzles. Lösungen zu finden war ihre Rettung. In der Schule war Rosalind gezwungen, Spiele zu spielen und am Sportunterricht teilzunehmen. Aber sie konnte es kaum erwarten, bis diese körperlichen Betätigungen endlich vorbei waren und sie sich wieder dem *Denken* widmen konnte, zu dem sie sich besser befähigt fühlte.

In der fünften Klasse nahm ihre junge Sportlehrerin, Miss Mann, sie beiseite. »Rosalind, du bist absolut imstande, einen Baseball zu schlagen oder Tanzschritte zu machen, aber du willst es nicht einmal versuchen. Du bist anmutig. Du bist kräftig. Aber du hast den Kopf in den Wolken. Was hält dich ab?«, fragte Miss Mann.

Der Naturwissenschaftslehrer, Mr. Roberts, wartete im Labor auf Rosalind. Sie hatte sich die ganze Woche darauf gefreut. Je schneller Rosalind antwortete, desto früher würde sie die Schutzbrille aufsetzen, sich den Bunsenbrenner schnappen und beobachten können, wie von einem Magnesiumband bläulichweiße Flammen hochschlugen.

»Ich kann einfach nicht erkennen, wie diese Dinge mein Leben verbessern sollen«, antwortete sie.

Miss Mann lächelte. »Sie werden für dich etwas tun, was deine Mathematik, die Naturwissenschaften und Aufsätze niemals tun werden.«

»Was denn?«, fragte Roz. *Wie absurd*, dachte sie.

»Das werde ich dich selbst herausfinden lassen. Es ist ein Experiment. Du hast ab Freitag zwei Wochen Zeit, um mir deine Ergebnisse zu berichten. Bis dahin will ich, dass du jedes Mal, wenn du im Sportunterricht bist oder dich sonst irgendwie körperlich betätigst, darüber nachdenkst, was es dir bringt. Ich bin gespannt auf deine Erkenntnisse.«

Da Miss Mann es als Experiment aufgebaut hatte, nahm Rosalind die Herausforderung bereitwillig an. Sie machte sich Notizen, passte genau auf, behandelte es wie ein richtiges Forschungsprojekt. Sie beobachtete den Schwall von Energie, der nach dem Tanzunterricht durch ihre Muskeln strömte, wie sie sich nach dem Schwimmen erschöpft und zugleich ruhiger fühlte. Wie sie sogar gut in Volleyball war, wenn sie aufpasste. Es war eine Offenbarung.

An dem festgesetzten Freitag nahm Miss Mann sie wieder beiseite. »Bist du bereit, mir zu sagen, was du über körperliche Betätigung festgestellt hast?«

»Ich habe viele gute Dinge herausgefunden«, antwortete sie und zählte sie alle auf. Und dann, bevor sie den hallenden Turnraum verließ, fragte sie: »Muss ich mit dem Experiment jetzt aufhören?«

Das brachte die Sportlehrerin zum Lachen. Danach war Rosalind eine von Miss Manns Lieblingsschülerinnen.

Aber erst als Rosalind das erste Mal mit Weaver schlief, erkannte sie das köstliche Ausmaß, in dem ihr Körper ihr Vergnügen bereiten konnte. Weaver entfachte in ihr eine Glut, die sie nicht für möglich gehalten hätte, und das war zu einem großen Teil, was es so unerträglich machte, ihn zu verlieren. Jetzt, während sie unter ihm auf dem Wohnzimmerboden liegt, aalt sie sich in der süßen Erschöpfung ihrer Lust. Sie ist über die Maßen glücklich und verängstigt zugleich.

Nach einer Weile steht Weaver auf.

»Ich muss eine rauchen«, sagt er. Rosalind zerrt die flauschige Decke vom Sofa und bedeckt ihre Nacktheit, legt sich eines der Sofakissen unter den Kopf. Er steckt sich eine Zigarette an und pafft einen Moment. Aber selbst in dem düsteren Licht kann sie sehen, dass seine Hände zittern. Sein Mund sieht seltsam verzogen aus.

»Geht es dir gut?«, fragt sie.

»Ich sollte gehen«, sagt er. »Ich würde wirklich gern bleiben, aber ich habe morgen früh eine Besprechung. Es tut mir leid. Es ist nicht so, dass ich vor dir flüchten will, Darling. Absolut nicht.«

Sie setzt sich auf, wickelt sich in die Decke und sieht zu, wie er sich anzieht. Er verschwindet ins Bad, und als er wieder herauskommt, sieht er gepflegt und gut aus. Der Kamm hat Furchen durch seine angefeuchteten Haare gezogen. Seine Krawatte sitzt perfekt.

»Hör zu«, sagt er. Er setzt sich dicht neben sie und streicht mit den Fingerspitzen ihren Pony glatt. »Ich weiß, das ist etwas forsch von mir, aber ich habe ein paar Kondome in die Nachttischschublade gelegt, für künftige Verwendung. Bist du gekränkt?«

»Nein.« Jetzt, wo sie von dem Brunnen gekostet hat, lechzt sie nach mehr.

»Außerdem muss ich dir etwas geben.« Er greift in die Brusttasche seines Jacketts und legt ihr einen kleinen, verschlossenen braunen Umschlag in die Hand. Im Halbdunkel kann sie *Rosalind Porter* erkennen, in seiner perfekten Handschrift darauf geschrieben.

Ihre Finger ertasten irgendetwas Hartes und seltsam Geformtes unter dem braunen Papier.

»Was ist das?«

»Ein Schlüssel.«

»Zu deiner Wohnung?«

Er schüttelt den Kopf. »Zu einem Schließfach. Steck ihn weg. Irgendwohin, wo du ihn nicht vergessen wirst. Wenn mir etwas zustößt, kannst du es öffnen. Aber nur dann. Versprich mir das.«

»Wenn dir etwas zustößt? Was soll denn passieren?«

»Steck ihn einfach weg und denk nicht weiter darüber nach, bitte.«

»Du verlangst viel von mir.« Sie starrt auf den winzigen Umschlag. Das Einzige, was zwischen ihr und etwas, das sie wissen will, steht, ist ein Umschlag und vielleicht eine Fahrt mit dem Bus zu seiner Bank. »Ist das ein Test? Um zu sehen, ob ich Anweisungen befolgen kann?«

»Ich werde wissen, wenn du das Schließfach öffnest. Ich weiß immer, wenn du ein schlechtes Gewissen hast.«

Früher hat das gestimmt. Aber von Szydlo hat er bislang nichts gemerkt. Vielleicht hat er diese Macht über sie nicht mehr.

»Wo ist denn dein Schließfach überhaupt?«

»Die Information befindet sich in dem Umschlag. Bring ihn irgendwohin, wo du nicht darüber nachdenken wirst. Zu deiner eigenen Bank. Eröffne ein eigenes Schließfach.«

»Und wenn ich *deines* irgendwann öffne, was werde ich dann finden?«

»Eine Nachricht von mir an dich. Nicht zu lesen, bevor ich nicht mehr bin. Und Dinge, die ich zu Papier bringen musste. Dinge, die gesagt werden müssen. Darin steht auch, wie du mit diesen Informationen verfahren sollst.«

»Das klingt ja alles sehr kryptisch. Hast du vor, das Land zu verlassen?«

»Ich habe nichts dergleichen vor.«

»Aber warum dann dieses ganze Mantel-und-Degen-Zeug? Warum drückst du mir deine kostbare Nachricht nicht einfach in die Hand? Warum hinterlegst du sie bei deiner Bank?«

»Weil du, wenn ich es dir schwer genug mache, tatsächlich warten wirst, bis mir etwas zustößt. Und bis dahin sollte niemand an diese Informationen gelangen.«

»Wird dir denn etwas zustoßen?«

»Hör zu. Lass niemanden an diesen Schlüssel kommen. *Niemanden.* Nicht, bevor es Zeit ist. Mein Leben hängt davon ab.«

Er meint es ernst. Absolut. Seine Augen, im Schimmer der Lichter vom Lake Shore Drive, blicken verängstigt.

»Okay …«

»Schwöre es.«

»Ich will nicht schwören.«

»Schwöre es«, sagt er noch einmal und reißt ihr den Umschlag aus der Hand. »Wenn du mich je geliebt hast, wirst du dieses Versprechen halten. Das ist kein Witz. Es geht um Leben und Tod.«

»Okay«, sagt sie. »Gib mir den Umschlag wieder.«

»Schwörst du?«

»Ich schwöre.« Er reicht ihr den Umschlag, und sie legt die Finger darum. Eine kleine Bombe, die unter ihren Fingerspitzen pulsiert.

10

Charlie steht zitternd im Hof. Schnee fällt in Flocken, so dick wie Jackenknöpfe. Sie wirbeln durch die Luft und landen, taumeln und werden dann vom Wind wieder hochgehoben. Es ist sein dritter Winter in Japan, und der bislang kälteste. Tagtägliche Verzweiflung durchkribbelt und schmerzt ihn, wird mit jedem Morgengrauen unleugbarer. Jeder Tag ist eine Demütigung. Aber heute wird es noch schmerzhafter sein als sonst. Heute Nachmittag stehen die Männer da und starren Dr. Firth an, den Lagerarzt. Die Hände sind ihm auf den Rücken gebunden, an die Fahnenstange gefesselt. Firth ist ein freundlicher Mann. Ein sanfter Mann. Und die einzige Quelle medizinischer Versorgung im Lager. Obwohl er ohne Medikamente, selbst ohne Verbände oder richtige Instrumente arbeiten muss, hat er alles getan, was er kann, um die Verletzungen zu behandeln, die die Japaner den GIs jeden Tag zufügen. Männer wurden gezwungen, Kisten, auf denen das rote Kreuz und die Worte »medizinische Versorgungsgüter« prangten, zu dem Lagerhaus oben beim Bahnhof zu schleppen. Niemand hat diese Versorgungsgüter je wiedergesehen.

Und so hat Firth mithilfe zerrissener Lumpen ihre Blutungen gestillt. Mit einer erbettelten Nähnadel hat er ihre Schnittwunden im Gesicht genäht. Er hat sogar gangränöse Zehen so hygienisch, wie es ihm unter solch unhygienischen Bedingungen möglich war, mit abgekochten Küchenmessern abgeschnitten (wobei ein Wachmann zusah und sie ihm prompt wegnahm) und es so geschafft, Leben zu retten.

Jetzt können Firths Augen ein verzweifeltes Funkeln nicht verbergen. Es wird niemand da sein, der den Arzt zusammenflickt. Es geht das Gerücht, dass Narbenkinn, der Assistent von Altes Glasauge, heute Morgen, als einer der höherrangigen japanischen Soldaten die Krankenstation betrat, auf einem Stuhl saß, während der gute Arzt vor ihm kniete und Narbenkinns Penis im Mund hatte. Alle wissen, dass Narbenkinn sich zu Männern hingezogen fühlt, da er sich die Freiheit nimmt, die GIs intim zu berühren, und ihnen gern lasziv klingende japanische Worte ins Ohr flüstert. Er hat eine Schwäche für gut aussehende Männer. Dr. Firth ist, selbst halb verhungert, ein besonders gut aussehender Mann. Ein verheirateter Mann, der oft von seiner schönen Frau, seiner Familie, spricht. Wenn er mit Narbenkinn ertappt wurde, kann kein Zweifel bestehen, dass Narbenkinn sich dem Arzt aufgezwungen hat. Und doch ist es Firth, der dafür büßen wird. Charlie verspürt einen scharfen, brennenden Schmerz im Magen. Was werden sie Firth antun? Altes Glasauge tritt mit einer besonders gehässigen Miene im Gesicht vor die Männer hin.

»Ihr zusehen«, sagt er zu den Männern. »Ihr Augen geschlossen, ihr auch sterben.« Und dann fordert er die GIs mit einer Handbewegung auf, zurückzutreten. Aus seiner Gesäßtasche zieht Altes Glasauge eine Dynamitstange, die Art, die sie bei der Staudammbaustelle verwendet haben. In einer perversen Zurschaustellung fuchtelt er mit der Stange vor den Männern herum. Seine Augen funkeln vor Vergnügen. Zwei andere Wachposten treten an beide Seiten des Arztes, um ihm gewaltsam den Mund zu öffnen. Der Arzt wehrt sich verzweifelt, reißt den Kopf hin und her. Aber bald ist sein Mund so weit aufgestemmt,

dass ihm die Dynamitstange in den Hals gestoßen werden kann. Altes Glasauge schiebt sie mit einer reißerischen Geste immer wieder hinein und hinaus. Großer Gott! Herr im Himmel! Charlie, der das Beten aufgegeben hat, beginnt zu beten. Der Arzt würgt und schüttelt den Kopf, versucht, die TNT-Stange mit der Zunge aus dem Mund zu schieben. Aber sie steckt zu tief, wackelt nur von den Bemühungen seiner Zunge. Und dann zückt Altes Glasauge mit einer schwungvollen Geste einen Streichholzbrief, entfacht die Stange und rennt wie von Sinnen davon.

Charlie kann die entsetzliche Wucht der Explosion spüren. Den Druck auf seinen Augäpfeln. Die warme, nasse Substanz, als sie auf seinem Gesicht und seinen Händen und in seinen Haaren landet. Menschliches Fleisch. Die Seele eines guten Mannes. »Neeeiiin!«

Er hyperventiliert, springt aus dem Bett. Als ob er vor den schwarzen Tiefen seiner Erinnerung davonlaufen könnte. Er ist in Peggys Haus, und seine Schreie könnten die Nachbarschaft aufwecken. *Firth. Armer Firth!*

Er hat keine Geduld mit seinem Verstand, der nicht stark genug ist, sich aus diesem Gefängnis zu befreien, der ihn zwingt, die schlimmsten Momente immer wieder zu durchleben. Kinder schlafen oben mit Stofftieren. Kinder, die nie Angst gekannt haben und sie, wie er hofft, auch nie kennenlernen werden. Er sagt sich, dass er es warm und trocken hat, dass er in Sicherheit und gesund ist. Er hat ein richtiges Bett. Richtige Kleidung. Keine Läuse. Keine Beriberi. Kein Grauen mehr. Das Grauen liegt hinter ihm. Er würde so gern wieder unter die Decke schlüpfen. Aber sein zerwühltes Bett ist ein gefährliches Meer von Ängsten und Erinnerungen. Stattdessen putzt er sich die Zähne, schlüpft in seine Schuhe, zieht sich wärmer an, als es die

Temperatur erfordert. Alles, um das Zittern zu unterdrücken. Um diese Stunde, zwei Uhr morgens, ist der Himmel vor seiner Kellertür so mattgrau wie die russischen Kugeln, die Binder in seinem Büro in der Vitrine hat. Die Straßen hallen; die Luft ist unbewegt. Aber wenigstens ist er ein freier Mann. Es ist ein amerikanischer Himmel. Er muss sich bewegen. Er muss atmen. Er muss entkommen.

Auf der North Avenue flutet das Licht von Kaminski's Bäckerei auf die Straße hinaus. Durchs Fenster kann er Mehlwolken sehen. Als Linda hier arbeitete, atmete er, wenn er ihren Nacken küsste, immer den Weizengeruch ein. Jeder Zentimeter dieser Gegend ist ihm vertraut. Die Welt erholt sich allmählich. »Es ist alles gut«, sagt er sich. »Atme weiter. Es ist alles gut.«

Er braucht einen Drink. Das North and Bell, die Bar, in die sein Schwager so gern geht, ist noch immer geöffnet, sein Neonschild blinkt SZCZĘŚCIE in die Nacht. Obwohl das Wort »Glück« bedeutet, kann Charlie drinnen Männer sehen, die trübsinnig am Tresen hängen. Keine Frauen. Niemand sieht glücklich aus. Mack nennt es den »Club der polnischen Jungs« und geht rein, wenn er Gesellschaft braucht oder jemanden, bei dem er sich ausheulen kann. Einer der Barmänner, Jurek, ist ein alter Freund von Charlie. Er lässt ihn immer an der Bar Platz nehmen und besteht darauf, ihre sämtlichen Highschoolkumpel aufzuzählen, vom erfolgreichsten bis zum am wenigsten erfolgreichen. Für Jurek ist der erfolgreichste Joey Gwozdek. Seine Plattfüße oder sein Asthma – Charlie kann sich nicht erinnern, was von beidem – haben ihn vor dem Krieg bewahrt. Nachdem er seinen Namen zu Joey Gordon geändert hatte, gründete er eine Sanitärfirma, die acht Männer beschäftigt, und arbeitet in Rosalinds nobler Gegend.

Der am wenigsten erfolgreiche, Cal Piatik, war ein Musterschüler, immer in der Schülermitverwaltung, spielte Klarinette.

Er war jedermanns Freund, ein Typ, bei dem der Erfolg vorprogrammiert schien. Nach einer Kriegsverletzung ist er jetzt morphinabhängig. Charlie hat ihn ein paarmal in der Innenstadt gesehen, mit Augen wie von Raureif überzogen. Charlie muss unwillkürlich denken: *Das könnte ich sein.* Er füttert Cals Blechbüchse immer mit zu vielen Münzen, auch wenn Cal ihn nie erkennt.

Charlie ist froh, dass Jurek heute Abend nicht in der Bar ist. Er ist nicht in der Stimmung, andere Leute zu beurteilen oder einzuschätzen. Und doch, sobald ihm der säuerliche Gestank von Bier entgegenschlägt, hört er seinen Namen. An einem Tisch, vor einem Krug Bier, einem Glas und einem von Kippen überquellenden Aschenbecher, sitzt Stash Majewski, Linda Dubickis Ehemann.

»Hey, Charlie«, sagt Stash und winkt ihn zu sich herüber.

»Stash.«

»Setz dich zu mir. Ich bin sternhagelvoll und bereit, jedem Burschen einen auszugeben, der sich auf diesen Platz setzt.« Er zeigt mit dem glimmenden Ende seiner Zigarette auf »diesen Platz«, und Charlie setzt sich pflichtschuldig. »George«, ruft Stash dem Barmann zu. »Bring meinem Kumpel Charlie hier ein Glas. Du magst doch Bier, oder?«

»Ja, danke.«

»Ich bin bei einer Marathon-Sauforgie, und dabei ist man besser nicht allein.«

»Linda wird dir die Hölle heißmachen«, wirft Charlie ein.

»Das hat sie schon. Mehr als genug. Ich zähle mit Erdnüssen, wie viele Biere ich getrunken habe. Wenn ich ein Glas ausgetrunken habe, lege ich eine hierhin. Aber jetzt bin ich zu betrunken, um sie zu zählen. Kannst du sie für mich zählen?« Charlie sieht auf die Reihe mit Erdnüssen.

»So viele hast du getrunken?«

Stash nickt. »Also, wie viele? Gib mir einen Hinweis.« Charlie hat Mitleid mit ihm. Ein Haus voller Babys und eine herrische Linda, mit der er sich herumschlagen muss.

»Es ist eine Zahl zwischen vierzehn und sechzehn«, antwortet Charlie.

Stashs Augen trüben sich für einen Moment ein, während sein verwirrtes Gehirn wie wild zu rechnen versucht.

»Fünfzehn! Liebe Güte.«

»Wie fühlst du dich, Stash?«

»Wonach sieht es denn aus? Beschissen fühle ich mich.«

»Ich meine, wie läuft das Leben?«

Er erwartet, dass er sich über die Babys, seinen Job, sein Einkommen, Linda beklagen wird. Stattdessen sagt er: »Meine Frau – und ich liebe sie, mit ihrem dicken Hintern und allem – ist in dich verliebt, du verdammtes Arschloch.«

»Ich bitte dich, Stash. Das stimmt doch nicht.«

»Ach nein? Geh und frag sie selbst. Sie sagt es mir in letzter Zeit jedes Mal, wenn ich sie bumse – sie schließt die Augen und stellt sich vor, du wärst es.« Stashs Gesicht läuft rot an. Das sind nicht die Art Dinge, die ein Kerl einem anderen erzählt, es sei denn, er ist so betrunken, dass er sich am nächsten Morgen nicht mehr erinnern wird. Der Barmann bringt Charlie ein Glas, und Stash, so betrunken er auch ist, schenkt ihm geschickt aus dem Krug ein, lässt Platz für den Schaum.

Er schiebt das Glas Charlie hin und sagt: »Ich sollte dich umbringen. Ich habe daran gedacht.«

»Damit wirst du Lindas Liebe nicht gewinnen«, warnt Charlie ihn. »Und ich bin nicht interessiert an deiner Frau, falls du dich das gefragt hast.«

»Das kann gar nicht sein. Sie ist so verdammt schön. Und sie bläst wie eine gottverdammte Hure. Hast du ihr das beigebracht?«

»Mann, du musst jetzt nach Hause. Wie wär's, wenn ich dich nach Hause bringe?«

»Sie hasst mich. Sagt, ich bin ein hässlicher Klotz. Ich bin nicht ›kultiviert‹, so wie Charlie Szydlo.« Er sagt das mit so viel Hass, dass es Charlie kalt den Rücken herunterläuft.

»Komm schon. Es ist spät. Musst du morgen nicht arbeiten? Komm, ich fahr dich.«

»Du willst mich nach Hause bringen, wie bei einem Rendezvous? Das ist romantisch.«

»Ja. Genau wie bei einem Rendezvous, Stash. Lass uns gehen. Musst du noch zahlen?«

»Nö. Ich lass anschreiben.«

Charlie wundert sich, wie leicht Stash sich bereit erklärt, seinen halb geleerten Krug und seinen Erdnuss-Rechenschieber auf dem Tisch zu lassen. Er steht auf, schwankt, setzt sich, steht wieder auf.

»Nett von dir, mich nach Hause zu bringen. Du bist ein netter Kerl. Hast du Lindas Jungfernhäutchen in deiner Tasche? Wie einen Glücksbringer?«

»Die Luft wird dir guttun«, sagt Charlie und schiebt Stash zur Tür hinaus, während er sich fragt, ob er ihn gleich von der Straße wird aufsammeln müssen. Weiß Gott, der Typ ist zu schwer, um ihn hochzuziehen. Zum Glück leben Stash und Linda nicht allzu weit von hier, an der North Leavitt, in einem kleinen Backsteinhaus, an dessen Tür und Fenstern die Farbe abblättert. Es hat Lindas Tante gehört, bis die alte Dame gestorben ist. Charlie und Linda haben Tante Lily früher oft dort besucht. Sie hat ihnen Piroggen und *kolaczkis* gemacht. Als er daran vorbeigegangen ist, ist Charlie aufgefallen, dass die Majewskis nichts getan haben, um das Haus auf Vordermann zu bringen. Aber wie könnten sie sich das auch leisten, mit zwei Kindern und noch einem unterwegs?

Stash torkelt, rülpst. »Siehst du, es geht mir gut«, sagt er. »Man sieht mir nicht an, dass ich betrunken bin.«

»Du machst das prima«, sagt Charlie zu ihm.

»Warum ist Linda so verrückt nach dir? Du bist viel zu groß. Wie eine Giraffe. Ich könnte dich umbringen. Hast du je jemanden umgebracht?«, fragt er. »Jemanden erschossen?«

»Im Krieg.«

»Aber nicht beim FBI?«

»Nein.«

»Ich habe noch nie jemanden umgebracht, nicht mal im Krieg«, sagt Stash bedauernd.

»Wo warst du?«

»England. Ich sollte jeden Tag nach Frankreich oder Deutschland geschickt werden. Das wollte ich. Ist nie passiert.«

»Du hattest Glück.«

»Nö.«

»Glaub mir, das hattest du.« Charlie hebt seine Hand.

»Ja. Du und deine verdammte magische verletzte Hand ...«

»Du solltest froh über meine Hand sein. Deswegen hat Linda mir den Laufpass gegeben.«

»Was?«

»Sie konnte den Anblick nicht ertragen.«

»Nein. Du hast sie abserviert.«

»So war es nicht.«

»Doch. Du hast ihr das Herz gebrochen!«

»Komm schon. Sieh mal. Wir sind da.« Charlie hilft ihm die steilen Eingangsstufen hoch. Stash stolpert, und Charlie muss ihn auffangen, verrenkt sich dabei die Schulter. Verdammt. »Hast du deinen Schlüssel?«, fragt er. Stash wühlt in seiner Hosentasche, zückt einen riesigen Schlüsselbund und wählt einen Schlüssel aus.

Linda hat das Verandalicht nicht angelassen. Eine Botschaft

für Stash vielleicht? Stash kriegt den Schlüssel nicht ins Schloss. Charlie nimmt ihn und sieht, dass der Schlüssel, den Stash ausgewählt hat, ein altmodischer Zimmerschlüssel ist, zu groß für das Schloss. Er probiert der Reihe nach die restlichen Schlüssel aus. Dann geht das Verandalicht an, die Tür schwingt auf, und Linda Dubicki steht in einem rosa Nachthemd da.

»Sonderlieferung«, sagt Charlie und hilft Stash über die Schwelle ins Haus, wo er taumelnd an Linda vorbeistolpert.

»Hallo, Schatz«, sagt er, dann hastet er ins Dunkel des Flurs, und Charlie ahnt, dass er sich beeilt, um sich über der Kloschüssel zu übergeben.

»Wie bist du denn mit dem geendet?«, fragt sie. Sie streicht sich das Haar aus dem Gesicht. Sie ist so viel hübscher ohne Make-up, sieht sanfter, freundlicher aus. Ihre Brüste sind runder von der Schwangerschaft, ihr kugelrunder Bauch ist wunderschön und zeichnet sich deutlich unter dem Nachthemd ab.

»Ich habe ihn im Szczęście aufgegabelt.«

»War ja klar«, sagt sie. »Nett von dir, ihn nach Hause zu bringen. Ich hoffe, er hat nicht allzu viel Ärger gemacht.«

»Ich bin froh, dass er den Weg nach Hause geschafft hat. Ich war etwas besorgt. Na dann, gute Nacht.« Er wendet sich ab, um die Stufen hinunterzugehen.

»Charlie, geh nicht. Ich muss dir etwas sagen.«

»Es ist halb drei, Linda. Geh und kümmere dich um Stash.«

»Er kann sich selbst um sich kümmern. Denkst du etwa, er kommt nicht jeden Abend so nach Hause?«

»Tut mir leid.«

»Bitte komm rein.«

»Ich habe morgen früh einen Termin. Wir haben dich geweckt …«

»Es dauert nur zwei Minuten.«

Er tritt in die Diele. Sie führt ihn ins Wohnzimmer. Die Einrichtung ist bescheiden. Ein graues Sofa mit rosa Kissen. Ein gestreifter Sessel. Aber abgesehen von dem großen Spielzeug-Feuerwehrauto, das gleich hinter der Tür zur Diele steht, ist das Zimmer ordentlich und aufgeräumt. Die Farben sind ansprechend. Peggy, da ist er sich sicher, würde sie hübsch nennen. Linda bedeutet ihm, auf dem Sofa Platz zu nehmen.

Er sieht sie an, ihr sanftes, mädchenhaftes Gesicht. Zum ersten Mal seit Jahren kann er erkennen, warum er sich zu ihr hingezogen fühlte. Unter ihrem ganzen wilden Flirten und zu dicken Make-up ist hier das Mädchen, das er wiedererkennt, das er einmal geliebt hat.

»Charlie.« Sie sieht mit ihren wässrig grauen Augen zu ihm hoch. »Ich wollte dir sagen …« Sie bricht ab und sieht auf ihre Hände. »Während des Krieges, als du fort warst …« Sie hält wieder inne, sieht nicht auf. Er glaubt, dass sie vielleicht den Tränen nahe ist. Er kann sich nicht denken, was sie sagen wird. Was könnte so wichtig sein, dass sie es ihm zu dieser frühmorgendlichen Stunde sagen muss?

»Während des Krieges habe ich jeden Tag gebetet, habe nie aufgehört zu glauben, dass Gott dich beschützen und sicher nach Hause bringen würde. Father Janowski und ich haben zusammen gebetet – morgens, abends. Ich habe ein Meer von Kerzen angezündet. Du warst alles, woran ich gedacht habe.«

Seine Kehle schnürt sich zu. »Na ja, danke dafür«, sagt er und fragt sich, worauf sie eigentlich hinauswill.

»Aber als Gott dich nach Hause zurückgebracht hat, warst das nicht mehr du. Du hast kaum noch gesprochen und bist bei jedem Geräusch zusammengezuckt, und deine Augen sahen gruselig aus. Und was hast du gewogen, achtzig Pfund?«

»Bis dahin bestimmt mehr.« Wie verletzlich er gewesen war, stets in der Erwartung, geschlagen oder erschossen zu werden.

So geschwächt von den Folgen der Beriberi, dass ihm das Gehen noch immer schwerfiel. Er hat versucht, diese entsetzlichen Monate voller Elend und Zweifel, zu denen sie so grausam beigetragen hat, aus seinem Gedächtnis zu löschen.

»Und deine Hand ... Ich wusste, dass sie uns davon abhalten würde, die Dinge zu tun, die *wir* tun wollten. *Zusammen.* Das hat mich so wütend gemacht, Charlie. Wütend auf Gott. Wütend auf die Kirche. Wütend auf alles, woran ich einmal geglaubt hatte. Ich habe mich von meinem Glauben verraten gefühlt.« Sie holt tief Luft, hat endlich ausgesprochen, was sich so lange in ihr aufgestaut hat. »Ich war nicht wütend auf *dich.* Ich hatte nie vor, dich zu verlassen. Ich bereue es an jedem einzelnen Tag.«

Charlie schüttelt den Kopf. Er erinnert sich, wie er nach all den Monaten im Krankenhaus in Kalifornien den Zug nach Chicago nahm, wie er auf der ganzen Fahrt von ihr träumte, sich nach ihr sehnte und wie er dann an der Union Station ein Taxi zu ihr nach Hause nahm, es war ihm egal, was es kostete. Er dachte, sie würde ihn in die Arme schließen und vor Freude schluchzen. Sie würden sich küssen. Sie würden wieder Pläne schmieden. Endlich würde alles gut werden. Gegen jede Wahrscheinlichkeit hatte er überlebt!

Aber als sie die Tür öffnete und ihn erblickte, stöhnte sie stattdessen auf. »Charlie?« Er streckte die Arme nach ihr aus, und sie wich zurück. Der Blick in ihrem Gesicht verriet Schock, Entsetzen, Fassungslosigkeit. »Kann ich dir etwas anbieten?«, fragte sie. »Ich habe Kekse da.«

»Dich zu sehen ist alles, was ich brauche«, sagte er. Es schien, als könnte – oder wollte – sie ihm nicht ins Gesicht sehen. Und dann landete ihr Blick auf seiner Hand. Als sie im Wohnzimmer saßen und er ihr Fragen stellte, hatte sie so wenig zu sagen. Ihre Antworten auf seine Fragen nach ihrer Arbeit und ihren Freundinnen waren einsilbig.

Sie fragte ihn nichts. Sie starrte ihn nur an. Sie hatten sich immer so wohl miteinander gefühlt. Nicht mehr. Hatte sie jemand anders gefunden? Bald wurde es zu schmerzhaft. Er erhob sich.

»Ich sollte nach Hause gehen und meinem Dad Guten Tag sagen«, sagte er. »Dorthin hätte ich zuerst gehen sollen.«

»Ja. Seit deine Mutter ... Die ganze Nachbarschaft hat dafür gebetet, dass du nach Hause kommst, bevor sie stirbt. Aber das hast du nicht getan.« Gab sie ihm daran die Schuld? Er konnte es kaum erwarten, von ihr wegzukommen. Ihm war bewusst, dass er seinen riesigen Seesack mit nur einer Hand hochstemmen musste. An der Tür versuchte er nicht, sie zu küssen.

Danach ging sie ihm zwei Wochen lang aus dem Weg. Trotz all dieser liebevollen, sehnsuchtsvollen Briefe vor seiner Gefangennahme, und noch mehr, während er in Kalifornien im Krankenhaus lag, machte sie jetzt, wo er endlich zu Hause war, Ausflüchte, um ihn nicht zu sehen. Er schlief viel. Er trank Bier. Er redete mit seinem Vater. Er war ein Mann, der mit angehaltenem Atem wartete. Als sie anrief und ihn bat vorbeizukommen, ging er zu Fuß zu ihrem Haus, mit einem schmerzhaften Kloß im Hals. Sie hatte Kokoskuchen gebacken. Sie wollte ihn noch immer nicht ansehen, während sie mit dem Kuchen und der Gabel hantierte und ihm ein Glas Cola einschenkte. Er konnte sich nicht vorstellen, irgendetwas davon zu schlucken. Sie setzte sich ihm gegenüber. Er ließ den Kuchen zwischen ihnen auf dem Tisch stehen.

»Weißt du, die Sache ist die«, begann sie. »Die Sache ist die ... Ich frage mich ...« Er konnte sehen, dass sie die Worte vor seiner Ankunft einstudiert hatte. Eine Rede. Eine Frage.

»Was fragst du dich?«

Er sah zu, wie sich ihre Wangen zu röten begannen.

»Ich sehe dich an, und ich weiß, du könntest nicht einmal

ein Baby in deinen Armen halten oder Auto fahren. Nicht mehr. Für uns ist alles ruiniert. Ich denke, es ist wichtig, dass wir in dem Punkt ehrlich sind.«

Es war, als hätte sie ihm die Faust in den Magen gerammt. Er hatte keine Luft mehr in den Lungen. Er brauchte eine Weile, um zu antworten.

»Es gibt Knöpfe, die man an ein Lenkrad montieren kann«, sagte er mit schwacher, schriller Stimme. »Und ich bin sicher, ich könnte in jedem meiner Arme ein Baby halten ... Ich ... Das könnte ich. Mein Arm ist nicht das Problem. Es ist meine Hand.«

Sie leckte sich ihre seidigen Lippen und konzentrierte sich auf die Wand hinter ihm. »Das glaube ich nicht. Sieh dich doch an. Du wiegst nichts. Du bist wie einer auf den Fotos von diesen Leuten, die sie aus den deutschen Lagern befreit haben. Nur dass du so groß bist ... Dadurch ist es noch schlimmer.«

»Ich versuche zu essen. Sie haben gesagt, ich soll es nicht übertreiben. Ich werde wieder zunehmen. Ich werde wieder zu Kräften kommen. Es geht mir schon jetzt besser.« Warum musste er sich eigentlich vor der Frau verteidigen, die er liebte, die *ihn* hätte verteidigen sollen?

»Es ist ja nicht nur dein Gewicht«, sagte Linda. »Es ist ... Na ja, verzeih mir, aber ich kann *das* nicht ansehen. Ich kann es nicht ertragen, *das* anzusehen. *Das* ist das Entsetzlichste, was ich je gesehen habe. Wie konnten sie dir das antun?«

Sie stand auf und wandte ihm den Rücken zu und begann zu schluchzen. Und wie ein Zahnarztbohrer, der auf einen Nerv trifft, wurde ihm schlagartig klar, was sie meinte: Seine schlimme Hand stieß sie ab. Widerte sie an. Beleidigte sie. Trotz des Schmerzes, trotz der Jahre in Gefangenschaft, als er mit nur einer Hand an dem Staudamm arbeitete, trotz der monatelangen Narbentherapie in Kalifornien war es das erste Mal, dass

Charlie sich verkrüppelt fühlte. Sie hatte gesagt, alles sei ruiniert. Was sie meinte, war, dass *er* ruiniert war.

Er stand auf, ging zu Lindas Haustür hinaus und knallte sie hinter sich zu. Er fühlt sich benebelt, schwindelig, verwirrt. Sein Gesichtsfeld verengte sich. Die Strahlen der Sonne waren wie Stecknadeln. Warum passierte das? Warum hatte die Frau, von der er dachte, dass sie ihn liebte, ihn in die Gosse getreten? Auf halbem Weg nach Hause übergab er sich ins Gebüsch. Zu Hause angekommen, stürmte er an seinem Vater im Wohnzimmer vorbei und die Treppe hoch zu seinem Zimmer und warf sich aufs Bett. Er brauchte zwei Tage, bis er irgendetwas anderes außer Wasser hinunterbekam. Ihre Worte hatten ihn vergiftet. Danach spielte er immer wieder mit dem Gedanken, sich das Leben zu nehmen.

Und jetzt sitzt sie hier und sagt ihm, dass das alles ein Fehler war?

»Du hast mir das Gefühl gegeben, ein Monster zu sein«, sagt er.

»*Ich* war das Monster. Ich kann es dir nicht verdenken, dass du mir nie verziehen hast.« Ihre Wangen sind silbrig von Tränen. Ihre Lippen beben. Er ist schockiert, dass sein erster Instinkt tatsächlich Vergebung ist. Er ist überwältigt von dem Verlangen, die Arme um sie zu schlingen, sie zu trösten. Wie weich und süß sie sich anfühlen würde. Er erinnert sich an die geschmeidige Wölbung ihrer Brüste. Wie hat er es geliebt, sie an sein Herz gedrückt zu spüren.

»Gott hat mich enttäuscht«, sagt sie. »Und ich habe dich enttäuscht. Du sollst wissen, dass es mir leidtut. Mehr, als du weißt. Es hat mir an jedem einzelnen Tag leidgetan, seit … ich diese Dinge gesagt habe. Diese Dinge getan habe.«

»Du hättest vorbeikommen können, um dich zu entschuldigen, oder schreiben.«

»Wochenlang habe ich fast jeden Tag angerufen. Mir war klar geworden, wie grausam ich war, wie falsch es war. Hat dein Vater dir nichts davon gesagt? Er hat mir gesagt, du willst mich nie wiedersehen.«

Sein Vater hatte gewusst, dass er verletzt und wütend war. Er musste versucht haben, seinen einzigen Sohn zu beschützen. Jetzt lebt sein Vater nicht mehr. Und Peggy hat seitdem kein gutes Wort über Linda verloren.

»Warum gehst du dann noch immer zur Kirche, wenn du so enttäuscht bist von Gott?«, fragt Charlie.

»Meine Beziehung zu Ihm heutzutage ... ist nicht so toll. Ich bin enttäuscht, aber ich habe nicht aufgegeben.«

»Egal, was die Ordensschwestern uns in der Grundschule erzählt haben«, erwidert er, »ich habe nie geglaubt, dass der Herr Zeit hat, individuelle Wünsche zu erfüllen wie eine Bestellung in der Bäckerei.«

»Geht mir auch so. Aber Er hat es überall vermasselt. Denk nur an die ganzen Polen und Juden, die in den Gaskammern umgekommen sind ... Denk an die Kriegsgefangenen, die von den Japanern zu Tode geprügelt wurden oder die sie hungern ließen – so wie dich. Ich frage mich ständig, haben Maria und alle Heiligen und Jesus und Gott nur die Schultern gezuckt und gesagt: ›Die Menschheit ist es nicht wert, gerettet zu werden. Sollen sie sich doch gegenseitig die Köpfe einschlagen. Geschieht ihnen nur recht.‹ Und jetzt dieser Konflikt in Korea. Angeblich kein Krieg. Aber noch mehr junge Männer werden sterben. Und die Russen haben die Bombe. Von einem Tag auf den anderen verschwindet eine ganze Stadt. Immer und immer wieder sterben Leute – wofür?«

Solche Gedanken waren Charlie nicht fremd. Letztlich hatten sie ihn von der Religion abgebracht.

»Und trotzdem«, fährt sie fort. »Ich sehe dich an, und du

hast die Schrecken überwunden. Jetzt bist du wieder so, wie du vor dem Krieg warst. Oder sogar noch besser. Du hast dein Jurastudium abgeschlossen, sodass du dem FBI beitreten konntest. Und das ist ein toller Job. Ich weiß, dass du gut darin sein musst. Ich bin nicht lange genug bei dir geblieben, um zu sehen, wie du dich erholst. Ich war jung und dumm, Charlie«, flüstert sie. »Ich liebe dich. Du bist der einzige Mann, den ich je geliebt habe.«

Er hat sich so lange allein gefühlt. Lange Zeit erwidert er nichts. Das Schweigen zwischen ihnen pulsiert. Der Raum scheint zu atmen.

»Na ja, sag Stash besser nichts davon«, erwidert er schließlich. »Er liebt dich. Ihr habt zwei Kinder zusammen, und dieses hier.« Er zeigt auf die Wölbung ihres Babybauchs unter ihren Brüsten, und dann lässt er sich dazu verleiten, eine Hand auszustrecken und sie flach an ihren Bauch zu legen. Er hat noch nie zuvor einen schwangeren Bauch berührt. Er fühlt sich unglaublich hart an. Er ist verblüfft von dem Gefühl von Bewegung, von Leben darin.

»Hast du das gefühlt?«, fragt sie.

Er nickt, die Augen weit aufgerissen.

»Es ist ein Wunder. Jedes Leben ist ein Wunder«, flüstert sie.

»Linda …«

»Fühlst du denn nichts für mich?«, flüstert sie. »Ich kann einfach nicht glauben, dass du nichts fühlst, wenn ich so viel für dich fühle …«

Er erwidert nichts, geht in Gedanken durch, was er sagen könnte. Widerstrebend nimmt er die Hand von ihrem Bauch.

»Denn wenn du *etwas* fühlst, irgendetwas, dann könnte ich das im Herzen behalten. Ich könnte mich daran aufrichten, auch wenn mein Leben ein einziger Schlamassel ist. Ich könnte diesen kleinen Funken von Glück in mir hegen und weiterleben.«

Er sieht sie an, ihre seidigen, wallenden blonden Locken, den cremefarbenen Hals, die sanften, blassen Augen.

»Du solltest nach Stash sehen«, sagt er. »Du bist mit Stash verheiratet.«

»Bitte sag mir, dass du etwas fühlst.«

Er *fühlt* etwas. Er weiß nur nicht, ob es Mitleid oder Traurigkeit oder Verlangen oder eine Ahnung von Liebe ist. Und er glaubt nicht, dass irgendjemandem geholfen wäre, wenn er ihr das sagte.

»Du hast mir das Herz gebrochen, Linda. Manchmal denke ich, es funktioniert nicht mehr – es ist der Teil von mir, den ich bislang nicht reparieren konnte. Hör zu …« Er steht auf. »Du bedeutest mir viel, und ich wünschte, du wärst glücklicher. Ich wünschte, Stash wäre glücklicher. Ich wünschte, alle Kriege würden aufhören, so, wie man es prophezeit hat, als wir die Bombe abgeworfen haben …« Er berührt ihren nackten Arm, erinnert sich, wie sehr er ihre Haut früher geliebt hat, die Art, wie sie geschmeckt hat, die Art, wie sie erschauderte, wenn er ihr Lust bereitete. Aber all das fühlt sich fern an, unmöglich, es für sich zu beanspruchen.

»Ich werde nie aufhören, dich zu lieben, Charlie. Du sollst wissen, dass es mir leidtut, dich so verletzt zu haben. Es tut mir leid, dass ich dich verloren habe.«

»Ich danke dir.«

Sie nimmt sein Gesicht in ihre Hände und küsst ihn, keusch, respektvoll, aber er spürt trotzdem ihre Leidenschaft. Für einen kurzen Moment begehrt er sie verzweifelt. Er entspannt seine Lippen an ihren und nimmt sie in sich auf, genießt die geschmeidige Wärme ihres süßen Mundes.

Und dann flüchtet er.

11

Am nächsten Morgen, mit dröhnendem Kopf, nimmt Charlie den Zug in die Vororte. Hemmings sollte ihn eigentlich fahren, aber er hat um sieben Uhr morgens angerufen, um sich zu entschuldigen: Er hat die Grippe. Charlie nimmt sich schon seit einer Weile vor, das FBI zu bitten, einen Wagen für ihn so umbauen zu lassen, dass er wieder lernen kann zu fahren. Mit einem Knopf am Lenkrad, wie er es Linda gegenüber damals angedeutet hat. Anstelle des Schaltknüppels einen Hebel, den er mit dem Handgelenk in jede Richtung drücken kann. Aber jedes Mal, wenn er anfängt, das Antragsformular auszufüllen, bricht er ab. So etwas würde ihn von den anderen abheben, seine Verletzung ins Blickfeld rücken. Trotzdem, heute Morgen bereut er, dass er es nicht durchgezogen hat.

Charlie sieht auf den Zettel mit der Adresse von Weavers Ehefrau: »Clemence Weaver c/o Adeline Hodges«. *Eine Freundin, die sie aufgenommen hat?*, überlegt er. Sobald sich der Zug ruckelnd in Bewegung setzt, schläft Charlie ein. An seinem Zielort findet er kaum die Kraft auszusteigen. Ohne ausgiebigen Schlaf in der kommenden Nacht wird er nicht mehr viel länger durchhalten. Er fühlt sich schwach und orientierungslos.

Zum Glück ist das Haus, das er sucht, nur ein paar Blocks von der Hinsdale Station entfernt. Ein viktorianisches Backsteinhaus, etwas zurückgesetzt von der Straße, mit einem dieser verrückten Türmchen mit einem spitz zulaufenden Hut. Die Dame, der es gehört, muss einen grünen Daumen haben. Petunien quellen aus jeder Ritze. Gelbe Rosen ranken sich an der Mauer empor. Er steigt die Verandastufen hoch und klopft. Eine gepflegt wirkende weißhaarige Frau öffnet die Tür.

»Ja?« Sie hat ein süßes Betty-Crocker-Gesicht, das ihm für einen Moment die Sprache verschlägt.

»Ma'am, sind Sie Adeline Hodges?«

»Ja …«

»Und wohnt hier bei Ihnen eine Clemence Weaver?«, fragt er.

»Na ja, schon.«

»Ist sie da?«

»Und wer sind Sie?«

Charlie zückt seine Dienstmarke, stellt sich vor. Er gibt ihr die Hand, denn er hatte schon immer das Gefühl, dass das das Richtige ist: Leute so zu behandeln, wie ihm als Kind beigebracht wurde, andere Gemeindemitglieder zu behandeln.

»Na ja, ehrlich gesagt«, sagt Mrs. Hodges, »bin ich froh, dass Sie hier sind. Wir haben uns schon Sorgen um Mrs. Weaver gemacht.«

»Ach ja?«

»Sie hat für Kost und Logis bezahlt, aber sie ist seit ein paar Tagen nicht mehr zum Abendessen heruntergekommen. Ich wollte nicht neugierig sein oder so, aber heute Morgen habe ich einen Blick in ihr Zimmer geworfen. Ich dachte, na ja, Sie wissen schon, sie könnte krank sein oder Hilfe benötigen. Kommen Sie herein, Mr. … Wie war gleich wieder Ihr Name?«

»Szydlo.«

»Mr. Szydlo. Was für ein Name ist das denn?«

»Ungarisch, aber meine Familie stammt aus Polen.«

»Ich wusste doch, dass er ausländisch klingt.« Normalerweise erzählt er diese Geschichte nicht – die unsichere Herkunft seines Familiennamens –, und er fragt sich, warum er es ihr erzählt hat. Um ihr Vertrauen zu gewinnen? Sie führt ihn in eine Diele mit einer irritierenden bräunlichen Tapete mit einem Fuchsjagdmuster. Die Füchse sehen aus, als ob sie den Verstand verloren hätten. Ihre Augen glühen rot. Ein dunkles Holzgeländer, verschlungen und gotisch, führt in den ersten Stock hoch.

»Was haben Sie in ihrem Zimmer gefunden?«, fragt er.

»Das Ganze ist sehr merkwürdig. Mrs. Weavers Sachen sind alle noch da. Selbst ihre Handtasche. Und ihr Portemonnaie. Ich wollte nicht herumschnüffeln, aber … ich musste doch wissen, ob es Anlass zur Sorge gibt. Ihre Kleider hängen alle da, als ob sie gleich wiederkommt. Aber sie ist weg.«

»Darf ich mich mal umsehen?«

»Natürlich.«

»Wie lange wohnt sie schon hier?«

»Ein Jahr, schätze ich.«

»Haben Sie ihren Ehemann je gesehen?«

Mrs. Hodges schüttelt den Kopf. »Nein, Sir. Ich nehme an, er arbeitet irgendwo anders. Aber sie hat uns erzählt, dass sie verheiratet ist. Sie trägt einen Ehering. Sie hat mir einmal sein Foto gezeigt. Ein richtig gut aussehender Bursche.«

»Hatte sie je Besuch?«

»Nicht ein einziges Mal. Und sie spricht nicht viel mit den anderen Gästen. Manche halten sie für hochnäsig.«

Mrs. Hodges führt ihn die Treppe hoch. In der oberen Diele liegt der Geruch, den alte Häuser bekommen, wenn das Dach undicht ist, aber in Clemence Weavers Zimmer riecht es süß. Es ist groß und luftiger, als er erwartet hat. Das Gebälk ist weiß gestrichen, und das Sonnenlicht flutet herein, bescheint einen kleinen Teppich, der mit rosa Rosen gemustert ist, das Eisenbett, das ungemacht zurückgelassen wurde. Er zwängt seine Hand in den übergroßen Gummihandschuh, den er immer trägt, um einen Tatort zu untersuchen, und schlägt die Laken und die Bettdecke zurück. Kein Blut. Keine ungewöhnlichen Spuren. Nur die Falten, die eine schlafende Person hinterlässt. Im Kleiderschrank hängen kleine Säckchen, die Quelle des süßen Geruchs. Lavendel, das ist es – das Zeug, das Peggy aufhängt, um die Motten fernzuhalten. Lange, schmale Kleider baumeln von der Kleiderstange; auf dem Boden liegen High Heels. Darin sind die Abdrücke von Mrs. Weavers Füßen zu sehen. Die oberste Schublade der schweren alten Kommode klemmt, und er ruckelt sie auf. Seidenunterwäsche quillt hervor, und er stopft sie wieder zurück. Elegante Dinge, die sich, da ist er sich sicher, an seinen Fingern, ohne den Handschuh, zart anfühlen würden. Sonst nichts. Er schiebt die Schublade wieder zu. Der Rest der Kommode ist mit Pullovern und Schals gefüllt.

Eine dunkelrote, quadratische Handtasche liegt auf dem Nachttisch. Elegant. Teuer aussehend. Aber kein Portemonnaie darin. Stattdessen ein paar zusammengefaltete Geldscheine in einem Seidenetui.

»Hat sie noch andere Handtaschen?«, fragt er.

»Ich bin mir nicht sicher. Eine braune, glaube ich.« Charlie leert die Handtasche ganz aus. In einem Seitenfach findet er einen französischen Reisepass in einer abgegriffenen grünen Lederhülle. Als er ihn aufklappt, lautet der Name darin nicht Clemence Weaver. Er lautet Victoire Spenard. Er betrachtet das Foto, das längliche Gesicht, die dunkel geschminkten Lippen, die zu einem hochmütigen O verzogen sind, die Augen, die mit Kajal umrandet sind, wie bei einer Ägypterin. Das ist die Frau, die Weaver geheiratet hat? Er sieht auf ihr Geburtsjahr: 1895. Sie ist weit über fünfzig Jahre. Hat er überhaupt die richtige

Frau? Er wendet sich zu Mrs. Hodges um, die noch immer im Türrahmen verharrt.

»Ist das hier Mrs. Weaver?«, fragt er und hält den Pass hoch.

Sie nickt. Er wird das Foto Rosalind zeigen müssen. Er glaubt, dass sie Clemence Weaver einmal gesehen hat. Warum würde diese Frau einen Decknamen verwenden? Könnte sie eine sowjetische Agentin sein? Vielleicht ist oder war Weavers Ehefrau seine Führungsoffizierin? Wenn er zum Büro zurückkommt, wird er den Namen recherchieren. Victoire Spenard. Mit seiner gesunden Hand und etwas Mühe schiebt er den Pass in eine der Pergaminhüllen für Beweisstücke, die er immer bei sich hat, und steckt sie ein.

»Fassen Sie in diesem Zimmer nichts an«, ermahnt er Mrs. Hodges. »Und vor allem, putzen Sie nicht. Schließen Sie das Zimmer ab und sorgen Sie dafür, dass die anderen Gäste es nicht betreten. Wenn wir Mrs. Weaver nicht finden, wird dieses Zimmer ein Tatort sein.«

»Ja, ich hatte recht, oder? Es ist seltsam, nicht wahr?«

»Scheint seltsam«, pflichtet er ihr bei.

»Glauben Sie, sie wurde *ermordet*?«, fragt sie mit einem erregten Schauder.

»Das glaube ich nicht«, antwortet er. »Vielleicht ist sie mit einem kleinen Koffer und einer anderen Handtasche losgegangen.«

Er glaubt kein Wort von dem, was er sagt, denn warum hätte sie dann nicht das ganze Bargeld mitgenommen? Und warum hätte sie nicht ihren Pass eingesteckt – es sei denn, sie hat noch andere Pässe mit anderen Namen? Trotzdem, er muss der Vermieterin irgendetwas sagen, um sie davon abzuhalten, mit ihren Gästen darüber zu spekulieren.

»Ich komme wieder«, sagt er.

»Und Sie geben mir Bescheid, wenn Sie sie finden, ja? Ich werde kein Auge zutun.«

»Ich gebe Ihnen Bescheid.«

Am nächsten Abend, nach der Arbeit, nimmt sich Rosalind ein Blatt Papier und einen Stift und setzt sich an den kleinen Schreibtisch am Fenster, wo sie immer ihre Überweisungsformulare ausfüllt.

Sehr geehrte Damen und Herren,
ich möchte mich bezüglich einer Position am Argonne National Laboratory erkundigen. Als Studentin von Dr. Enrico Fermi und Wissenschaftlerin beim Manhattan-Projekt glaube ich schon lange an das Potenzial der Atomenergie in Friedenszeiten. Ich interessiere mich insbesondere für Ihre Arbeit an Leichtwasserreaktoren.

Sie bricht ab, starrt auf die Seite, sieht, dass ihre Hand zittert. Sollte sie zuerst Fermi schreiben und ihn bitten, sich beim Argonne für sie zu verwenden? Würde ihr alter Mentor es begrüßen, wenn sie sich bei ihm meldet? Oder hat er allen Glauben an sie verloren, als Weaver diesen Bericht verfasste? Fermi hat nie geschrieben oder angerufen, nachdem sie entlassen wurde. Sicher, er war zu der Zeit in Los Alamos. Er hatte Wichtigeres im Kopf. Und so sehr sie ihn auch bewunderte, war er doch oft interessierter an seinen eigenen Gedanken und Theorien als an Menschen. »Leute sind unberechenbar«, sagte er einmal. Was musste er von diesem Bericht gehalten haben, der in erster Linie ihre Unberechenbarkeit unterstrich?

Sie legt ihren Stift hin. Später. Sie wird diese Sache später in Angriff nehmen. Während sie im Zimmer auf und ab geht, wird ihr bewusst, dass sie seit letztem Samstag nicht mehr mit Louisa gesprochen hat – dem Tag, an dem Louisa Krach mit Henry hatte. Dem Tag, an dem Roz und Ava und Weaver ihren wundervollen Nachmittag zusammen verbrachten. Im Allgemeinen sprechen sie und Lou sich zwei-, dreimal die Woche. Ohne Louisas ständiges Genörgel fühlt sie sich leichter. Trotzdem greift sie zum Telefon. Ihr begeistertes »Hi, Louisa!« trifft auf eine Wand. »Ich habe mich gefragt, wie's mit Henry läuft. Du weißt schon, nach diesem Knatsch letztes Wochenende …«

»Du hast also allen Ernstes Zeit gefunden, an uns zu denken, während *Monsieur* um dich herumschleicht?«

»Was?«

»Ava hat mir von Weaver erzählt.«

»Oh.«

»Wie konntest du diesen Mann bloß treffen – nach dem, was er dir angetan hat?«

»Ich hatte es nicht geplant. Es ist einfach …«

»Und das ausgerechnet jetzt, wo bei uns zu Hause die Hölle los ist …«

»Was meinst du damit?«

»Ich meine, dass Henry damit droht, auszuziehen und sich ein Zimmer im Allerton zu nehmen.«

»Das ist doch wohl ein Witz?«

»Er denkt nicht, dass es ein Witz ist. Und du?« Louisas Stimme bricht.

»Mein Gott. Lass mich mit ihm reden. Bist du nicht auf die Idee gekommen, mich anzurufen?«

»Ich dachte, du bist zu beschäftigt mit *Tom Weaver*, um dich zu sorgen.«

»Natürlich sorge ich mich.«

»Wie kannst du diesen Mann nur wieder treffen? Nach all dem, was er dir angetan hat? Hast du vergessen, wie wir die Scherben einsammeln mussten, als er dich das letzte Mal weggeworfen hat?«

Roz fühlt sich angegriffen. »Das werde ich niemals vergessen«, erwidert sie. Es sieht ihrer Schwester ähnlich, von ihren eigenen Problemen abzulenken, Roz wegzustoßen, wenn sie sie am dringendsten braucht.

»Und jetzt hat er auch noch Ava um den Finger gewickelt. Ich will nicht, dass meine Tochter diesem Dreckskerl ausgesetzt wird.«

»Er scheint sich geändert zu haben, Louisa. Aber ich kann verstehen, warum du so wütend bist. Ich bin selbst wütend.« Sie kann Louisa schlecht vom FBI erzählen. Seit dem Abend, an dem sie mit Weaver geschlafen hat, schämt sie sich dafür, wie sehr sie sich nach ihm sehnt. Charlie Szydlo ist Rosalinds Ausrede dafür geworden, dass sie Weaver wieder in ihr Leben gelassen hat, und weiß Gott, sie braucht eine Ausrede. »Erzähl mir von Henry. Was ist passiert?«

»Er hasst mich.«

»Er hasst dich nicht. Vielleicht ist er wütend.«

»Er sagt, er hat genug von mir. Mir ist bewusst, dass ich nicht gerade einfach bin … Ich weiß nicht, was ich tun soll, wenn er geht. Ich habe seit dem Krieg nicht mehr gearbeitet. Und im Moment gibt es keine Torpedofabriken, die Leute einstellen.«

»Du könntest alles Mögliche tun. Du kannst gut mit Zahlen umgehen. Du könntest als Buchhalterin arbeiten. Oder irgendwo im Management. Du hast die Erfahrung.«

»Frauen managen nichts mehr. Nicht seit 45.«

»Aber du *könntest*. Und es ist wichtig zu wissen, dass Henry dir und Ava Geld geben würde, egal, was passiert. Könntest du ihn mir bitte geben? Mich mit ihm reden lassen?«

»Wir sprechen nicht miteinander.«

»Nicht einmal genug, um ihm zu sagen, dass ich mit ihm reden will?«

»Nein.«

»Ich bitte dich, Lou.«

»Nein.«

»Okay, ich komme vorbei«, sagt Roz.

»Was? Jetzt?«

»Ja, genau, jetzt. Ich nehme den Bus und bin in einer halben Stunde da.«

Louisa räuspert sich und legt auf.

All die Jahre hat sich Roz gefragt, wie es Henry mit Louisa ausgehalten hat. Sie erinnert sich, wie er manchmal zu Roz kam, als sie noch ein Teenager war, fast unmerklich den Kopf schüttelte und den Blick zum Himmel richtete, als wollte er sagen: *Deine Schwester. Wir werden einfach ignorieren, was sie eben gesagt hat, okay?* Rosalind schuldet Louisa so viel, aber es fällt ihr schwer, die Kluft zu überbrücken, die sich zwischen ihnen aufgetan hat. Sie putzt sich die Zähne, zieht ihren Lippenstift nach und schnappt sich ihre Handtasche. Trotzdem, sie liebt ihre Familie, und so klein und seltsam sie auch ist, ist sie doch alles, was sie hat.

Nachdem sie von Ava einen umfassenden Bericht über die Schule und von Louisa eine geflüsterte Tirade darüber, wie absolut grässlich Henry sein kann, gehört hat, umarmt Rosalind ihre Schwester.

»Bitte, Lou«, sagt sie. »Streck die Hand aus. Lass ihn wissen, dass du die Dinge klären willst. Das ist alles, worum Henry je gebeten hat.«

»Er ist derjenige, der die Hand ausstrecken sollte, dieser Mistkerl.« Louisa wendet sich wieder ihrem Abwasch zu. Aber dann sieht Roz, dass sie weint. »Er hat mich nie geliebt. Nicht wirklich. Das kann ich jetzt sehen. Während ich ihn die ganze Zeit geliebt habe. Während ich *alles* aufgegeben habe, um mich um ihn zu kümmern.« Sie fragt sich, was ihre Schwester damit meint.

»Hey.« Sie streckt die Arme aus, um sie zu berühren, aber Louisa zuckt zusammen und schiebt sie weg. Lange Zeit steht Rosalind da und betrachtet Louisa, ihre Kehle rau vor Besorgnis. »Es tut mir leid«, sagt sie schließlich. »Es tut mir leid, dass du verletzt bist. Aber er *liebt* dich. Da bin ich mir ganz sicher.« Doch Louisa gibt keine Antwort. Wie viele Menschen auf der Welt sind so vergiftet von Traurigkeit, dass sie Liebe wegstoßen, obwohl Liebe das ist, wonach sie sich am meisten sehnen? Erst recht seit dem Krieg.

»Bitte. Bitte lass mich in Ruhe.« Roz sieht Louisa, wie sie sie noch nie zuvor gesehen hat: verletzt. Die robuste Louisa. Die unerbittliche Louisa. Verletzt.

»Wir können reden. Vielleicht ein bisschen spazieren gehen.«

Louisa schüttelt entschieden den Kopf.

»Dann vielleicht später.« Roz zuckt die Schultern und lässt sie allein. Sie geht den Flur hinunter, dann klopft sie leise an die Tür zu Henrys Arbeitszimmer und öffnet sie. Ihr Schwager sitzt über seinen Schreibtisch gebeugt da, ein Schachbrett vor sich. Sie schließt leise die Tür hinter sich und fragt: »Spielst du allein?«

»Kleine. Ich habe dich vermisst.« Er steht auf und schlingt die Arme um sie. Ihre ganze Kindheit über war es meistens Henry, der da war, um ein aufgeschlagenes Knie zu reinigen oder sie zu umarmen, wenn ihre Welt aus den Fugen war.

»Was ist denn eigentlich los?«, fragt sie.

»Ein Mann kann nur begrenzt viel verkraften«, antwortet er grimmig, obwohl sie Henry nur sanft wie ein Lamm kennt. Er war gut aussehend, als er ihre Schwester geheiratet hat. Ein dichter, dunkler Haarschopf. Kräftige, kantige Schultern von seinen Jahren beim Militär. Er hat sich freiwillig zum Ersten Weltkrieg gemeldet, aber bald danach wurde der Sieg ausgerufen, sodass er nie am Kampf teilnahm. Im Zweiten Weltkrieg verrichtete er in Washington Schreibtischarbeit und feierte den Tag des Sieges über Japan in den Straßen. Aber seine Beziehung mit Louisa ist ein Krieg, den er nicht gewinnen kann. Zermürbt vom Feind, ist Henry von Jahr zu Jahr dünner geworden. Seine Schultern hängen nach vorn; seine Kopfhaut schimmert zwischen den Kammspuren in seinen Haaren hindurch. In seinem bürstenförmigen Schnurrbart zeigen sich weiße Härchen zwischen den braunen.

»Komm, setz dich.« Er dreht seinen Schreibtischsessel zu ihr herum. An der Wand hängen seine Urkunden. Diplome und Buchhalterzertifikate. Er ist ein solider Typ. Fleißig. Hat nie jemanden enttäuscht.

»Erzähl mir, was los ist«, fordert sie ihn auf. »Warum jetzt? Du hast es doch all die Jahre mit ihr ausgehalten.«

»Es zermürbt einen. Ich bin nicht aus Stahl gemacht. Wie viele Jahre habe ich denn noch?«, fragt er.

»Dreißig. Vierzig.«

»Wenn ich sehr viel Glück habe. Will ich sie damit verbringen, wütend zu sein?«

»Du weißt, dass sie dich liebt, auch wenn sie es nicht immer zeigt.«

»Ich habe über diese Sache nachgedacht«, sagt er. »Wie Leute sich verlieben und es mit jemandem aushalten, der ihnen nichts von dem gibt, was sie wollen. Sie haben eine schlechte

Wahl getroffen, und dann haben sie das Gefühl festzustecken. Ein Leben voller Leiden, und wofür? Vielleicht gibt es einen Funken Hoffnung, dass es besser wird. Aber weißt du was, ich habe Jahre gebraucht, um an diesen Punkt zu kommen, doch heute weiß ich: Menschen ändern sich nicht.«

Dagegen kann Rosalind nichts sagen. Weaver hat ihr so viel vorenthalten, und doch hat sie sich immer an die Hoffnung geklammert, dass er sie eines Tages heiraten würde, sie offen lieben würde. Je weniger er gab, desto mehr begehrte sie.

»Aber du liebst Louisa. Du wünschst dir doch immer noch, dass sie dir gibt, wonach du dich sehnst, oder? Liebe oder Geduld. Wie wär's, wenn du ihr ein Ultimatum stellst?«, fragt Roz. »Sag ihr, dass du unter gewissen Bedingungen bleiben wirst. Schreib die Bedingungen auf.«

Er zuckt die Schultern. »*Louisa* ein Ultimatum stellen? Kannst du dir wirklich vorstellen, dass sie darauf eingehen würde?«

»Sie hat Angst.«

»Wenn ich gehe, wird sie noch mehr Angst haben ...«

»Aber du würdest Ava verlassen? Lou könnte verhindern, dass du sie weiterhin siehst, weißt du.«

Henry nickt. »Deswegen bin ich ja noch nicht gegangen.«

»Hat irgendetwas diese Sache ausgelöst?«, fragt Rosalind.

»Ein Streit vor einer Woche.«

»Weswegen?«

»Weil sie in die Vororte ziehen will. Ihre Voreingenommenheit. Das ist einfach falsch. Sie will unseren neuen Nachbarn keine Chance geben.«

»Vielleicht will sie einfach ein anderes Leben? Einen Neuanfang? Ich weiß doch, dass du sie noch immer liebst.«

Er nickt. »Und manchmal hasse ich, was sie sagt. Ich hasse ihre Bigotterie. Ihre Wut auf die Welt.«

»Besteht die Möglichkeit, eure Ehe zu retten?«

Er zuckt die Schultern.

Rosalind betrachtet diesen freundlichen Mann, der ihr beigestanden hat, als er sehr jung war, und sie kommt ins Grübeln. Warum sollte er für den Rest seines Lebens wegen jemand anders leiden? Vielleicht könnte er irgendeiner entzückenden Witwe den Hof machen, einer Frau, die ihn zu schätzen weiß. Vielleicht könnte er echtes Glück finden.

Sie seufzt. »Wenn du mit mir reden willst, egal wann, du weißt ja, wo du mich findest.« Sie geht zu ihm hinüber und küsst seine Stirnglatze. »Tu nichts Überstürztes, okay?«

»Na klar. Hey … Ist bei dir alles in Ordnung? Ich habe Ava über Weaver reden hören. Das heißt, er ist wieder da?«

»Ja, ist er.«

»Kommst du damit klar?«

»Es geht mir gut«, antwortet sie.

»Und du hast erwähnt, dass du wieder in der Wissenschaft arbeiten willst. Hast du deswegen schon irgendetwas unternommen?«

»Ich arbeite dran. Wie auch immer, es wird Zeit, dass du dich zur Abwechslung mal um dich selbst kümmerst.«

»Okay, mache ich.«

»Ich hab dich lieb«, sagt sie zu ihm. »Du wirst für mich immer Familie sein, egal, wie du dich entscheidest. Das weißt du doch, oder? Und wenn du wirklich ausziehst, bist du jederzeit eingeladen, vorbeizukommen und an meinen lausigen Kochkünsten teilzuhaben. Und du kannst darauf wetten, dass ich dich im Allerton besuchen werde.«

»Kleine«, sagt er. Er nimmt ihr Handgelenk und küsst ihren Handrücken. Sie hat das Gefühl, dass er noch mehr sagen will, die Worte aber nicht zusammenbringen kann. Männer sind so schlecht darin, Erklärungen irgendwelcher Art abzugeben, aber seiner Liebe hat sie sich immer sicher gefühlt.

Am nächsten Montagmorgen um halb acht klingelt das Telefon. Rosalind schlingt sich ein Handtuch um ihre triefend nassen Haare und stürzt hin, um abzunehmen.

»Wenn Sie nicht frei sprechen können, sagen Sie einfach: ›Hier wohnt keine Jane Hart.‹«

Sie lacht. »Hier wohnt wirklich keine Jane Hart. Aber ich bin allein, Agent Szydlo.«

»Haben Sie dann jetzt Zeit, mit mir zu reden?« Er klingt fast schüchtern. Wieder hat sie das Gefühl, dass er ein netter Mann ist, einer, den sie gern auf einer Party kennengelernt hätte. Gestern Nacht, als sie im Bett lag und sich nach Weaver sehnte, dachte sie zu ihrer Verblüffung unwillkürlich darüber nach, wie es wäre, Charlie Szydlo zu küssen. Sie stellte sich vor, dass er nach Wassermelone schmecken würde. Sauber, süß. Sie flüsterte seinen Namen laut: »Charlie.« Warum hat sie überhaupt solche Gedanken ausgerechnet zu dem Mann, der sie überredet hat, sich wieder mit ihrem alten Liebhaber einzulassen? Es macht sie beklommen.

»Ich habe versprochen, nicht anzurufen, und ich habe es nicht getan«, sagt er. »Haben Sie sich entschieden, Mr. Weaver wiederzusehen?«

»Ja.«

»Ausgezeichnet.« Er klingt erleichtert. »Haben Sie irgendetwas erfahren, was Sie mitzuteilen bereit sind?«

Ihr gefällt, dass er ihr Widerstreben respektiert. *Mitzuteilen bereit.* »Na ja, eine Sache«, hört sie sich zu ihrer Verblüffung sagen.

»Ja?«

»Ich verstehe es aber selbst kaum.«

»Ich weiß, es ist schwer, am Telefon zu reden. Würde es Ihnen etwas ausmachen, in Ihrer Mittagspause zu mir zu kommen? Mein Büro ist nicht weit vom Field's. Es ist im Bankers

Building, 105 West Adams, an der Ecke Clark. Ich besorge uns Sandwiches. Ich habe hier ein Foto, das ich Ihnen gern zeigen würde. Und Sie können mir erzählen, was genau Weaver gesagt hat.«

»In Ordnung. Lassen Sie mich die Adresse notieren.«

Der Tag ist heiß und drückend. Während Rosalind zur Arbeit geht, hat sie das Gefühl, dass ihr Leinenkleid immer enger wird, und die Schuhe kleben ihr an den Füßen. Bis sie die Michigan Avenue Bridge erreicht, muss sie ihre weißen Baumwollhandschuhe abstreifen. Punkte tänzeln vor ihren Augen, als sie das Field's betritt, wo es nicht viel kühler ist. Die Ventilatoren drehen sich lustlos über der Verkaufsfläche. Im Field's wurden in den Dreißigerjahren Klimageräte installiert, aber die ganze Anlage wurde 1941 wegen des kriegswichtigen Metalls darin herausgerissen. Jetzt verspricht man, sie vor dem nächsten Sommer wieder zu installieren. Das ist nicht früh genug.

Im Moment bringen Arbeiter Neonröhren unter den Verkaufstresen an, um zumindest für eine kühlere Beleuchtung zu sorgen. Die Bohrmaschinen kreischen wie Zahnarztbohrer. Im Geschäft ist so wenig los, dass Janice Zeit hat, ihren Parfümtresen zu verlassen, um herüberzukommen und Rosalind von dem Medizinstudenten zu erzählen, mit dem sie am Vorabend ausgegangen ist.

Während sie miteinander reden, flüstert Janice: »Dieser Mann dort drüben. Ich sehe ihn ständig im Geschäft. Ich glaube, er hat eine Schwäche für dich.«

»Was?«

»Dieser Mann da.«

Rosalind wendet sich um, tut, als würde sie ihren Tresen in Ordnung bringen. Der Mann scheint in den Fünfzigern zu sein, stämmig gebaut, mit kurzen, strohblonden Haaren – es können unmöglich seine eigenen sein; nichts an ihm sieht echt aus. Seine Augen sind farblos, sein Blick ist leer, er hat das Gesicht eines Herumtreibers, aber er ist erstaunlich gut gekleidet: teurer Anzug, polierte Schuhe. Eine Krawattennadel mit Perle an seiner Krawatte. Die Garderobe hat nichts Protziges an sich. Sie ist elegant, nur dass sie überhaupt nicht zu seinem plumpen, primitiven Erscheinungsbild passt. Sobald er sieht, dass Roz ihn abschätzt, kehrt er ihr den Rücken.

»Hast du ihn schon mal gesehen?«

»Er ist gestern kurz vor Ladenschluss gekommen, und ich habe gesehen, wie er dir später gefolgt ist, als wir nach Hause gegangen sind. Ich dachte, ich würde es mir nur einbilden, aber als ich ihn heute wieder hier gesehen habe ... Er muss verrückt nach dir sein. Da, jetzt ist er zur Tür hinausgegangen.«

Lässt das FBI sie jetzt von einem neuen Mann anstelle von Charlie beschatten? *Wie können sie es wagen, sie noch immer zu verfolgen?* Und warum kommen sie zu ihrer Arbeitsstelle, wenn sie doch wissen, dass sie den ganzen Tag hier sein wird?

»Danke, Janice. Ich werde ihn im Auge behalten.«

»Ja. Ehrlich gesagt ist er mir irgendwie unheimlich. Du kennst ihn nicht, oder?«

»Gott, nein!«

Am Mittag tritt sie auf den Gehsteig hinaus. Sie sieht sich um, ob der strohblonde Mann irgendwo wartet. Überall am Straßenrand parken Autos. Taxis, in denen man sich verstecken kann. Er könnte überall sein zwischen den Tausenden von Leuten auf der State Street. Auch Polizisten sind in Sichtweite. In diesem Sommer hat sie sie gesehen, Beamte, die jeweils zu zweit gehen, sich durch das sommerliche Gedränge einen Weg bahnen. Aber sie braucht keine Polizei. Sie ist sich ziemlich sicher, dass dieser Bursche nur einer von Charlies Leuten ist, der sie im Auge behält. Dann, einen halben Block weiter, sieht sie ihn zwischen zwei Kaffeeverkaufswagen stehen, ein ungepflegter Mann in gepflegter Kleidung, der sie mit diesen grässlichen leeren Augen anstarrt. Sie steht gerade vor dem Wieboldt's-Kaufhaus, schlüpft kurz entschlossen durch die Drehtür hinein, stürzt an den Ständern mit dünnen Baumwollkleidern und billigen Herrenhosen vorbei und geht zwei Türen weiter wieder hinaus. Sie eilt in Richtung Dearborn, wobei sie immer wieder einen Blick hinter sich wirft, um sich zu vergewissern, dass er verschwunden ist. Sie weiß nicht, warum sie so entschlossen ist, ihn loszuwerden. Sein Aussehen verwirrt sie und dass es sich wie ein Spiel anfühlt. Sie genießt die Vorstellung, Charlie zu berichten, dass sie einen seiner Männer abgeschüttelt hat. Das Bankers Building ist weiter entfernt, als sie erwartet hat. Bis sie dort ankommt, ist ihr Kleid an jeder Stelle, an der es ihre Haut berührt, feucht. Sie stellt sich dem Mann hinter dem Empfangstresen vor, und während sie darauf wartet, dass Szydlo herunterkommt, sucht sie die Lobby mit den Augen nach ihrem Verfolger ab, rechnet jeden Moment damit, dass er das Gebäude betritt.

»Miss Porter?«, sagt Szydlo leise. »Geht es Ihnen gut?«

»Warum lassen Sie mich *noch immer* verfolgen?«, flüstert sie.

»Pardon?«

»Sie wissen, dass jemand mich verfolgt.«

Charlies Lippen öffnen sich; er blickt verwirrt. »Ist er jetzt hier?«

»Nein. Ich habe ihn abgeschüttelt.«

»Lassen Sie uns aus der Lobby verschwinden.« Er nimmt sie entschlossen beim Arm. »Ich hätte Sie nicht hierherbitten sollen. Ich bin nicht auf die Idee gekommen, dass man Sie verfolgen könnte.«

Der Schweiß in ihrem Nacken wird eiskalt, und eine Gänsehaut läuft ihr über die Arme. Im Aufzug fragt sie: »Man? Wer denn?« Niemand sonst ist im Aufzug, aber trotzdem formt sie die Worte nur mit den Lippen: »Ein sowjetischer operativer Mitarbeiter?« Er nickt. Sie hat dieses Wort in der Zeitung gelesen: »operativ«. Es klingt bedrohlich. Invasiv.

»Dieser Mann war ein sowjetischer Agent …?« Sie sagt es mehr zu sich selbst als zu ihm. Um es zu verstehen. Es zu glauben. Der Mann mit dem leeren Blick …

Sie sagen nichts weiter, während der Aufzug hochfährt. Es ist einer dieser modernen Aufzüge ohne Liftboy. Charlie beobachtet die Zahlen auf der Anzeige. Sie mustert sein Gesicht. Freundlich. Traurig. Ernst. Sie fühlt sich beschützt in seiner Gegenwart. Aber draußen auf der Straße oder bei der Arbeit, wird sie sich da genauso fühlen?

In den FBI-Büros ist es kühl. Sie haben eine Klimaanlage, und sie hat sich danach gesehnt. Aber jetzt fröstelt sie.

»Warum sollte man *mich* denn verfolgen?«, fragt sie.

»Um zu verstehen, mit wem Weaver seine Zeit verbringt. Genau wie ich es getan habe. Dass Sie hierherkommen, könnte ihn kompromittiert haben.«

»Weaver könnte in Gefahr sein?«

»Hoffentlich haben Sie den Burschen tatsächlich abgeschüttelt, wie Sie gesagt haben, und er hat nicht herausgefunden, dass Sie auf dem Weg zum FBI waren. Und was Weaver betrifft, ich nehme an, er hat sich schon seit einer ganzen Weile selbst in Gefahr gebracht.«

Beunruhigt folgt sie Charlie durch ein Großraumbüro, in dem Männer telefonieren und in kleinen Gruppen diskutieren, und weiter in einen großen, holzgetäfelten Raum mit drei runden Deckenventilatoren, die noch mehr kühle Luft verströmen.

»Ich dachte, ein Konferenzraum wäre ein netterer Ort, um sich einen Lunch zu teilen.« Charlie schließt die Tür. »Ohne ein Rudel heulender Wölfe.« Er lächelt und zieht ihr einen Stuhl zurück.

»Sollte ich besorgt sein?«, fragt sie.

»Wegen der Wölfe?« Sie kann sehen, dass er nur versucht, sie aufzuheitern.

»Jetzt habe ich Angst. Dass Sie mich verfolgt haben, hat mir schon Angst gemacht. Und dieser Bursche ist sogar noch unheimlicher als Sie.«

»*Noch* unheimlicher als ich, ach ja?« Sie kann sehen, dass ihm die Röte in die Wangen steigt.

»Entschuldigung ... Ich habe nicht gemeint ...«

»Wir werden versuchen herauszufinden, wer er ist«, sagt er sanft. »Seien Sie nicht allzu besorgt. Selbst wenn Sie ihn nicht abgeschüttelt haben, dies ist ein großes Gebäude. Hier gibt es alle möglichen Büros. Nicht nur das FBI. Ärzte. Rechtsanwälte. Und ich möchte wetten, Sie haben ihn abgeschüttelt. Sie haben ihn doch nicht in der Lobby gesehen, oder?«

Roz schüttelt den Kopf. Sie setzt sich in den großen Drehstuhl, den er für sie zurückgezogen hat, und fischt ein Taschentuch aus ihrer Handtasche, um sich den Schweiß abzuwischen, der ihr über die Stirn läuft. Sie weiß nicht, ob ihr heiß oder kalt ist.

»Ich wusste nicht, was für einen Lunch Sie gern hätten, daher habe ich eine kleine Auswahl mitgebracht.« Aus einer braunen Papiertüte holt Szydlo verschiedene Sandwiches hervor, zeigt darauf und sagt ihr, womit sie gefüllt sind. Es fällt ihr schwer, sich zu konzentrieren.

»Ich denke, ich werde einen Moment warten. Bis ich mich beruhigt habe ...« Sie streicht sich die Haare aus der Stirn, dreht den Rest ihrer Mähne zu einem Knoten und tupft sich den Nacken. Sie muss völlig schlimm aussehen.

»Wollen Sie eine Royal Crown?« Er schiebt ihr eine beschlagene Flasche hin. Der kalte Schaum versetzt ihrem Mund einen süßen Schock. Er nimmt einen Aktendeckel und fächelt ihr galant Luft zu, während er sie besorgt beobachtet.

»Beschreiben Sie den Mann«, fordert er sie auf. »Wenn Sie können.«

Sie schildert den stämmigen Körper, die leeren Augen, den blonden Haarschopf, der nicht wirklich echt aussah. Die teure Kleidung. Die glänzenden Schuhe.

Er notiert, was sie ihm berichtet.

»Sie sollten etwas essen«, sagt er schließlich. »Wir haben nicht viel Zeit, bis Sie zurückmüssen.«

Sie greift nach dem Sandwich, auf dem in blauer Tinte HÜHNCHENSALAT steht. Er hat den Lunch hübsch hergerichtet, hat es sogar geschafft, Teller zu finden. Auf den Rand des Porzellans ist ein grüner Kreis geprägt. Oben in dem Kreis steht JUSTIZMINISTERIUM, unten FBI. Sie wickelt das Sandwich aus. Es ist erstaunlich köstlich, kalt, cremig und knusprig, mit frischem Sellerie. Sie sieht zu, wie Szydlo seines mit einer Hand auswickelt. Wie hart muss es sein, nur eine Hand zu haben? Eine Herausforderung, auch nur die einfachsten Dinge zu tun. Während er isst, ruhig und manierlich, spürt sie, wie er sie beobachtet.

»Wollen Sie mir von Weaver erzählen?«, fragt er schließlich. »Egal was.«

»Ich dachte, Sie wollten mir etwas zeigen.«

»Sie zuerst.«

Sie will nicht über Weaver reden. »Weaver hat mir im Grunde nur eine einzige Sache erzählt: dass seine Trennung von mir nicht seine Entscheidung war.«

Charlie blinzelt sie an. »Nicht seine Entscheidung?«

»Er sagt, jemand hätte ihn gezwungen, mit Clemence zusammen zu sein – der Frau, die er geheiratet hat.«

»Er hat nicht gesagt, wer das war?«

»Nein.« Es gibt noch mehr, was sie Charlie zu sagen hat. Weaver hat ihr erzählt, dass er auf dem College Kommunist war. Aber in den Dreißigerjahren waren viele Leute Kommunisten. Sie wird es ihm noch nicht berichten. Außerdem hat Weaver gesagt, dass er versucht, sich davon zu befreien. Sie ist überrascht, dass sie ihn unwillkürlich beschützen will.

»Hat er sonst noch etwas über seine Ehefrau gesagt?«

»Er hat gesagt: ›Nichts, was du über meine Ehe zu wissen glaubst, ist wahr.‹ Was immer das heißt.«

Charlie sieht von seinen Notizen auf. »Miss Porter, sie wird vermisst.«

»Wer?«

»Seine Ehefrau. Das ist, was ich Ihnen sagen wollte. Sie hat in einem Vorort ein Zimmer gemietet. Ich bin hingefahren. Sie ist verschwunden. Ihre Kleider, eine Handtasche, ihr Reisepass, das ist alles noch da. Aber niemand hat sie gesehen.«

Rosalinds Kopfhaut spannt. Sie legt ihr Sandwich hin, auf einmal ist ihr schwindelig – genau wie heute Morgen in der Hitze. Clemence Weaver – die Frau, die für alles steht, was Rosalind nicht ist und niemals sein wird – ist verschwunden.

»Sie glauben doch nicht ... Sie wollen doch nicht etwa andeuten, dass Weaver ... Das würde er niemals tun.«

»Vermutlich nicht.« Sie misstraut seinem aalglatten Ton und seiner Wortwahl: *vermutlich*.

»Aber Sie glauben, dass er irgendetwas damit zu tun hat, oder?«

»Wir wissen noch nichts. Das ist etwas, was man beim FBI lernt. Nichts als gegeben annehmen. Sehen Sie sich dieses Foto an. Ist diese Frau Clemence Weaver?« Er reicht es ihr. Es scheint ein vergrößertes Passfoto zu sein. Das Gesicht ist unverkennbar: die Frau, die Rosalinds Leben zerstört hat. Nachdem Weaver sie verlassen hatte, war Rosalind monatelang auf diese Frau fixiert gewesen. Er hatte Clemence ihr vorgezogen, und sie hatte herausfinden wollen, warum. Daher katalogisierte sie alles, was sie wusste: Clemence war älter, selbstsicherer, exotischer, größer, schlanker. Sie verglich sich selbst mit diesen Superlativen. Das Gesicht wiederzusehen ist schmerzlich.

»Ja, das ist seine Exfrau.«

Das gescheitelte Haar nach hinten gekämmt, um ihr Gesicht zu betonen, diese kantigen Wangenknochen. Diese durchdringenden, kajalumrandeten dunklen Augen.

»Oh, und ... soweit wir sagen können, ist sie nicht seine Exfrau.«

»Sie waren gar nicht verheiratet?« Rosalind wundert sich, wie glücklich sie das macht. Sonnenlicht dringt in ihr Herz. Vielleicht war es das, was Weaver meinte, als er sagte, nichts, was sie über seine Ehe wüsste, sei wahr.

»Nein, wir sehen keine Anhaltspunkte dafür, dass sie geschieden wurden. Soweit wir sehen können, sind sie noch immer verheiratet.«

»Oh ...« Andererseits hat Weaver nie etwas von Scheidung gesagt, oder? Sie hat sich nur gewünscht, es wäre so. Jedes Mal, wenn Weaver ins Bild kommt, macht sie sich etwas vor.

»Mit welchem Namen hat er von ihr gesprochen?«, fragt Charlie.

»Clemence. Clemence Weaver.«

Er nickt.

»Das habe ich Ihnen bereits gesagt.«

»Das haben Sie. Und sonst hat er keinen Namen verwendet?«

»Einen Spitznamen?«

»Irgendeinen Namen.«

Sie schüttelt den Kopf. »Ich habe ihren Namen von anderen Leuten erfahren. Sobald sie auf der Bildfläche erschien, hat er mir den Laufpass gegeben.«

Jetzt kann Rosalind das mit einem sarkastischen Unterton sagen. Aber warum schmerzt ihr Herz dann noch immer bei den Worten? Heute Morgen hat sie den kleinen braunen Umschlag, den Weaver ihr gegeben hat, unter dem skandinavischen Pullover ganz unten in ihrer Pulloverschublade hervorgeholt und ihn in ihre Handtasche gesteckt. Jetzt pulsiert das Leder unter ihren Fingerspitzen wie ein schlagendes Herz. Soll sie ihn herausnehmen und Charlie zeigen? Natürlich sollte sie das, wenn sie das hier wirklich fürs FBI tut. Aber dann denkt sie daran, wie Weaver mit ihr geschlafen hat, an seine neue Zärtlichkeit. Und diese verwirrende neue Verletzlichkeit. Bis sie mehr weiß, fühlt sie sich nicht bereit, Charlie irgendetwas davon zu erzählen. Weaver hat gesagt, sein Leben hinge davon ab. Warum hat er noch immer solche Macht über sie?

»Und Sie sind schön vorsichtig mit Weaver, ja?«, sagt Charlie. »Sie rufen mich an, wenn Sie Hilfe brauchen oder …«

»Er ist nicht gefährlich. Weaver ist vieles. Ein Lügner, das auf jeden Fall. Aber er ist nicht gefährlich.«

»Da wäre ich mir nicht so sicher«, meint Charlie. »Auch wenn es um Weaver geht, denke ich, können wir nichts als gegeben annehmen.«

12

Sie ist schon jetzt spät dran, aber anstatt sich zu beeilen, schlüpft sie in die Telefonzelle in der Lobby des Bankers Building und ruft Adele an ihrem Tresen an.

»Es tut mir so leid«, sagt sie, wobei sie einen halb zerknirschten, halb verärgerten Ton anschlägt, »aber Sie müssen mich vielleicht noch ein bisschen länger vertreten. Ich bin beim Arzt, und er lässt sich alle Zeit der Welt mit einem anderen Patienten.« Sie versteht sich so viel besser aufs Lügen, als sie sich je vorgestellt hat. »Es tut mir wirklich sehr leid, Ihnen solche Umstände zu machen. Zum Glück hat man mir gestattet, hier in der Praxis das Telefon zu benutzen.«

»Warum sind Sie denn beim Arzt?« Oh, diese trockene Stimme. Dieser vorwurfsvolle Ton. Natürlich muss Adele es ganz genau wissen.

»Ich habe eine Zyste«, antwortet sie. »Muss aufgestochen werden. Glauben Sie mir, Sie wollen lieber keine Details hören.« Sie hat sich keine zurechtgelegt. Sie hofft, dass die Fragen, wenn sie Adele nur genug Ekel einflößt, aufhören werden.

»Na schön. Aber kommen Sie so bald wie möglich, Zyste hin oder her.«

Die einzige Zyste, die bei Rosalind aufgestochen werden muss, ist der Wunsch, Weavers kleinen Umschlag loszuwerden. Die Continental Bank, wo sie schon immer ihr Girokonto hatte, ist nur einen Block vom Bankers Building entfernt, in der LaSalle. Wie erleichtert sie sich fühlt, als sie an den Empfangstresen der Continental tritt und um das kleinstmögliche Schließfach bittet. Nachdem sie drei verschiedene Dokumente unterzeichnet hat, wird sie in einen kleinen, hallenden Raum geführt, der von Reihen mit Messingtüren gesäumt ist. Jede Tür ist durch zwei Schlüssel zu öffnen. Als sie ihren Schlüssel zeitgleich mit dem des Filialleiters dreht, kommt ein rechteckiger Kasten zum Vorschein, der viel zu groß für den kleinen braunen Umschlag ist. Trotzdem wirft sie ihn seufzend hinein. Dieser Umschlag stachelt Rosalinds Neugier an. Und er macht ihr ein schlechtes Gewissen, weil sie Charlie nichts davon erzählt hat. Andererseits, was könnte über Weaver ans Licht kommen, wenn sie sein Schließfach öffnen und den Brief darin lesen würde? Auch wenn es sie jeden Monat vier Dollar und fünfzig Cent kostet, Zugang zu diesem Fach zu haben, ist es das wert, um Weavers Schlüssel nicht mehr in Reichweite zu haben.

Wieder bei Field's angekommen, steckt sie ihren Schließfachschlüssel in das Stützgewebe eines schwarzen Samtkissens, auf dem ein paar große, unattraktive Broschen liegen, die nur selten jemand zu sehen wünscht. Erledigt.

Abgesehen davon, dass sie heute Nachmittag Adele angerufen hat, klingelt das Telefon in der Abteilung für Antikschmuck nur selten. Was sollten die Leute auch fragen? *Haben Sie irgendwelche Ringe mit Tauben darauf?* Daher lässt Roz, als das Telefon am späten Nachmittag auf einmal laut schrillt, um ein Haar die georgianische Brosche fallen, die sie gerade feststeckt.

»Ich habe mich gefragt, ob du heute Abend Zeit hast«, sagt Weaver, aalglatt und unbeirrt. *Mit Sicherheit ist er kein Mann, der seine Ehefrau aus dem Weg räumt*, denkt sie. »Ich hoffe, das ist okay – dass ich dich in der Arbeit anrufe.«

»Natürlich. Und ja, ich habe Zeit.« Ihre Freundinnen haben ihr oft erzählt, wie sie sich bei ihren Verehrern rarmachten. Die Strategie hat sich bewährt, alle sind sie verheiratet. Aber irgendwie war es nie Roz' Art, Spielchen zu spielen, sich Strategien zu überlegen. Denn dann – so sieht sie das zumindest – ist man mit jemandem verheiratet, den man manipuliert hat.

»Ich habe mich gefragt, ob du vielleicht Lust hättest, heute Abend zu meiner Wohnung zu kommen«, sagt er. »Du könntest nach der Arbeit nach Hause gehen und eine Tasche packen. Kleider, Nachthemd, so etwas. Und dann …« Er räuspert sich, als ob er versucht, seinen Mut zusammenzunehmen. »Dann könntest du vielleicht die Nacht hier bei mir verbringen? Ich will nur … Ich will nur neben dir aufwachen … in meinem eigenen Bett. Dich die ganze Nacht bei mir spüren.«

»Weaver …« Sie fragt sich, ob die Telefonistin bei Field's mithört. Solch intime Worte für einen sonnenbeschienenen Nachmittag. In der Vergangenheit war er manchmal zärtlich zu ihr. Aber seine Worte waren nie zärtlich gewesen. »Sag mir, wann, und ich werde da sein«, erwidert sie.

»Danke, Darling«, sagt er. In der Vergangenheit hätte er sich niemals bei ihr bedankt oder auch nur dankbar geklungen. Vielleicht war er es, aber er war immer zu vorsichtig gewesen, um es zu sagen.

Sie ist nicht mehr in Weavers Wohnung in Hyde Park gewesen, seit die Bombe auf Hiroshima abgeworfen wurde. Danach war sie so depressiv, dass sie aufhörten, miteinander zu schlafen. Wie konnten sie – so sah sie es – in Vergnügen schwelgen, wenn andere durch ihre Hand gestorben waren? Manchmal blieb er in diesen düsteren Tagen bei ihr, in ihrer Wohnung, und hielt sie die ganze Nacht in seinen Armen, aber sie konnte sich ihm nicht öffnen, selbst wenn sie es versuchte. Ihr Verlangen nach körperlicher Liebe war eben dabei, wieder zu erwachen, als er sie verließ. Zwei Nächte bevor er ihr sagte, dass es aus war, hatten sie sich noch mit erstaunlicher Leidenschaft geliebt. Und später erinnerte sie sich, dass sein Liebesspiel in jener Nacht irgendetwas Verzweifeltes an sich gehabt hatte. Dass er immer wieder flüsterte: »Meine Rosalind. Meine süße Rosalind. Vergiss nie, wie viel du mir bedeutest.« Das war einer der Gründe, weshalb die abrupte Trennung so verwirrend für sie gewesen war.

Aus früheren, glücklicheren Zeiten hat sie durchaus freudige Erinnerungen an das prächtige alte Herrenhaus aus den Zwanzigerjahren, wo er im zweiten Stock wohnt. Seine Wohnung war so britisch und maskulin, mit dunklen Wänden und einem Getränkewagen, Kunstdrucken von Pferden, traditionellen Möbeln und einem Ständer mit fünf schimmernden Pfeifen. Nicht ein einziges Mal hat sie gesehen, dass er eine rauchte; und doch sahen diese Pfeifen so aus, als ob sie genau dorthin gehörten. Die auffälligste Besonderheit der Wohnung war eine schmale steinerne Terrasse mit Blick auf die Drexel Avenue. Nachts verbrachten sie oft süße Stunden auf dieser Terrasse, auf einer Art Hollywoodschaukel wippend, die er von der Straße eingesammelt hatte. Wie fehl am Platz diese Schaukel auf einer urbanen Terrasse aussah. Aus Metall, türkisblau wie ein ägäischer Himmel, die Rückenlehne so geformt, dass sie wie zwei geknöpfte Kissen aussah. Aber wie glücklich waren sie, wenn sie dort schaukelten, Eistee tranken und über die Wissenschaft und ihre Träume redeten. Rosalinds Träume drehten sich um Großstädte, Farmen und mit Atomkraft betriebene Ozeandampfer. Weavers Träume handelten von atombetriebenen Raketenschiffen zum Mond oder zum Mars.

Ihre lebhafteste Erinnerung ist die an eine drückend schwüle Nacht, als es in seiner Wohnung nicht auszuhalten war und sie die Schaukel hineinschleppten, um Platz zu haben und draußen unter den Sternen zu schlafen. Sie lagen auf einem auseinandergeklappten Pappkarton und zwei Daunendecken übereinander, zum Schutz vor dem harten Steinboden, und liebten sich zweimal, ihre Körper glitschig vor Verlangen und Hitze, und schliefen dann nackt und ineinander verschlungen unter einem perfekten Halbmond.

Die Erinnerung an diese Nacht lässt Rosalind erschauern. Weaver. Wie hat sie ihn früher angehimmelt. Jetzt kann sie nicht umhin zu denken, dass eine andere Frau in dieser Wohnung gelebt hat, in seinem Bett geschlafen hat, ihn vielleicht auf der Terrasse geliebt hat. Was hat Clemence zurückgelassen? Papiere, Notizen? Geblümte Kissen? Wird Rosalind irgendetwas Mitteilenswertes für Charlie finden? Das Verlangen, Weaver zu sehen, und das Verlangen, ihn auszuspionieren, sind weniger widersprüchlich, als sie dachte. Alle Liebenden sind schließlich Möchtegern-Spione, oder? Welche Frau will nicht die verborgensten Geheimnisse ihres Liebhabers ergründen, herausfinden, was er ihr niemals sagen würde? Die Mischung aus Aufregung und Schuldgefühlen ist köstlich und verwirrend zugleich.

Darüber grübelt sie nach, als sie aus dem Field's tritt und dem Mann mit den leeren Augen fast in die Arme läuft. Obwohl ihr Herz zu galoppieren beginnt, geht er weiter, als hätte er kein Interesse an ihr. Während er sich entfernt, bemerkt sie, dass seine Hände riesig und unförmig sind. Die Knöchel wund und geschwollen. Sie ist sich sicher, dass er, sobald sie nicht mehr hinsieht, kehrtmachen und ihr folgen wird.

Sie biegt rechts in die Randolph ab, schlängelt sich zwischen langsameren Passanten hindurch. In ihrer Eile teilt sie sogar die Hände zweier Liebender, als sie zwischen ihnen hindurchstürmt. »Entschuldigung«, ruft sie hinter sich. »Entschuldigen Sie bitte.« Die Nasenflügel des Mannes blähen sich verärgert.

Aber soweit sie erkennen kann, hat sie ihren Verfolger abgeschüttelt. Wovor hat sie Angst? Der Mann hat ihr nichts getan. Aber sie erinnert sich an Charlies besorgte Miene, als er hörte, dass sie beschattet wurde. Und es ist einfach die Vorstellung, dass er ein Russe ist, ein Feind, dass er ihr auf der Spur ist wie ein Jäger einem Tier. Sie hasst das Gefühl, beobachtet zu werden. Die Ironie, dass sie sich in letzter Zeit davor gefürchtet hat, unsichtbar zu sein, entgeht ihr nicht.

Sie glaubt, dass sie den Mann abgeschüttelt hat, und will eben durch die Drehtür ihres Wohnhauses gehen, als sie ihn rauchend auf der anderen Straßenseite sieht. Gott. Ihr Herzschlag beschleunigt sich wie der Motor eines Motorboots, ruckartig und plötzlich und laut. Sie läuft in die schützenden Arme ihrer Lobby. Im Aufzug drückt sie sich an die Wand. Sobald sie in ihrer Wohnung ist, schenkt sie sich einen Scotch ein und kippt ihn. Sie holt die Visitenkarte hervor, die Charlie ihr gegeben hat. Soll sie ihn anrufen? Aber was würde er tun? Sie auch noch verfolgen. Sie steckt die Karte zurück in ihre Handtasche. Sie will so tun, als ob nichts von alledem passiert. Später, als sie mit ihrer Übernachtungstasche aus dem Gebäude tritt, in der Hoffnung, den Bus zu Weaver zu erwischen, dröhnt ihr Kopf von Sorge und diesem Glas Scotch. Aber sie sieht den Mann nirgends.

Sie wundert sich, dass Weaver gekocht hat. Sie wissen beide, wie man sich selbst verköstigt, aber keiner von beiden hat je auch nur die Grundzüge des Kochens gelernt. Auf dem Tisch liegen kreideweiße französische Damastservietten. Hat er sie eigens gekauft? Oder haben sie Clemence gehört? Nein, sie sind neu. Er öffnet eine Flasche Wein und bittet sie, die schmalen weißen Kerzen anzuzünden. Er hat zwei Steaks in einer Grillpfanne bereitgelegt. Grüne Bohnen in einem Topf mit Wasser.

Er sagt ihr, dass Backkartoffeln im Ofen sind. »In Alufolie gewickelt«, erklärt er stolz. »Offenbar kann ich sie nicht im Ofen haben, solange ich den Grill benutze. Das heißt, ich hoffe, sie bleiben warm, während ich die Steaks mache.«

»Kartoffeln bleiben eine Ewigkeit heiß«, erwidert sie.

»Fürs Kochen kann ich nicht garantieren«, warnt er sie. »Aber ich nehme an, es ist nicht viel anders, als eine Formel in einem Chemielabor zu befolgen, dank dem hier.« Er hält *Die Freuden des Kochens* hoch. Das hat er früher nicht besessen.

»Hast du für sie gekocht?«, fragt sie. »Clemence?«

Er antwortet nicht sofort, beugt sich geschäftig über den Herd.

»Ich glaube, wir haben hauptsächlich außer Haus gegessen«, antwortet er schließlich. »Sie konnte nicht kochen.«

»Es ist schwer, sie sich hier vorzustellen«, bemerkt Roz heiser. Sie kann es nicht lassen. Er muss ihr Unbehagen spüren, denn er hält in seinem Tun inne, kommt zu ihr herüber und legt ihr die Hände auf die Schultern.

»Bitte vergiss sie einfach. Ich schwöre dir, du hast absolut keinen Grund, auch nur einen Gedanken an sie zu verschwenden.«

»Aber sie ist hier. Zwischen uns ...«

»Sie wird nie wieder hier zwischen uns sein«, entgegnet er. »Und wenn du die Wahrheit wissen willst, das war sie auch nie.« *War sie auch nie?* Das Wasser in dem Topf mit den grünen Bohnen kocht, und er dreht sich um, um die Temperatur zurückzuschalten. Sie kann nicht umhin zu denken: Hat *Clemence* auf diesem Stuhl gesessen? Hat *Clemence* dieses Feuer entfacht? Und doch, wo sind die geblümten Vorhänge, die Rosalind hier zu finden glaubte, der geknüpfte Teppich? Abgesehen davon, dass das riesige Philips-Radio durch einen eindrucksvollen Schrankfernseher ersetzt wurde, hat sich die Wohnung überhaupt nicht verändert. Die Wände haben noch immer dasselbe Dunkelgrün. Die Möbel sind ganz und gar maskulin.

»Hast du noch Kontakt zu ihr?«, fragt Roz, während sie zusieht, wie er vorsichtig den Grill anmacht. Sie gibt sich alle Mühe, beiläufig zu klingen, komplett mit einem Schluck Wein. Sie sieht ihm nicht in die Augen, macht kein Aufhebens darum.

»Nein«, antwortet er. »Dazu gibt es keinen Grund.« Er nimmt einen kräftigen Schluck von seinem Wein, kippt ihn so, wie er Scotch trinkt.

»Hast du irgendeine Ahnung, wo sie gelandet ist?«, bohrt sie nach. »Du hast doch sicher noch Gefühle für sie. Wie lange wart ihr gleich wieder verheiratet?«

»Ich habe dir doch gesagt, du kannst dir die Wahrheit nicht vorstellen.«

»Ich *will* es aber«, entgegnet sie.

Er konzentriert sich darauf, die Steaks zu würzen: Salz, Pfeffer, Knoblauchpulver, Paprika. »Du magst es halb durch, richtig?«, fragt er.

»Ja.«

Er sieht auf. »Ich will nicht über Clemence reden«, sagt er. »Nur über dich. Über dich und mich. Wir sind alles, was jetzt wichtig ist.«

Rosalind bemerkt, dass Weaver auf dem Barwagen einen großen silbernen Rahmen aufgestellt hat, darin ein Foto von ihnen beiden als Paar. Es wurde vor fünf oder sechs Jahren bei der Hochzeit von Carl Sturgin aufgenommen – einem Kollegen von ihnen im Met Lab. Obwohl das Foto schwarz-weiß ist, erinnert sich Roz an ihr cremefarbenes Wollkostüm mit dem rosa Kragen, an den rosa Hut mit dem Schleier, der an einer Seite zu einer Blume gerüscht war. Das war, bevor die Bombe abgeworfen wurde, zu einer Zeit, als sie sich alle sicher waren, dass ihre Erfindung zur Abschreckung eingesetzt werden würde.

Was für ein schönes Paar sie waren! Weaver, so aufrecht und gut aussehend. Sie, schlank, anmutig und hoffnungsvoll in ihrem Kostüm. Seine Hand ruht an ihrer Taille, liebevoll, besitzergreifend, stolz. Er hat dieses Foto in der ganzen Zeit, die er mit Clemence verheiratet war, irgendwo aufbewahrt. In einer Schublade unter irgendwelchen Dokumenten vielleicht? In einem Aktenschrank? Sah er es sich heimlich an? Dachte er an sie, während eine andere Frau ihm am Tisch gegenübersaß und in seinem Bett schlief?

Das Essen, das er gekocht hat, ist gut. Weitaus besser, als sie es hingekriegt hätte.

»Offenbar«, sagt Weaver, »muss man einfach nur die Anweisungen befolgen. Wenn ich das früher gewusst hätte, hätte ich längst angefangen, selbst zu kochen.« Sie hilft ihm, das Geschirr abzutrocknen. Aber er sieht müde aus, und schließlich stellt er die letzten Dinge, die er noch abspülen muss, beiseite, um sich in einen seiner großen Sessel fallen zu lassen.

»Puh«, sagt er. »Die Arbeit war hart diese Woche.«

»Was tun sie dir dort an? Hast du Termindruck?«

»Allerdings …«

»Kannst du mir sagen, woran du im Moment arbeitest?«

»Quantität.«

»Quantität? Von Bomben, meinst du?«

»Ich hätte nicht einmal das sagen sollen. Keine weiteren Fragen, bitte.« Ihr will er es nicht sagen – aber an die Russen gibt er Geheimnisse weiter?

Später, als er zur Toilette geht, schnüffelt sie auf seinem Schreibtisch herum, liest die Einträge in seinem Tischkalender. Für nächste Woche ist am Mittwoch etwas hineingekritzelt. *K – Übergabe, Midway Baum, 14.30*, steht da. Sie lässt ihr Gedächtnis die ganze Seite des Kalenders aufsaugen. Später wird sie Charlie berichten können, was sie gesehen hat. Sie zieht leise seine Schreibtischschublade auf und geht die Rechnungen, die Papiere durch. Sie sieht einen Umschlag mit der Handschrift einer Frau darauf, aber ohne Absenderanschrift. Roz zieht den Brief heraus.

Irgendetwas an der Handschrift lässt sie innehalten. Sie ist ausländisch. Die gleichen geschwungenen O wie bei den Randnotizen von Madame Rousseau, ihrer Französischprofessorin auf dem College. Das Briefpapier ist dick und vanillefarben, mit einer geprägten Muschel mittig oben und mit glänzender, lehmgrüner Tinte beschrieben. *Du kannst mir nicht entkommen*, steht da, mit zwei Punkten nach *entkommen*. Als sie aufsieht, steht Weaver über ihr.

»Bist du nicht eine Schnüfflerin«, sagt er. Es ist keine Frage.

»Ich …« Hitze schießt ihr in die Wangen. »Ich war neugierig«, gibt sie zu.

»Offensichtlich.« Seine Augen sind hell, haben die Farbe grüner Oliven. »Bitte sei so gut und gib das her.« Sie reicht ihm den Brief, und er wirft einen Blick darauf, steckt ihn zurück in den Umschlag und lässt ihn mit einer schwungvollen Bewegung in den Papierkorb fallen. Sie verspürt ein Flattern im Magen. Ein Pochen in den Ohren.

»Dieser Brief war von Clemence, habe ich recht? Du *weißt*, wo sie ist.«

Er schnellt zu ihr herum. Auf einmal gehässig, sagt er: »Hör auf, die ganze Zeit ihren Namen zu sagen! Ich will diesen Namen nie wieder aus deinem Mund hören!« Sein Gesicht ist gerötet, und die wolfsähnlichen Züge, die sie an seinem neuen schlanken Erscheinungsbild bemerkt hat, treten auf einmal deutlicher hervor. Warum hat sie ihn bedrängt? Warum hat sie ihre Fragen, ihre Eifersucht nicht für sich behalten? Er wendet sich ab, geht auf die Küche zu.

»Es tut mir leid«, ruft sie ihm nach.

Nichts.

Als sie in die Küche kommt, steht er über die Spüle gebeugt da, auf beide Arme gestützt. Er sieht alt aus.

»Ich bin erschöpft«, sagt er. »Ich kann es einfach nicht ertragen, von ihr zu sprechen.« Sie bemerkt, dass seine Finger verkrampft und weiß sind. Schweiß glänzt auf seiner Stirn. Was ist los mit ihm?

»Soll ich gehen?«

Er gibt keine Antwort.

»Ich werde gehen.« Widerstrebend tritt sie an den Dielenschrank und nimmt ihren Hut.

»Nein.«

»Ich habe dich aus der Fassung gebracht. Es ist das Beste, wenn ich jetzt gehe. Wo hast du meine Tasche hingelegt? Ist sie im Schlafzimmer?«

Er richtet sich auf und hält sie auf, legt ihr die Hände auf die Arme. »Kannst du nicht einfach aufhören, nach ihr zu fragen, Roz? Du quälst mich. Sie ist kein Teil dieser Gleichung. Sie ist kein Teil von *uns.*« Seine Lippen sind grau.

Charlie hat sie gewarnt. *Stellen Sie keine Fragen, nur ganz normale.* Sie wünschte wirklich, sie könnte nach Hause gehen.

»Bleib«, sagt er. »Mach dich bettfertig. Ich bin schrecklich müde. Du weißt nicht, was es mir bedeutet, dich hier bei mir zu haben. Tut mir leid, dass ich die Beherrschung verloren habe.«

Zögernd geht sie ins Bad, wäscht sich das Gesicht, zieht ihr Nachthemd an. Sie hat sich das hier selbst zuzuschreiben. Er hat sich solche Mühe gegeben, ihr zu gefallen, und sie hat die Stimmung ruiniert. Aber es hat ihr etwas aufgezeigt: Sie ist noch immer wütend auf ihn. Sie ist noch immer eifersüchtig. Sie spioniert ihm nach, weil sie Rache will. Sie hasst die Tatsache, dass Charlie sie zu Weaver zurückgebracht hat. Dass sie niemals hier wäre, wenn er nicht ihre Neugier darauf geweckt hätte, ob ihr früherer Geliebter ein Verräter ist. Aber ist sie ehrlich zu sich selbst? War es wirklich Charlie? Haben nicht ihre Gefühle sie zu Weaver zurückgezogen? Denn sie sind noch immer da, werden immer da sein.

Und doch muss sie, als sie neben Weaver ins Bett schlüpft, aus irgendeinem Grund an Charlies freundliche, besorgte Augen denken, als er ihr Luft zufächelte. Sie erinnert sich an die Art, wie er ihr mit einem aufmunternden Lächeln das kalte Getränk hingeschoben hat. Er hat Freundlichkeit ausgestrahlt. Er wollte sich um sie kümmern. Warum kann sie nicht einen solchen Mann lieben?

Sie und Weaver schlafen nicht miteinander. Vielleicht ist er wütend. Vielleicht ist er zu erschöpft. Außerdem hat sie in diesem Moment nicht das Gefühl, sich ihm öffnen zu können. Aber als sie sich wegdreht, hält er sie. Sie spürt, wie er rasch in Schlaf sinkt und dann das sanfte Schnauben seines Atems, gleichmäßig und tröstlich. Früher ist er nie so mühelos eingeschlafen. Aber sie selbst liegt gefühlte Stunden in seinen Armen wach, Clemence' Nachricht vor ihrem geistigen Auge: das teure cremefarbene Papier mit der aufgeprägten grünen Muschel, die geschwungenen O der Handschrift. Die zwei Punkte nach *entkommen. Du kannst mir nicht entkommen.* Später wird Rosalind es aufschreiben, genau wie sie es gesehen hat.

13

Louisa bringt Ava am Samstagabend zum Übernachten vorbei. Rosalind fällt sofort auf, dass ihre Nichte an den Nägeln kaut und seufzt wie ein Mann mit sechs Kindern und ohne Lohnscheck.

»Alles klar, Äffchen?«, fragt sie.

»Es ist wegen *ihnen*«, sagt sie und verdreht die Augen.

»Ihnen?«

»Meinen Eltern. Jetzt reden sie nicht mehr miteinander. Und sie wollen, dass *ich* für sie rede. *Frag deinen Vater, ob er heute rechtzeitig zum Abendessen zu Hause sein wird. Sag ihr, vielleicht, vielleicht auch nicht.*«

»Das ist nicht witzig.«

»Obwohl sie nicht miteinander reden, ist es trotzdem *laut*. Wütend zu sein, das ist laut. Verstehst du?«

Rosalind nickt. Sie denkt an die ungesagten Dinge, die einen Raum ausfüllen können. Manchmal war es so mit Weaver gewesen. *Warum liebst du mich nicht genug, um mich zu heiraten?*

»Die Dinge sind für Erwachsene kompliziert«, sagt sie.

»*Sie* machen die Dinge kompliziert«, entgegnet Ava. »Weil sie nicht miteinander reden. Gestern Abend hat Mommy geweint. Sie wollte nicht einmal mit *mir* reden.«

»Das muss hart für dich gewesen sein«, meint Rosalind. Ava zuckt die Schultern. »Sie hat etwas Schreckliches gesagt.«

»Was denn?«

»Sie hat gesagt: ›Niemanden wird es kümmern, ob ich sterbe.‹«

»Und was hast du erwidert?«

»Ich habe gesagt, mich würde es kümmern. Und dass sie besser *nicht* sterben sollte, weil ich es ihr nie verzeihen würde. Danach hat sie wenigstens aufgehört zu weinen.«

Das muss hart für ihre Schwester sein: sich Henrys Liebe jahrzehntelang sicher zu sein und ihn dann auf einmal so wütend zu sehen, dass er ihr den Rücken kehrt, sie verlassen will. Roz hat immer Henrys Partei ergriffen, aber jetzt hat sie Mitleid mit ihrer Schwester. Sie kann verstehen, wie sehr das Louisa aus dem Gleichgewicht werfen muss. Niemand hat Roz mehr unterstützt als sie, als sie nach Weavers Verrat am Boden zerstört war. Sollte sie nicht mehr für ihre Schwester tun? Der Gedanke nagt an ihr. Sie wird sie später anrufen; sie wird versuchen, die Mauer einzureißen, die Louisa zwischen ihnen errichtet hat. Vorläufig hilft sie ihr zumindest, indem sie ihr Ava übers Wochenende abnimmt.

»Na ja, wir zwei werden uns ein schönes Wochenende machen und reden, so viel wir wollen. Was hältst du davon?« Sie drückt Ava an sich. »Wir müssen uns nur überlegen, was wir tun wollen. Die Welt ist unsere Auster.«

»Siehst du? Noch so eine idiotische Erwachsenensache! Austern sind ekelhaft. Ich habe einmal eine gekostet. Das war ein Brocken Schleim.«

»Dann eben, die Welt ist unser Oreo? Also, was willst du damit tun?«

»Können wir zur Spielwarenabteilung bei Field's gehen?«

»Oh ... Okay.«

Ava beäugt Roz, bemerkt vielleicht ihren Mangel an Begeisterung. »Ich meine nicht, um irgendetwas zu kaufen. Wir können einfach spielen, dass wir sehr, sehr reich sind und jede

Puppe haben können, die uns gefällt, und alle Kleider und Schuhe und Hüte, die dazugehören. Meine Freundin Shirley sagt, dass es jetzt Rollschuhe für Ginnys gibt. Sie müssen *so* groß sein!« Sie presst Daumen und Zeigefinger zusammen. Zu Field's zu gehen ist für Rosalind das Gegenteil von Spaß. Aber es wäre es wert, wenn es Ava glücklich macht.

»Ich hole schnell meine Sachen, und dann nehmen wir den Bus.«

Als sie eben in ihrer Handtasche nachsieht, ob sie ein Taschentuch und ihre Schlüssel eingesteckt hat, ertönt die Gegensprechanlage. Als sie rangeht, sagt Wally, der Nachmittagsportier, dass ein Paket von Field's gekommen ist. Sie bringen es mit dem Aufzug hoch.

»Was ist es?«, fragt Ava.

»Keine Ahnung.« Das Geld ist in letzter Zeit zu knapp für irgendetwas außer Lebensmitteln.

Sie öffnet die Tür beim ersten Klopfen und sieht sich einem Karton gegenüber, der so unhandlich ist, dass zwei Männer ihn auf einer Karre hochgebracht haben. Ein zweiter, kleinerer Karton liegt obenauf.

»Sind Sie sicher, dass das für mich ist?«, fragt sie.

Der stämmigere der beiden Männer in grünen Field's-Overalls zieht ein Blatt Papier aus seiner Hemdtasche, auf die der Name *Chet* gestickt ist.

»Rosalind Porter?«

»Ja.« Verwundert fragt sie sich, ob sie vielleicht als Field's-Angestellte bei einer Tombola gewonnen hat.

»Gekauft von einem Thomas H. Weaver. Wo sollen wir es hinstellen?«

»Das ist ein Geschenk von Weaver!«, ruft Ava. Ihre Miene hellt sich auf, und sie klatscht in die Hände.

»Wenn du so freundlich sein könntest, zur Seite zu treten,

junge Dame«, sagt Ralph, der andere Mann. Rosalind hat an der Seite von Lieferanten wie diesen beiden mehr als genug Field's-Benimmkurse abgesessen. Die Männer legen eine Bahn aus braunem Packpapier aus, bevor sie die Karre hereinrollen.

»Also, wohin dürfen wir es bringen?«, fragt Ralph.

»Ich weiß nicht. Was ist das denn überhaupt?«

Auf ihren Wunsch hin schneiden sie den Karton an den Rändern auf und reißen Unmengen an Schutzverpackung herunter, bis schließlich ein glänzendes Mahagonischränkchen zum Vorschein kommt. Weaver ist ohne ihr Wissen bei Field's gewesen, um es zu kaufen. Aber warum schickt er ihr ein Möbelstück, so elegant es auch ist?

»Dort drüben hin, denke ich.« Roz deutet auf eine Lücke zwischen zwei Stühlen.

»Nein, Miss«, widerspricht Chet. »Es muss gegenüber vom Sofa stehen. Und neben einer Steckdose.« Chet zeigt auf eine Stelle an der gegenüberliegenden Wand. Sie ist verwirrt davon, dass ein Lieferant sich in die Inneneinrichtung einmischt. Und dann nimmt er die beiden eleganten Griffe – zwei Löwen, die auf Messingringe beißen – und öffnet die Türen.

»Das ist ein Fernseher!«, ruft Ava. »Ein richtig hübscher Fernseher!«

»Ein hochmoderner Philco.« Chet schiebt die Türen zu beiden Seiten des Bildschirms zurück, sodass die Löwenköpfe nur noch knapp hervorschauen. Louisa hat Fernsehen immer als alberne Ablenkung abgetan. Aber im Pausenraum des Field's unterhalten sich alle ständig angeregt darüber, was gestern Abend lief, was heute Abend läuft, da wird Rosalind schon hin und wieder neugierig. Die Männer stellen den Fernseher so hin, dass er gegenüber dem Sofa steht, stecken ihn in die Steckdose und schalten ihn an. Der Bildschirm öffnet sich von einem winzigen weißen Punkt zu einem Feld aus funkelndem Licht. Jemand spricht.

»*Und hier haben wir noch einen kleinen Burschen, Jimmy McHale aus Westport, Connecticut, mit einer wundervollen Geschichte! Na los, Jimmy, erzähl sie uns.*«

»*Na ja, Sir, meine Mutter hat mir diese Geschichte erzählt, und es ist auf jeden Fall eine unglaubliche …*«

Der Fernseher plappert weiter, aber Rosalind kann nichts sehen.

»Das nennt man Schneegestöber«, erklärt Ava ihr weise. »Das bedeutet, schlechter Empfang.«

»Woher weißt du das?«

»Ich habe Freundinnen mit Fernsehern. Ich sehe es bei ihnen zu Hause.«

»Keine Sorge«, sagt Ralph und springt aus der Hocke auf. »Ihr Bekannter hat auch ein Paar Hasenohren gekauft.« Er reißt den zweiten Karton auf und zerrt eine braune Bakelitkugel mit zwei silbernen Stäben und einem senkrecht nach oben geringelten Draht in der Mitte heraus. Während er die Stäbe einstellt, kristallisiert sich aus dem Schneegestöber ein kleiner Junge in einem Cowboy-Outfit heraus, der ernst in die Kamera spricht, mit einem onkelhaft aussehenden Moderator an seiner Seite. Ava lässt sich vor dem Fernseher auf den Boden fallen.

»Das ist das Tollste! Unser eigener Fernseher!«

»Also dann«, sagt Chet. »Unterschreiben Sie einfach hier; es ist alles eingestellt. Übrigens, junge Dame, *Kukla, Fran und Ollie* kommt um vier auf Kanal fünf. Das lieben alle. Und heute Abend um acht gibt es *Gegen die Uhr* auf Kanal zwei. Meine Lieblingssendung!«

»Die verpasse ich nie«, wirft Ralph ein. »Meine Frau ist ganz verliebt in Bud Collyer. Ich schwöre, sie tupft sich Parfüm hinter die Ohren, bevor es losgeht.« Er zwinkert Rosalind zu.

Als sie gegangen sind, fragt Rosalind Ava: »Willst du immer noch zu Field's gehen?«

»Machst du Witze? Ich sehe fern! Setz dich, Rozzie!«

Später, während Ava gebannt ist von *Howdy Doody* – dessen Zielgruppe offenbar Sechsjährige sind –, zieht Roz einen angefangenen Brief aus ihrer Schreibtischschublade und liest sich noch einmal durch, was sie bis jetzt geschrieben hat.

Dr. Ross J. Beckworth
Stellvertretender Dekan
Universität von Illinois
College für Ingenieurwesen

Sehr geehrter Dr. Beckworth,
ich habe eben Ihren Leserbrief in der Juniausgabe des American Journal of Physics *gelesen. Die neue Zusammenarbeit zwischen Ihrem Institut und dem Argonne National Laboratory hat mein Interesse geweckt und mich zu der Frage geführt, ob an Ihrem Institut Pläne für einen Studiengang bestehen, in dem das Potenzial der Atomenergie und die Zukunft ihrer Entwicklung gelehrt wird.*

Als ehemaliges Mitglied des Manhattan-Projekts will ich schon lange die Möglichkeiten der Atomenergie erforschen und wäre interessiert daran, ein künftiges Programm mit Ihnen zu erörtern.

Sie hat gestern Abend begonnen, den Brief zu schreiben, nachdem sie einen winzigen Schluck Scotch getrunken hatte. Sie hatte das Gefühl, den Whisky zu brauchen, um diesem Mann schreiben zu können. Der Brief ans Argonne, den sie begonnen hat, liegt noch immer in ihrer Schreibtischschublade und verspottet sie jedes Mal, wenn sie darauf stößt. Am Vorabend dachte sie: *Vielleicht wäre es einfacher, mit einer Universität zu beginnen.* Kein Grund, Professor Fermi zu kontaktieren. Kein Grund, herauszufinden, wie er über sie denkt. Das alles fühlt sich riskant an, demütigend. Aber während sie an diesem neuen Brief arbeitet, flaut ihr Schamgefühl allmählich ab, und sie beginnt zu glauben, dass ihre Zeit und Erfahrung beim Met Lab einem neuen Programm für eine friedliche Nutzung der Atomenergie wirklich zugutekommen könnten. Sie beendet, adressiert und frankiert den Brief. Und dann nimmt sie den Brief ans Argonne hervor und schreibt ihn ebenfalls zu Ende.

Nach dem Abendessen geben sie und Ava beide Briefe auf, dann unternehmen sie einen schönen langen Spaziergang an der Seepromenade, zeigen auf Boote, schlendern zur Michigan Avenue hoch. Der Mann mit dem leeren Blick ist nirgends zu sehen. *Nehmen sich Spione das Wochenende frei?*, fragt sie sich. Trotzdem schaut sie sich wachsam um. Ava schien Rosalinds Unbehagen zu spüren. Vor dem Schlafengehen, als sie in ihrem türkisblauen Pyjama dasteht, das Gesicht gerötet vom Waschen, fragt sie: »Rozzie, kann ich in deinem Bett schlafen? Ehrlich gesagt bin ich irgendwie nervös.«

»Wegen deiner Eltern?«

Ava nickt. »Wegen allem.«

»Na schön. Aber wenn ich ins Bett komme, sollte es besser Decken für mich geben.«

»Ich bin nicht für das verantwortlich, was ich im Schlaf tue.«

Rosalind lacht. »Das ist eine lahme Ausrede, Deckenhorter.«

»Warte einfach nicht zu lange damit, ins Bett zu kommen.«

Roz geht früh zu Bett, aber sie wacht von einem ohrenbetäubenden Krach auf. Hupen dröhnen unten auf der Straße. Nach ihrer Uhr ist es erst 10:48 Uhr. Sie ist noch keine halbe Stunde im Bett, und so kurz nach dem Einnicken abrupt aus dem Schlaf gerissen, ist sie im ersten Moment benommen. Ava schlummert friedlich, ein seliges Lächeln auf den Lippen.

Roz steht zögernd auf und äugt aus dem Fenster. Unten auf dem Lake Shore Drive klebt eine Limousine zerquetscht an der Leitplanke, der Kotflügel nach außen gestülpt. Ein zweiter schwarzer Wagen liegt auf der anderen Spur, so unförmig wie eine Blechdose, die unter einem Fuß zerdrückt wurde. Es dauert nicht lange, bis ein Streifenwagen und dann ein Rettungswagen eintreffen. Reglos sieht sie zu, wie die Rettungskräfte jemanden aus dem Wagen auf ihrer Straßenseite ziehen und die Bahre in den Rettungswagen schieben. Selbst von hier oben kann sie schwarze Flüssigkeit sehen, die von der Hand des Opfers tropft.

Der Unfall wühlt sie auf. Wie soll man in einer Welt überleben, in der ständig und überall der Tod lauert? Sie schließt die Augen und versucht, den Frieden in sich aufzunehmen, den Ava ausstrahlt, aber sie weiß, dass sie jetzt keinen Schlaf mehr finden wird. Sie geht hinaus ins Wohnzimmer, schließt die Schlafzimmertür hinter sich und nimmt das Telefon, um ihre Schwester anzurufen. Es ist spät, aber sie ist sicher, dass sie an einem Wochenende noch immer auf sein wird.

Schon Lous »Hallo« klingt schroff und abweisend. »Entschuldige, dass ich so spät noch anrufe. Ich habe mich nur gefragt, ob es dir gut geht.«

»Warum sollte es mir nicht gut gehen?« Gab es je eine Zeit, zu der ihre Schwester ihr nicht ausgewichen ist, sie nicht weggestoßen hat?

»Ava sagt, du hättest gestern Abend geweint.«

»Meine eigene Tochter verpetzt mich jetzt?«

»Sie ist besorgt um dich. Und ich auch …«

»Seit wann bist du denn besorgt um *mich*?« Lous Stimme ist so brüchig, dass es für Roz ein Leichtes wäre, das Gespräch einfach zu beenden. Alles an den Antworten ihrer Schwester besagt, dass es das ist, was sie will.

»Kann ich irgendetwas für dich tun?«, fragt Rosalind. »Im Ernst. Egal was.«

Lou hat offensichtlich nicht erwartet, dass ihre kleine Schwester so fürsorglich sein würde. Sie schweigt einen Moment. »Wie geht es Ava?«, fragt sie schließlich.

»Sie schläft tief und fest. Sie hatte einen schönen Tag.«

»Dann tust du genau das, was ich am dringendsten brauche.«

»Erinnerst du dich noch an diesen Psychiater, zu dem du mit mir gegangen bist, als ich an meinem Tiefpunkt war?«, fragt Roz.

»Was ist mit ihm?«

»Vielleicht solltest *du* zu ihm gehen. Vielleicht kann er dir helfen.«

»Er war ein Scharlatan, hat vorgeschlagen, dich in die Klapsmühle zu stecken. Ist es das, was du und Henry mit mir vorhabt?«

Rosalind seufzt. Warum sind manche Leute ausgerechnet dann so streitsüchtig, wenn sie am meisten leiden?

»Du hast recht. Du hast jemand Besseres verdient.«

»Hast du wirklich nur angerufen, um dich nach mir zu erkundigen?«

»Ja, klar, ich war besorgt um dich.«

»Die Mühe hättest du dir sparen können«, erwidert Lou. »Ich gehe jetzt ins Bett.«

»Ich hoffe, du wirst gut schlafen.«

»Wohl kaum«, sagt sie. »Nacht.« Sie legt auf. Rosalind holt tief Luft. Es ist offenkundig, warum sie sich so selten nach dem Wohlbefinden ihrer Schwester erkundigt. Trotzdem, sie sollte mehr für Louisa tun.

Nicht bereit, wieder ins Bett zu gehen, und noch aufgewühlter, nachdem sie mit ihrer Schwester gesprochen hat, öffnet sie den Fernsehschrank, und dann, nachdem sie sich vergewissert hat, dass die Lautstärke ganz leise gestellt ist, schaltet sie ihn ein. Unten auf dem Drive hört sie einen zweiten Rettungswagen näher kommen, aber sie will nicht hinsehen. Es läuft eine Orchesteraufnahme. Sie dreht den Knopf weiter zu einem Film, wie es aussieht. Am unteren Bildschirmrand stehen die Worte ZIVILE VERTEIDIGUNG. Ein Mann sitzt an einem Schreibtisch, raucht und spricht in die Kamera. Sie stellt den Fernseher nur so laut, dass sie ihn eben noch hören kann.

»*Nun hat die Menschheit eine Waffe, die die Zivilisation auslöschen kann*«, erklärt er in einem eindringlichen Ton. »*Heißt das, dass wir hilflos gegenüber einem Angriff sind? Keineswegs.*« Sie schaudert. Was für hanebüchene Informationen könnten sie hier feilbieten?

Sie geht hinüber zur Couch, setzt sich, zieht die Füße unter sich, beugt sich vor und starrt auf den Bildschirm. Es ist alles eine Farce: der ordentliche Bombenschutzraum, die Kinder, die sich unter ihre Schreibtische ducken, die Hände über den Kopf gelegt, die Anweisungen, kontaminierte Kleidung zu vergraben, anstatt sie zu verbrennen, um die Freisetzung von Strahlung zu vermeiden. Sie hat Berichte von japanischen Überlebenden gelesen, von Brandwunden und Blasen und Erblindung, von Krebs und Folgeerkrankungen. Kann man das überhaupt Überleben nennen? Dieser Film wurde gemacht, um eine verängstigte Bevölkerung zu beschwichtigen, nicht um die Wahrheit zu berichten. Unten auf dem Drive fährt der zweite Rettungswagen mit heulenden Sirenen davon. Genau die richtige Musik, um ihre düsteren Gedanken zu untermalen.

Sie schaltet den Fernseher aus und schlüpft zu Ava ins Bett.

Am Montagabend trifft sie sich mit Zeke zu Dinner und Drinks. Er umarmt sie innig, küsst sie auf die Wange. Er hält sogar ihre Hand, während er ihr in allen Details seinen neuesten Liebhaber schildert, einen verheirateten Geschäftsmann.

»Er führt ein heimliches Doppelleben«, sagt Zeke und schüttelt traurig den Kopf. »Es muss furchtbar sein, ein Leben zu führen, das ausschließlich auf einer Lüge aufgebaut ist. Ich will ihn retten.« Wenn Zeke von seiner Homosexualität als einem Stamm spricht, dem er angehört, freut sich Roz für ihn, dass er das Gefühl hat, ein Teil von etwas zu sein, aber es stimmt sie auch traurig, weil es sie ausschließt. Sie kann nur von außen hineinspähen. »Ich glaube, ich könnte diesen Mann lieben«, fährt er fort. »Aber dafür müsste er seine Frau verlassen. Und dann, nehme ich an, hätte ich ein schlechtes Gewissen gegenüber seiner Frau, die bislang jedes offensichtliche Signal ignoriert. Ehrlich gesagt tut es weh, darüber zu reden.«

»Oh, Süßer.« Sie legt eine Hand auf seine.

»Aber jetzt zu dir. Erzähl mir von Weaver«, sagt er.

»Ich weiß nicht, Zekie. Wie soll man jemandem vertrauen, der einen verraten hat?«

»Spring über deinen Schatten«, sagt Zeke. »Und versuch es einfach noch mal.«

»Soll ich das wirklich tun?«

»Du liebst den Mann offensichtlich. Wenn du wieder verletzt wirst, hast du Narbengewebe, um den Schmerz abzufedern.«

»Funktioniert das wirklich so? Oder ist das Narbengewebe nicht erst recht empfindlich? Macht es einen nicht noch verletzlicher?«

»Versuch es, Bunny. Du und Weaver, ihr seid füreinander bestimmt – auch wenn er sich einmal wie ein Vollidiot benommen hat.«

Rosalind betrachtet ihren Freund, seine roten Haare sind so

spärlich, dass sie die Kopfhaut sehen kann; sein Gesicht wirkt kindlich. Sie würde sich so freuen, wenn Zeke Liebe finden könnte. Er wünscht sich dasselbe für sie. Sie sind zwei einsame Menschen, die einander über alles lieben, aber die Bedürfnisse des anderen niemals erfüllen können. Manchmal ist das Leben eine Tragödie.

Nachdem sie sich von ihm verabschiedet und ihn auf beide Wangen geküsst hat, denkt sie unwillkürlich über das nach, was er gesagt hat: dass sie und Weaver füreinander bestimmt sind. Weaver ist tatsächlich jedes Mal, wenn sie sich wieder getroffen haben, verletzlicher gewesen. Er sehnt sich so offensichtlich danach, alles bei ihr wiedergutzumachen, herauszufinden, ob sie noch immer Gefühle für ihn hat. Die Art, wie er sie ansieht, ähnelt jetzt so viel mehr der Liebe, die sie in Zekes Augen findet. Sie wird ihn anrufen, wenn sie oben in ihrer Wohnung ist, beschließt sie.

Aber als die Aufzugtüren in ihrer Etage aufgleiten, ist sie schockiert zu sehen, dass am Ende des Flurs eine Tür einen Spaltbreit offen steht. Ihre. Großer Gott, kann es sein, dass sie heute Morgen so abgelenkt war, dass sie sie offen gelassen hat? Kann es sein, dass einer der Hausmeister hineingegangen ist und eine Leitung auf eventuelle Lecks überprüft hat? Sie geht darauf zu, drückt die Tür nach innen auf und weicht mit einem Stöhnen zurück. Die Wohnung ist ein Trümmerfeld. Kissen sind vom Sofa geworfen worden. Schubladen stehen offen. Sie zögert. Kann sie einfach hineingehen? Oder wird dort jemand auf sie warten? Mit einer Pistole? Einem Messer? Einem Knüppel? Sie überlegt, ob sie die Treppe hinunterlaufen und Frank bitten soll, die Polizei zu verständigen. Oder darauf bestehen, dass er mit ihr nach oben kommt.

Aber irgendetwas sagt ihr, dass, wenn der Eindringling noch immer hier wäre, die Tür nicht offen gestanden hätte. Daher zwingt sie sich, in die Wohnung zu gehen. Sie sieht hinter allen Türen nach, reißt den Duschvorhang zurück, öffnet jeden Schrank. In weniger als einer Minute hat sie festgestellt, dass niemand da ist. Aber trotzdem, die Schränke sind ausgeräumt worden. Teller, Vasen, Gläser stehen durcheinander auf den Arbeitsflächen in der Küche. Im Schlafzimmer ist der Inhalt ihrer Kommode verstreut worden. Sie hat den Diamantring ihrer Mutter in einer Schale auf der Kommode gehabt. Er ist ihr kostbarster Besitz, das Erste, was ein Einbrecher mitnehmen würde, aber als sie ihre BHs und Slips und Nachthemden panisch beiseitewirft, sieht sie die Schale genau dort stehen, wo sie sie zurückgelassen hat. Sie nimmt den geliebten Ring in die Hand, drückt ihn an ihr Herz, steckt ihn sich an den Finger. Ihre Ohrringschatulle wurde ebenfalls aus der Schublade genommen und liegt jetzt auf der Kommode. Als sie sie nervös öffnet, sieht sie, dass die Diamant-Schneeflockenohrringe, die Weaver ihr vor Jahren geschenkt hat, noch immer da sind. Und die kleinen goldenen Ohrstecker, die ihr Vater ihr zum Collegeabschluss geschenkt hat. Was für ein Einbrecher würde eine solch offensichtliche Beute nicht mitnehmen? Es scheint überhaupt nichts zu fehlen.

Ihr erster Gedanke ist es, die Polizei zu rufen. Aber wenn es kein Einbrecher war, wenn es vielleicht der Mann mit den leeren Augen war, der nach irgendetwas gesucht hat, sollte sie dann wirklich die Polizei rufen? Charlie Szydlos Karte mit seiner Büronummer steckt in ihrem Portemonnaie, und auf der Rückseite steht seine private Nummer. Sie sieht auf die Uhr. Es ist nach neun. Sie holt tief Luft, greift zum Telefon und versucht es zuerst in seinem Büro.

14

»Hey, Charlie, Telefon«, ruft Mack die Treppe herunter. Charlie hat eben zum ersten Mal seit Wochen mit Peg und ihrer Familie zu Abend gegessen. Schweinekoteletts in würziger Tomatensauce, überbackene Kartoffeln, Schokoladenkuchen. Warum kommt er nicht öfter früh nach Hause? Er liebt das Gelächter um den Familientisch. Mack weiß, wie er die Kinder mit Parodien und Witzen zum Lachen bringt, die er ganz langsam und mit großem Getue erzählt. Charlie liebt richtiges Essen, das nicht in weißes Papier gewickelt ist. Und er ist jedes Mal dankbar dafür, wie seine Schwester ihm das Gefühl gibt, willkommen zu sein. Nach dem Abendessen hat er ihr mit dem Abwasch geholfen, um ihr diese Dankbarkeit zu zeigen. Während er die große, weiße Platte abtrocknete, erzählte sie ihm, dass sie mit dem Gedanken spielt, einen Stenografiekurs zu besuchen, um so vielleicht unter dem Schuljahr einen Nachmittagsjob bei der Kirche an Land zu ziehen.

»Ich will noch etwas anderes tun, als nur Mutter zu sein«, sagte sie.

»Das wusste ich gar nicht.«

»Na ja, die Kinder sind jetzt den ganzen Tag außer Haus. Womit soll ich denn meine Zeit ausfüllen? Die Laken zweimal mangeln, Macks Unterwäsche bügeln? Ich denke, ich könnte mich in der Kirche einbringen, etwas bewegen.«

»Du könntest viel bewegen, da bin ich mir sicher.«

»Sie stellen nicht gern verheiratete Frauen ein. Sie denken, es ist falsch, dass die Kirche einer Frau Geld gibt, wenn ihr Ehemann arbeitet. Aber ich könnte ehrenamtlich arbeiten …«

»Ich denke, wenn du für sie arbeitest, dann sollten sie dich auch bezahlen, Peg. Du bist eine nicht zu unterschätzende Kraft. Du könntest bestimmt weitaus bessere Predigten halten als Janowski.«

»Sei nicht blasphemisch. Aber ich könnte ihm bei der Organisation helfen.«

»Das könntest du tun, und noch mehr.«

Jetzt ist Charlie eben nach unten gegangen, gesättigt und glücklich, und hat sich geschworen, öfter früh nach Hause zu kommen. Und nun ruft jemand an. Er sieht auf seine Armbanduhr. Wer kann das sein, nach neun Uhr abends? Außerdem, wann war das letzte Mal ein Anruf für ihn?

»Wer ist es?«

»Ich weiß nicht«, antwortet Peggy. Sie steht oben an der Treppe, eine Hand über dem Hörer, gegen den Türrahmen gelehnt. Sie flüstert deutlich hörbar: »Mack sagt, es ist eine Frau.«

Er springt zwei Stufen auf einmal die Treppe hoch.

»Hallo?«

»Charlie, hier ist Rosalind Porter.«

»Rosalind?« Er schweigt betroffen. »Geht es Ihnen gut? Was ist passiert?«

»Soll ich Sie nicht zu Hause anrufen? Ich habe es im Büro versucht, aber nur den AB erreicht.«

»Nein. Nein. Ich bin *froh*, dass Sie anrufen. Sie klingen aufgewühlt.«

»Ich bin … Es ist etwas passiert, etwas … Beängstigendes …«

»Was? Was ist passiert?« Er hasst die Art, wie Besorgnis seine Stimme verzerrt.

Während sie mit brüchiger, verzweifelter Stimme die Szene schildert, zu der sie nach Hause gekommen ist, hebt er den Kopf und sieht Peggy wie angewurzelt vor sich stehen, eine Augenbraue hochgezogen. Er greift nach der Türklinke und geht mit dem Hörer in der Hand auf die Eingangsstufe hinaus. Das Kabel sorgt dafür, dass die Tür angelehnt bleibt, und er spürt die feuchte Betonstufe durch seine Socken, aber wenigstens steht seine Schwester jetzt nicht mehr vor ihm und lauscht.

»Und Sie können nicht erkennen, dass irgendetwas fehlt?«

»Bis jetzt ist mir nichts aufgefallen. Mein Schmuck ist da. Etwas Geld ist noch immer in der Schublade. Ich werde es natürlich nicht wissen, bevor ich alles wieder eingeräumt habe. Ich wusste nicht, ob ich die Polizei rufen soll oder …«

»Fassen Sie nichts an. Und rufen Sie nicht die Polizei. Ich komme vorbei und treffe mich dort mit einem Spurensicherungsteam. Wenn nichts fehlt, wird sich das FBI dafür mehr interessieren als die Polizei. Wir werden den Papierkram erledigen.«

»Danke.«

»Haben Sie Angst?«, fragt er.

»Hätten Sie keine?« Ihre Stimme ist leiser als sonst, sanfter.

»Schließen Sie die Tür ab. Schenken Sie sich einen Drink ein … Fassen Sie so wenig wie möglich an. Oder, wenn es Ihnen lieber ist, können Sie auch unten auf mich warten … in Ihrer Lobby, beim Portier. Vielleicht ist das besser.«

»Nein … Ich würde lieber hier oben bleiben.«

»Ich komme, so schnell ich kann.«

Charlie geht zurück ins Haus und hängt den Hörer an die Wand.

»Wer ist denn *Rosalind*?«, fragt Peggy. Sie lächelt.

»Arbeit«, antwortet er.

»Oh, Arbeit? Und deswegen strahlst du auf einmal wie ein Weihnachtsbaum?«

»Es ist ein Fall.«

»Du hättest mal hören sollen, wie du ihren Namen ausgesprochen hast. »Rozzz-alind.«

Er schüttelt den Kopf. »Es ist ein *Fall*!«, faucht er und flüchtet die Treppe hinunter.

»Ein Fall, den du offenbar magst«, ruft Peggy ihm nach.

Rosalind hat ein Glas mit, wie es aussieht, Scotch in der Hand, als sie ihm öffnet. Obwohl sie noch immer in Rock und Bluse ist, sieht sie inmitten des Chaos entspannt aus. Ihr schimmerndes dunkles Haar fällt ihr über ein Auge, und ihre Wangen sind gerötet. Es muss an dem Whisky liegen.

»Danke, dass Sie gekommen sind«, sagt sie.

»Geht es Ihnen gut? Wie viel haben Sie getrunken?«, fragt er.

»Drei Gläser. Nach dem zweiten habe ich noch immer gezittert.«

»Das glaube ich gern. So etwas ist ja auch aufwühlend.«

»Diese Leute haben meine ganze Unterwäsche angegrapscht«, sagt sie, und dann steigt ihr die Röte in die Wangen. Er kann sehen, dass sie so etwas niemals sagen würde, wenn sie nicht ein paar Drinks gekippt hätte.

»Es ist eine Verletzung Ihrer Privatsphäre. Ich weiß.« Die Wohnung ist in Unordnung. Aber ihm ist sofort klar, dass er schon Schlimmeres gesehen hat. Die Täter haben keine Lampen zerbrochen oder Möbel umgestoßen. Und doch ist jede Schublade, jeder Schrank ausgeleert. Sie haben ganz offensichtlich irgendetwas gesucht. Hat Weaver etwas bei ihr deponiert? Er geht durch die Wohnung, späht ins Schlafzimmer, ins Bad, in die Küche.

»Kann ich Ihnen einen Drink anbieten?«, fragt sie.

»Ich bin im Dienst.«

»Um diese Zeit? Das hier ist Dienst?«

»In ein paar Minuten kommt ein Team. Ich war mir nicht sicher, ob ich jemanden erreichen kann. Ich hatte Glück. Mit ein paar Männern wird alles schneller erledigt sein. Damit Sie wieder zur Normalität zurückkehren können.«

»Das wäre gut.«

Er zückt seinen Notizblock. »Können Sie sich vorstellen, was die Täter gesucht haben könnten? Hat Weaver Ihnen irgendetwas gegeben?«

Sie starrt ihn an, presst die Lippen zusammen.

»Was?«, fordert er sie auf.

»Ich habe keine Ahnung, wonach sie hier gesucht haben könnten.« Sie zuckt fast unmerklich die Schultern. Ihr Mund verrät Trotz. Es tut weh: dieses Gefühl, dass sie ihm irgendetwas verheimlicht, dass sie Weaver gegenüber loyal ist, nach all dem, was dieser Idiot ihr in der Vergangenheit angetan hat. Charlie macht sich ein paar Notizen. Als er wieder aufsieht, sitzt sie zusammengesunken in einem Sessel; sie hat die Augen geschlossen, und Tränen kullern ihr über die Wangen. Er wartet darauf, dass sie sich sammelt, aber nach einer Minute geht er zu ihr hinüber. Er kauert sich vor sie hin, will nicht über ihr aufragen oder sie einschüchtern.

»Hier«, sagt er und hält ihr ein sauberes Taschentuch hin.

Sie schlägt die Augen auf, nimmt das Taschentuch und presst es sich ans Gesicht.

»Darf ich fragen, warum Sie weinen?«, fragt er, leicht verärgert. Und doch, ihre Wehrlosigkeit rührt ihn. »Haben Sie Angst?«, fragt er. »Oder sind Sie schockiert oder …«

»Ich will nicht glauben, dass das hier wegen Weaver passiert ist.«

»Das ist anzunehmen. Andernfalls würden Dinge fehlen.«

»Er hat mir gesagt, dass er früher einmal Kommunist war. Aber viele Leute waren Kommunisten … Er hat gesagt, dass er versucht, sich von irgendetwas zu befreien.«

»Von den Russen? Hat er das gesagt?«

Sie schüttelt den Kopf. »Er hat gesagt, es wäre gefährlich, mir mehr zu sagen.«

»Na ja, das ist doch immerhin etwas. Danke, dass Sie mir erzählt haben, was Sie wissen. Gibt es sonst noch etwas?«

»Nein.«

»Ich weiß, es ist schwer für Sie.«

Ihre Wimpern glitzern von Tränen. Sein Gesicht ist auf einer Höhe mit ihrem, aber sie blickt nicht schüchtern oder verlegen. Er ist verblüfft von ihrer Offenheit. Es ist, als ob niemand ihr je etwas über die Regeln des Flirtens beigebracht hat. Als er sie ansieht, sieht er eine schöne Frau, die keine Ahnung von ihrer Schönheit hat. Cremefarbene Haut, sanfte dunkle Augen, die vor Intelligenz und einer verblüffenden Unschuld glänzen. Er weiß nicht, wie er den Mut aufbringt, aber er streckt eine Hand aus und wischt mit dem Daumen eine Träne unter ihrem Auge fort. Er spürt, wie seine eigenen Lippen beben, als er sie berührt. »Es tut mir leid, dass Sie das durchmachen mussten. Das haben Sie nicht verdient. Es tut mir leid, dass wir Sie dem ausgesetzt haben.« Ihre Lippen öffnen sich. Für einen Moment, während ihre Blicke aufeinander verharren und er sie berührt, spürt er, wie sein Herz sich zusammenzieht. Er muss aufstehen, nur um wieder atmen zu können. Es wird lange dauern, bis diese Empfindung nachlässt, dieses Gefühl, das er für sie hat. Er kann kaum glauben, dass er sie so berührt hat wie gerade eben. Intimität war für ihn seit dem Krieg ein Ding der Unmöglichkeit. Aber ihre Gebrochenheit spricht ihn irgendwie an, vielleicht weil sie seine eigene widerspiegelt.

»Ich mache mich besser an die Arbeit, sonst werde ich noch

die ganze Nacht hier sein«, sagt er schließlich. »Vermutlich werden wir nichts finden. Die Russen sind darauf trainiert, keine Spuren zu hinterlassen. Kommen Sie hierher, Rosalind, wenn es Ihnen nichts ausmacht. Ich brauche als Erstes Ihre Fingerabdrücke.« Selbst das Gefühl, ihre Hand in seiner zu halten, während er ihre Finger auf das Tintenkissen drückt, durchzuckt ihn wie ein Stromstoß.

Ist die plötzliche Anziehung, die Rosalind für Charlie verspürt, eine Folge der drei Drinks, die sie hatte? Oder lag es an der Art, wie er sich vor sie hinkniete, lag es an seiner sanften Fürsorge? Sie war ergriffen von seiner Berührung, seinem Anstand. Sobald die anderen Männer in der Wohnung sind, entfernt er sich von ihr, macht sich daran, ihnen Anweisungen zu geben, und sie sehnt sich nach ihm auf eine Art, die sie verwirrt.

Calder, der untersetzte Bursche, dessen Hemdknöpfe sich über seinem Bauch spannen, hätte Komiker werden sollen.

»Das nennen Sie einen geordneten Haushalt?«, wendet er sich mit einem Augenzwinkern an Rosalind. Sie lächelt matt, während sie sich fragt, ob er sehen kann, dass sie geweint hat. Der nüchterne, hagere Pace erinnert an einen Bestattungsunternehmer. Die Männer unterhalten sich kurz mit Charlie, jeder von ihnen steckt sein Revier ab. Calder summt bei der Arbeit vor sich hin. Pace arbeitet im Wohnzimmer, mit unbewegter Miene. Um Viertel vor elf, genau aufeinander abgestimmt, verkünden sie, dass sie fertig sind.

»Dann bis morgen, Szydlo. Miss Porter«, sagt Calder. »Ich hoffe, morgen ist ein *weniger* interessanter Tag.«

»Ma'am«, sagt Pace und tippt sich an den Hut. Die Tür schließt sich hinter ihnen.

Rosalind hat sich in eine Ecke des Wohnzimmers verkrochen und aufs Fenster gestarrt, obwohl sie wegen des Lichts der Lampen, das sich auf der Scheibe spiegelt, gar nicht hinaussehen kann. Sie denkt, dass es für immer ein gefährliches Abenteuer sein wird, Weaver zu lieben, und dass sie dieses ganze Chaos hier natürlich nur ihm und seinen Geheimnissen zu verdanken hat.

Als sie sich umwendet, sieht sie, wie Charlie seine Sachen ordnet, das Protokoll überprüft, in dem die Fingerabdrücke festgehalten sind, die Probenbehälter zudreht.

Als er fertig ist, kommt er herüber und kniet sich wieder vor sie hin.

»Werden Sie hier zurechtkommen?«, fragt er. »Ich sollte jetzt gehen.«

»Sie sind auch fertig?« Der Gedanke, allein in der Wohnung zu sein, jagt einen Schauer durch sie hindurch. Sie verspürt den Drang, eine Hand auszustrecken und ihn am Arm festzuhalten.

»Es ging schnell, weil die Kollegen da waren«, sagt er. »Jetzt können Sie anfangen, sauber zu machen, Dinge aufzuräumen, wenn Sie dafür in Stimmung sind.«

»Glauben Sie … Glauben Sie, ich bin in Gefahr, Charlie?«

»Ich würde Sie nicht allein lassen, wenn ich das glauben würde.«

»Ich fühle mich sicherer, wenn Sie hier sind«, flüstert sie.

»Wirklich?«

Für einen Moment verschränken ihre Blicke sich, und das Gefühl von Verbundenheit ist greifbar. Sie ist enttäuscht, als er aufsteht und seine Tasche zu Ende packt. Sie zuschnappen lässt.

»Als ich als Kind Asthma hatte«, sagt er, mit dem Rücken zu ihr, »ist meine Mutter immer aufgeblieben und hat auf mich aufgepasst. Das hat mir das Gefühl gegeben, in Sicherheit zu sein. Wenn ich aufwachte, sah ich sie in einem kleinen Lichtstrahl über ihrer Stickarbeit. Sie hat diese Vögel gestickt – diese Hüttensänger, von denen ich Ihnen erzählt habe – auf Taschentücher und Kissen. Einfach nur zu wissen, dass sie da war, vielleicht hat mich das beruhigt, vielleicht hat es mich in gewisser Weise von dem Asthma geheilt.«

Rosalind stellt sich ihn als kleinen Jungen vor. Auch wenn er jetzt so robust zu sein scheint, fällt es ihr nicht schwer, ihn sich als zartes, schlaksiges Kind vorzustellen. »Sie konnten sich glücklich schätzen, jemanden zu haben, der auf Sie aufgepasst hat«, sagt sie.

»Als Kind nimmt man das als selbstverständlich. Man weiß nicht, wie glücklich man sich schätzen kann, dass jemand sich in erster Linie darum kümmert, dass es einem gut geht.«

Rosalind nickt schweigend. »Sie konnten sich glücklich schätzen, eine Mutter zu haben, die Sie so sehr geliebt hat.« Sie denkt an Lou, die sie vielleicht geliebt, aber trotzdem oft weggestoßen hat.

Seine Augen sind aufmerksam, freundlich, von innen erhellt. Die Farbe des Meeres an einem klaren Tag.

»Ich könnte heute Nacht hierbleiben, in Ihrem Wohnzimmer«, bietet er leise an.

»Wirklich?«

»Wenn Sie das wollen.«

»Sie wissen ja nicht … Dafür wäre ich Ihnen so dankbar.«

»In Ordnung. Betrachten Sie mich als Ihren Gast.«

Er kann kaum glauben, dass er vorgeschlagen hat zu bleiben. Was tut er hier eigentlich? Obwohl diese ganze Operation eine Art Umwerben, sogar eine Art Verführung ist, soll er sich nicht wirklich mit ihr einlassen. Und doch kann er an nichts anderes denken, als sie in seine Arme zu schließen, ihr zu sagen, dass alles gut werden wird. Er weiß, dass er dafür verantwortlich ist, dass sie diesem Chaos ausgesetzt wurde. Dieser Angst.

»Ich bringe Ihnen Laken, eine Decke und ein Kopfkissen«, sagt sie. »Und ich werde das Sofa als Bett herrichten. Wenn meine Nichte Ava bei mir übernachtet, schläft sie dort. Sie sagt, es ist bequem. Natürlich, Sie sind größer. Sie haben sie an dem Abend neulich im Berghoff gesehen, stimmt's?«

»Sie sieht genauso aus wie Sie«, sagt er. *Schön*, will er ihr sagen.

»Die Leute denken immer, sie ist meine Tochter.« Sie steht vom Sessel auf, und im Vorbeigehen streckt sie die Hand aus und drückt seinen Arm. Die Berührung jagt einen Stromstoß durch seinen Leib. »Ich hole das Bettzeug – falls es dort ist, wo ich vermute. Diese Leute haben den Wäscheschrank komplett ausgeräumt.«

Er wartet auf sie, mit einem unbehaglichen Gefühl. Er hätte ein paar uniformierte Cops rufen können, damit sie sich mit Kaffee und Walkie-Talkies vor ihre Tür setzen. Aber sie will Charlie – damit er ihr das Gefühl gibt, in Sicherheit zu sein. Er steht auf, zu nervös, um noch länger zu sitzen.

»Ich denke, ich werde hinuntergehen und mit Ihrem Portier reden. Ihm einschärfen, dass er aufpassen soll«, ruft er ihr zu. »Wird der Nachtportier jetzt schon Dienst haben?«

Sie kommt herein, die Arme voller Bettzeug, und wirft es aufs Sofa. »Zeigen Sie mir Ihre Uhr«, sagt sie. Charlie hält ihr seine Armbanduhr hin. »Er kommt in zehn Minuten, um elf, aber Frank wird es ihm sagen. Frank ist ein guter Mann.«

»Wie wär's, wenn Sie mir Ihre Schlüssel geben, bevor ich hinuntergehe, und die Tür dann doppelt abschließen? Diese Art Drückerschloss ist schwer zu knacken. Und Sie machen sich bettfertig, okay?«

Sie nimmt die Schlüssel, die sie auf dem Dielentisch liegen gelassen hat, und legt sie ihm in die Hand. Er steckt sie ein. »Danke«, flüstert sie.

»Hören Sie, nur für den Fall, dass Sie schon im Bett sind, wenn ich wieder hochkomme«, sagt er. »Eine Sache noch.«

»Ja?«

»Es tut mir leid, Sie das zu fragen, aber ich werde das Gefühl nicht los, dass Sie mir irgendetwas verheimlichen. Bitte sagen Sie mir, was es ist – wonach diese Leute gesucht haben.«

Im ersten Moment blickt sie verblüfft; dann wird ihre Miene trotzig. »Ich bin nicht bereit, ihn zu verurteilen«, sagt sie.

»Das heißt, Sie lassen zu, dass Ihre Wohnung von seinen Schlägertypen durchwühlt wird, aber Sie wollen es mir nicht sagen?«

»Nennen Sie sie nicht *seine* Schlägertypen.«

»Sie haben mich gebeten hierzubleiben, und ich bleibe. Ich gebe mir alle Mühe, damit Sie sich sicher fühlen ... daher ...«

»Sie wollen eine Gegenleistung? Wie du mir, so ich dir? Sind Sie deswegen geblieben?« Sie schüttelt den Kopf und kehrt ihm den Rücken zu. »Na schön, dann gehen Sie eben. Soll mir recht sein.« Sie geht aufs Schlafzimmer zu.

Frauen. Er versteht sie so schlecht. »Nein. Ich weiß, dass Sie sich besser fühlen werden, wenn ich bleibe. Und ich werde mich besser fühlen, wenn ich sicher bin, dass es Ihnen gut geht.« Als er sie einholt, hält er sie sanft am Arm fest. »Bitte, Rosalind. Ich will für Ihre Sicherheit sorgen.«

Sie wendet sich zu ihm um. Sie ist ihm so nah, dass er diesen honigsüßen Duft wahrnimmt. Sie sieht hoch in seine Augen und schüttelt den Kopf. »Charlie, ich kann nicht ... noch nicht.« Er sollte wütend sein, und doch würde er so gern ihr Haar berühren, mit den Fingern über ihr Gesicht, ihren weißen Hals gleiten. Er würde sie küssen, wenn er den Mut dazu hätte.

In diese entzückende Vertiefung, wo ihr Hals in die Schulter übergeht. Stattdessen ist er auf der ganzen Fahrt mit dem Aufzug nach unten hin- und hergerissen zwischen Wut und Zärtlichkeit. Warum verwirrt sie ihn so? Warum ist sie loyal gegenüber einem Mann, der sie den Wölfen zum Fraß vorgeworfen hat?

15

Sie liegt im Bett, beruhigt von dem Wissen, dass Charlie im Zimmer nebenan ist. Und verängstigt davon, dass in ihre Wohnung eingebrochen wurde, jedes ihrer Dinge berührt wurde. Hätte sie ihm von dem kleinen Umschlag erzählen sollen? Hätte sie mit ihm zur Bank gehen und den Umschlag von ihm öffnen lassen sollen? Sie denkt an Weaver, wie er, als sie sich in jener ersten Nacht in ihrer Wohnung liebten, immer wieder ihren Namen flüsterte. Er war so voller Emotion, so viel zärtlicher, sanfter, als er früher war. Und dann, an dem Morgen nachdem sie die Nacht in seiner Wohnung verbracht hatte, hielt er sie lange Zeit in seinen Armen und sagte: »Du hast keine Ahnung, wie viel mir das hier bedeutet.« Es war leichter, als sie ihn hasste. Seine neue Verletzlichkeit stellt sie vor ein Rätsel. Und doch sind da die unordentlichen Haufen am Fenster, über die immer wieder die Lichter vorbeifahrender Autos hinweghuschen. Seinetwegen ist bei ihr eingebrochen worden. Es ist ein quälender Gedanke, dass sie am nächsten Morgen keine Zeit haben wird, um aufzuräumen, dass sie nach der Arbeit nach Hause kommen und sich diesem Chaos, diesem Einbruch, allein wird stellen müssen.

Vielleicht liegt es daran, dass Rosalind als Kind Louisa als unberechenbar empfunden hat, dass sie sich jetzt nach Sicherheit sehnt. Kann Weaver ihr diese Art Sicherheit je bieten? Er hat sie schon einmal enttäuscht. Er hat sie aus der Bahn geworfen, und jetzt tut er es wieder. Wäre er schockiert zu erfahren, dass ihre Wohnung durchwühlt wurde? Eines steht fest: Sie kann ihm nicht sagen, dass sie denkt, dass dieser Einbruch seinetwegen passiert ist.

Charlie hingegen ist eine völlig andere Art Mann. Ein Mann, auf den man sich verlassen könnte. Sie hat ihn gebeten zu bleiben, und er ist geblieben. Sie hat ihre Schlafzimmertür offen gelassen, um die beruhigende Gewissheit seiner Gegenwart zu spüren, und jetzt hört sie vom Zimmer nebenan seinen Atem. Sie schließt die Augen und versucht, ihren Atem seinem anzupassen. Wie ein Metronom. Gleichmäßig. Ein. Aus. Mit der Zeit gleitet sie zum Rhythmus von Charlie Szydlos Atem in die sanften Gefilde des Schlafs.

Behutsame Geräusche in der Küche wecken sie. Ihre Tür ist geschlossen worden. Die Sonne strömt durch die Ritzen der Jalousien ins Zimmer, genau wie die Wagenlichter gestern Abend. Auf der Uhr ist es Viertel nach sieben. Sie sollte längst auf sein, aber gestern Abend war sie so überwältigt, dass sie vergessen hat, den Wecker zu stellen. Sie bindet ihren Morgenmantel zu und fährt sich mit den Fingern durchs Haar, als sie Charlie an der Küchenspüle stehen sieht, mit dem Rücken zu ihr. Er ist barfuß, und über seiner Anzughose trägt er nur ein weißes, geripptes Unterhemd. Seine Hosenträger baumeln herab. Für einen solch schmalen Mann sind seine Arme unerwartet muskulös. Wie in diesen Werbeanzeigen auf den hinteren Seiten von Zeitschriften. Und sein Oberkörper ist lang und schlank, anmutig und kräftig. Sein Anblick berührt sie.

Er muss spüren, dass sie ihn beobachtet, denn er dreht sich um. »Guten Morgen«, sagt er. »Ich hoffe, es macht Ihnen nichts aus. Ich habe ein Handtuch gefunden. Und ich habe geduscht.«

Sie wundert sich, dass die meisten Dinge, die gestern Abend auf dem Küchentresen herumstanden, offenbar weggeräumt wurden.

»Haben Sie … Haben Sie aufgeräumt?«

»Ich habe nur ein paar Dinge weggestellt, während ich darauf gewartet habe, dass das Wasser kocht. Vermutlich habe ich alles falsch gemacht, aber die Einbrecher haben in praktisch jedem Küchenschrank eine Reihe an Dingen stehen lassen. Ich habe versucht, ein Muster zu erkennen.«

»Danke. Das war nett von Ihnen.«

»Ich muss gleich ins Büro. Keine Zeit, nach Hause zu fahren, um mir etwas Frisches anzuziehen, daher dachte ich, wenigstens eine Dusche …«

»Natürlich«, sagt sie. »Es tut mir leid, dass ich keinen Kaffee dahabe.«

»Ich trinke selten Kaffee«, sagt er. »Ich habe den Lipton's gefunden. Gleich kocht das Wasser, irgendwie dauert das ewig.«

»Ich weiß. Das liegt an dem Herd. Er sieht modern und elegant aus, aber er ist nicht sehr leistungsstark. Ich habe etwas englischen Tee da, den Wea… « Sie bricht ab.

»Den Weaver Ihnen mitgebracht hat?«

Sie nickt.

»Klingt gut.«

»Ich muss nur rasch ins …« Sie zeigt zum Badezimmer. »Und dann übernehme ich hier und mache Frühstück«, sagt sie.

»Ich muss bald los.«

»Es dauert nicht lange, Ihnen ein paar Eier zu machen.«

»Ehrlich gesagt bin ich tatsächlich ziemlich hungrig.« Er lächelt. Sie kann spüren, dass er sie mustert: den lavendelfarbenen Seersucker-Morgenmantel, kein Make-up, die Haare ungekämmt. Und doch ist sein Blick anerkennend.

»Wie war das Sofa?«, fragt sie.

»Ganz ehrlich? Seit dem Krieg erscheint mir die ganze Welt ziemlich komfortabel.«

Auf dem Weg zum Bad kommt sie an einem Stuhl vorbei, an dem sein Pistolenholster hängt, von einer Waffe nach unten gezogen. Der Anblick irritiert sie. Ihr ist nie der Gedanke gekommen, dass Charlie eine Waffe tragen könnte. Sie sieht, dass der Griff herausschaut. Wie muss es sein, *das* jeden Tag zu tragen? Als sie am Wäscheschrank vorbeikommt, fällt ihr auf, dass der Berg herausgerissener Handtücher und Bettlaken vom Boden verschwunden ist. Gestern Abend war sie zu aufgewühlt, um sich darauf einen Reim zu machen. Als sie die Tür öffnet, sieht sie, dass er alles wieder eingeräumt hat. Die Bettlaken sind mit militärischer Präzision zusammengelegt. Die Handtücher aufgerollt. Was für ein Mann tut so etwas? Und mit nur einer Hand – wie?

Als sie aus dem Bad kommt, nachdem sie sich die Zähne geputzt, die Haare gekämmt und etwas Rouge aufgelegt hat, hat er sich das Hemd zugeknöpft und steht jetzt da und starrt auf seine Krawatte, als könnte sie ihn beißen.

»Alles in Ordnung?«, fragt sie.

»Ich komme mit Krawatten nicht zurecht«, sagt er. »Das konnte ich schon mit zwei Händen nicht.«

»Ich kann Krawatten binden. Ich helfe Ihnen gern.«

»Wirklich? Würden Sie das tun?«

Es ist eine hübsche Seidenkrawatte, ebenso blau wie seine Augen. Sie nimmt sie sanft in die Hand.

»Wer bindet denn normalerweise Ihre Krawatten?«, fragt sie. »Sie tragen jeden Tag eine.«

Er gibt keine Antwort.

Sie wartet. Nichts.

Warum ist sie noch nie auf den Gedanken gekommen? Viele Männer tragen keinen Ehering. *Könnte Charlie Szydlo verheiratet sein?* Für einen Moment überkommt sie ein flaues Gefühl. Nein. Ein Mann ist gestern Abend bei ihm zu Hause ans Telefon gegangen. Ein Mitbewohner, vermutete sie. Und er hat gestern Abend keine Ehefrau angerufen, um Bescheid zu geben, dass er nicht nach Hause kommt. Aber es ist schon seltsam, wie sehr die Vorstellung, dass er verheiratet sein könnte, sie aufwühlt.

»Kommen Sie hier herüber«, sagt sie und zeigt auf einen der beiden Esszimmerstühle. »Sie sind zu groß für mich, wenn Sie stehen.« Sobald er sitzt, schlingt sie ihm die Krawatte um den Hals. Sie beißt sich auf die Lippe, während sie vor ihm steht und den Knoten so bindet, wie Henry es ihr gezeigt hat, als sie ein kleines Mädchen war. Links über rechts, herumschlingen, hinten hochziehen, feststecken. Sie schiebt den Knoten hoch und stellt sicher, dass sein Kragen glatt darüber liegt. Er riecht nach ihrer Seife. Sein Haar ist kurz geschnitten, und sie bemerkt ein paar winzige Wassertropfen, die sich zwischen den Stoppeln verfangen haben. Sie ist in Versuchung, mit einer Hand über seinen Bürstenschnitt zu streichen, die Feuchtigkeit an ihren Fingerspitzen zu fühlen und das Prickeln der kurzen Haarspitzen zu spüren.

»Das muss wehgetan haben«, sagt sie, als sie eine gespenstische Narbe an seinem Hals berührt. Und dann bemerkt sie noch eine andere, kommaförmige an seinem Mundwinkel. »Ein Überbleibsel aus Ihrer wilden Kindheit?«

»Ein Überbleibsel vom Krieg«, antwortet er vage.

»Ah.« Sie bindet den Knoten fertig. »Jetzt sehen Sie manierlich aus.«

»Wohl kaum … ohne Rasur in den letzten vierundzwanzig Stunden. Aber ich habe mir Ihre Pepsodent ausgeliehen und mir die Zähne mit einem Finger geputzt«, sagt er. »Ich sage übrigens Ja zu diesen Eiern.«

»Gut.«

Rosalind macht sich daran, Eier aufzuschlagen und zu verrühren. »Käse in Ihre Rühreier?«

»Na klar.«

Rühreier sind eines der wenigen Dinge, die sie zubereiten kann, ohne Schaden anzurichten. Sie lässt sie auf niedriger Flamme stocken und rührt gelegentlich um, sodass die Stücke schön weich und groß werden, genau wie sie es in *Kochen für Anfänger* gelernt hat.

»Es ist nett, jemanden zu haben, der für mich kocht«, sagt Charlie.

»Ich bin eine erbärmliche Köchin. Aber Rühreier kriege ich hin. Haben Sie keine Ehefrau, die für Sie kocht?« *Warum soll sie nicht fragen? Warum soll sie es nicht herausfinden?*

Er lacht. »Ich lebe im Keller des Hauses meiner Schwester«, sagt er. »Ich bin kein Mann zum Heiraten, nehme ich an.«

»Oh.« Im Ausatmen spürt sie Erleichterung von ihrem Hals über ihre Arme strömen. Warum kümmert es sie, ob er verheiratet ist? Das hier ist der Mann, der Weaver wieder in ihr Leben geschleust hat. Aber irgendetwas an ihm zieht sie an, und es ist nicht nur sein gutes Aussehen.

»Ich habe gestern Abend mit Peggy – das ist meine Schwester – und ihrer Familie zu Abend gegessen. Sie kocht sehr gern für mich, wenn ich sie lasse. Aber morgens habe ich es immer eilig, und abends komme ich meistens erst spät nach Hause. Und da Sie gefragt haben, meine Schwester bindet meine Krawatten, hängt sie halb gebunden in meinen Kleiderschrank. Ich nehme an, ich wollte das nicht sagen.«

»Warum nicht?«

»Ein Mann sollte seine Krawatten selbst binden können.«

Sie tut seine Bemerkung mit einem Kopfschütteln ab. Männer und ihr dummer Stolz.

»Ihre Schwester muss etwas ganz Besonderes sein.«

»Als ich aus dem Krieg zurückkam, war ich in einer ziemlich üblen Verfassung. Ich habe für eine Weile bei meinem Dad gelebt. Als er krank wurde, hat sie uns beide bei sich aufgenommen.«

»Mich hat auch meine Schwester bei sich aufgenommen, als ich ein Baby war«, sagt Roz. »Und meinen Vater, kurz bevor er starb.«

Er nickt. »Ihre Schwester hat sich auch um Sie gekümmert, als es Ihnen ... nach Weaver nicht so gut ging, habe ich recht?«

Sie schämt sich, wendet sich wieder ab. »Gibt es eigentlich irgendetwas über mich, was Sie *nicht* wissen?«

»Ehrlich gesagt gibt es vieles, was ich gern wissen *würde.*« Seine Stimme klingt so aufrichtig, dass sie für einen Moment innehält. Sie hat Angst davor, aufzusehen.

»Da gibt es nicht viel zu erzählen.« Sie verteilt die Eier auf die zwei Teller, gibt ihm ungefähr zwei Drittel. Als sie ihm seinen Teller hinstellt, weicht sie seinem Blick aus und nimmt dann ihm gegenüber Platz.

»Zum Beispiel würde ich gern wissen, was genau Sie an Weaver anziehend fanden.«

Ihre Lippen öffnen sich. Wie soll man Anziehung erklären? Eine Kraft, die weitaus weniger berechenbar ist als Atomenergie. »Weaver war ... selbstbewusst, schlau, gut aussehend. Und er war an mir interessiert.«

»Ich dachte immer, Frauen mögen keine Männer, die an ihnen interessiert sind ...«

»Wer in aller Welt hat Ihnen das denn gesagt?«

Er zuckt die Schultern. »Vielleicht ist das der Grund, weshalb ich nicht verheiratet bin. Ich habe das falsche Buch gelesen.«

Sie lacht, und dann kann sie es sich nicht verkneifen, ihn anzusehen. Gut aussehend. Magnetisch in seinem unergründlichen Alleinsein. »Wollen Sie denn verheiratet sein?«

»Wollen *Sie* es sein?«, fragt er. Keiner von ihnen antwortet. Sie essen ihre Rühreier in geselligem Schweigen.

»Ich werde übrigens zwei Leute dafür abstellen, auf Sie aufzupassen«, sagt Charlie. »Einen tagsüber. Einen nachts. Es ist allerdings viel Papierkram zu erledigen, bis das in Gang kommt, das heißt, Sie werden sie vielleicht erst morgen kriegen. Oder sogar erst übermorgen.«

»Oh …«

»Ich glaube nicht, dass Sie in Gefahr sind. Nicht wirklich. Aber nach dem Einbruch … Ich will, dass Sie Ihren Seelenfrieden haben.«

»Danke.«

»Ich wünschte, ich könnte mich selbst darum kümmern«, fährt er fort. »Aber das kann ich natürlich nicht.«

»Nein. Natürlich nicht.«

»Ich werde jeden der Männer anweisen, sich bei Ihnen vorzustellen, damit Sie keinen Schreck kriegen, okay?«

»Ja. Das wäre am besten.« Es fällt ihr schwer, sich auszumalen, dass sie ihre eigenen Bodyguards haben wird. Werden sie zählen, wie oft Weaver zu ihr kommt? Wie lange er bleibt? Werden sie Charlie Bericht erstatten? Und falls Weaver sie entdeckt, was wird er denken? Sie wird darauf bestehen müssen, zu seiner Wohnung zu fahren. Sie beobachtet, wie ordentlich, wie manierlich Charlie isst, bemerkt wieder, wie er sich auf diese seltsame Art die andere Hand an die Rippen presst.

»Was ist mit Ihrer Hand passiert, Charlie?«, fragt sie leise. Sie kann kaum glauben, dass sie die Frage gestellt hat, beißt sich auf die Innenseite ihrer Wange, bereut die Frage.

»Oh …«, sagt er.

»Entschuldigung. Vielleicht hätte ich das nicht ansprechen sollen.«

Seine blauen Augen werden undurchsichtig. Eine Röte wandert von seinem Haaransatz über seine Stirn – wie rosige Wolken, die heraufziehen.

»Es ist wegen eines Paars Schuhe passiert.«

»Wegen eines Paars Schuhe?«

Er nickt. »Ich war in Kriegsgefangenschaft. Als wir von den Philippinen nach Japan gebracht wurden, verbrannten sie als Erstes unsere Kleider und Schuhe, weil wir von Läusen übersät waren. Die Japaner machten keine Kleider, die jemandem wie mir passten.« Er fährt sich mit einer Hand durchs Haar, starrt an irgendeinen Ort, den sie nicht sehen kann. »Ich habe es nicht gewagt, mich zu beklagen. Einer meiner Mitgefangenen hat sie darauf hingewiesen, dass in seiner Hosennaht ein Riss war, und sie haben ihn zu Tode geprügelt. Er hatte drei Kinder.«

»Mein Gott.«

»Ich habe Schuhgröße 48. Daher habe ich die Zehen von den Leinenschuhen gerissen, die sie uns gegeben haben, sodass meine Füße herausschauten. Dann habe ich sie vorn mit Sackleinen von den Säcken umwickelt, in denen die Schuhe geliefert wurden.« Wie muss dieser große, elegante Mann mit seinen so blauen Augen für die Japaner ausgesehen haben? Ausländisch. Eindrucksvoll. In Schuhen, die mit Sackleinen umwickelt waren.

»Es gab einen einzigen freundlichen Wachmann in unserem Lager in den Bergen. Gorou. Die Wachleute hatten alle irgendwelche gesundheitlichen oder psychischen Probleme; andernfalls wären sie in den Kampf geschickt worden. Und die meisten haben uns gehasst. Gorou war ein freundlicher, höflicher älterer Mann, der sich verneigte und lächelte. Er hatte irgendein Hüftleiden, und er humpelte – deswegen, und aufgrund seines

Alters, war er nicht zum Kampf eingezogen worden. Vielleicht hat ihn das für mein eigenes Humpeln sensibilisiert. Er sprach etwas Englisch. Und ich hatte in dem Lager auf den Philippinen ein paar Brocken Japanisch gelernt. Wie auch immer, Gorou forderte mich auf, das Sackleinen von meinen Füßen zu wickeln, und er sah, dass meine Zehen bluteten, dass ich unter der vorderen Hälfte meiner Füße keine Sohlen hatte. Wir mussten einen Wasserkraftstaudamm für die Stadt Nagoya bauen. Ich arbeitete draußen auf zerklüfteten Felsen, mit nichts unter meinen Zehen.«

Inzwischen hat Rosalind ihre Gabel hingelegt.

»Daher maß Gorou meine Füße mit einem Stück Schnur ab und schaffte es irgendwie, zwei Paar der schwarzen Leinenschuhe aufzutreiben, die wir Gefangenen trugen. Ich weiß nicht, ob er sie kaufte oder stahl, aber er hat beide Paare auseinandergeschnitten und die Teile vorn und hinten mithilfe einer Nähmaschine so wieder zusammengefügt, dass ich richtige Schuhe unter meinen Zehen hatte. Er hat es sogar geschafft, eine Art Gummi oder Wachs zu schmelzen, um die Sohlen zu verkleben, damit der Regen nicht in die Lücken zwischen Vorder- und Hinterteil eindringen konnte.« Charlie legt seine Gabel hin und reibt sich die Stirn. Sie beobachtet, wie die Emotionen durch ihn strömen wie eine dunkle Flut. »Es war Herbst und eiskalt dort in den Bergen. Wenn er mir nicht die Schuhe gemacht hätte, hätte ich Frostbeulen bekommen und wäre vermutlich an Wundbrand gestorben. An dem Tag, an dem er sie mir gegeben hat, habe ich allen Ernstes geweint – ich habe wegen eines Paars Leinenschuhe geweint.« Er schüttelt den Kopf, und jetzt kann sie sehen, dass sich seine Augen mit Tränen füllen.

»Jeden Morgen bin ich in diese Schuhe geschlüpft und habe sie mit dem alten Sackleinen umwickelt, damit niemand sehen konnte, was er für mich getan hatte.«

»Charlie …«, sagt Rosalind.

»Vermutlich fragen Sie sich, was das alles mit meiner Hand zu tun hat.«

Sie nickt.

»Eines Tages stürmte der Lagerleiter mitten in der Nacht in unsere Baracke und schaltete die Lichter ein. Man sagte uns, wir sollten alle unsere Schlafpritschen leer räumen und alles, was wir hatten, auf dem Boden ausbreiten. Offenbar hatte jemand zwei Dosen Sardinen aus der Lagerküche gestohlen. Als ich meine Pritsche leer räumte, stellte ich sicher, dass meine Schuhe in das Sackleinen gewickelt waren. Aber genau das weckte die Aufmerksamkeit des Offiziers. Ein Ort, um eine Dose Sardinen zu verstecken, dachte er wahrscheinlich. Er riss das Sackleinen herunter und entdeckte mein Geheimnis. ›Wer hat das für dich gemacht?‹, fragte er auf Japanisch. Ich tat, als verstünde ich ihn nicht. Sie hätten Gorou wegen dieses Akts der Freundlichkeit enthauptet. Der Offizier schlug mich mit der Schnalle seines Gürtels. Er zielte auf meinen Kopf, aber ich war zu groß, daher traf sie mich stattdessen am Hals. Ich hatte dort bereits eine Wunde, nachdem ich mit einem Bambusstock geschlagen worden war. Die Gürtelschnalle riss die Narbe auf. Das ist, was Sie gesehen haben, als Sie mir die Krawatte gebunden haben.«

»Oh, Charlie …«

»Jedenfalls, der Offizier sagte: ›Wer hat diese Schuhe gemacht? Sag es uns, oder wir töten dich.‹ Ich entschied, dass ich lieber sterben wollte, als Gorou zu verraten. Sein Akt der Freundlichkeit war ohnehin das Einzige, was mein Leben noch lebenswert machte. Diese Schuhe sagten, dass ein anderer Mensch mich *wertschätzte*. Als ich es ihnen nicht sagen wollte, zerrten sie mich zu einer Zelle in einem anderen Gebäude.« Charlie schweigt einen Moment, starrt auf seine Hände – auf seine gesunde Hand, seine schlimme Hand. Sie weiß nicht, ob er fortfahren wird, aber sie sieht, dass es ihm schwerfällt, und irgendwie weiß sie, dass er diese Geschichte nur selten erzählt hat.

»Waren Sie lange dort?«, fragt sie.

»Eine Nacht, und dann noch einen ganzen Tag. In dieser Zelle gab es nicht eine Sache. Keine Decken, kein Holz. Nur Beton ringsum, und eine Rinne als Toilette. Mir war noch nie so kalt wie in dieser Zelle, als ich zusammengerollt in einer Ecke auf Beton schlief. Mein Hals blutete und blutete. Ich betete, ich möge tot sein, wenn sie mich holten. Erfroren oder verblutet. Aber dieses Glück war mir nicht vergönnt. Am nächsten Abend zerrten sie mich zurück zur Baracke. In der Mitte jedes Barackenbereichs befand sich eine Feuergrube auf dem Boden. Die Feuer brannten jede Nacht drei Stunden, angeblich, um den Raum zu wärmen. Der verantwortliche Offizier befahl allen Männern, sich um die Feuergrube zu versammeln. Hören Sie, Rosalind, ich muss nicht fortfahren. Sie müssen das nicht hören.«

»Erzählen Sie es mir«, bittet sie ihn mit erstickter Stimme. Wann hat sie eigentlich das letzte Mal Atem geholt?

»Sie fragten mich noch einmal: ›Wer hat dir diese Schuhe gegeben?‹ Als ich es noch immer nicht sagen wollte, zwangen mich drei der Wachleute auf die Knie. Sie fragten mich ein letztes Mal, aber ich schüttelte nur den Kopf. Daher packten zwei der Männer meinen Arm und hielten meine Hand in die Flammen, so weit, dass meine Finger die Kohlen berührten. Sie drückten sie dort fest … lange Zeit. All meine Mitgefangenen standen um die Feuergrube und sahen zu. Ich sah hoch in ihre Gesichter, und das Einzige, woran ich mich erinnere, ist Leere. Absolute Leere. Kein Entsetzen. Kein Mitgefühl. Nichts. Dann verlor ich das Bewusstsein.« Charlies Gesicht ist eine Maske.

Er schüttelt den Kopf. »Zu dem Zeitpunkt waren wir bereits gebrochen, wissen Sie. Wir waren alle kaum noch menschlich.«

»Großer Gott.« Ihr wird bewusst, dass sie schluchzt. Wie kann ein Mensch einem anderen mit so viel Hass begegnen? Wie kann ein Mann das überleben?

»Danach war meine Hand infiziert ... Sie ließen den englischen Arzt kommen, da unserer gestorben war. Er sagte, er müsse die Hand abschneiden, aber ich flehte ihn an, es nicht zu tun. Er sagte mir, dann würde ich sterben. Und ich betete darum, sterben zu dürfen.« Seine Stimme schwankt nur leicht. »Und dann haben Ihre Bomben mich gerettet.«

Ihre Bomben. Zwei Worte, die sie niemals in einem Atemzug hören will.

»Es tut mir leid«, sagt sie.

»Nicht doch. *Sie* haben mich gerettet. Ich bin Ihnen dankbar dafür. Sie haben mich sogar gerettet, als ich gar nicht gerettet werden wollte.« Sie hat ihn gerettet. Für einen Moment wird das Grauen dessen, was sie miterschaffen hat, von einem einzigen Lichtstrahl erhellt. Dieser Mann wäre ohne ihre Bomben nicht hier.

»Ich bin froh, dass Sie überlebt haben«, stößt sie mühsam hervor. Wie sehr sehnt sie sich danach, die Arme auszustrecken, sie um ihn zu schlingen. Sie verzehrt sich schmerzlich danach, seinen kräftigen Oberkörper an ihre Brüste gepresst zu spüren. »Es war Ihnen bestimmt zu leben, Charlie. Ich bin so froh.«

Er sieht verlegen zu ihr hoch, dann wendet er den Blick ab.

»Bereitet es Ihnen starke Schmerzen?«, flüstert sie.

Er zuckt die Schultern. »Haben Sie je von Phantomgliedmaßen gehört?« Sie schüttelt den Kopf. »Wenn ein Mann eine Hand oder einen Fuß verliert, hat er oft das Gefühl, als ob dieser Teil seines Körpers noch immer da ist. Er spürt Schmerz, wo nichts ist. Ich habe kein Gefühl, wenn ich meine Hand berühre, als ob sie tot oder abgetrennt ist, und doch wache ich manchmal vom Brennen der Finger auf. Am meisten hasse ich es, wenn andere Leute … die Hand ansehen. Es ist mir peinlich.«

»Es ist nicht sehr auffällig«, sagt sie.

»Schmeicheln Sie mir nicht. Es ist wie ein Requisit aus einem Horrorfilm. Ich weiß es. Ich hasse, dass jeder es sehen kann. Vor allem Sie.«

Vor allem sie?

»Ich sollte gehen.« Er steht abrupt auf, faltet seine Serviette mit einer Hand zusammen und legt sie neben seinen Teller. Seine Bewegungen sind geschickt und schnell wie die eines Zauberers.

»Charlie. Warten Sie.«

Sie steht auf, geht um den Tisch herum und streckt zögernd einen Arm nach der verletzten Hand aus. Er zuckt zurück und blickt schockiert, als sie sie zärtlich ergreift. Sie fragt sich, ob andere Frauen ihn so berührt haben. Sie hält seine Hand mit einer umfasst und streichelt sie mit der anderen.

»Sehen Sie sie nicht an«, sagt er. Er beginnt, seine Hand zurückzuziehen, aber sie lässt es nicht zu.

Die Haut ist, wie sie vermutet hat, erhöht und verdickt, sehnig von Narben, aber sie fühlt sich nicht davon abgestoßen. Die Haut ist noch immer weich. Noch immer warm. Noch immer menschlich.

»Ich finde Ihre Hand nicht abstoßend«, sagt sie. »Sie ist ein Teil von Ihnen. Sie hat viel durchgemacht. Ich habe Mitleid mit ihr.« Sie hebt sie an und hält sie sich an die Wange.

Seine Lippen öffnen sich, als ob er sprechen will. Er schließt die Augen. Schützt er sich vor dem Anblick, wie sie seine verletzte Hand hält, oder ist er berührt davon, dass sie keine Angst hat, sie zu liebkosen?

»Bitte«, sagt er.

»Ich weigere mich, Sie glauben zu lassen, dass Ihre Hand grauenhaft ist.«

»Man hat mir gesagt, dass sie grauenhaft ist«, erwidert er. »Jemand, den ich einmal geliebt habe, hat mir gesagt, dass sie grauenhaft ist.«

Seine Worte treffen sie. »Dieser Jemand ist ein Dummkopf«, sagt sie leise.

In seinen Augen sieht sie Verwirrung und Verlangen.

»Ich sollte gehen«, sagt er. »Ich muss los.«

Sie nickt. »Ich weiß.«

Als sie seine Hand loslässt, kribbeln ihre Finger noch immer von der Berührung.

16

Gegen ein Uhr mittags bringt Ronnie, der Lagerist, Rosalind die allwöchentliche Lieferung neuer Artikel. Jedes Mal, wenn er ein Paket vom Warenlager hochbringt, sagt er dasselbe: »Für Sie, Miss Porter. Diamanten für meine Prinzessin.«

»Vielen Dank, Ronnie«, sagt sie zu ihm. »Ein paar neue Diamanten kann ein Mädchen immer gebrauchen.« Sie sieht ihm nach, als er sich entfernt, rundlich, schütteres Haar. Ein Mann mit einem freundlichen Herzen. Heute weiß sie dieses freundliche Herz besonders zu schätzen. Sie war den ganzen Tag nervös und abgelenkt, aufgewühlt von Charlies Geschichte und entsetzt von der Vorstellung, was Menschen anderen Menschen antun können. Aber ihr wird auch warm ums Herz, wenn sie an Charlie Szydlo denkt. Sie ist verblüfft davon, wie sehr sie sich danach sehnt, ihn wiederzusehen, seine warme Haut an ihren Fingern zu spüren. Selbst seine verkrüppelte Hand hat sich für sie schön angefühlt. Liegt es nur daran, dass er den Retter in der Not gespielt hat, indem er bei ihr geblieben ist? Sie wünschte, er würde heute Abend wiederkommen. Ihr graut davor, allein nach Hause zu kommen, um sich diesem Chaos zu stellen, dem Gefühl, dass jemand ihre Privatsphäre verletzt hat. Sie wusste gar nicht, wie bitter Angst schmecken kann.

Sie hält nach dem Mann Ausschau, der sie verfolgt hat, rechnet jeden Augenblick damit, diese seltsamen Augen zu entdecken, den dichten blonden Haarschopf, der unmöglich echt sein kann. Selbst als schließlich eine Kundin an ihren Tresen kommt, eine Frau, die sich für einige der ältesten und ausgefallensten Ringe interessiert, fällt es ihr schwer, sich auf sie zu konzentrieren, sich nicht nervös nach dem Eindringling umzusehen.

Gegen halb vier ist sie dabei, eine Granatbrosche in Form eines auffliegenden Vogels auf die schwarze Samtunterlage zu stecken, auf der sie die mittelgroßen Broschen aufbewahrt. Sie ist in Gedanken bei Charlies Geschichte von seiner Mutter, die Hüttensänger stickte, während er schlief, als sie auf einmal ein leises »Miss Porter« hört. Als sie erschrocken aufblickt, sieht sie eine unbekannte junge Frau vor sich stehen. In ein strenges blaues Kostüm gehüllt, sieht das Mädchen einschüchternd aus, obwohl sie mit Sicherheit jünger ist als Rosalind. Ihr mittelbraunes Haar ist streng zusammengebunden. Rosalind bemerkt die Haarnadeln: eine hinter der anderen, so ordentlich wie Stiche von einer Nähmaschine.

»Kenne ich Sie?«, fragt Rosalind.

»Ich bin Special Agent Szydlos Sekretärin, Donna. Er hat mich gebeten, Ihnen eine Nachricht zu überbringen.« Ihre Stimme ist ein Flüstern. »Er hielt es nicht für klug, selbst hierherzukommen, für den Fall, dass Sie beschattet werden.« Rosalind nickt. »Um zehn Uhr heute Abend wird ein Mann bei Ihnen sein, der auf Sie aufpasst. Er wollte, dass ich Ihnen das sage.«

»Wirklich? Da bin ich aber erleichtert.«

Die junge Frau hat etwas so Förmliches und Unbeholfenes an sich, dass Rosalind fast Mitleid mit ihr hat. Die Frau lässt ihre Handtasche aufschnappen und entnimmt ihr etwas. »Strecken Sie die Hand aus«, flüstert sie.

Die Frau drückt Rosalind einen kleinen Gegenstand in die Hand, der so schwer ist, dass Rosalinds Arm im ersten Moment nach unten sackt. Rosalind zieht ihre Hand unter den Tresen zurück, und als sie sie öffnet, sieht sie die kleinste Kamera, die ihr je unter die Augen gekommen ist.

»Agent Szydlo sagt, Sie sollen sie weglegen, irgendwohin, wo Sie rasch danach greifen können. Er will, dass Sie sie benutzen, wenn Sie den Mann sehen, der Sie verfolgt. Da Sie das Foto aufnehmen müssen, ohne dass er etwas bemerkt, können Sie sich die Kamera nicht vors Auge halten. Verstehen Sie? Das runde Teil ist das Objektiv. Es muss so genau wie möglich auf die Zielperson gerichtet sein.«

»Ja, ich habe schon früher eine Kamera benutzt.«

»Und ich soll Sie ermahnen, sie ruhig zu halten, während Sie auf den Auslöser – den kleinen runden Knopf oben – drücken. Andernfalls wird die Fotografie verschwommen. Stellen Sie die Kamera auf den Tresen, wenn Sie können. Aber neigen Sie sie zum Gesicht des Mannes. Der Film ist bereits eingelegt. Sechsunddreißig Aufnahmen. So viele werden Sie vielleicht machen müssen, um ihn zu erwischen, ohne durchs Objektiv zu sehen. Agent Szydlo hat gesagt, Sie sollen sich keine Sorgen darum machen, ob Sie Bilder verschwenden – sechsunddreißig haben Sie ja. Außerdem hat er mich gebeten, Sie zu fragen ...« Sie furcht die Stirn. »Ob es Ihnen ... ob es Ihnen ... ähm ... gut geht.« Offensichtlich hält die Frau die Frage für seltsam. Sie ist so ernst, so nonnenhaft. Kein Lippenstift. Kein Schmuck. Roz fragt sich, ob Donna Agent Szydlo attraktiv findet, oder fühlt sie sich von seiner verletzten Hand abgestoßen? Und was hält Charlie von ihr? Sie ist eine Frau, mit der er jeden Tag zusammenarbeitet.

»Sagen Sie ihm, ich freue mich nicht darauf, nach Hause zu kommen.«

Die Sekretärin nickt lebhaft, als ob sie versuchte, sich die Worte einzuprägen.

»Zeigen Sie mir ein Schmuckstück«, fordert sie Rosalind auf.

»Wie bitte?«

»Agent Szydlo hat gesagt, ich soll so aussehen wie eine Kundin, für den Fall, dass uns jemand beobachtet.«

Rosalind zieht einen kleinen Trauerring von ihrem Finger und reicht ihn Donna. Donna dreht ihn immer wieder um, runzelt dabei die Stirn.

»Da ist ja ein Baby drauf«, sagt sie. Auf einem Oval aus Porzellan sieht das Gesicht eines lockigen, rotwangigen Babys mit großen blauen Augen zu ihr hoch. Diese Augen waren geschlossen, und dieses wunderschöne Kind lag in einem Sarg, als die Miniatur gemalt wurde. Zwei Engelsflügel, die auf die goldene Fassung unter dem Porträt eingraviert sind, weisen darauf hin. Die Gravur auf der Innenseite lautet: *Die Liebe trauert. Der Himmel frohlockt. Edmund Karl Michael.*

»Ja«, sagt Rosalind. »Die Mutter hat diesen Ring zum Gedenken an das Kind anfertigen lassen. Das taten die Leute damals, um sich zu trösten.«

»Aber wer würde denn die Erinnerung an ein totes Baby am Finger tragen wollen?«

»Eine liebende Mutter ganz sicher«, erwidert Rosalind. »Aber ich trage ihn auch gern.« Sie nimmt den Ring und steckt ihn sich wieder an den Finger. »Im achtzehnten Jahrhundert sind ständig Babys gestorben. Ich finde, er ist wunderschön, aber er ist nicht jedermanns Geschmack. Vielleicht würden Sie das hier vorziehen?« Sie holt einen Verbundenheitsring mit besonders kleinen Steinen hervor. Rosalind fand immer, dass er nicht viel hermachte, da die Steine so winzig sind. Donna steckt ihn sich an den Finger und dreht ihn unter dem Licht hin und her.

»Dieser Tresen wird angestrahlt, damit die Edelsteine glänzen, habe ich recht?«, sagt sie.

»So können Sie sie besser sehen.«

»Aber das ist Betrug. In der richtigen Welt werden sie nicht so aussehen, oder?«

»Im Sonnenlicht werden sie genauso glänzen.«

»Ich habe für Schmuck sowieso nicht viel übrig.« Donna gibt ihr den Ring zurück, als wäre er verseucht. »Der Mann vor Ihrer Tür heute Abend – sein Name ist Gray. Er wird klopfen, wenn er ankommt. Ein anderer Mann wird morgen bei Ihnen sein. Agent Lawrence.«

»Der Mann heute Abend wird einfach nur vor meiner Tür sitzen?«

»Das ist der Plan.«

»Aber was soll ich meinen Nachbarn sagen? Oder wenn Weaver unerwartet auftaucht? Was werde ich zu ihm sagen? Wie soll ich es erklären?«

»Ich weiß nicht«, antwortet Donna. »Rufen Sie Agent Szydlo an, wenn Sie irgendwelche Anweisungen benötigen.«

»In Ordnung.« Um zu verhindern, dass Weaver bei ihr vorbeikommt, wird sie zu ihm nach Hause fahren müssen. Sie nimmt die Kamera hinter dem Tresen, wo nur sie sie sehen kann, in die Hand. So klein, so leicht zu verstecken. Eine Kamera, um einen Russen zu erwischen. Wie ist sie hier nur hineingeraten?

»Gibt es sonst noch irgendetwas, das ich Agent Szydlo von Ihnen ausrichten soll?«, fragt Donna.

Rosalind stellt die Kamera wieder auf das Regal hinter dem Tresen. Sie wünschte, sie könnte sagen: *Sagen Sie Charlie, ich will, dass er die Nacht wieder bei mir verbringt.* Stattdessen sagt sie: »Sagen Sie ihm Danke für die Kamera.«

Kurz nach Einbruch der Dunkelheit steht Charlie vor der brandneuen Tür des gelben Hauses in der Paulina Street und versucht, den Mut aufzubringen anzuklopfen. Die Tür ist rot, mit drei länglichen Fenstern. Warum in aller Welt hat Sondra eine rote

Tür ausgewählt? Zu der gelblichen Verkleidung sieht die Tür aus wie Ketchup an Senf. Er spielt mit dem Gedanken, die Flucht zu ergreifen, von zu Hause anzurufen und zu sagen, es täte ihm leid, er müsse sich eine Grippe eingefangen haben. Nur dass er ein erbärmlicher Lügner ist und Peggy ihm niemals den Rücken decken würde. »Lügen ist kein Teil der Zehn Gebote«, hielt er ihr einmal entgegen, als er ungefähr zehn war. »Außer ›kein falsches Zeugnis reden wider deinen Nächsten‹, und ich wüsste gar nicht, wie das geht.«

»Was bist du nur für ein Dummerchen. Es ist trotzdem eine Sünde. Alles Lügen ist Sünde.«

Gott. Warum hat er bloß die Freundin seiner Schwester zum Dinner eingeladen? Als er laut klopft, schwingt die rote Tür nach innen auf, und Sondra steht vor ihm, in einem schicken Kleid.

»Dachte ich mir doch, dass ich dich dort draußen gesehen habe«, begrüßt sie ihn fröhlich. »Komm rein.«

»Hast du eine neue Tür?«

»Die alte war hinüber. Ist eines Morgens einfach abgefallen. Gefällt sie dir?«

»Die Tür? Oh, na klar. Wer mag denn kein Rot?« Er zum Beispiel. Er stellt sich vor, wie Peggy den Kopf schüttelt.

Sie streicht ihren bauschigen Rock glatt, als sie ihn vorbeilässt. Die Schultern durchgedrückt, die Haare hochgesteckt, korallenroter Lippenstift und Rouge auf den Wangen, korallenroter Nagellack – das alles ist viel zu viel Aufwand für ein schlichtes Dinner im Kutz's. Das Kleid ist schwarz-weiß geblümt, in mehreren Schichten aus diesem durchschimmernden Stoff, den Peggy Organdy nennt. Sondra scheint eine völlig andere Frau zu sein als die, die neulich zum Mittagessen gekommen ist, die so natürlich, ein wenig hausbacken aussah.

»Und, wie geht's dir, Sondra?«, fragt er.

»Oh, gut. Gut. Ich muss nur rasch meine Sachen zusammensuchen. Ein bisschen Puder für die Nase. Ich hätte meine Handtasche packen sollen, bevor du gekommen bist, aber ich hatte keine Zeit.« *Ja, weil sie ihre Nägel machen und Lippenstift auftragen und ihre Haare mit Haarspray einsprühen musste*, denkt er. Er versucht sich zu sagen, dass sie sich zu sehr bemüht, weil sie eine Frau ist, die noch immer leidet. Die verletzt vom Krieg ist, so wie er es war. Aber er kann nicht umhin, sich bedroht davon zu fühlen, dass sie sich nur für ihn so aufgedonnert hat.

Er sieht sich um. Er ist mit Linda zur Einweihungsparty hier gewesen, im Sommer des Jahres, in dem Sondra und ihr Ehemann es kauften. Kekse und Sandwiches, in Form von Häusern zurechtgeschnitten. Verwandte, Freunde, neue Nachbarn, alle waren eingeladen. Charlie und Linda, damals noch Teenager, schlüpften in den dunklen, schmalen Übergang zwischen dem Haus der Beckers und dem ihrer Nachbarn, und da sie dachten, niemand könne sie sehen, begannen sie, sich zu küssen. Er erinnert sich, wie er sich an seine weiche, geschmeidige und sehr willige Freundin presste und seine Hand unter ihrer Bluse hochschob. Peggy ohrfeigte ihn, als sie nach Hause kamen. »Du kannst von Glück reden, dass ich Mama nichts davon sage«, meinte sie. »Hast du überhaupt eine Ahnung, wie *peinlich* du dich benommen hast? Wenn ich es gesehen habe, könnte es jeder andere auch gesehen haben. Sondra ist *meine* Freundin, Charlie. Und es war eine nette, familiäre Party. Die Engel haben ihre Augen bedeckt. Was ist denn bloß *los* mit dir?« Jetzt errötet er bei der Erinnerung. Oh, wie viel Verlangen er damals hatte – wie ein Wasserfall: stets fließend, laut, unnachgiebig genug, um ein Loch in Stein zu graben.

Größtenteils wurde dieses Verlangen ein Opfer vom Krieg, von seiner Gefangenschaft und Lindas Zurückweisung. Bis auf gestern Nacht, als er, auf Rosalinds Sofa, eine Kostprobe davon bekam. Er sehnte sich nach ihr, die im Zimmer nebenan lag, auf eine Art, auf die er sich seit Jahren nicht mehr nach jemandem gesehnt hat. Verzehrte sich im Schlaf nach ihr, träumte davon, sie zu küssen, sie auszuziehen, und wachte schließlich eben noch rechtzeitig auf, um das Bettzeug nicht zu beflecken. Es ist ein Wahnsinn, so für die Frau zu fühlen, die er ermuntert, mit seinem Verdächtigen Nummer eins zu schlafen. Seine Informantin. Und sie hat noch immer genügend Gefühle für ihren Ex-Liebhaber, um ihm zuliebe Informationen zurückzuhalten. Und doch, heute Morgen, die Art, wie sie seine Hand genommen hat ... Nichts hat ihn seit dem Krieg so sehr berührt. Nichts.

Andererseits ist das Einzige in seinem Leben, was ihm in letzter Zeit durchweg irgendetwas bedeutet hat, seine Arbeit. Und wenn er etwas mit Rosalind anfangen würde, würde er aufs Spiel setzen, was ihm am wichtigsten ist. Und doch ... Die Art, wie sie seine Narben berührt hat, davon geflüstert hat, wie seine verkrüppelte Hand ein Teil von ihm sei und sie nicht beleidige. Bildet er sich nur ein, dass sie sich auch zu ihm hingezogen fühlt? Offensichtlich ist sie noch immer vernarrt in Weaver. Der Gedanke, dass Rosalind mit diesem Mann, diesem Verräter, im Bett liegt, macht ihn krank.

»Können wir?« Sondra wirbelt ins Zimmer wie ein kleines Mädchen, das sein neues Balletträckchen vorführt. Er holt tief Luft. Ihre Nase ist gepudert. Ihre Augenlider sind angemalt. Sie hat Hoffnungen für diesen Abend. Hoffnungen bezüglich seiner Person. Sie hat völlig vergessen oder falsch aufgefasst, dass er gesagt hat, er will mit ihr befreundet sein. Er wollte noch nie irgendjemanden enttäuschen. Das ist einer der Hauptgründe, weshalb er in letzter Zeit meistens für sich geblieben ist. Er hat nichts zu bieten. Aber jetzt ist es zu spät, um einen Rückzieher zu machen, und sie lächelt ihn an, als ob er das Weihnachtsgeschenk ist, das sie immer unter ihrem Baum zu finden hoffte.

An diesem Morgen, vor der Arbeit, hat Rosalind Zeke angerufen und ihn angefleht, sie nach der Arbeit nach Hause zu begleiten und über Nacht zu bleiben. Sie hat gesagt, sie würde ihm alles erklären, wenn sie sich sehen. Und jetzt steht er vor der Tür zur State Street, als sie bei Field's herauskommt, und schießt Fotos von Passanten. Seine überdimensionale Kamera scheint mehr zu wiegen als er selbst.

»Halt still und sieh zu, wie dieser Bus vorbeifährt«, befiehlt er ihr und richtet die Kamera auf sie.

»Was?«

»Tu einfach, was ich dir sage.« Sie verlagert ihr Gewicht unbehaglich, während Zeke ein paar Fotos schießt.

»Es ist mir ein Rätsel«, sagt er, »wie eine Frau, die so anmutig ist wie du, sich in der Sekunde, in der sie weiß, dass sie fotografiert wird, in eine Mumie verwandeln kann.«

»Halt den Mund.« Sie küsst ihn, und dann muss sie den Lippenstift von seiner sommersprossigen Wange wischen. »Danke, dass du gekommen bist.«

»Was zum Teufel ist denn eigentlich los?«

»Ich brauche meinen besten Freund. Ist das nicht genug?«

»Nein. Wir haben uns gestern Abend zum Dinner getroffen. War *das* nicht genug?« Als sie keine Antwort gibt, hakt er sich bei ihr unter. »Was hat Weaver denn jetzt schon wieder getan? Spuck's schon aus.«

»Es geht nicht um Weaver.«

»Worum denn dann?«

»Ich wurde ausgeraubt.«

»Was?«

»Ich wurde ausgeraubt.«

»Und das ist keine Metapher?«

Sie schüttelt den Kopf.

»Wann denn?«

»Gestern Abend.«

Zeke stöhnt auf. »Aber gestern Abend waren wir beide zusammen.«

»Als ich nach Hause kam, stand die Tür offen. Die Wohnung war ein Albtraum.«

»Und du hast mich nicht angerufen?«

»Ich habe die ... Polizei angerufen. Aber jetzt habe ich Angst davor, allein nach Hause zu kommen. Außerdem herrscht dort ein Riesenchaos.«

»Warum sollte irgendjemand dich ausrauben? Du trägst keinen teuren Schmuck. Oder Pelze. Du bist ein Reinfall für jeden Räuber.«

»Schönen Dank auch. Wenn ich die Leute das nächste Mal sehe, werde ich sie fragen, warum zum Teufel sie sich überhaupt die Mühe gemacht haben.«

Er stößt sie mit dem Ellenbogen in die Seite. »Ich weiß nicht, ob ich dich drollig oder sarkastisch nennen soll, aber keines von beidem ist attraktiv, junge Dame.« Er zieht sie näher an sich, tätschelt ihre Hand. »Ich bin froh, dass dir nichts passiert ist, Bunny.« Zeke kann zwar im Grunde nichts für sie tun, aber trotzdem gibt es nichts Tröstlicheres als seine vertraute Nähe.

Als sie eintreten, nickt Frank ihnen zu und sagt »Mr. Adams«, dann wartet er, bis Zeke auf halbem Weg zum Aufzug ist, bevor er flüstert: »Miss Porter?« Sie dreht sich noch einmal zu ihm um. »Dieser Mann, dieser FBI-Agent gestern Abend. Ist er Ihr neuer Verehrer?«

Sie schüttelt lächelnd den Kopf. »Nur ein Bekannter. Ich konnte mich glücklich schätzen, dass er verfügbar war, um mir zu helfen.«

»Netter Bursche. Es wäre gut, einen solchen Burschen als Freund zu haben«, sagt er. *Anstelle von Weaver* ist, was er wirklich meint. »Wenn Sie die Wahrheit wissen wollen, ich habe ein ungutes Gefühl wegen dieser Sache. Wir hatten in diesem Gebäude seit zehn Jahren oder noch länger keinen Einbruch.«

»Frank, es ist nicht Ihre Schuld.«

»Ich verstehe nicht, wie ein Einbrecher an mir vorbeischlüpfen konnte. Ich versuche, auf alles zu achten. Ich wollte Ihnen nur versichern, dass ich bei meiner Arbeit tausendprozentig bei der Sache bin.« Er blickt gequält.

»Es ist angenehm zu wissen, dass Sie hier sind, um mich zu beschützen.«

»Beeil dich, Bunny«, ruft Zeke vom Aufzug. »Ich mache mir vor Angst in die Hose.«

»Komme schon! … Danke, Frank«, sagt sie. »Ich bin sicher, es gibt keinen Grund zur Besorgnis.« Trotzdem, im Aufzug kriecht Angst ihr Rückgrat hoch und lässt sie erschaudern.

Als sie die Tür zu ihrer Wohnung öffnen, fühlt sich das Chaos verblüffend aggressiv an. Zeke kann nicht aufhören, mit der Zunge zu schnalzen, während er das Durcheinander in Augenschein nimmt. Er ist es, der sich noch einmal umdreht, sobald sie die Wohnung betreten haben, beide Schlösser abschließt und die Kette vorlegt. »Man kann gar nicht vorsichtig genug sein«, sagt er. »Aber was *dieses Chaos* hier angeht, da brauchst du eine Putzfrau, nicht mich.«

»Ich hätte vorschlagen sollen, dass du deine Putzfrauenuniform mitbringst, mit Staubwedel und allem. Und ich ziehe meine Latzhose an.«

Als sie aus dem Schlafzimmer kommt, schnappt sich Zeke ein rotes Kopftuch, das auf einem Stapel liegt, den die Einbrecher aus der Schublade des Dielentischs geräumt haben.

»Komm her«, sagt er. »Wir machen aus dir Rosie, die Dreherin.« Er bindet ihr das Tuch um die Locken, dann dreht er sie herum, sodass sie sich im Spiegel betrachten kann. Es ist beruhigend, Zeke hier zu haben. Trotzdem senkt sich Panik über sie, während sie beginnt aufzuräumen. Jemand hat ihre Habseligkeiten angefasst. Jemand will etwas von ihr. Und sogar Charlie und sein Team haben alles angefasst und bewegt: ihre Wäsche, ihr Tagebuch, diese Schachtel mit Liebesbriefen von Weaver.

Sie befeuchtet einen Lappen und wischt das Fingerabdruckpulver weg, das Charlie und das Spurensicherungsteam zurückgelassen haben. Sie nimmt das zusätzliche Kopfkissen, das Charlie heute Morgen auf dem Sofa liegen gelassen hat, in die Hand und hält es sich kurz an die Nase, um seinen Geruch – sauber und zutiefst männlich – einzuatmen, bevor sie einen Platz dafür im Wäscheschrank findet. Zeke ist dafür zuständig, die Bücher wieder in die Regale zu räumen, aber bei jedem dritten Buch setzt er sich hin, um einen Blick hineinzuwerfen. Gegen acht haben sie noch immer einen Haufen Arbeit vor sich, aber sie entscheiden, dass sie besser eine Essenspause einlegen sollten. Sie holt eine Dose Ravioli und hält sie vor Zeke hoch.

»Gourmetkost?«, fragt sie.

»Wer braucht schon Filet Mignon?«

Sie öffnet sie mit dem Dosenöffner und wirft die zähe Masse in einen kleinen Emailletopf. Sie hat eben die Herdplatte eingeschaltet, als der Türsummer sie zusammenzucken lässt.

»Miss Porter, hier ist Mr. Weaver für Sie …«, sagt Frank.

Großer Gott, hat Weaver etwa seinen Besuch angekündigt, und sie hat es vergessen? Franks Ton sagt: *Schicken Sie ihn weg*. Für einen kurzen Moment wird sie panisch, unsicher. Sie trägt eine Latzhose und ein Kopftuch. Sie muss fürchterlich aussehen. Aber sie hat keine andere Wahl. »Schicken Sie ihn hoch.«

»Weaver ist hier«, ruft sie Zeke zu.

»Soll das heißen, ich kann gehen?«, fragt er.

»Und dir ein Ravioli-Dinner von Chef Boyardee entgehen lassen? Es liegt ganz bei dir.«

»Ich werde dem heimgekehrten Liebhaber kurz Hallo sagen und euch beide dann allein lassen, um zu tun, was immer ihr zwei tut«, sagt er mit einem lasziven Grinsen.

Sie stellt den kaum erwärmten Topf in den Kühlschrank und wirft die Dose in den Mülleimer. Kein Grund, Weaver noch mehr Beweise dafür zu liefern, dass sie eine erbärmliche Köchin ist. An der Tür reißt sie sich das Kopftuch herunter. An der Latzhose kann sie nichts ändern, aber sie trägt rasch etwas Lippenstift auf.

Als sie schließlich alle Schlösser aufgesperrt hat, wundert sie sich über Weavers Erscheinungsbild. Er scheint noch dünner geworden zu sein, und erstaunlicherweise noch auffälliger. Seine neue Schlankheit betont seine Wangenknochen und sein kantiges Kinn und rückt seine Augen – in diesem Moment ein klares Moosgrün – mehr ins Blickfeld. Hat er je zuvor so absolut männlich ausgesehen? Sie wünschte, sie würde sich nicht so zu ihm hingezogen fühlen.

»Du hast nicht gesagt, dass du kommst …« Wenigstens soll ihr FBI-Aufpasser erst um zehn Uhr auftauchen, denkt sie erleichtert.

»Darf ich trotzdem eintreten?«

»Natürlich, ich … Geht es dir gut?« Er sieht nervös aus, aufgewühlt.

»Ich brauche einen Drink. Hast du noch etwas von diesem tollen Scotch da? Zeke!«

»Ich wollte eben gehen. Achte gar nicht auf mich. Du bist

hier, um den Tag zu retten, und ich kann wieder zu meinem stillen kleinen Leben zurückkehren.« Er küsst Rosalind auf die Wange und wickelt sich eine ihrer Locken um die Finger. »Wir sehen uns, Bunny. Es wird alles gut, da bin ich mir ganz sicher.«

Als er gegangen ist, lässt sich Weaver erschöpft in einen Sessel fallen.

»Was hat er damit gemeint, es wird alles gut? Was ist hier passiert?« Weaver sieht sich um. Sie und Zeke sind ein bisschen vorangekommen, aber unter der Klavierbank sind noch immer Notenblätter verstreut, ein Bilderrahmen liegt zerbrochen neben der Heizung, und zu viele Bücher sind noch immer nicht in die Regale geräumt, weil Zeke sie unwiderstehlich fand.

»Bei mir wurde gestern Abend eingebrochen.«

Seine Augen weiten sich. »Großer Gott«, sagt er. »Aber mit dir ist alles in Ordnung?«

»Es hätte schlimmer kommen können. Ich war nicht da. Und ehrlich gesagt kann ich nicht sehen, dass sie irgendetwas mitgenommen haben. Nicht meinen Schmuck. Nicht meine fünfundvierzig Dollar in der Schublade neben dem Kühlschrank. Ich würde sagen, sie haben nach irgendetwas gesucht und es nicht gefunden. Eine Verwechslung vielleicht …« Sie klingt zu fröhlich, aber ihr fällt keine bessere Art ein, sich nicht anmerken zu lassen, dass sie weiß, dass es seine Schuld ist. Sie findet die Flasche Scotch und schenkt ihm ein großes Glas ein, obwohl sie sieht, dass diese lange gehütete Flasche jetzt nur noch zu einem Viertel gefüllt ist.

»Du hast mich nicht angerufen?«

»Ich war mit Zeke unterwegs, als es passiert ist, Gott sei Dank.«

»Haben sie diesen Umschlag mitgenommen, den ich dir gegeben habe? Haben sie *den* mitgenommen?« Seine Stimme bebt, als er sie das fragt. An der Panik in seiner Miene gibt es nichts zu deuten.

»Nein. Er liegt in einem Schließfach bei meiner Bank.«

»Gott sei Dank«, sagt er. »Gott sei Dank. Hast du die Polizei gerufen?«

»Ja. Sie haben Fingerabdrücke genommen.«

»Oh, Gott.«

»Was denn?«

Er schüttelt nur den Kopf. »Hoffentlich hat die Polizei *ihre* Fingerabdrücke nicht in den Akten.«

»Wessen Fingerabdrücke?«

»Die der Leute, die diesen Umschlag wollen.«

»Das heißt, du glaubst, darum geht es hier? *Um deinen Umschlag?* Und du hoffst, dass die Polizei die Leute, die das getan haben, *nicht* identifizieren können wird? Mein Gott, Weaver. In was hast du mich da hineingezogen?«

Er stellt seinen Drink mit einem lauten Geräusch ab und steht rasch auf, offensichtlich von einem entsetzlichen Gedanken durchzuckt. Er packt ihre Hand, reißt die Wohnungstür auf und zerrt sie in den Flur hinaus. Er schließt die Tür fest hinter ihnen.

»Wohin willst du … Was haben wir …?«

Er legt sich einen Finger an die Lippen.

Auf halbem Weg den Flur hinunter flüstert er: »Deine Wohnung ist verwanzt.«

»Verwanzt? Ich verstehe nicht.«

»Mit Abhörgeräten. Ich weiß nicht, warum ich nicht schon früher darauf gekommen bin. Das ist die einzige Möglichkeit, wie sie wissen konnten, dass ich dir den Umschlag gegeben habe. Sie haben mich darüber reden hören, als ich ihn dir gegeben habe. Gottverdammt noch mal!«

Für einen Moment ist sie verwirrt. Er spricht nicht davon,

dass das FBI das Telefon angezapft hat. Das hier ist schlimmer. Ist er nur paranoid, oder ist es die Wahrheit? Haben sie gehört, wie sie und Weaver sich geliebt haben? Wissen sie, dass Charlie die vergangene Nacht bei ihr verbracht hat, selbst wenn Weaver es nicht weiß?

»Warum sollte irgendjemand *mich* abhören wollen?«

»Lass uns zum See hinuntergehen, dann werde ich es dir erklären«, sagt er. »Schnapp dir deine Handtasche, und ich hole mir meinen Drink. Aber sag kein Wort, bis wir draußen sind.«

»Meinst du nicht, die Leute werden es seltsam finden, wenn du mit einem Glas Scotch in der Hand durch die Straße läufst?«

»Ich schere mich nicht darum, was irgendjemand denkt«, erwidert er. »Hol alles, was du brauchst, und dann lass uns das Gebäude verlassen.«

»Zuerst muss ich diese Latzhose ausziehen. So kann ich abends nicht ausgehen.«

»Dann tu das, nur beeil dich.«

In ihrem Schlafzimmer zieht sie sich so rasch wie möglich um. Sie kann ihr Herz so laut hämmern hören, dass wahrscheinlich ihre Abhörer es auch mitkriegen. Wenn ihre Wohnung tatsächlich verwanzt ist, was hat sie gestern Nacht oder heute Morgen zu Charlie gesagt? Werden sie sich nicht denken können, dass er vom FBI ist? Und die beiden anderen Männer, die gekommen sind, um Fingerabdrücke zu sichern: die Art, wie sie darüber diskutiert haben, ihre Wohnung für die Spurensicherung aufzuteilen? Dann haben sie das auch gehört. Bringt sie das nicht in Gefahr? Und auch Weaver …

Im Aufzug fällt ihr das Atmen schwer. Weaver hält den Blick auf die Etagenanzeige geheftet und sagt kein Wort. Frank nickt ihnen zu, als sie versuchen, beiläufig hinauszugehen, Weaver mit einem Drink in der Hand. Der Himmel ist wolkenlos, ein elegantes Blau. Ein Van-Gogh-Himmel, magisch und sternenklar.

Die Tatsache, dass es ein solch schöner Abend ist, macht sich über sie lustig. Ihr Atem wird noch verkrampfter, und die Straße beginnt, sich vor ihren Augen zu drehen.

»Weaver, ich glaube, ich fühle mich schwindelig«, sagt sie.

»Oh, nein«, sagt er. »Du hyperventilierst wahrscheinlich. Atme tief ein und achte darauf, lange auszuatmen. Du wirst mir doch nicht ohnmächtig werden, oder?«

»Ist meine Wohnung wirklich verwanzt? Wie viele Leute haben uns dabei belauscht, wie wir uns *geliebt* haben?«

»Daran können wir jetzt nichts mehr ändern«, meint er kühl.

»Du hast immer gesagt, ich bin zu laut im Bett.«

»Ich habe dich nur aufgezogen. Ich mag die Geräusche, die du machst. Hör zu, es tut mir leid. Diese ganze Sache tut mir leid.« Er nimmt den Scotch in die andere Hand und legt ihr einen Arm um die Taille. »Du wirst mir hier doch nicht zusammenbrechen, oder? Atme langsam.«

Sie gibt sich Mühe. Der Schwindel legt sich etwas, aber nicht ganz. Natürlich, sie hat ja auch seit heute Mittag nichts mehr gegessen.

»Soll das heißen, es ist deine Schuld, dass sie uns abhören?«, fragt sie.

»Das ist gut möglich.«

»Und wer sind *sie*?«

Er schüttelt matt den Kopf. »Atme«, sagt er.

Sie atmet in tiefen Zügen, konzentriert sich aufs Ausatmen. Sie spürt ihre Wut bis in die Fingerspitzen, fühlt, wie sich ihre Kehle zuschnürt. Dass ihre Wohnung durchwühlt wurde, ist entsetzlich. Aber die Vorstellung, dass jemand alles, was sie dort getan hat, belauscht hat … wie lange schon?

»Leg die Hände um Mund und Nase atme hinein. Ich würde dir eine Papiertüte geben, wenn ich eine hätte.«

»Du hast mir das angetan«, sagt sie.

Er blickt traurig und verlegen drein.

»Ich weiß nicht, worin du verstrickt bist. Und doch hast du mich zur Zielscheibe gemacht«, sagt sie.

Er nickt, blickt verletzt. »Ich kann dir nicht verdenken, dass du wütend bist. Komm, lehn dich für einen Moment an.« Sie setzt sich halb auf eine kleine Mauer, die ein großes, stattliches Haus umgibt. Sie erinnert sich, dass er sie hier schon einmal hingesetzt hat, vor langer Zeit, um sie zu küssen, während des Krieges. Damals gingen sie ständig spazieren, hielten nach Fenstern Ausschau, die nicht mit Vorhängen verhängt und hell erleuchtet waren, sodass sie in die Häuser spähen konnten. Was für eine Ironie, dass sie sich damals einen Spaß daraus machten, andere Leute auszuspionieren, dass sie das Gefühl hatten, es sei völlig in Ordnung, so etwas zu tun! Jetzt streicht Weaver ihr übers Haar, mustert sie besorgt, auf eine Art, auf die er es noch nie zuvor getan hat. Er ist besorgt, ob sie ihm verzeihen wird. Er hat keine Ahnung, dass die Russen inzwischen vielleicht wissen, dass das FBI eingeschaltet ist. Und sie kann kein Wort sagen. Wie ist sie da nur hineingeraten? Sie ist wütend auf ihn, und sie hat Angst um ihn. *Atme*, befiehlt sie sich. *Atme*.

Nach einer langen Weile sagt er leise: »Was meinst du, Darling? Fühlst du dich gut genug, um zu unserer Bank zu gehen?«

»Ja.«

»Gut«, sagt er. »Ich bin nämlich heute Abend gekommen, um dir etwas zu sagen.«

Charlie bestellt sich ein Steak und ein Bier. Er war nie ein starker Trinker. Aber er zählt darauf, dass ein wenig Alkohol das Gespräch ankurbeln wird. Sondra bestellt sich einen Cocktail mit einer Maraschinokirsche, die auf einen violetten Glitzer-Zahnstocher gespießt ist. Das letzte Mal, dass er außer Haus gegessen hat, war im Berghoff, als er Rosalind beschattet hat. Er erinnert sich, wie er sie dabei beobachtete, wie sie die Gesellschaft ihrer Nichte genoss, während er unbeholfen und allein an seinem Tisch saß. Er würde alles geben, um heute Abend mit ihr hier zu sein anstatt mit Sondra, die sich als Erstes die Kirsche ihres Cocktails in den Mund steckt.

»Ich liebe Maraschinokirschen«, sagt sie. »Sie sind ein solcher Genuss.«

Er lächelt, verkneift es sich zu sagen, dass sie wie Hustenmedizin schmecken.

»Ich bin ein billiges Rendezvous«, sagt sie begeistert. »Ein Drink, und ich bin beschwipst.«

»Dann solltest du mit dem Trinken vielleicht besser warten, bis die Bedienung etwas Brot oder so bringt.«

»Spielverderber.« Sie knufft ihn in den Arm, und als sie das tut, muss er an Rosalind denken, wie sie zärtlich seine Hand genommen, sie gestreichelt, ihm in die Augen gesehen hat. An diese dunklen Augen, die sie hat. Ihren sanft geschwungenen Mund. Er schüttelt die Erinnerung ab, muss diesen Abend hinter sich bringen. Und es wird zu einer Herausforderung, denn je mehr Sondra trinkt, desto redseliger wird sie, bis sie der Bedienung ein Zeichen gibt, ihr noch ein Glas zu bringen.

»Du hast doch nichts dagegen, oder?«, fragt sie. Dass er keine Antwort gibt, fällt ihr gar nicht auf. Hat sich Sondra jedes Mal so benommen, wenn Peggy versucht hat, sie mit jemandem zu verkuppeln? Er nimmt an, dass es Männer gibt, die angetrunkene Frauen anziehend finden.

Er ist erleichtert, als der Salat gebracht wird, Eisbergsalat, zu Keilen geschnitten und unter milchigem Dressing begraben. Sie schneidet ihren Salat in Stücke und kaut knuspernd vor sich hin, erzählt ihm von ihrem Job bei der Kirche, während sie mit ihrer Gabel durch die Luft fuchtelt. Er fragt sich, ob er es schaffen kann, mit dem Messer ein Stück abzuschneiden, ohne den Keil durch die Luft zu schleudern, da er mit der kaputten Hand nicht die Gabel halten und ihn aufspießen kann. Sie redet von ihrem Bruder, den er kennt. Von ihren Eltern und wie sie sich Sorgen wegen des Älterwerdens macht. Vielleicht sollte er den Salat stehen lassen? Er versucht, ihn mit der Gabel aufzubrechen, dann entscheidet er, den Keil aufzuspießen und die Gabel mit dem linken Handgelenk auf den Teller zu pressen, während er mit dem Messer schneidet. Er wäre zu verlegen, das vor Rosalind zu tun. Aber ihm ist klar, dass Sondra zu beschwipst ist, um darauf zu achten.

»Es sind immer die alleinstehenden Töchter, die letztendlich wieder bei ihren Eltern einziehen und sich um sie kümmern. Das bin ich. Die alleinstehende Tochter«, sagt sie.

Nach dem Salat winkt sie der Bedienung und bittet um noch einen Drink. Charlie würde gern den Kopf auf den Tisch legen. Das wird ein langer Abend werden.

17

Rosalind und Weaver haben den Strand und ihre Bank erreicht.

»Geht es dir wieder gut? Willst du dich setzen?« Sie setzt sich auf dieselbe Seite, auf der sie in der Vergangenheit immer saß, mit Blick übers Wasser. Wie oft sind sie hierhergekommen, um Trost zu finden, zu streiten, zu weinen? Er beugt sich vor und stellt seinen Drink auf dem Boden ab, dann richtet er sich wieder auf und steckt sich eine Zigarette an. Er muss die Hände um die Flamme halten, um sie vor der Seebrise zu schützen, und das ist der Moment, in dem sie bemerkt, dass seine Hände zittern.

»Also, sag es mir«, fordert Rosalind ihn auf. »Wer hat meine Wohnung verwanzt und warum?«

Sie wartet auf die Lüge, das Ausweichen, das Schweigen. Aber er starrt nur vor sich aufs Wasser hinaus und sagt: »Ein paar Russen.«

Eine Minute lang ist sie zu verblüfft, um zu sprechen. Es ist das Letzte, was sie von ihm erwartet hat: Aufrichtigkeit.

»Oh, *Russen*«, sagt sie. Wenn Charlie sie nicht eingeweiht hätte, würde sie bestimmt mit Sarkasmus reagieren, oder? »Natürlich, bei *so* viel Aufregung in meiner Wohnung, wie könnten sich *Russen* da fernhalten?«

Die Muskeln in seinem Kiefer zucken. »Ich weiß, es klingt absurd.«

»Allerdings.«

»Ausnahmsweise sage ich dir die Wahrheit.« Auch das erschüttert sie.

»Ich habe mich vor Jahren unwissentlich auf etwas eingelassen«, sagt er.

»Unwissentlich. Mit Russen?«

»Ja.« Er setzt sich neben sie.

Während sie über den leeren Strand hinaussieht, erinnert sie sich an andere Abende, an denen sie in gequältem Schweigen nebeneinander auf dieser Bank saßen. Er wollte nicht über Hochzeit reden, sprach nie von Kindern, obwohl sie sich nach Kindern sehnte. Später, als sie von Reue gequält wurde wegen der Fotos, die sie von japanischen Gebäuden gesehen hatte, die nur noch einstürzende Skelette waren, von verbrannten Körpern und geschmolzenen Gesichtern, fragte sie flehend: »Ist es dir denn egal, was wir getan haben? Schämst du dich nicht für das, was wir erschaffen haben?« Während sie schluchzte, rauchte er nur und wartete darauf, dass sie sich beruhigte. Er kickte seine Zigarette in den Sand, nachdem er sie mit dem Schuh auf dem Betonboden ausgedrückt hatte. Im Allgemeinen sah sie seine Weigerung, sie zu trösten, als Zeichen seines Englischseins, seiner kühlen Abneigung gegen Zurschaustellung von Emotionen. Sie hätte ihn damals hassen sollen, aber sie liebte ihn. Alle geliebten Menschen haben ihre Fehler, sagte sie sich. Alle stellen Hindernisse dar. Sie verstand, dass ihr wunder Schmerz ihn stören musste.

Heute Abend sitzt er vornübergebeugt da und starrt auf den dunklen See hinaus, auf die Wellen, die schäumend ans Ufer schlagen. Er zieht an einer Zigarette, und als er ausatmet, erfasst der Wind den Rauch und lässt ihn tänzeln. Während er sich in einem Wirbel auflöst, legt sie Weaver eine Hand auf den Rücken, wartet auf sein Geständnis. Sie wird ihn immer lieben.

Das ist ihr Fluch. Obwohl er sie in Gefahr gebracht hat. Indem sie sich entschieden hat, ihn fürs FBI auszuspionieren, hat sie ihn auch in Gefahr gebracht.

Er raucht die Zigarette schweigend zu Ende, dann drückt er den Stummel auf dem Beton aus und steckt sich die nächste an. Die ganze Zeit zittern seine Hände. Sie wartet. In dem aufgeladenen Schweigen ringt sie mit sich. Was immer er ihr erzählt, wird sie es Charlie sagen müssen? Wird sie ihn verraten müssen? Wird sie letztendlich seine Richterin, vielleicht seine Henkerin sein? Sie hat diesen Mann geliebt. Einen Mann, der sein Land verraten hat. *Er könnte Informationen über die Atombombe weitergegeben haben. Dieser Mann könnte das Schicksal der Welt in die Hände des Feindes gelegt haben. Und jetzt, vielleicht, die Wasserstoffbombe. Ist es zu spät, um ihn aufzuhalten?* Sie schaudert.

»Bevor ich dir von den Russen erzähle«, sagt er, »muss ich dir noch etwas anderes sagen. Etwas Wichtigeres.«

Wie könnte irgendetwas wichtiger sein?

»Roz, ich habe Krebs.« Er sagt es so nüchtern. Die Worte stoßen eine Klinge in ihren Leib. Seine neue Schlankheit, seine Erschöpfung: Krebs. Prompt hört sie ein Rauschen in ihren Ohren, sieht Klinikstationen voller siechender Männer. Weaver. Krebs. Zwei Dinge, die unvereinbarer nicht sein könnten.

»Erinnerst du dich, nach Hiroshima und Nagasaki ... wie ich für eine Weile nach Los Alamos gegangen bin?«, fragt er.

Sie nickt.

»Ich nehme an, das war die Zeit, als ich exponiert wurde ...« Nach einer langen Pause fügt er hinzu: »Bei der Trinity-Anlage.«

»Du warst bei der Trinity?« Trinity war der Ort, wo sie die Bombe in der Wüste Jornada del Muerto in New Mexico das erste Mal testeten. Der Name dieser Wüste, »Reise des toten Mannes«, erschien ihr auf eine unheimliche Weise passend, vor allem nachdem sie die Bomben auf Japan abgeworfen hatten.

»Ich wurde einen Monat nach dem Test, nach Nagasaki, dorthin gebracht. Sie wollten Messungen durchführen. Erinnerst du dich nicht?«

Sie schüttelt den Kopf.

Er hat Krebs. Irgendwie blendet das alles andere aus. Sie drückt das Gesicht an seinen gekrümmten Rücken, atmet seinen typischen rauchigen Geruch ein, erinnert sich mit Entsetzen, wie sie sich einmal gefragt hat, wann *er* wohl an der Reihe sein würde, für die Erschaffung der Bombe zu leiden.

Er zieht an seiner Zigarette. »Gleich nach der Explosion haben sie einen mit Blei ausgekleideten Panzer dort hinausgerollt, und die Strahlung war weitaus höher, als sie erwartet hatten. Etwas über einen Monat später – gleich nach Japan – wollte Kenneth Bainbridge ein Team dorthin schicken, um noch einmal nachzumessen, um die Gammastrahlungsintensität zu ermitteln und zu sehen, wie viel Zerfall stattgefunden hatte. Die Japaner behaupteten, die Abwurfstellen der Bomben seien so heiß geblieben, dass in den nächsten siebzig Jahren in beiden Städten niemand leben könnte. Ich wurde als ›Freiwilliger‹ nach Los Alamos geschickt, um ein kleines Team zu beaufsichtigen. Du warst so unglücklich nach den Bomben. Du wolltest mich nicht in deiner Nähe haben. Ich war froh, wegzukommen. Ich weiß, ich war dir kein Trost.«

Sie zuckt die Schultern. »Es gab keinen Trost.« Sie erinnert sich, wie wütend sie war. Wütend auf ihn, auf die Welt. Sie hat ihn weggestoßen. Und jetzt ist sie verblüfft davon, wie die Tatsache, dass er krank ist, ihre allgegenwärtige Wut dämpft. Am liebsten würde sie vergessen, dass er ein Verräter ist.

»Was ist passiert?«, fragt sie.

»Wir sind mit Dosimetern zum Ground Zero hinausgefahren. Der Plan war, die Behauptungen der Japaner zu widerlegen.«

»Wie heiß war es?«

»Na ja, genau das ist der Punkt. Den Messgeräten zufolge war die radioaktive Strahlung weitaus schneller als erwartet zerfallen. Die Entscheidungsträger waren begeistert. Zerstörung und fast keine Spätfolgen. Nur dass es vieles gibt, was wir über Spätfolgen nicht wussten – und noch immer nicht wissen. Fast jeder von uns auf dieser kleinen Mission ist auf die eine oder andere Weise erkrankt. Wir sind über die ganze Anlage spaziert wie an einem Tag am Strand …«

Sie fragt sich unwillkürlich: War sein Wunsch, vor ihrer Trübsal zu flüchten, der Grund, weshalb er entschied, dorthin zu gehen?

»Wie fühlst du dich jetzt?«, fragt sie.

»Manchmal bin ich müde. Ich habe nicht gewusst, dass ich so müde sein könnte. Man hat mir gesagt, dass in meinen Knochen Tumore zu wachsen begonnen haben. Aber ich spüre sie noch nicht, Gott sei Dank. Wenn die Tumore anfangen, die Knochen zu brechen, in denen sie sitzen, haben die Ärzte mich gewarnt, dann werden sie höllisch wehtun. Ich bete, dass ich nicht so lange lebe …«

»Weaver …«

»Bitte bemitleide mich nicht. Das könnte ich nicht ertragen.«

»Du solltest im Labor aufhören.«

»Und was tun? An die Wand starren? Dafür bin ich noch nicht krank genug.«

»Tu Dinge, die du liebst.«

»Ich liebe nur die Arbeit … und dich.« Er sieht sie an, und seine Augen sind dunkler, als sie sie je zuvor gesehen hat. Nachdenklich. Hingebungsvoll. Dies sind nicht seine lachenden Augen. Es sind Augen, die die Geheimnisse leid sind. »Deswegen habe ich immer wieder angerufen. Ich hätte hundert Jahre lang an deine Tür geklopft, nur damit du mir noch eine Chance gibst. Aber ich habe natürlich keine hundert Jahre mehr.« Er berührt ihr Haar auf eine zärtliche, konzentrierte Art, die absolut nicht zu ihm passt. Dieses ganze kühle englische Draufgängertum ist verschwunden. In genau dem Moment, in dem sie im Begriff ist, ihn zu verraten.

»Was für ein Krebs ist es?«, fragt sie.

»Es heißt multiples Myelom. Mein Körper produziert zu viele Plasmazellen. Sie kleben im Knochenmark aneinander, werden wachsen, die Kontrolle übernehmen. Im Moment ist das einzige wirkliche Symptom, abgesehen von der Erschöpfung, dass ich oft Fieber habe. Vielleicht hast du gespürt, wie heiß mir manchmal wird ... Weißt du die Ironie zu schätzen? Es ist, als ob unsere Bombe jetzt in mir ist und sich darauf vorbereitet zu explodieren.«

Er macht ein entsetzliches Explosionsgeräusch. Er war immer so kräftig. Ein Mammutbaum in einem Wald voller spindeldürrer Kiefern.

»Ich wollte es dir an dem Tag sagen, an dem wir zum Grant Park gegangen sind. Aber da war Ava dabei. Und mit dir und Ava zusammen zu sein ... Ich war so glücklich an diesem Tag.«

»Ich auch.«

Sie wundert sich zu sehen, dass seine Augen glasig von Tränen werden.

»Und danach konnte ich es offenbar einfach nicht mehr herausbringen. Ich habe ein paarmal einen Anlauf unternommen, es dir zu sagen. Damals, als du zum Essen zu mir gekommen bist und wir uns wegen Clemence' Brief gestritten haben ... Auch an dem Abend wollte ich es dir sagen. Ich konnte die Worte nicht finden. Aber jetzt bedeutet mir Zeit mehr. Und ich will den ganzen Rest, der mir davon noch bleibt, mit dir verbringen.«

Sie ist so gerührt, dass sie kaum sprechen kann. Als sie es

schließlich tut, ist ihre Stimme belegt und voller Bedauern. »Können sie irgendetwas für dich tun?«

»Ich habe gehört, dass sie mit chemischer Therapie experimentieren, um Tumore zu töten. Ich habe ein paar der Aufsätze gelesen. Aber in der Hälfte der Fälle töten die Chemikalien die Patienten. Es ist im Grunde Gift. Sie verlieren ihre Haare, können kein Essen bei sich behalten. Sie leiden. Es rettet nicht sehr viele. Ich kann mir nicht vorstellen, weshalb ich so unbedingt leben wollen würde.«

»Sag das nicht.«

»Nenn mich feige. Ich will nicht leiden. Meistens wache ich nachts panisch auf und frage mich, wie du mir je verzeihen könntest. Ich weiß, was mit dir passiert ist, nachdem ich gegangen war. Ich will sagen, es ist nicht meine Schuld, es war nicht meine Entscheidung, dich so zu verlassen, dich zu verletzen. Sie haben mich gezwungen, diesen Bericht zu schreiben. Aber Tatsache ist auch, ich hatte nicht das Rückgrat, mich dagegen zur Wehr zu setzen. Ich dachte, ich sei aus härterem Holz geschnitzt. Wir alle denken das, oder? Bis wir auf die Probe gestellt werden …«

»Aber warum hätten sie überhaupt meiner Karriere schaden wollen?«

Er schüttelt den Kopf, blickt geistesabwesend und verwirrt.

»Es ist … so verdammt … kompliziert.« Sie sieht ihn stirnrunzelnd an, während sie sich fragt, wie eine junge Wissenschaftlerin, die weniger Informationen über die Herstellung der Bombe besaß als Weaver, für einen Haufen Russen je hätte wichtig sein können.

Er streckt eine Hand aus und legt sie an ihre Wange. Seine Berührung erweckt ihre Haut, ihr Herz zum Leben. »Das Schlimmste dabei ist, dass ich dich immer noch in meinen Schlamassel hineinziehe. Leute brechen in deine Wohnung ein, verwanzen sie, Herrgott noch mal. Es ist unsäglich. Sie werden mich niemals in Ruhe lassen. Sie werden immer noch mehr wollen.« Er schüttelt den Kopf, lässt die Hand sinken, dann sieht er wieder übers Wasser hinaus. Seufzend nimmt er seinen Scotch in die Hand und kippt ihn hinunter. Bis zum letzten Tropfen.

Charlie bringt Sondra mit dem Taxi nach Hause. Im Restaurant hatte sie angefangen, wild zu gestikulieren, ihre Worte durcheinanderzubringen, vor Lachen zu prusten. Er bezahlte, noch bevor sie aufgegessen hatten. Leute starrten sie an, während er sie aus dem Restaurant lotste. Er musste sie an ihrem Rüschenrock festhalten, damit sie nicht davonschlenderte, als er ein Taxi heranwinkte. Sie war viel zu aufgedreht, um sie mit der U-Bahn nach Hause zu bringen.

Die stille, würdevolle Sondra. Vor heute Abend hätte er nie gedacht, dass sie ein alkoholisches Getränk auch nur an ihre Lippen führen würde. Peggy wird Details hören wollen. Wird ihm die Schuld am Scheitern des Rendezvous geben. Einerseits hasst er es, Sondra seiner Schwester gegenüber zu verraten. Peggy kann so nachtragend sein. Andererseits erklärt es, warum all die anderen Rendezvous, die Peggy arrangiert hat, gescheitert sind.

Jetzt, im Taxi, ist Sondra endlich in Schweigen verfallen. Sie ist benommen, ihr Kiefer hängt schlaff herunter, und sie hat sich schwer an ihn gelehnt. Ihr schwarz-weißes Kleid bauscht sich zwischen ihnen, ein Schaum verlorener Hoffnungen. Ihm graut davor, dass sie sich im Taxi übergeben könnte. Diese ganze Situation erinnert ihn zu sehr an den Abend, an dem er Stash nach Hause eskortiert hat. Ist das sein Los im Leben? Der Pfadfinder, der kaputte Leute in Sicherheit bringt? Alkohol ist nie die Lösung.

Eine Welt einsamer, vom Krieg gezeichneter Leute, die sich nach der Geborgenheit und Freude sehnen, die sie nicht länger haben. Die traurigen Trost finden im Trinken oder in selbst auferlegter Distanz von denen, die sie einst liebten. Oder still leiden, sodass andere in ihrem Umfeld ebenfalls leiden. Er denkt an Linda in ihrem Nachthemd, die ihm sagen wollte, dass sie ihn immer noch liebt, während Stash im Badezimmer seine fünfzehn Bier von sich gab. Seit dem Krieg ist die Welt ein elender Ort. Niemand ist unberührt davon geblieben. Niemand fühlt sich sicher. Als er neben Sondra im Taxi sitzt, sieht er hinter dem Fenster eine Welt, die sich jeden Tag höher und mächtiger wiederaufbaut – um was zu beweisen? Dass Amerika überlebt hat. Jeder Wolkenkratzer symbolisiert den Wunsch, zu vergessen und in die Zukunft zu blicken. Alles hier ist auf Narben errichtet.

In diesem Augenblick will Charlie auch in die Zukunft blicken. Er ist es leid, sich losgelöst zu fühlen. Nicht liebenswert. Irreparabel beschädigt. Hat er im Dschungel und in Matsushima nicht genug gelitten? Hat er nicht eine Zukunft voller Freundlichkeit, vielleicht sogar Liebe, verdient? Er muss den Mut aufbringen, danach zu streben.

»Jetzt, wo ich diesen verdammten Krebs erwähnt habe, ist es Zeit, über die Leute zu reden, die in deine Wohnung eingebrochen sind«, sagt Weaver. »Ich will dir im Moment noch nicht zu viel sagen. Ich will dich nicht noch mehr in Gefahr bringen. Aber ich werde dir sagen …«

»Nein, Weaver.«

»Nein?«

Sie muss wissen, was er getan hat. Aber nicht jetzt. In diesem Augenblick ist die Neuigkeit von seinem Krebs alles, was sie verdauen kann. Jetzt, wo sie weiß, dass er vielleicht nur noch ein paar Jahre zu leben hat – will sie wirklich, dass er diese Zeit im Gefängnis verbringt? Andererseits, wenn er dem FBI hilft, könnte er vielleicht alles wiedergutmachen, bevor er stirbt? Wie soll sie nur mit alledem umgehen …

»Roz, ich muss dir etwas sagen, etwas gestehen. Es ist ein Gift, das ausgeschwemmt werden muss.«

Sie schüttelt den Kopf. »Heute Abend werden wir es nicht ausschwemmen.« Ihr Leben lang war sie von Neugier getrieben, hat zu viele Fragen gestellt. Das war einer der Gründe, weshalb Louisa immer so ungeduldig mit ihr war. Aber zum ersten Mal, seit sie sich erinnern kann, fühlen sich Antworten gefährlich an, stellen sie vor zu viele moralische Entscheidungen. Und sie ist sich sicher, dass das, was er ihr zu sagen hat, sie wütend machen wird. Sie braucht Zeit, um nachzudenken. Um zu planen. Und um mit Charlie zu reden …

Sie streckt die Hände nach Weavers Gesicht aus, dreht es zu sich herum, sodass sie ihn küssen kann. Wieder sind seine Lippen brennend heiß. Jetzt weiß sie, warum. Aber diese fiebrigen Lippen sind Lippen, die sie liebt, gegen ihren Willen. Sie sollte ihn hassen. Sie kann es nicht. Sie tut es nicht. Das hier ist der Mann, der ihr zum ersten Mal das Gefühl gegeben hat, eine Frau zu sein, der ihr gezeigt hat, dass sie Liebe verdient hat. »Lass uns nach Hause gehen und uns lieben. Lass uns vergessen, dass diese Leute zuhören.«

»Nein. Das willst du nicht«, entgegnet er. »Du wirst erstarren, wenn du es weißt.«

»Oder zu dir.«

»Wenn deine Wohnung verwanzt ist, dann ist meine es mit Sicherheit auch.«

»Dann ein Hotel. Lass uns in ein Hotel gehen. Und uns dort lieben. Die ganze Nacht.«

»Versuchst du etwa, mich umzubringen?«

»Wir werden uns bemühen, dich wenigstens noch ein paar Jahre am Leben zu erhalten.«

Seine Lippen verziehen sich zu einem sanften Lächeln. »Was für ein ungezogenes Mädchen habe ich nur aus dir gemacht.« Er zeigt auf das Neonschild auf der anderen Seite des Wassers, das Hotel, das am East Lake Shore Drive emporragt. »Wie klingt das Drake?« Sie sieht zu, wie das rosa Neonschild vor dem dunkelblauen Himmel flackert. Es ist nur ein paar Blocks entfernt. Dort gibt es doch sicher noch ein freies Zimmer?

»Lass das Glas stehen«, sagt sie zu ihm. »Das könnten wir dem Empfangsangestellten niemals erklären. Außerdem habe ich es im Supermarkt mit einer Packung Waschpulver bekommen.«

»Was für ein tolles Mädchen du doch bist«, sagt er. »Ungezogen und toll.«

Er lacht in die Dunkelheit und hakt sich bei ihr unter. Während sie zusammen auf das Neonschild zugehen, denkt sie kurz an den FBI-Agenten, der ab zehn Uhr in ihrem Hausflur sitzen soll. Hoffentlich wird er nicht allzu besorgt sein, wenn er an ihre Tür klopft und niemand antwortet.

18

Kurz vor dem Morgengrauen strömt blaues Licht ins Hotelzimmer. Und mit dem Aufwachen geht ein Schmerz einher, den Rosalind nicht mehr verspürt hat, seit Weaver sie verlassen hat – Trauer. Sie lauscht angestrengt, während sie ihre Hand auf Weavers Rücken legt, um das Auf und Ab seines Atems zu überprüfen. Eines Tages, früher, als es sein sollte, wird sein Atem aufhören. Wie sehr wird er leiden? Wie sehr wird er sich verändern, während der Krebs in seinem Körper um sich greift? In den düsteren, quälenden Monaten des Jahres 1946, nachdem er sie verlassen hatte, hat Rosalind gelernt, dass die Stunde vor dem Morgengrauen die Zeit ist, zu der ihre Verzweiflung am größten war. Es heißt, dass das die Tageszeit ist, zu der Herzinfarkte scheinbar gesunde Leute treffen und kranke Leute ihren Leiden erliegen. Die Stunde, zu der der Sensenmann in den Falten des Vorhangs steht und darauf wartet, die Seinen einzusammeln. Noch nicht. Noch nicht.

Sie rutscht näher an Weaver heran, schmiegt sich an seinen fiebrigen Körper. Wird sie stark genug sein, um es zu überleben, ihn noch einmal zu verlieren? Und was in aller Welt wird sie wegen Charlie unternehmen? In den letzten paar Tagen ist Charlie ihr Retter gewesen. Und wie sehr hat sie sich zu ihm hingezogen gefühlt. Jetzt wartet Charlie darauf, dass sie ihm Informationen liefert, die Weaver überführen werden. Informationen, die ihn ins Gefängnis oder sogar auf den elektrischen Stuhl schicken werden.

Weaver stößt einen zufriedenen Seufzer aus. Im Schlaf hat er vergessen, dass etwas Düsteres darauf lauert, ihn allzu bald zu holen. Wenn der Krebs ihn nicht tötet, befürchtet sie, dann könnte sie selbst es mit dem, was sie letztendlich Charlie berichten wird.

Als Charlie die Augen aufschlägt, hört er Peggy die Treppe herunterrufen: »Telefon.« In seinem ausgeleierten T-Shirt und seiner Pyjamahose stapft er seufzend die Stufen hoch. Nach seinem Rendezvous gestern Abend saß er noch zu lange auf der Stufe hinter dem Haus und trank Bier. Er fühlt sich fürchterlich.

»Szydlo.«

»Ihr Vögelchen ist offenbar ausgeflogen.«

»Was? Wer ist da?«

»Gray. Ich habe an Miss Porters Tür geklopft, als ich um zehn Uhr abends gekommen bin, und sie hat nicht aufgemacht. Ich dachte, vielleicht ist sie früh zu Bett gegangen. Daher bin ich draußen im Flur geblieben. Hab heute Morgen wieder geklopft. Nichts. Ich habe sie eben von dem Telefon in der Lobby aus angerufen. Vergeblich«

»Ist sie mit Weaver weggegangen? Zu seiner Wohnung?«

»Sie haben mir nicht gesagt, dass sie das tun würde.«

»Also wirklich, Gray. Bin ich Ihre Mutter? Wer passt tagsüber auf sie auf?«

»Lawrence. Er ist jetzt hier.«

»Sagen Sie ihm, er soll zu Field's gehen, sobald sie öffnen, und sich vergewissern, dass sie an dem Schmucktresen auftaucht. Und dann soll er mich anrufen.« Charlie fährt sich mit einer Hand übers Gesicht. Dieser Idiot. »Alles klar?«

»Ja, Sir.«

Jetzt ist er besorgt. Auch wenn es das beste Ergebnis wäre, dass Rosalind die Nacht bei Weaver verbracht hat, muss er bei dem Gedanken, dass sie mit diesem Verräter geschlafen hat, fast würgen. Und bei Gott, er hat sie in seine Arme getrieben.

»Alles okay?«, fragt Peggy, als er den Hörer einhängt.

Charlie schüttelt wütend den Kopf. »Diese verdammte Rekrutierung, die das FBI durchführt, funktioniert nicht. Die stellen sicher, dass jeder Agent ein abgeschlossenes Jurastudium oder ein Buchhalterzertifikat vorzuweisen hat – was für ein Witz. Diese Juristen sind Idioten – und die Buchhalter auch.«

»Brauchst du einen Kaffee? Frühstück? Du siehst mitgenommen aus. Wie war dein Rendezvous gestern Abend?«

Er schüttelt den Kopf. »Hab keine Zeit. Ich muss zur Arbeit.«

Peggy presst die Lippen zusammen und schüttelt den Kopf, als er vorbeigeht. Er kann ihren Blick auf sich spüren, forschend, abschätzend. Wieder einmal enttäuscht.

Später, an seinem Schreibtisch, wartet er auf diesen Anruf von Lawrence, und er ist nicht glücklich, als das Telefon klingelt und es Doug Higgins ist.

»Szydlo. Ich bin eben einen Haufen Berichte auf meinem Schreibtisch durchgegangen, und wir haben gestern Nachmittag in Fullersburg Woods etwas gefunden, das Sie interessieren dürfte.«

»Was denn?«

»Jemand hat der Polizei gemeldet, er hätte viel Blut gefunden, platt getretene Blätter, eine Patronenhülse und eine Kugel in einem Baum. Es könnte jemand sein, der Kaninchen geschossen hat, oder etwas ähnlich Harmloses. Aber da ist ein Taschentuch, völlig blutdurchtränkt, mit Initialen bestickt.«

»Ich bin ganz Ohr.«

»*CW*. Ist das nicht der Deckname dieser Spenard-Frau?«

Bis jetzt ist er davon ausgegangen, dass Victoire Spenard untergetaucht sein muss oder dass die Sowjets sie irgendwohin gebracht haben. Er hat sich nicht überlegt, dass sie tot sein könnte. Und er weiß es zu schätzen, dass Higgins seinen Bericht tatsächlich gelesen und gesehen hat, dass Victoire Spenard unter dem Namen Clemence Weaver bekannt war.

»Hat irgendjemand irgendwas gesehen?«

»Nein. Ein paar Kinder mit einem Hund sind auf den Tatort gestoßen, und ihre Eltern haben es gemeldet.«

Charlie schaudert bei der Vorstellung, dass Kinder, die draußen herumlaufen, über einen solchen Tatort stolpern.

»Haben Sie die Leichenschauhäuser überprüft? Irgendwelche nicht identifizierten Toten?«

»Nichts im Leichenschauhaus vom County DuPage. Niemand, auf den ihre Beschreibung passt. Wir überprüfen im Moment noch die Krankenhäuser.«

»Ist Fullersburg Woods in der Nähe von dort, wo sie in Hinsdale wohnt?«

»Keine zwei Meilen. Außerdem haben wir eine zerrissene Halskette gefunden.«

»Können Sie mir ein Foto davon zukommen lassen? Damit ich es ihrer Vermieterin zeigen kann?«

»Ja, ich stecke es in den Beutel. Sie haben es morgen früh.«

»Danke.«

Als er auflegt, lehnt sich Charlie mit einem mulmigen Gefühl zurück. Wenn irgendjemand Victoire Spenard angegriffen oder vielleicht sogar getötet hat, was sagt das dann über Rosalind Porters Sicherheit aus? Trotzdem, das hier klingt nicht nach den Sowjets. Sie würden einen Tatort nicht mit Blut, einem Taschentuch und einer Halskette zurücklassen. Könnte Weaver seine Ehefrau als irgendeine Art Hindernis gesehen haben, um Rosalinds Gunst zu gewinnen, und sie selbst aus dem Weg geräumt haben? Würde er Rosalind je etwas antun? Möglich wäre es. Wenn er herausfinden sollte, dass sie mit dem FBI unter einer Decke steckt.

Rosalind steht an ihrem Tresen und versucht, eine Kundin zu überzeugen, dass ein Paar Diamantohrringe aus den Dreißigerjahren eine schöne Investition zu einem guten Preis sind. Wenn die Frau nur wüsste, wie viele glückliche Zufälle für die Entstehung jedes einzelnen Diamanten zusammentreffen mussten: die lupenreine Kohlenstoffquelle, die 725 000 Pfund Druck pro Quadratzoll, Temperaturen von über 1200 Grad Celsius. Und dann die Hunderte *Millionen* von Jahren, die es dauerte, um einen solchen Stein zu erschaffen. Es ist verrückt, dass überhaupt ein einziger Diamant auf der Welt erhältlich ist. Und hier sind gleich *zwei* perfekt zueinander passende Exemplare.

»Aber die Sache ist die … sie sind gebraucht«, sagt die Frau.

In dem Moment läutet das Telefon.

»Sie wurden geliebt«, wendet Rosalind ein. »Innig geliebt, würde ich vermuten.«

»Warum hat die Besitzerin sie dann nicht in ihrem Testament weitervererbt? Wie sind sie hier gelandet?« Das Telefon läutet unbeirrt weiter.

»Vielleicht hatte sie nur Söhne.« Das Läuten macht ein Gespräch unmöglich. »Entschuldigen Sie mich bitte.« Sie nimmt den Hörer ab. »Antikschmuck.«

»Wo waren Sie gestern Abend?«

»Oh … Charlie.« Sie ist verblüfft von seinem besitzergreifenden Ton. Er klingt wie ein verschmähter Liebhaber.

»Der Agent, der Ihnen zugewiesen wurde, war besorgt. Und er hat mich dazu gebracht, es auch zu sein.«

»Es tut mir leid. Er hat sich mir hier heute Morgen vorgestellt. Mr. Lawrence.«

»Das ist Ihr Mann für tagsüber. Gray wird heute Abend da sein. Waren Sie bei Weaver zu Hause?«

»Nein, wir …« Sie zögert. Sie will Charlie nicht sagen, dass sie in ein Hotel gegangen sind. Warum nicht? Er war es schließlich, der sie ermuntert hat, mit Weaver wieder intim zu werden. Und wie soll sie mit der Neuigkeit von Weavers Erkrankung umgehen? Sie will diese Diskussion nicht am Telefon führen. »Hören Sie. Ich bin in einem Kundengespräch«, sagt sie. »Ich kann jetzt wirklich nicht reden.«

»Entschuldigung. Können Sie mich dann zurückrufen?«

»Das wird hier nicht gern gesehen.« Sie legt auf. Gott, allein schon Charlies Stimme, seine Besorgnis zu hören, berührt und beunruhigt sie. Wenn Weaver tatsächlich noch immer Geheimnisse an die Russen verrät und sie die Macht hat, ihn aufzuhalten, muss sie es dann nicht tun, selbst wenn er im Sterben liegt? Gestern Nacht hat sie Weaver mehr geliebt als je zuvor. Es war himmlisch und allumfassend. Sie gestattete sich, alles für ihn zu fühlen. Hat ihre Zweifel ausgeblendet. Charlies Stimme hat sie mit einem Ruck in die Wirklichkeit zurückgeholt.

Die Frau dreht einen Diamantohrstecker zwischen den Fingern, starrt ihn an.

»Sie sollten sie anprobieren«, ermuntert Rosalind sie. Sie hört ein ängstliches Schwanken in ihrer Stimme. »Ich weiß, Sie werden sich verlieben, wenn Sie sie an Ihrer Haut funkeln sehen. Neben Ihren dunklen Haaren. Sie haben genau den richtigen Teint für Diamanten. Halten Sie ihn sich ans Ohr. Hier ist der Spiegel.« Sie redet zu schnell.

»Ich … Nein.« Die Frau schiebt die Schale mit den Ohrringen

wieder Rosalind hin. »Es stört mich zu sehr, dass jemand anders sie getragen hat. Ich habe kein gutes Gefühl dabei. Ich bin doch keine Frau aus zweiter Hand.«

»Aber das ist, was sie erschwinglich macht. Andernfalls ...«

Die hohen Absätze der Frau hallen über den Terrazzoboden, während sie sich entfernt.

»Na ja, ich bin stolz darauf, eine *Frau aus zweiter Hand* zu sein!«, ruft sie dem Rücken der Frau etwas zu laut nach.

Gott, sie muss sich wirklich in den Griff bekommen. Auch wenn sie unbedingt eine Provision braucht, um ihre Miete bezahlen zu können. Sie holt tief Luft, erinnert sich an das Gespräch, das sie und Weaver an diesem Morgen geführt haben, als sie sich anzogen.

»Ich habe letzte Woche ein Testament aufgesetzt ...«, sagte er. Er sah so gut aus heute Morgen, ausgeruht, stattlich. Unmöglich, dass er Krebs hat. Und doch hat er von seinem Testament geredet. »Ich habe Geld beiseitegelegt, und das ist alles für dich.«

»Aber du bist verheiratet. Das Geld gehört Clemence.«

»Ich vermache es dir, Roz.«

»Sie wird es anfechten und gewinnen.«

»Das wird sie nicht.« In seiner Feststellung lag eine abstoßende Gewissheit, die Rosalind verblüffte.

»Jede Ehefrau würde es anfechten. Du bist doch noch immer verheiratet, oder?«

»Sie wird es nicht anfechten. Das kann ich dir versichern.«

Den restlichen Nachmittag über ist sie zittrig, fährt bei jedem Geräusch aus der Haut. Im Geschäft ist nicht viel los. Nichts, um sie abzulenken. Nur Ronnie, der mit einem neuen Paket mit Schmuckstücken hochkommt, die niemand kaufen wird. Am Spätnachmittag, als sie die Minuten zählt, bis sie ihre Kasse endlich schließen kann, entdeckt sie den Mann mit den leeren Augen. Sie beginnt, ein Muster zu erkennen: Er kommt gegen Mittag oder, so wie jetzt, gegen Ende des Tages, in der Hoffnung, nimmt sie an, sie allein abzupassen, wenn sie das Field's verlässt. Sie sieht sich nach Agent Lawrence um, der stundenlang auf der Verkaufsfläche umhergeschlendert ist. Aber jetzt, wo sie ihn braucht, ist er nirgends zu finden. Ihr Verfolger steht an einem Tresen nur ein paar Schritte von ihrem eigenen entfernt und tut, als würde er Armbanduhren begutachten. Von Zeit zu Zeit sieht er in ihre Richtung. Wieder diese teure Kleidung. Wie ein erfolgreicher Geschäftsmann. Ein Dandy mit leeren Augen und künstlichen Haaren. Sie greift nach der Miniaturkamera hinter dem Tresen, sieht nach unten, um sie einzustellen, und legt sie dann beiläufig auf das Glas. Sie dreht sie leicht in diese und jene Richtung, hält sie schräg nach hinten, in der Hoffnung, sein Bild einzufangen, und drückt immer wieder auf den Auslöser. Sie hat nicht viel, was sie Charlie geben kann, aber sie würde ihm wenigstens gern eine volle Filmrolle aushändigen.

Charlie weiß nicht, wie er Rosalinds abgehackte Stimme am Telefon interpretieren soll. Wenn er doch nur zu Field's hinübergehen und mit ihr sprechen, ihr in die Augen sehen könnte. Irgendetwas stimmt nicht. Aber er kann es nicht riskieren, gut möglich, dass sie verfolgt wird. Er ist zu leicht zu erkennen. Nicht so wie Lawrence, der so gewöhnlich ist, dass er auf seiner eigenen Hochzeit untertauchen könnte.

Charlie steht auf und geht hinüber zu Donna McGavocks Schreibtisch. Darauf stehen drei weiße Keramikbecher: einer mit Bleistiften, einer mit Füllfederhaltern, einer mit roten Buntstiften. Alle Stifte sind wie Waffen gespitzt und stecken mit der

Mine nach oben in den Bechern. Die Füllfederhalter stecken mit der Kappe nach unten darin. Und abgesehen von dem, woran sie im Moment arbeitet, liegt auf ihrem Schreibtisch nicht eine einzige andere Sache. Wenn Post eintrifft, räumt sie sie weg, bis sie sich damit befassen kann. Und sie ist auch Binders Sekretärin. Wie schafft sie es bloß, das alles so ordentlich unter Dach und Fach zu kriegen?

Donna hat wie immer diese ausdruckslose Miene im Gesicht, als ob die Welt sie völlig kaltlässt. Sie scheint kein Leben außerhalb des FBI zu haben. Er hat sich oft gefragt, warum sie sich solche Mühe gibt, so nonnenhaft auszusehen. Heute trägt sie eine graue Bluse, die jede Farbe auswäscht, die sie in ihrem Gesicht haben könnte.

»Ja?«, sagt sie.

»Donna, haben Sie heute Abend schon etwas vor?«

Es beunruhigt ihn zu sehen, dass ihre Augen aufleuchten und ein halbes Lächeln ihre Miene verändert.

»Nein, Sir«, antwortet sie.

»Dann hätte ich gern, wenn es Ihnen nichts ausmacht, dass Sie noch einmal hinüber zu Field's gehen und Miss Porter abpassen, bevor sie das Gebäude verlässt.«

»Oh.« Sie blickt sichtlich enttäuscht. Dachte sie etwa, er würde sie fragen, ob sie mit ihm ausgeht? Er schlägt einen sanfteren Ton an; es tut ihm leid, dass er ihr einen falschen Eindruck vermittelt hat.

»Meinen Sie, Sie könnten sich die Zeit nehmen?«

»Ja. Ich denke schon ... Natürlich, Sir.« Ihre Miene ist wieder unergründlich.

»Ich möchte Sie bitten, sie zu dieser Adresse zu bringen. Ich könnte Lawrence fragen. Er passt auf sie auf. Aber ich will nicht, das er allzu viel mit ihr interagiert. Sagen Sie Lawrence Bescheid. Sobald er sieht, dass Sie beide in einem Taxi auf dem Weg zu mir sind, kann er sich eineinhalb Stunden freinehmen.«

Charlie reicht ihr einen Streichholzbrief, auf dem die Adresse des Bellow's steht – ein kleines Bistro in der Ontario Street. »Während Sie sich nach einem Taxi umsehen, können Sie helfen, nach dem Mann Ausschau zu halten, der Miss Porter verfolgt. Lassen Sie den Fahrer Umwege fahren, wenn es sein muss. Geben Sie Lawrence die Adresse. Er kann nach seiner Pause in seinem Wagen davor warten.«

»Was, wenn sie nicht mitkommen will?«, fragt Donna trocken. »Letztes Mal war sie nicht allzu begeistert, mich zu sehen.«

»Sie war nur überrascht. Jetzt kennt sie Sie. Sagen Sie ihr, es ist wichtig, dass ich sie sofort treffe.«

»Und wenn sie Nein sagt?«

»Dann finden Sie eine Telefonzelle und rufen mich unter der Nummer auf diesem Streichholzbrief an.«

Donna nickt eifrig. »Sie werden in dem Restaurant sein?«

»So schnell ich kann.«

»Soll ich bei Ihnen beiden bleiben, um mir Notizen zu machen?«

Versucht sie herauszufinden, ob dieses Treffen mehr als nur beruflich ist?

»Nicht nötig. Aber stellen Sie sicher, dass sie die Kamera mitbringt, falls es ihr gelungen ist, Fotos zu machen.«

19

Charlie sitzt seit einer halben Stunde im Bellow's und trinkt ein Bier, seine langen Beine übereinandergeschlagen. Er ist erschöpft und gelangweilt. Hier hat er vor ein paar Monaten mit seinem Studienfreund Norman Corcoran gegessen. Norman sagte ihm, er sei ein Dummkopf, nicht in eine Anwaltskanzlei einzutreten, so wie er es getan hat. Norman ist bereits Partner und macht eine Menge Geld. Sicher, das FBI zahlt gut, aber ein Firmenanwalt wird besser bezahlt und ist weitaus weniger gefährdet. Weniger geheimnisumwoben. Welche Ehefrau will schon, dass ihr Mann ein Holster mit einer Waffe trägt?

Charlie lachte über ihn. »Als ob ich die Absicht hätte zu heiraten.«

Norman ist mit einer Frau namens Shirley Haverstock verlobt. »Ein Mädchen der guten Gesellschaft«, erklärte er. »Ich bezweifle, dass sie einen FBI-Agenten heiraten würde.«

»Dann ist es ja ein Glück, dass ich nicht in Shirley verliebt bin.«

Norman zuckte die Schultern. »Entschuldige, alter Knabe. Ich nehme an, ich habe dich beleidigt. Ich sage das nur, weil du der Jahrgangsbeste warst. Ich bin mir ja nicht sicher, was das FBI-Abzeichen dir einbringt. Sieh mal. Ich bin Ire. Du bist Pole. Beides war nie förderlich, wenn es um die guten Posten ging. Aber jetzt ist der Krieg vorbei. Die Dinge ändern sich. Leute wie wir machen sich selbst einen Namen. Sieh mich an. Wir müssen kein Teil einer ›Truppe‹ mehr sein, um Erfolg zu haben.«

Normans Vortrag hätte ihm Sodbrennen bereitet, wenn das Saltimbocca im Bellow's nicht so köstlich gewesen wäre, so zart, dass er es mühelos mit der Gabel zerteilen konnte. Als sie gingen, steckte Charlie den Streichholzbrief ein, um sich das Lokal zu merken. Er isst so selten außer Haus, dass ihm kein anderes Restaurant als Treffpunkt einfiel.

Als er jetzt den Blick hebt, sieht er Donna, die Rosalind in das Restaurant eskortiert. Sie scheucht sie vor sich her wie ein Border Collie. Er steht auf. Ein Blick in Rosalinds Gesicht genügt, und seine Sinne schärfen sich. Als ob er die Welt den ganzen Tag verschwommen und nur halb wahrgenommen hat. Und jetzt bemerkt er jedes Detail. Den kräftigen Glanz ihrer schwarzen Haare, von hinten erhellt, den verblüffend cremefarbenen Teint ihrer Haut und dann, als sie näher kommt, das sanfte Rosa ihrer Wangen, ihre Lippen, die wie der Bogen eines Bogenschützen geformt sind. Und ihre Augen so dunkel, so fragend.

»Hier ist sie«, sagt Donna zu Charlie und schiebt Rosalind vor. »Dann lasse ich Sie jetzt allein.« Sie reckt das Kinn mit einem fast unmerklichen Anflug von Verärgerung.

»Danke, Donna.«

Rosalind dreht sich um und sieht seiner Sekretärin nach, bis sie das Restaurant verlassen hat, bevor sie das Wort ergreift.

»Ich hatte nicht erwartet, heute Abend gekidnappt zu werden«, sagt sie. Er ist erleichtert, als sie ironisch lächelt.

»Entschuldigung. Ich hatte das Gefühl, besser nicht selbst zu Field's zu gehen. Und ich muss mit Ihnen reden.« Er zieht ihr einen Stuhl zurück. »Möchten Sie etwas trinken? Und ehrlich gesagt, würden Sie mit mir essen? Lassen Sie es mich wiedergutmachen.« Als sie ihm so nah ist, wird ihm fast schwindelig von ihrem honigsüßen Duft. Erstaunlich, die Macht dieses Dufts, wenn er so dezent, so unschuldig ist. Einen Schritt zur Seite, und sie würden sich berühren. Er sehnt sich danach, diesen Schritt zu tun.

»Ich ... bin irgendwie erleichtert, Sie zu sehen«, sagt sie. »Ich hätte das, was ich Ihnen mitzuteilen habe, ungern am Telefon gesagt.«

»Aha, gut«, sagt er. »Also ... gut.« Er hasst, wie schwer ihm das Sprechen in ihrer Gegenwart fällt. Was genau wollte sie ihm am Telefon nicht mitteilen?

»Ich bin mir nicht sicher, was Weaver heute Abend vorhat. Er hat gesagt, er will mich anrufen, wenn ich nach Hause komme, und es mich wissen lassen.«

»Im Eingangsbereich ist ein Telefon. Falls es Sie beruhigen würde, können Sie ihn gern anrufen«

»Ich ... Er wird noch nicht zu Hause sein.«

»Na dann, bitte.« Er zeigt auf den Stuhl, den er ihr zurückgeschoben hat. »Nehmen Sie einen Drink, und wenn Sie meinen, dass er zu Hause ist, rufen Sie ihn an. Ich will nicht, dass Sie sich Sorgen machen.« Für einen Moment, bevor sie sich setzt, treffen sich ihre Blicke, und ihrer ist dankbarer, als er erwartet hat.

»Haben Sie es geschafft, Ihre Wohnung wieder in Ordnung zu bringen?«, fragt er, während er Platz nimmt. Er versucht, beiläufig und locker zu klingen, aber wie soll ihm das in ihrer Nähe gelingen?

Sie rückt ihr Besteck zurecht, starrt auf die Lücke zwischen Messer und Gabel.

»Es hat mich aus der Fassung gebracht, wissen Sie. Dass jemand da war und meine Sachen angefasst hat.«

»Das würde jeden aus der Fassung bringen.«

»Sie sind toll damit umgegangen, Charlie.« Es berührt ihn, zu hören, wie sie seinen Namen sagt.

»Sie haben mich gebraucht. Ich bin froh, dass ich geblieben bin.«

Für eine Sekunde erwärmt sich ihre Miene, hellt sich auf; dann senkt sie den Blick wieder.

»Ich bin neugierig zu erfahren, was Sie mir sagen wollen.«

»Ich …« Sie schüttelt den Kopf. »Hier«, sagt sie und holt die winzige Kamera aus ihrer Handtasche. »Ich habe mein Bestes gegeben. Ich habe versucht, sie auf diesen Widerling zu richten. Auch wenn er nicht genau vor mir stand.«

»Gut«, sagt er. »Wir werden die Bilder vergrößern. Danke.«

»Das können unmöglich seine echten Haare sein. Ich glaube, deshalb sieht er so unheimlich aus. Und seine Augen. Wirklich seltsame Augen.«

»Er ist bei Field's gewesen?«

»Kurz vor Ladenschluss. Ihre Sekretärin hat mir gesagt, ich solle einen anderen Ausgang aus dem Geschäft nehmen. Ich bin mir ziemlich sicher, dass er mir gefolgt wäre, wenn ich das nicht getan hätte. Ich habe durch die Tür zur State Street hinausgesehen – die ich normalerweise nehme, um nach Hause zu gehen – und ihn auf der anderen Straßenseite warten sehen. Ich glaube, er will mich allein abpassen, auf der Straße.«

»Aber er hat nicht gesehen, wie Sie das Geschäft verlassen haben?«

»Ich habe die Jungs beim Warenlager bezirzt, mich dort hinauszulassen.«

»Gut gemacht.« Er lächelt. Sein Herz schmerzt fast vor Gefühl. Die Deckenlichter zeichnen einen Regenbogen auf ihre schwarzen Locken: rot, rosa, orange, golden. Erstaunlich, wie ein glänzendes Schwarz so viele Farben enthalten kann.

»Und Sie wissen wirklich nicht, was diese Leute von Ihnen wollen?«

Sie schüttelt den Kopf, aber er glaubt ihr nicht. »Bis jetzt hat er nichts getan, außer mich anzustarren.«

»Und Ihr Zuhause zu durchwühlen, falls es derselbe Gentleman ist.«

»Er ist kein Gentleman.«

»Wohl wahr. Wie geht es Weaver?«, fragt er. »Haben Sie ihn gesehen?«

»Ich glaube, ich brauche einen Drink, bevor ich Ihnen mehr sage«, antwortet sie.

Er gibt der Bedienung ein Zeichen, und sie kommt und nimmt ihre Bestellung für einen Scotch entgegen. Pur.

»Ich muss Ihnen auch etwas sagen. Während wir auf diesen Drink warten, soll ich vielleicht den Anfang machen?«

Sie nickt.

Er spricht langsam. Betont. »Wir haben in einem Waldstück einen Tatort gefunden – jemand ist zufällig darauf gestoßen.« Er bricht ab, sieht auf, um in ihrem Gesicht zu forschen.

»Einen Tatort?«

»Blut, ein Taschentuch, ein Goldkettchen. Und Patronenhülsen. Auf dem Taschentuch waren Initialen.«

»Fahren Sie fort …«

»CW.«

Rosalinds Lippen öffnen sich. »CW?«

»Ich dachte … Clemence Weaver.«

»Oh …«

»Es gab keine Leiche. Nur Blut. Das Taschentuch war damit durchtränkt«, fährt er fort. »Und die Blätter auf dem Boden offenbar auch. Und das zerrissene Goldkettchen lag daneben.«

Charlie sieht, wie sie zittert.

»Als ich sie gesehen habe, trug sie ein Goldkettchen …«

Die Bedienung kommt mit Rosalinds Scotch. Offenbar kann sie ihn gar nicht schnell genug in beide Hände nehmen. Sie nimmt einen kräftigen Schluck, ohne Charlie anzusehen. Hat sie Weaver im Verdacht?

Als sie den Drink abstellt, streckt er die rechte Hand aus und legt sie sanft auf ihre. Sie scheint verblüfft, zieht ihre Hand aber nicht zurück. Er schwelgt in seinem eigenen Mut, im Bewusstsein der seidigen Wärme ihrer Haut.

»Hat man ... Hat man irgendeine Ahnung, wer ... sie erschossen haben könnte, falls es das ist, was passiert ist?«

»Es sieht so aus, als ob es das ist, was passiert ist. Sie haben Weaver im Verdacht?«

Als sie aufsieht, liegt Panik in ihrem Blick.

»Sie müssen mir sagen, was Sie wissen, Rosalind.« Wie sehr wünschte er, er könnte um den Tisch gehen und sie halten. All die Jahre hatte er so wenig Verlangen nach Frauen. Warum zum Teufel sorgt er sich ausgerechnet um die eine Frau, die er in Ruhe lassen sollte? »Sagen Sie es mir. Ich will für Sie tun, was ich kann.«

»Weaver würde so etwas nicht tun. Er kann unmöglich ...«

»Aber er hat irgendetwas gesagt oder getan, was Ihnen keine Ruhe lässt, habe ich recht?« Er wartet darauf, dass sie etwas sagt, alles andere als geduldig. Sein Herz hämmert. Aber als sie den Mund aufmacht, sagt sie nicht das, was er erwartet hat.

»Weaver wird bald sterben.«

»Ich verstehe nicht.«

»Er hat Krebs. Von der Strahlung. Er wurde exponiert, als er einen Monat nach dem Test zur Trinity-Anlage hinausgefahren ist.«

»Sind Sie sicher, dass er Sie nicht nur manipuliert?«

Ihr Blick ist verschwommen. »Es war offensichtlich, dass irgendetwas mit ihm nicht stimmt. Ich wusste nur nicht, warum er so verändert aussah. Warum er erschöpfter als sonst scheint.

Er hat es mir gestern Abend gesagt. Und ich fühle …« Sie schüttelt den Kopf, außerstande, den Satz zu Ende zu führen.

Was Charlie fühlt, ist nagende Hoffnungslosigkeit in seiner Magengrube. Er weiß, wenn Weaver dem Tode geweiht ist, dann muss das Rosalinds Verbundenheit zu dem Mann noch vertieft haben. »Es tut mir leid.«

»Nicht wirklich, oder?«, fragt sie.

»Sie sind traurig, und das tut mir leid.«

Sie entzieht ihm ihre Hand, wühlt in ihrer Handtasche nach einem Taschentuch. Sie weicht seinem Blick aus, als sie sagt: »Also, darum geht es. Was, wenn ihn das, was ich herausfinde, bis an sein Lebensende ins Gefängnis bringt?«

»Rosalind …«

Sie schüttelt den Kopf.

»Bitte, lassen Sie uns hier anfangen. Sie müssen mir zumindest sagen, was er über seine Ehefrau gesagt hat. Diese Frau wurde allem Anschein nach ermordet.«

Sie blickt gequält, als sie das Kinn reckt. »Ich will es Ihnen nicht sagen«, entgegnet sie.

»Wenn Sie es mir sagen, werden wir vielleicht zu dem Schluss kommen, dass es gar nichts ist. Wir könnten es zusammen ausdiskutieren.« Er versucht, einen sanften Ton anzuschlagen. Er sieht, dass ihre Hände zu Fäusten geballt sind. Er beobachtet, wie sie mit sich ringt.

»Er hat ein Testament aufgesetzt, in dem er mir alles vermacht.«

»Okay …«

»Mir alles vermacht, was er hat. Und er hat gesagt: ›Mach dir keine Sorgen wegen Clemence. Sie wird das Testament nicht anfechten.‹ Ich habe nicht verstanden, wie er sich da so sicher sein konnte.«

»Er klang sicher?«

»Charlie, kann es sein, dass die Russen sie getötet haben und es ihm *gesagt* haben?« Ihre Augen flehen ihn an, Ja zu sagen.

»Sie war eine Agentin von ihnen.«

»Clemence?«

»Wir glauben, dass sie es war, die ihn vor Jahren zur Kommunistischen Partei gebracht hat.«

»Vor Jahren?«

»Hat er Ihnen irgendetwas über die Russen gesagt, über Kontakte?«

Sie erstarrt, presst die Lippen zusammen. »Nachdem er mir gesagt hat, dass er sterben wird, habe ich ihn gebeten, nicht noch mehr zu sagen. Nicht gestern Abend. Ich konnte ... Ich konnte einfach nicht noch mehr verkraften.«

»Ob er stirbt oder nicht, er kennt geheime Informationen – Namen oder Beschreibungen von Kontaktpersonen, die für viele Leute wichtig sein könnten. Für die Welt.«

Sie nickt, starrt auf die Tischdecke. »Ich habe darüber nachgedacht, habe überlegt, was ich tun soll. Er wirkt reumütig. Ich glaube, er würde gern wiedergutmachen, was er getan hat. Aber die Vorstellung, dass er meinetwegen im Gefängnis stirbt oder hingerichtet wird ...«

»Vielleicht könnten Sie ihn stattdessen dazu bringen, mit uns zu kooperieren. Sie könnten ihm helfen, die Dinge richtigzustellen. Ihm helfen, in Frieden zu sterben.«

Sie sieht auf. »Das würde ich gern für ihn tun ...« Ihre Stimme ist ein heiseres Flüstern.

»Vielleicht können Sie ihn überreden, uns Namen zu geben, Informationen. Angesichts seines Zustands können wir irgendeine Lösung finden, dafür sorgen, dass er nicht ins Gefängnis muss.«

»Sie denken sich das nur aus, oder?«, fragt sie. »Sie haben

nicht die Befugnis, ihn in Frieden sterben zu lassen. So viel Befugnis können Sie nicht haben.«

Sie hat nicht ganz unrecht. Die Informationen, die Weaver hat, könnten von unschätzbarem Wert sein. Es sind die Wölfe, die Charlie fürchtet, die FBI-Hardliner, die am liebsten jeden Kommunisten aufknüpfen würden, ihn baumeln lassen zum Beweis eines erfolgreichen Kampfes gegen das Böse. Wie soll er hier vorgehen? Wie kann er Weaver und Rosalind verschonen und trotzdem an die Informationen kommen, die das FBI braucht?

»Ich will darüber nachdenken«, sagt er zu ihr. »Ich will mir überlegen, wie ich ihn schützen kann. Er verfügt über wichtige Informationen. Die Regierung macht Deals. Die Engländer haben einen mit Fuchs gemacht.«

»Ja, aber deren Gesetz besagt, dass Fuchs maximal vierzehn Jahre kriegen kann. Werden Verräter in Amerika nicht hingerichtet?«

»Ich werde Sie nicht belügen. Das kann passieren. Aber wenn er bereit ist, Namen zu nennen ... dann würde das seine Strafe sicher mildern.«

Rosalind schüttelt den Kopf. »Und wenn er Clemence getötet hat? Hätten Sie dann auch die Befugnis, ihn davonkommen zu lassen?«

»Ich weiß nicht ... Wenn er Clemence ermordet hat, würden Sie das dann wirklich wollen?«

Ihre Blicke treffen sich, und ganz langsam schüttelt sie den Kopf.

»Und wie ich Ihnen bereits sagte«, fährt Charlie fort, während er sich vorbeugt, »hat Fuchs uns berichtet, dass ein Wissenschaftler installiert wurde, um Informationen über die H-Bombe weiterzugeben.«

»Weaver?«

»Ich denke, die Wahrscheinlichkeit ist groß, dass er ein wichtiges Teil des Puzzles ist. Die Sowjets sind dafür bekannt, Druck auszuüben, um zu bekommen, was sie wollen. Sie, Rosalind, – und nur Sie – könnten ihn dazu bringen, Mut zu beweisen. Sich an uns zu wenden und zu gestehen. Wir können ihn beschützen, und wenn er diese Informationen noch nicht weitergegeben hat, könnten wir uns alle beschützen.«

»Großer Gott«, haucht sie. Ihr Gesicht ist bleich; ihre Lippen sind zusammengepresst.

Er nimmt wieder ihre Hand. Er liebt es, sie zu berühren; er *muss* diese Verbindung spüren. Er weiß, die letzte Sache, die er ihr gleich sagen wird, wird dafür sorgen, dass sie wütend auf Weaver ist, dass sie ihn wegstoßen will. Er hat sie sich bis jetzt aufgehoben. Und doch hasst er es, Rosalind zu verletzen. »Hören Sie ... Ich muss Ihnen noch etwas über Clemence sagen«, beginnt er.

»Ich glaube nicht, dass ich es ertragen kann, noch mehr zu hören.«

»Ich glaube, das hier werden Sie hören wollen.«

Sie nickt, aber sie schließt die Augen und schluckt schwer.

»Kurz bevor ich heute Abend hierherkam, habe ich ein Telex aus England bekommen. Ich habe vor ein paar Tagen eine Anfrage gestellt, und sie haben für mich eine Antwort in Form einer englischen Heiratsurkunde gefunden. Thomas J. Weaver hat 1938 im Rathaus von Cambridge eine Frau namens Victoire Spenard geheiratet.«

Rosalind nickt. »Ja, das hat er mir erzählt. Dass er verheiratet war, bevor er mich kennenlernte. Mit einer älteren Frau, sagte er. Aus Marseille.«

»Aber was Sie nicht wissen, ist, dass Victoire Spenard jetzt schon seit vier Jahren hier in Amerika lebt, unter einem falschen Namen.«

Rosalind legt die Stirn in Falten, schüttelt verwirrt den Kopf.

»Nein«, erklärt sie langsam, sanft. »Sie müssen sich irren. Als wir uns kennenlernten, war er verwitwet. Seine Frau ist bei einem Bombenangriff in London gestorben.«

»Victoire Spenard ist nicht in London gestorben. Sie ist überhaupt nicht gestorben ... bis vor, na ja, vielleicht zwei Wochen.«

»Ich verstehe nicht.«

»Sie ist unter einem falschen Namen nach Amerika gekommen.«

»Ich verstehe nicht.«

»Dieser Name ist Clemence. Clemence Weaver.«

Rosalind wird kreidebleich. Sie starrt ihn mit offenem Mund an, zieht ihre Hand zurück.

»Clemence ist Victoire?«

Er nickt.

»Er war ... Augenblick. Er war noch immer mit ihr *verheiratet*, als ich ihn kennenlernte?«

Charlie nickt.

»Dann hat er mich in dem Punkt belogen?«

»Ja.«

Sie hält sich die Hände vors Gesicht, presst sich die Finger an die Schläfen. Er wartet lange Zeit, aber sie rührt sich nicht.

»Victoire Spenard stand auf vielen Beobachtungslisten als Agentin. Wir glauben, dass sie deshalb ihre Identität gewechselt hat. Geht es Ihnen gut?«, fragt er.

Sie gibt keine Antwort.

»Hey, entspannen Sie sich«, sagt er. »Diese Neuigkeit ist nicht ausschließlich schlecht. Es ist gut möglich, dass Weaver Sie 46 verlassen hat, weil Clemence überraschend aufgetaucht ist. Der Krieg war vorbei; endlich gab es Passagierverkehr über den Atlantik. Er hat gesagt, er hätte keine Wahl gehabt. Vielleicht hat sie damit gedroht, ihn auffliegen zu lassen. Vielleicht haben die Sowjets sie nach Amerika geschickt, damit sie ihn zurückgewinnt oder ihn überwacht, um sicherzustellen, dass er sich fügt. Zu der Zeit, nehme ich an, wollte er aussteigen, hatte aber das Gefühl, in der Falle zu sitzen.«

Endlich sieht sie ihn an, in ihrem Blick liegt Verbitterung.

»Er hat gesagt, es gebe Dinge, die ich nicht wüsste.«

»Da hat er Ihnen ausnahmsweise die Wahrheit gesagt. Hören Sie. Lassen Sie ihn ausspucken, was bei den Russen los ist. Lassen Sie ihn gestehen, wenn es das ist, was er braucht.«

»Ich weiß nicht …«

»Befreien Sie ihn zumindest in dieser Hinsicht. Sie befürchten doch nicht, dass er … Ich meine … Er würde Ihnen doch sicher nichts *antun*, oder?«

»Niemals.«

»Ich will nicht, dass Sie irgendein Risiko eingehen. Aber wenn Sie sich sicher sind, dass er Sie liebt, dass Sie in Sicherheit sind …«

Wieder nickt sie. Weaver hat ihr gesagt, dass er sie liebt. Sie glaubt ihm.

»Meinen Sie, er ist inzwischen zu Hause? Wollen Sie ihn anrufen?«

»Ich könnte meine Stimme nicht kontrollieren. Ich könnte nicht normal klingen.«

»Okay, dann warten Sie noch ein bisschen. Bleiben Sie zum Essen. Was meinen Sie?«

»Ich könnte jetzt keinen Bissen hinunterkriegen.«

»Vielleicht ein bisschen später. Wir werden plaudern. Sie werden sich noch einen Drink bestellen. Und Sie werden feststellen, dass es gar nicht so schlimm ist.« Er hat ihr Leid zugefügt. Er will Zeit mit ihr, um es wiedergutzumachen.

Sie holt einmal tief Luft, und dann sagt sie: »Bezahlt das FBI?«

»Absolut.«

»Das ist gut. Ich bin nämlich völlig pleite.«

Er lacht. »Das Dinner geht auf uns. Steak, Meeresfrüchte. Lassen Sie uns tafeln, auf Kosten Ihres Landes.« Er schiebt ihr die Speisekarte hin.

»Noch nicht«, sagt sie. »Erst brauche ich noch einen Drink.«

Er bemerkt, dass ihr Scotch fast geleert ist. »Brauchen Sie Brot oder so?« Er muss an Sondra denken. »Ich will Sie nicht nach Hause tragen müssen.«

Sie lacht. »Nein. Wenn mir schwindelig wird, werde ich aufhören. Aber es geht mir schon besser. Ich weiß nicht, ob es an Ihnen oder an dem Scotch liegt …«

»Ich hoffe, an mir.«

Sie lächelt süß, erschöpft. Er gibt der Bedienung ein Zeichen. Ist es falsch, dass er ein schwindelerregendes Siegesgefühl verspürt? Und doch weiß er, dass sie ihn nach dem Dinner allein an diesem Tisch sitzen lassen und hinausgehen wird, um den Mann anzurufen, den sie wirklich liebt.

Beim Essen ist Rosalind erleichtert, dass Charlie tut, was er kann, um sie von der Neuigkeit von Clemence Weavers möglichem Tod und der Tatsache, dass Weaver sie von Anfang an belogen hat, abzulenken. Sie kann die Wut nicht ignorieren, die in ihr rumort. Trotzdem gelingt es ihm, sie mit Geschichten über seine Kindheit, seine Mutter, sein Leben in der polnischen Gemeinde zu bezaubern. Er spricht so lebhaft, so liebevoll von einer Welt, die sie nicht kennt. Wie könnte sie nicht gerührt sein von einem Mann, der so viel gelitten hat und dennoch so sehr Dankbarkeit verkörpert?

Und er holt sie auch aus sich heraus. Als sie von ihrer Arbeit spricht, von dem Flüstern der Vergangenheit, das sie in den

Schmuckstücken, die sie verkauft, erlauscht, gleitet er mit einem Finger über den Goldring, den sie trägt. »Erzählen Sie mir von dem hier«, fordert er sie auf.

»Lesen Sie, was darin steht«, sagt sie. Sie greift nach seiner gesunden Hand, dreht sie um und legt ihm den Ring in die hohle Hand. Mit dem magischen Geschick seiner Finger schafft er es, den Ring zu seinen Fingerspitzen zu schütteln, sodass er ihn ins Licht hochhalten kann. Blinzelnd liest er: »Für das tapferste Mädchen der Welt.«

»Das ist der Grund, weshalb ich ihn gekauft habe. Der Rubin ist nichts, eigentlich. Aber das Gefühl …«

»Das ist, wer Sie sein wollen?«

Weaver hat ihr so viel genommen, hat ihr so wenig Glauben an sich selbst gelassen.

»Das ist, wer ich gern wäre, Charlie. Ich will zurück zur Wissenschaft. Ich sehne mich danach. Aber im Grunde meines Herzens bin ich ein Feigling.«

»Sie könnten dieses Mädchen sein«, sagt er. »Das Leben gibt Ihnen eine Chance zu beweisen, dass Sie alles andere als ein Feigling sind.«

Sie sieht hoch in seine Augen und sonnt sich in seinem Glauben an sie. Nachdem er ihr den Ring wieder an den Finger gesteckt hat, streckt er die Hand aus und streichelt ihre Wange. Sie ergreift seine Hand und hält sie lange, lange Zeit. Als es Zeit ist, Weaver anzurufen, hasst sie es, sie loszulassen.

20

»Darling, ich bin ja so froh, von dir zu hören«, sagt Weaver. Seine Stimme ist gedämpft und belegt. Er muss geschlafen haben. Das Telefon in seiner Wohnung steht neben dem Bett, was sie immer als ein wenig dekadent empfand. Sie hat noch nie jemanden gekannt, der sein Telefon nicht in der Diele oder der Küche stehen hatte. »Ich habe versucht, dich anzurufen«, sagt er.

»Ich war mit einem Freund essen. Möchtest du, dass ich jetzt vorbeikomme?«

»Gott, ja. Ich habe mich den ganzen Tag nach dir gesehnt.« Sie verspürt ein Zucken genau unter ihren Rippen. Warum haben Weavers Worte noch immer diese Macht über sie? Vor allem nach dem, was sie eben erfahren hat? Und nach dem wundervollen Dinner mit Charlie.

»Ich komme mit dem Bus zu dir.«

»Nimm ein Taxi. Ich gebe dir das Geld. Ich brauche dich, meine Liebe.« Liebevolle Worte, während er die ganze Zeit gelogen hat …

Sie legt auf und steht für einen Moment im Eingangsbereich, die Augen zusammengepresst, mit hämmerndem Herzen. Sie denkt über das nach, was Charlie gesagt hat: dass sie Weaver helfen könnte, Vergebung zu finden, bevor er stirbt. Dass sie ihn, indem sie ihn zu einem Geständnis überredet … sogar beschützen könnte. Und die Welt beschützen, indem sie verhindert, dass er noch mehr an die Russen verrät. Könnte Weaver wirklich die Person sein, die installiert wurde, um Informationen über die H-Bombe weiterzugeben? Wenn sie dazu imstande ist, ihn aufzuhalten, wie könnte sie sich dieser Pflicht dann entziehen?

»Also, wie lautet die Entscheidung?«, fragt Charlie. »Werden Sie Weaver treffen?« Sie bemerkt Zurückhaltung in seinen Augen. Und doch ist er es, der sie dorthin schickt. Sie nickt.

»Na dann, bringen wir Sie weg von hier.« Er legt seine Serviette auf den Tisch, steht auf und zeigt zum Eingangsbereich.

Als sie vorbeigehen, sagt der Oberkellner: »Schön, dass Sie bei uns waren.« Zweifellos denkt er, dass sie ein verliebtes Paar sind, dass dies erst der Anfang ihrer gemeinsamen Nacht ist. In dem dunklen Vorraum zwischen den Türen sagt Charlie: »Warten Sie hier. Lassen Sie mich zuerst die Straße überprüfen.«

Er tritt aus der Tür, und im späten Licht betrachtet sie seine hochgewachsene Gestalt mit einer dumpfen Sehnsucht. Als er wiederkommt, legt er ihr sanft die Hände auf die Schultern. »Gray ist dort draußen, in einem blauen Wagen, ein Stück die Straße hinunter.« Er zeigt in die Richtung. »Er wird Ihrem Taxi folgen. Hören Sie, mit Weaver – passen Sie bitte auf.«

»Er wird mir nichts tun. Er liebt mich«, sagt sie.

»Trotzdem. Es liegt in meiner Natur, mir Sorgen zu machen.«

»Wirklich? Das hätte ich nicht vermutet.«

»Wenn es um Sie geht«, sagt er, »kann ich offenbar nicht anders.«

Sie streckt unwillkürlich eine Hand aus und berührt sein Gesicht. Als er sie zur Antwort umarmt, fühlt sie sich geborgen und tief berührt zugleich, verblüfft davon, wie lange er sie an sich drückt.

»Danke fürs Dinner«, flüstert sie.

»Rosalind ... Ich ...« Er streicht ihr Haar glatt, gleitet mit dem Daumen über ihre Lippen. Oh, wie seine Berührung sie aufwühlt. Sie wartet darauf, dass er noch mehr sagt, aber er schüttelt nur den Kopf und blickt verlegen. Das Verlangen, die Arme auszustrecken und ihn zu küssen, ist fast unerträglich. Er hat ihre Lippen berührt. Wie sehnt sie sich danach, seine zu schmecken.

Sie treten hinaus, und er winkt ein Taxi heran und öffnet die Tür. »Passen Sie auf sich auf«, flüstert er und stellt dann sicher, dass ihr Rock drinnen ist, bevor er die Tür schließt. Er hebt die Hand zum Abschied, und sie sieht zu, wie seine Gestalt kleiner wird, während das Taxi davonschießt, um sie zu Weaver zu bringen.

Im Taxi fragt sie sich, wie sie es schaffen soll, all das, was sie jetzt weiß, vor Weaver zu verheimlichen. Sie denkt an die Gravur in ihrem Ring. *Für das tapferste Mädchen der Welt.*

»Sie könnten dieses Mädchen sein, Rosalind«, hat Charlie gesagt. Als sie ihm in die Augen sah, sah sie Vertrauen, Freundlichkeit, Wahrheit. Hier im Taxi versucht sie, ihren Mut zusammenzunehmen. Sie muss unwillkürlich an Clemence denken, diese stolze, kalte Frau mit den dunklen hochgesteckten Haaren, die so lange das Objekt ihres Hasses war. Kann es wirklich sein, dass Weaver sie getötet hat? Wie könnte er Rosalind all die Jahre belogen haben? Und sie noch immer belügen? Die ganze Zeit war es Weaver, den sie hätte hassen sollen.

Als sie vor seiner Wohnung aussteigt, sieht sie Gray in der Nähe vorfahren und seinen Wagen parken. Damit sollte sie sich sicher fühlen, aber dann fällt ihr mit einem Schreck ein, dass sie es versäumt hat, Charlie zu sagen, dass Weaver denkt, dass ihre Wohnung verwanzt ist. Wie in aller Welt konnte sie das vergessen? Es war der erste Punkt auf ihrer Liste. Vor allem da die Russen bestimmt gehört haben, wie er von Fingerabdrücken geredet hat, vielleicht haben sie herausgefunden, dass er vom

FBI ist. Und sie hat Charlie noch immer nichts von dem Umschlag gesagt. In ihrem ganzen Leben hat sie sich nie verlorener gefühlt.

Sie betritt das Haus und steigt die Treppe hoch. Weavers Klingel schrillt unter ihrem Zeigefinger. Als er an die Tür kommt, macht sie sich darauf gefasst, ihn zu hassen – und sich gleichzeitig den Anschein zu geben, als ob sie es nicht tut. Und doch, als seine Augen bei ihrem Anblick aufleuchten, fühlt sie sich durch seine neue Verletzlichkeit, seine Sterblichkeit, unerwartet entwaffnet. Wie blendend er in diesem frischen blauen Hemd, der grauen Sommerhose, einen Scotch in der Hand, aussieht. Er war immer eine Spur zu gut aussehend: ein Mann wie aus einer Reklame. Und manchmal war er so abwesend. Aber heute Abend erweicht seine Freude darüber, sie vor sich zu sehen, für einen Moment ihr Herz. Dieser Mann könnte nicht einmal der gehässigsten Ehefrau etwas zuleide tun, sagt sie sich.

»Komm rein, Darling«, sagt er. »Ich freue mich so, dich zu sehen.«

Seine Wohnung ist ordentlich und gemütlich. Einladend, wie ihr modernes Apartment es niemals sein wird.

Er bietet ihr einen der Ohrensessel an und bringt ihr einen Scotch. »Du hast den ganzen Tag hinter diesem verdammten Tresen gestanden«, sagt er. »Lass dich zur Abwechslung von mir bedienen.« Während sie an ihren Drinks nippen, erzählt er ihr, wie sein Bus an diesem Morgen nicht gekommen ist, weil eine Frau an der Haltestelle vor seiner die Wehen bekam.

»Sie muss schon in den Wehen gewesen sein, bevor sie eingestiegen ist, denn offenbar fing sie gleich dort in der letzten Reihe an, ihr Baby zu bekommen. Feuerwehrleute mussten in den Bus klettern, um zu helfen. Ich habe im Radio gehört, dass sie einen Jungen bekommen hat. Also, mit wem warst du essen?« Er hängt diese Frage so unbeholfen ans Ende seiner Geschichte an, dass sie lachen muss.

»Ein Freund«, antwortet sie.

»Ein Mann?« Seine Frage geht ihr gegen den Strich.

»Ja.«

Er nimmt einen Schluck von seinem Scotch, dann stellt er ihn kopfschüttelnd ab und starrt auf seine Hände. »Ich weiß, du bist mit anderen Männern ausgegangen, während ich verschwunden war. Und das kann ich dir nicht verdenken. Aber trotzdem ...«

»Du warst nicht *verschwunden*, Weaver«, sagt sie betont. »Du warst mit Clemence zusammen. Was hätte ich deiner Meinung nach denn tun sollen?« Sie sieht, wie er zusammenzuckt. Die Wahrheit ist, dass Rosalind in all den Jahren *nicht* mit anderen Männern ausgegangen ist. Sie hat zu jedem Mann Nein gesagt – zu dem, der sie in der Gemüseabteilung im Supermarkt fragte, ob sie mit ihm ausgehen würde, zum Cousin ihres Abteilungsleiters bei Field's, zu dem Mann, den sie bei einem Vortrag kennenlernte. Sie konnte es nicht riskieren, sich irgendjemandem zu öffnen. Nicht nach dem, was Weaver ihr angetan hatte. Und jetzt muss sie feststellen, dass er die ganze Zeit gelogen hat. Ihre Wut auf ihn ist eingesperrt, aber sie ist eindeutig am Leben und rüttelt an den Gitterstäben.

»Ist dieser Mann jemand, von dem ich wissen sollte?«, hakt er nach. »Dieser Mann, mit dem du essen warst. Läuft da was?«

»Du bist hier derjenige, der etwas zu gestehen hat«, entgegnet sie. »Nicht ich.« Es fühlt sich gut an, ausnahmsweise einmal die Oberhand zu haben.

»Und das werde ich auch tun«, erwidert er. »Aber eifersüchtig bin ich trotzdem.« Er steht auf und nimmt ihre Hand, zwingt sie, ebenfalls aufzustehen, dann zieht er sie an sich und küsst sie leidenschaftlich. »Komm mit ins Bett. Du bist, was ich brauche, um dafür den Mut aufzubringen«, sagt er. »Komm mit ins Bett, und danach werde ich dir alles erzählen.«

»Aber«, flüstert sie, »ist deine Wohnung nicht verwanzt?«

»Ein Freund von mir ist ein richtig guter Elektronikfachmann. Er hat mir heute Morgen geholfen, einen Kasten aufzutreiben, der solche Geräte ausfindig machen kann. Eines war in der Leuchte über der Toilette versteckt, was, offen gestanden, ziemlich unfein war. Im Moment hört niemand zu ... niemand außer mir. Lass uns sehen, ob wir dich dazu bringen können, diese hinreißenden leisen Geräusche zu machen, von denen du glaubst, dass ich sie nicht mag.«

Er zieht sie in das verdunkelte Schlafzimmer. »Verdammt, ich will dich so sehr«, flüstert er, während er ihre Kleidung aufknöpft. Nach dem, was Charlie ihr heute Abend erzählt hat, war sie sich ziemlich sicher, dass sie nicht imstande sein würde, Verlangen auch nur vorzutäuschen. Aber sie muss gar nichts vortäuschen. Ihr Liebesspiel ist feurig und fieberhaft. Vielleicht wird ihre Erregung von Wut beflügelt. Vielleicht ist es seine unverhohlene Sehnsucht, die sie antreibt. Sie tut etwas, was sie nur selten getan hat: Sie setzt sich auf ihn und reitet ihn, übernimmt die Kontrolle. Schließlich bringt er sie dazu, ihr Tempo zu verlangsamen, und zieht ihren gemeinsamen Höhepunkt in die Länge, bis sie schließlich in einem langen, glückseligen Strudel gefangen ist. Danach liegt sie neben ihm, den Kopf auf seiner nackten Brust. Sein Herzschlag geht ruhig und gleichmäßig, wie der eines Mannes, der noch dreißig Jahre Leben vor sich hat.

Sie versteht sich selbst nicht. Mit Weaver zu schlafen hat sich nie so frei angefühlt. Vielleicht hat Charlies Information sie entfesselt, hält sie davon ab, Weaver zu sehr zu lieben, hat die Macht, die er schon zu lange über sie hatte, abgeschwächt. Bald wird er gestehen, was immer er zu gestehen hat, und dann … Ihr ist bewusst, dass sie diesen Moment auskosten sollte. Unschuld, wenn sie erst einmal verloren ist, kann nie wiedererlangt werden. Nach einer Weile hebt sie den Kopf. Jede Spur von Erschöpfung ist aus seiner Miene gewichen. Wie friedlich er aussieht: die Augen geschlossen, während ein Lächeln seine Mundwinkel umspielt. Sein Atem geht langsam, gleichmäßig, sicher.

»Weaver«, flüstert sie. »Du hast gesagt, du willst etwas gestehen.«

Er schlägt die Augen auf. Zuerst starrt er an die Zimmerdecke, dann richtet er den Blick voller Beklommenheit auf Rosalind. »Ich weiß, nachdem ich das getan habe, wirst du mich hassen.«

Sie betrachtet die Konturen seines Gesichts, von seinem markanten Grübchenkinn bis hin zu seiner vertrauten Stirn, jetzt gefurchter und vielleicht etwas höher als früher. Er wird nie alt genug werden, um dieses wunderschöne volle Haar zu verlieren.

»Ich kann nicht sagen, was ich dann fühlen werde«, erwidert sie. »Ich kann nicht garantieren, dass ich dich nicht hassen werde.«

Er setzt sich auf, reibt sich den Nacken. »Aber dass du mir vergibst, ist wichtig, weißt du. Es könnte das Einzige sein, was mir jetzt noch wichtig ist.« Und dann fährt er fort: »Ich liebe dich. Ich habe Angst davor, allein zu sterben.« Sie weiß nicht, was sie darauf erwidern soll.

Er greift nach dem Glas Scotch auf seinem Nachttisch und nimmt einen langen Schluck. »Ich trinke in letzter Zeit zu viel. Aber ich kann mir nicht vorstellen, dass das eine Rolle spielt. Jetzt ist nicht mehr viel wichtig.«

»Es mir zu sagen ist wichtig«, sagt sie.

»Ich weiß.«

Sie legt die Hände an sein Gesicht. »Du glühst ja«, sagt sie. »Willst du einen kalten Waschlappen?«

Er schüttelt den Kopf, nimmt schweigend noch drei oder vier kräftige Schlucke und steckt sich mit zitternden Fingern eine Zigarette an. Sie setzt sich auf, wickelt die Decke um sich, verlegen im Bewusstsein ihrer Nacktheit angesichts der bevorstehenden Wahrheiten.

»Es hat auf dem King's College angefangen«, beginnt er. »Hast du je vom King's gehört?« Sie schüttelt den Kopf. »Ich habe es immer als das elitärste College in Cambridge angesehen. Es war zu Beginn der Weltwirtschaftskrise, die Leute haben Hunger gelitten. Aber unsere Eltern hatten Herrenhäuser und Bedienstete. Sie gaben uns alles, worum wir baten, nur damit wir sie in Ruhe ließen. Sportwagen, Pferde, Urlaube im Ausland. Es war eine hässliche Zeit. Der internationale Faschismus war auf dem Vormarsch. All die Dinge, die zu dem Wahnsinn der Nazis führten. Aber wir verwöhnten Sprösslinge gingen jeden Abend hinunter zum Eagle, um uns zu betrinken und zu vergessen, wer wir waren. Jeder Morgen begann mit einem Kater. Und dann erzählte mir Victoire von der Cambridge Socialist Society.«

Der Name Victoire lässt Rosalind zurückweichen. Sie kann die Hitze seiner Haut auf ihrer nicht länger ertragen. Er starrt selbstvergessen auf sein Glas. »Ich habe sie bei einer Party im King's kennengelernt. Sie war schlau. Schön. Älter. Kultiviert. Ich hatte meine Jugend auf Knabenschulen verbracht, wo wir der Tochter des Schulleiters und den Mädchen, die unsere Zimmer putzten, nachstellten. Aber Victoire machte es zu ihrer Mission, mich zu erobern. Sie lud mich auf einen Toddy zu sich nach Hause ein. Der Alkohol war nur der erste Punkt auf ihrer Agenda. Sie war dreiunddreißig und unersättlich. Du hast keine Ahnung.« Rosalind schließt die Augen; ihr wird flau im Magen.

»Du Glückspilz«, sagt sie. Männer brauchen keine Liebesschwüre, denkt sie verbittert. Hemmungslose Sexualität ist ein Ehrenabzeichen, kein Stigma.

»Alles an ihr war exotisch. Die Tatsache, dass sie an einem jungen Mann wie mir interessiert war, die Versammlungen, zu denen sie mich mitnahm. Bei den Sozialisten ging es ums Wohl der Allgemeinheit. Das kannte ich nicht. Ich war wie elektrisiert, wachgerüttelt. Ich glaubte, eine perfekte Lebensweise gefunden zu haben. Ein leidenschaftliches Liebesleben jede Nacht mit Victoire. Tagsüber armen englischen Arbeitern helfen – wenn ich nicht meine Arbeiten schrieb, die natürlich litten. Später fühlten wir uns beide zum Kommunismus hingezogen. Er schien reiner. Besser fürs Wohl der Allgemeinheit. Wir dachten, Russland sei ein kommunistischer Staat. Aber das ist eine Lüge.«

»Wirklich?«

»Russland war totalitär ... von Anfang an. Einer Regierung mit zu viel Macht geht es nie ums Volk.« Er raucht einen Moment schweigend, starrt in die Ferne. »Aber lange Zeit galten Russland meine Sympathien. Ich wusste nicht, wie schlimm es dort war. Und ich hielt es für falsch, dass Amerika zu viel Macht hatte, dass es allein eine solch furchterregende Waffe besaß.«

»Warum?«

»Es fühlte sich einseitig an, gefährlich. Amerika ist nicht das Land der Tapferen. Es ist das Land der Überheblichkeit. Wir sind Aufschneider. In diesem Land begehren wir nur *Dinge*. Amerika ist ein Ort, der hortet und anhäuft und prahlt und vergleicht. Und in der Zwischenzeit leiden zu viele arme Leute. Ich bewundere unsere Lebensweise nicht. Genau wie ich die englische nicht bewundert habe.«

»Wenn du so gefühlt hast, warum haben wir dann nie darüber geredet?«

»Weil es das Einzige war, worüber Victoire und ich *je* geredet haben. Es hat unsere Gefühle füreinander betäubt, unsere Ehe zerstört. Ich wollte nicht, dass *unsere* Beziehung so ist. Ich … habe deine Unschuld geliebt, deine Süße.«

»Na ja, das ist jetzt vorbei.«

Er schüttelt bekümmert den Kopf. »Hör zu, du musst wissen, dass ich in diesen letzten Jahren versucht habe, mich davon zu befreien. Als ich hierherkam, und erst recht, nachdem ich dich kennengelernt hatte, wollte ich der Mann sein, für den du mich hieltest. Aber sie ließen mich nicht gehen.«

»Was wollten sie von dir?«

»Informationen.«

»Geheime Informationen?«

Er nickt fast unmerklich.

»Über das Projekt?«

»Ja.«

»Und ein Teil dieser Informationen hat ihnen geholfen, ihre Bombe zu bauen, richtig?«, fragt sie leise.

»Ja.«

Was sie fühlt, ist Eis. Sie gefriert von ihrem Herzen bis in ihre Haarwurzeln.

»Ich war nicht der Einzige. Fuchs gehörte dazu, das weiß ich jetzt, und noch andere.«

Wenn er diese Geheimnisse verkauft hat, dann hat er es verdient zu sterben.

»Andere, die wir kennen?«

»Was kümmert dich das?«

Sie zuckt die Schultern. »Ich will wissen, ob jemand dich beeinflusst hat. Ich will wissen, wer sonst noch darin verstrickt war.«

»In Los Alamos hatte ich zwei Leute in Verdacht, aber ich konnte sie nicht darauf ansprechen …«

»Weil sie dich hätten anzeigen können, wenn du dich geirrt hättest?«

Er blickt gequält. »Die Russen haben darauf geachtet, keinen von uns wissen zu lassen, wer sonst noch dabei war. Aber da ich nur einen Teil der Informationen, die sie brauchten, weitergegeben habe, haben andere eindeutig den Rest mitgeteilt.«

»Wann war das? Nach Hiroshima, Nagasaki?«

»Nein.«

»Davor?«

»44. Ein Jahr bevor wir die Bombe abgeworfen haben.«

Sie lehnt sich verblüfft zurück. »Und ich dachte die ganze Zeit, wir beide stünden uns so nahe ... und dabei hatte ich keine Ahnung.« Und doch erinnert sie sich an die Samstagnachmittage, an denen er verschwand, die Zeiten, zu denen er diesen abweisenden Blick hatte, der sie beklommen machte. Die Wolke, die sich vor ihre Sonne schob ...

»Was genau hast du ihnen gegeben?«

»Konstruktionszeichnungen für den Bombenbau. Daten, Maße ...«

Das Blut pulsiert in ihren Ohren. Sie schließt die Augen.

»Bei der ganzen Security in Los Alamos, wie konntest du da überhaupt etwas hinausschmuggeln?«

»Na ja, die Konstruktionszeichnungen zum Beispiel habe ich ganz klein fotokopiert und sie unter die Einlegesohle in meinem Schuh gesteckt. Ich bin mit dem Bus zu einem Zahnarzt in Santa Fe gefahren. Dort gab es eine Frau. Eine Kurierin.« Er zeigt keine Emotion, sieht ihr nicht in die Augen.

»Und?«

»Sie hat in derselben Zahnarztpraxis einen Termin vereinbart, hat im Wartezimmer neben mir gesessen. Ich habe meinen Schuh ausgezogen und so getan, als würde ich einen Stein herausschütteln. Ich habe ihr die Pläne gegeben, als ich aufstand, um ins Behandlungszimmer zu gehen.«

»Hast du dir an dem Tag wirklich die Zähne reinigen lassen?«, fragt sie.

»Ich nehme an, sie hat es auch getan.«

»Du hast Staatsgeheimnisse weitergegeben, und ihr habt euch beide die Zähne reinigen lassen?« In ihren Worten liegt Gift. »Was für eine gute Mundhygiene.«

»Ich wusste, du würdest mich hassen.«

»Du warst ein Spion, und ich hatte keine Ahnung.«

»Ich war kein Spion«, entgegnet er. »*Sie* waren Spione. Ich war Informant. Ich habe ihnen nur gegeben, was sie brauchten.«

»Du hast weitaus mehr verraten als nur das, was du mir eben gesagt hast, habe ich recht?«, zischt Roz.

Er stößt eine Rauchwolke aus und drückt seine Zigarette aus.

»Viel mehr.«

Auf einmal wird sie von Wut überwältigt. Sie steht auf und beginnt hastig, ihre Kleider zusammenzusuchen.

»Was tust du?«

Draußen brüllt irgendein Mann. Sie knallt das Fenster zu. Sie gibt keine Antwort. Stattdessen schlüpft sie in ihre Unterwäsche, zieht ihre Bluse an und knöpft sie so rasch wie möglich zu. Sie würde ihn am liebsten schlagen. Ihm wehtun. Selbst sie ist verblüfft von ihrer Wut. Hätte sie genau das nicht erwarten sollen? Wusste sie nicht, dass er genau diese Dinge sagen würde? Warum sind ihre Gefühle so übergroß, so außer Kontrolle?

»Es gibt noch viel mehr zu gestehen, wenn ich dich damit hierbehalten könnte.«

Sie hat nicht gewusst, dass sie zu einer solchen Wut imstande ist. Diese Wut füllt ihre Brust aus. Schmerzt. Er umklammert ihr Handgelenk. Das Brennen seiner Haut passt zur Hitze ihres Zorns.

»Roz, ich habe Dinge getan, die ich bereue, und in einem Jahr, oder zwei oder drei Jahren, wenn ich Glück habe, werde ich sterben. Ich sehe es als Ursache und Wirkung. Schuld und Sühne …«

»*Schuld und Sühne*. Ein russischer Roman«, bemerkt sie, in der Hoffnung, dass die Ironie ihm einen Stich versetzen wird. Sie reißt ihre Hand zurück.

»Ich hasse es, dass du mich so in Erinnerung behalten wirst, wenn ich nicht mehr bin: als den Mann, der Amerikas Geheimnisse verraten hat.«

»Aber genau so werde ich dich in Erinnerung behalten«, zischt sie, froh zu sehen, dass ihre Worte wehtun.

»Bitte. Bleib.«

»Sag mir noch eine Sache«, sagt sie. »Was hast du gemeint, als du gesagt hast, es sei nicht deine Entscheidung gewesen, Clemence zu heiraten?«

»Ich habe gemeint, sie haben mich gezwungen, dich zu verlassen, um mit ihr zusammen zu sein«, antwortet er. Sie bemerkt, dass seine Stimme nicht schwankt. Das Lügen ist ihm zur zweiten Natur geworden.

»Wie konnten sie dich denn *zwingen*?«, hakt sie nach.

Wird er gestehen? Seine schlimmsten Sünden hat er ihr bereits gebeichtet. Das hier ist seine Chance zu enthüllen, dass er bereits verheiratet war, als sie sich kennenlernten. Dass Victoire Clemence ist.

Er hält inne, um sich eine neue Zigarette anzustecken. »Clemence war eine sowjetische Agentin. Sie war darauf angesetzt, mich zu kontrollieren.«

»Genau wie Victoire?«, fragt sie.

Er zuckt nicht einmal zusammen. »Ich wollte raus aus der

ganzen Geschichte. Sie haben gesagt, ich müsste mit ihr zusammen sein, oder sie würden mich auffliegen lassen. Und sie sagten … Sie sagten mir, sie würden dir vielleicht etwas antun.« Er greift wieder nach ihrer Hand, aber sie lässt es nicht zu.

»Sie haben gedroht, *mir* etwas anzutun?«

»Es wurde angedeutet. Diese Leute reden nie wirklich offen.«

»Nur zum Verständnis: Die Russen haben gesagt, du sollst diese Frau heiraten, und du hast es getan?«

»Sie haben keine Parade attraktiver Frauen an mir vorbeiziehen lassen und mich gebeten, meine Favoritin auszuwählen.« Seine Stimme ist erschöpft und verärgert zugleich. Das hier ist seine Chance, eine Lüge vieler Jahre zu bereinigen. Und doch verliert er kein Wort darüber, dass seine Frau, Victoire, als Clemence zurückgekehrt ist. Er gibt nicht zu, dass er Rosalind verführt hat, während er ein verheirateter Mann war. Dass er nie die Absicht hatte, Rosalind zu heiraten, und es auch gar nicht konnte. Er ist nicht aufrichtig oder mutig genug, um auch nur das einzugestehen.

»Du solltest dich stellen«, sagt sie, während sie ihre Bluse in den Rock steckt. »Hast du das je in Betracht gezogen? Wenn du aufrichtig bereust, was du getan hast, dann rede mit dem FBI. Sie werden dich im Gegenzug für Informationen mit Nachsicht behandeln.«

»Soll das ein Witz sein? Sie werden mich an den Eiern aufhängen. Ist es das, was du für mich willst?«

»Stattdessen wirst du in deinem ganz eigenen Gefängnis sterben«, entgegnet sie. »Einem Gefängnis der Reue.« Sie greift nach der kleinen Tasche, in der sie ihr Nachthemd und ihre Toilettenartikel mitgebracht hat.

»Bitte geh nicht. Du kannst so spät nicht gehen.«

»Was ich nicht kann, ist, im Moment mit dir zusammen sein.«

»Hör zu«, sagt Weaver etwas lauter. »Falls das irgendetwas ändert ... Ich bin bereits zu dem Schluss gekommen, dass sie mich töten müssen, da ich ihnen nicht die Informationen geben werde, um die sie mich jetzt gebeten haben. Und ich nehme an, das werden sie auch tun.«

Sie starrt ihn an, wünschte, sie könnte auch nur ein Wort von dem glauben, was er sagt. Aber wie könnte sie das, wenn sie gesehen hat, wie er ihr eine Lüge nach der anderen auftischt? Also geht sie.

21

Zu Hause läuft sie in ihrer Wohnung auf und ab. Die Stimmen in ihrem Kopf sind laut. Als sie schließlich ins Bett geht, schläft sie nicht. Sie hasst die Tatsache, dass sie jemanden lieben konnte, der so fehlgeleitet ist. Einen Verräter. Einen hohlen Mann, der die Grenzen zwischen Recht und Unrecht verwischt hat.

Warum wundert sie sich nicht im Geringsten, dass er Geheimnisse verkauft hat? Charlie hat sie gewarnt. Weaver hat Andeutungen dazu gemacht. Warum sollte es laut ausgesprochen zu hören etwas ändern? Und doch schwillt ihre Wut jedes Mal an, wenn sie darüber nachdenkt: Der Mann, den sie geliebt hat, hat die Bombe, die sie aus einem solch falschen Verständnis heraus erschaffen haben, an die Sowjetunion verraten. Und er hat sie vom ersten Tag an belogen.

Sie steht noch vor dem Morgengrauen auf und setzt sich aufs Wohnzimmersofa, erst vornübergebeugt, den Kopf in die Hände gestützt, dann starrt sie lange Zeit auf den See hinaus. Ihre Wut auf Weaver ist ein Schmerz unter ihren Rippen, physisch und unmöglich zu ignorieren. Es ist seine Schuld, dass die Welt den Atem anhält. Es ist die Schuld dieses Mannes, der ihr Herz gebrochen hat und es dennoch immer noch besitzt, dass die Welt morgen enden könnte. Und sie würden beide dafür verantwortlich sein.

Kurz vor der Morgendämmerung löst sie die Halskette, die er ihr geschenkt hat, das kleine Kästchen. Sie hat es all die Jahre getragen. Aus vierzehnkarätigem Gold und Platin, ist es alt und vermutlich wertvoll. Sie könnte sogar den Einkäufer bei Field's dazu bringen, es für ihre Abteilung zu kaufen. Aber sie geht hinüber zu dem Mülleimer in der Küche und wirft es hinein. Scheppernd fällt es gegen den Rand, und der Deckel des Kästchens springt auf, bevor es auf dem Boden des Mülleimers landet. Sie sieht zu, wie das kleine, eingerollte Stück Pergamentpapier mit dem Wort »Geduld« auf ein paar zerknüllten Taschentüchern schwankt und darunter verschwindet, für immer verloren.

Charlie liest sich eine Abschrift der Vernehmung einer russischen Kurierin durch, die das New Yorker FBI-Büro kürzlich festgenommen hat. Das Fahndungsfoto zeigt eine Frau mit kurzen blonden Haaren und einem harten, kantigen Gesicht. Sie könnte ein weiblicher Mechaniker sein oder ein Busfahrer, eine Frau mit einem Männerjob. Aber niemand würde sie verdächtigen, Nachrichten an die Russen zu überbringen.

»Wer ist denn dieses harte Biest?« Eine schwere Hand streckt sich nach unten aus und schnappt sich die Akte. Als Charlie den Kopf hebt, sieht er Binder neben sich stehen.

»Das ist die Kurierin, die wir in New York hochgenommen haben, Sir.«

»Was für ein süßer Schatz. Hat sie uns irgendwas geliefert?«

»Ich weiß noch nicht. Ich lese es eben zum ersten Mal.«

Binder wirft die Akte zurück auf Charlies Schreibtisch und stößt eine Rauchwolke aus. Hat der Mann eigentlich je einen wachen Moment ohne Sargnagel im Mund?

»Abgesehen von diesem Mannsweib, was haben wir?«

»Noch nicht viel, aber wir machen bei Weaver Fortschritte. Ich bin mir ziemlich sicher, dass er unser Mann ist.« Charlie hört die Unsicherheit in seiner eigenen Stimme.

»*Ziemlich sicher* reicht nicht einmal für das Busticket die Michigan Avenue hoch.«

Binder verlässt sein Büro nur selten, um durch das Großraumbüro zu schlendern. Wenn er es tut, verheißt das nie etwas Gutes. Was kann Charlie ihm sagen? Dass sie einen möglichen Tatort für den eventuellen Mord an Weavers Ehefrau entdeckt haben? Dass Rosalinds Wohnung ohne erkennbaren Grund durchwühlt wurde? Dass Charlies »perfekte Informantin« ihnen bislang kaum Informationen geliefert hat?

»Miss Porter glaubt, dass Weaver im Begriff ist, sich zu stellen. Er ist krank, Sir. Krebs. Vermutlich von seiner Arbeit mit radioaktiven Materialien.«

»Ist das so? Würde dem Dreckskerl recht geschehen.«

Charlie blinzelt. »Solange er nicht stirbt, bevor er uns die Informationen geliefert hat, die wir brauchen«, sagt er. Aber Binder lehnt sich auf eine bedrohliche, überlegene Art über den Schreibtisch. Sie sind auf Augenhöhe, aber ausnahmsweise scheint Binder größer zu sein. Er riecht nach Tabak. Seine Zähne haben die Farbe von Cashewkernen. »Miss Porter sollte sich besser beeilen und zusehen, dass sie was aus ihm herauskriegt. Ich stehe unter Druck in dieser Sache, Szydlo.«

»Woher, Sir?«

»Hoover. Wer sonst? Das New Yorker Büro ist eifrig dabei, Festnahmen durchzuführen, das Büro in DC ist eifrig dabei, Festnahmen durchzuführen, und es wird Zeit, dass ich ein bisschen rohes Fleisch habe, das ich dem Biest hinwerfen kann.«

»Wir arbeiten so schnell wir können, Sir.«

»Ausgerechnet jetzt, wo dieser McCarthy alle und jeden beschuldigt, Kommunist zu sein, steht das Chicagoer Büro mit leeren Händen da. Wir sind im Begriff, in Flammen aufzugehen, und Sie lassen sich alle Zeit der Welt.« Binder richtet sich auf und funkelt ihn an. »Legen Sie der Dame die Daumenschrauben an, damit sie etwas aus dem Dreckskerl herauskriegt. Ich meine es ernst. Ich habe keine Zeit dafür, dass Sie mit Engelszungen auf sie einreden.«

»Ja, Sir.« Binder entfernt sich, wobei er größer aussieht als der Mops, der er ist. Seine Worte und sein Gang sind so extrem, dass Charlie sicher ist, dass er sie sich bei Edward G. Robinson in *Der kleine Cäsar* abgeschaut hat. Aber die Ermahnung seines Bosses stimmt ihn dennoch nachdenklich. War er tatsächlich zu freundlich zu Rosalind? Zu geduldig mit ihr? Und was würde passieren, wenn er eine härtere Gangart einlegen würde? Würde sie sich abwenden oder die Informationen endlich aus Weaver herauskriegen? Er will nichts weiter als dieses Mädchen lieben. Wenn er schlau wäre, würde er diesen ganzen verdammten Fall jemand anders übertragen. Er zuckt zusammen, als das Telefon schrillt.

»Szydlo hier.«

»Charlie ...«

»Rosalind?«

»Kann ich Sie sehen?« Beim Klang ihrer oboenklaren Stimme beginnt sein Herz zu hämmern. »Ich brauche Ihre Hilfe.«

»Was kann ich tun?«

»Weaver hat gesagt, er glaubt, dass meine Wohnung verwanzt ist. Seine war es. Ich habe mich gefragt, ob Sie die Geräte finden und sie für mich entfernen könnten? Ich weiß, ich hätte es Ihnen schon früher sagen sollen.«

Warum ist Charlie nicht auf die Idee gekommen, dass sie Rosalinds Wohnung verwanzen würden, um Weaver im Auge zu behalten? Aber das hat etwas zu bedeuten. Wanzen sind teuer, werden nur sparsam eingesetzt. Sie müssen spüren, dass Weaver sich allmählich von ihnen abkehrt. Und dass er vor Rosalind alles ausplaudern wird. Kalte Angst jagt seinen Rücken hoch und über seine Kopfhaut. Er hat keine Ahnung, wie lange die Wanzen vielleicht schon dort sind. Haben sie Charlie in Rosalinds Wohnung gehört? Hat einer von ihnen das Wort »Fingerabdrücke« laut ausgesprochen? Wenn sie wussten, dass er vom FBI war, warum haben sie Weaver dann nicht längst gewarnt? Oder ihn versteckt? Oder sogar getötet? Sie können doch nicht wollen, dass er Informationen ans FBI durchsickern lässt. Der einzige Grund, weshalb sie ihn installiert lassen, ist, dass sie darauf warten, dass er ihnen irgendwelche neuen Informationen beschafft. Und dann werden sie sich seiner einfach entledigen …

»Sind Sie noch dran?«, fragt Rosalind.

»Ja, ich werde vorbeikommen und Ihre Wohnung von den Wanzen befreien. Sie rufen jetzt doch sicher nicht von dort an, oder?«

»Ich bin in einer Telefonzelle bei Field's.«

»Gut. Hören Sie, als ich vorbeigekommen bin, um Fingerabdrücke zu nehmen, habe ich da laut etwas davon gesagt, dass ich beim FBI bin? Habe ich das Wort ›Fingerabdrücke‹ verwendet? Das muss ich getan haben …«

»Das habe ich mich auch schon gefragt. Ich bin sicher, Sie müssen ›Fingerabdrücke‹ gesagt haben. Aber das mit dem FBI vielleicht nicht. Vielleicht sind diese Leute davon ausgegangen, dass ich die Polizei gerufen habe.«

»Nur dass Sie mich kannten … Sie haben mich angerufen, damit ich vorbeikomme.«

»Ja. Das stimmt. Aber ich hätte einen Polizisten kennen können, nehme ich an.«

Er ist sich sicher, dass sie ihm noch immer Informationen vorenthält. Warum sonst sollten sie ihre Wohnung durchwühlen, sie überwachen? Sie hat etwas. Sie weiß etwas. Er könnte

Gray bitten, ihre Wohnung zu durchsuchen, die Geräte zu entfernen. Aber er will sie sehen. Er muss sie sehen …

»Ich will nicht, dass diese Leute mich dabei erwischen, wie ich Ihr Wohnhaus betrete«, sagt er. »Ich meine, vermutlich stehen Sie nicht ständig unter Beobachtung. Aber falls doch – machen wir uns nichts vor, ich bin wegen meiner Größe einfach zu leicht zu erkennen.«

»Da haben Sie wohl recht.«

»Ich vermute, die Leute werden Feierabend machen, wenn bei Ihnen alles ruhig geworden ist. Wäre es Ihnen recht, wenn ich vorbeikomme, sobald die glauben, dass Sie zu Bett gegangen sind?«

»Natürlich.«

»Gut.«

»Charlie … gestern Abend …«

Er wartet, aber sie redet nicht weiter.

»Gestern Abend, was?«, fragt er sanft.

»Er hat viel ausgeplaudert.«

»Was hat er Ihnen gesagt?«

Ihr Atem geht abgehackt, zögernd.

»Er hat Ihnen gesagt, dass er es war, der den Leuten die Informationen gegeben hat?«

»Nicht der Einzige. Aber schon, ja.«

Charlie verspürt ein scharfes Kribbeln. Darauf haben sie alle gewartet. Natürlich ist es Weaver. Es musste Weaver sein. »Hat er Ihnen Details genannt?«

»Ein paar. Aber ich kann ihn fast nicht mehr sehen. Ich bin so wütend. Wütend wegen allem …«

»Sie können jetzt keinen Rückzieher machen. Bitte.«

»Das weiß ich … ich weiß.«

»Okay. Wir werden diese Sache zusammen durchstehen.« Er ist überglücklich, dass Weaver endlich redet, aber traurig, dass es offenbar so schmerzlich für sie ist. »Wenn er sich Ihnen öffnet, dann sollte ich wirklich ein Abhörgerät in seiner Wohnung installieren. Es muss verdrahtet werden. Haben Sie gesagt, er hätte dort bereits ein russisches Gerät gefunden?«

»Er hat die Geräte gefunden und entfernt. Aber ich will nicht, dass Sie ihn abhören. Dann würden Sie auch mich abhören.«

»Ja. Das stimmt ...« Der Gedanke, hören zu müssen, wie sie mit Weaver schläft, verwandelt sein Blut in Eis. »Es gibt neue Abhörgeräte, die ein paar Agenten tatsächlich an ihren Körpern getragen haben. Sie sind ziemlich schwer. Aber wenn Sie bereit dazu wären, könnten Sie eines tragen.«

»Das werde ich nicht tun. Ich habe ihm gesagt, er soll sich stellen ...«

»Rosalind, wenn er wüsste, dass Sie ein Tonband von ihm haben, auf dem er gesteht, dann würde er sich stellen müssen. Es könnte ihn retten.«

»Ich ... Ich kann einfach nicht.«

Charlie schließt die Augen, sieht eine rote Flamme aufflackern. »Okay, kümmern wir uns erst einmal um die Wanzen in Ihrer Wohnung, okay? Können Sie versuchen, heute Abend zu Hause zu sein?«

»Ja. Wenn nichts dazwischenkommt, werde ich zu Hause sein.«

»Machen wir es so: Wenn Sie wissen, dass Sie die Nacht zu Hause verbringen werden, rufen Sie nach neun meine Privatnummer an, lassen Sie es einmal klingeln und legen Sie dann auf. Rufen Sie noch einmal an und legen Sie wieder auf. Ihre Abhörer werden denken, dass Sie zwei Freundinnen angerufen haben, bei denen besetzt ist. Sie machen sich wie gewohnt bettfertig – tun Sie all Ihre gewohnten Dinge so, dass man Sie dabei hört –, und dann werde ich hochkommen und die Wanzen leise entfernen, nur für den Fall, dass Sie noch immer abgehört werden. Es wird spät sein müssen.«

»Wie spät?«

»Wann gehen Sie normalerweise zu Bett?«

»Halb elf. Elf.«

»Ich könnte um Viertel nach elf kommen, nur um auf Nummer sicher zu gehen.«

»In Ordnung.«

»Rosalind?«

»Ja?«

»Können Sie sich noch irgendeinen anderen Grund denken, weshalb Sie verfolgt werden? Irgendetwas, was Weaver gesagt hat oder Ihnen gegeben hat? Solange ich das nicht weiß, kann ich nicht für Ihre Sicherheit sorgen.«

»Ich … werde darüber nachdenken«, antwortet sie.

Er seufzt. »Ja. Tun Sie das. Und, hören Sie, wenn es nicht heute Abend ist, dann gilt dasselbe für morgen Abend, oder übermorgen. Einmal klingeln lassen und auflegen – zweimal.«

»Okay«, sagt sie. »Verstanden.«

Den ganzen Tag ist er verrückt vor Verlangen sie zu sehen, voller Sehnsucht zu hören, was Weaver enthüllt hat. Er kommt früh nach Hause und isst mit Peggys Familie zu Abend. Wieder freuen sie sich, ihn bei sich zu haben. Und das Essen ist so gut. *Bigos*, ein aufwendiger polnischer Eintopf, den seine Mutter immer gemacht hat. Er hilft beim Abräumen und Abwaschen, dann legt er sich auf sein Bett, hört sich leise das Dave-Brubeck-Oktett an und liest das Hemingway-Buch zu Ende. Früh nach Hause zu kommen sorgt dafür, dass sich der Abend endlos hinzieht. Und dann klingelt das Telefon. Eine Pause, dann noch einmal. Peggy öffnet die Kellertür und ruft die Treppe hinunter.

»Da ist es. Dein Signal. Ich hoffe, es ist nicht irgendein gefährlicher Auftrag.«

»Ach wo«, sagt er zu ihr. »Außerdem muss ich erst in eineinhalb Stunden gehen.«

Da er nicht länger auf den Anruf warten muss, geht er die Treppe hoch und in den Garten hinaus. Die Bäume wiegen sich im letzten sanften Licht des Tages. Und die Sterne sind zu sehen, winzige Punkte aus reinem, strahlendem Licht in dem schweren, rauen Blau, hoch oben über den Straßenlaternen. Sommernächte waren für ihn als Kind magisch, die Art, wie der Himmel noch lange vom Tageslicht erfüllt war, sodass sie eine gefühlte Ewigkeit draußen spielen konnten, bevor ihre Mütter sie ins Haus riefen. Bis die Glühwürmchen zu leuchten und zu blinken begann. *Kochanie, komm. Komm für dein Bad. – Komme schon, Ma.* Wie geborgen er sich fühlte, nie hätte er sich vorstellen können, dass die Welt Gewalt und Hass barg, dass er eines Tages gefangen, halb verhungert, geschlagen und gedemütigt sein würde. Selbst die Welt, in der er jetzt lebt, in Geheimnisse und Macht und Lügen gebettet – ist das eine Welt, in die er je ein Kind setzen könnte? Würde er es wagen? Oder könnte es ihn vielleicht sogar heilen, einen Jungen oder ein Mädchen zu lehren, freundlich und friedliebend zu sein? Würde es ihn verändern, ein eigenes Kind zu haben, das er lieben und behüten könnte?

Er will Rosalind behüten, sehnt sich verzweifelt danach, sie zu beschützen, ihr Held zu sein.

Seine Aktentasche mit dem Gerät in der Hand, wartet er auf den Bus. Das Letzte, was er ihr sagte, war, dass sie den Nachtportier anweisen sollte, ihn hereinzulassen, ohne ihn anzumelden. Und sie hat versprochen, um halb elf das Licht auszumachen und um genau Viertel nach elf wortlos die Tür zu öffnen. Der Portier nickt, als er seinen Namen nennt, und lässt ihn vorbei. Charlie gibt Gray lautlos ein Zeichen, der in ihrem Flur auf einem Klappstuhl sitzt. Gray klappt sein Buch zu, legt es auf den Stuhl. Charlie hat vorhin mit ihm abgesprochen, dass Gray nach Charlies Ankunft für eine Stunde hinausgehen könne, um sich einen Kaffee zu holen oder einen Spaziergang zu machen, und dass er sich dann wieder in seinen Wagen setzen und warten sollte. Der Aufzug kommt, und Gray fährt hinunter.

Jetzt steht Charlie allein im Flur, kribbelig vor Sehnsucht. Auf einmal schwingt die Tür nach innen auf, und Rosalind steht da, in das Licht vom Flur getaucht, im Bademantel und barfuß, eine strahlende, schimmernde Erscheinung. Er legt einen Finger an seine Lippen, und sie nickt, tritt zur Seite, um ihn hereinzulassen, und schließt leise hinter ihm die Tür, während er die Schuhe auszieht. Er fasst sie an der Schulter und drückt sie sanft. Er kann nicht anders, als sie zu berühren, so schön, so überirdisch steht sie vor ihm. Sie streckt eine Hand aus und hält für einen Moment sein Handgelenk. Sie stehen da, kaum atmend, während sie versuchen, im Dunkeln das Gesicht des anderen zu erkennen.

Er hasst es, als Erster loszulassen, aber er tut es dennoch. Leise öffnet er seine Aktentasche und entnimmt ihr ein Kästchen, das Funkwellen entdecken kann. Er hat es bereits stumm geschaltet, damit es nicht piepst. Stattdessen wird es aufleuchten, wenn er sich einer Wanze nähert, und blinken, wenn er ganz nah dran ist. Häuser sind voller Funkwellen, er braucht über eine Stunde, um die drei Wanzen zu finden, die in der Wohnung installiert wurden. Eine ist in der Lampenfassung über ihrem Bett versteckt, was er als irritierend empfindet. Eine andere steckt in der Küchenlampe, die über einem kleinen Tisch baumelt. Das ist der Ort, an dem er ihr von seiner Hand erzählt hat. Die Vorstellung, dass sowjetische operative Mitarbeiter seine ganze traurige Geschichte belauscht haben, widert ihn an. Die am schwersten zu erreichende Wanze ist in die große, flache Deckenleuchte im Wohnzimmer verdrahtet. Jeder andere Mann bräuchte eine Leiter, aber er muss sich nur auf die Zehenspitzen stellen, um den gläsernen Lampenschirm so leise wie möglich abzuschrauben. Er legt ihn auf dem Teppich ab, entfernt die Wanze und schraubt ihn dann wieder an. Nichts im Bad.

Am Telefon hat er zu Rosalind gesagt, dass die Techniker beim FBI die Geräte untersuchen und vielleicht von ihnen lernen wollen, daher wird Gray in seinem Wagen warten, um sie direkt zum Hauptquartier zu bringen. Natürlich, mit der Zeit wird den Russen die Stille auffallen. Er hofft, dass sie denken werden, dass es sich um einen Fehler bei ihrem Empfänger handelt. Es sind die kleinsten Wanzen, die Charlie je gesehen hat, jede kaum größer als eine Zigarettenschachtel, mit zwei Drähten. Die Sowjets sind wahre Meister des heimlichen Abhörens, den Vereinigten Staaten weit überlegen. Warum glauben sie, dass Rosalind die Kosten dieser Geräte rechtfertigt? Als er hinausgeht, legt sie sich eine Hand ans Herz, als wollte sie Danke sagen. Im Aufzug hört er das Scheppern und Quietschen der Aufzugseile. Enthalten die Geräte irgendeine magische Batterie zur Unterstützung, wenn sie nicht verdrahtet sind? Hören diese Leute sogar jetzt zu? Können sie die Bewegung hören?

Draußen nimmt er die drei Wanzen aus seinen Taschen und reicht sie schweigend Gray, der sie in weißen wattierten Stoff wickelt, den er weiß Gott wo aufgetrieben hat. Gut mitgedacht – nur zur Sicherheit.

Als Grays Wagen außer Sichtweite ist, hält Charlie einen Moment inne, um durchzuatmen und über die Straße und hinüber zu dem dunklen Wasser zu sehen. Die gespenstischen Lichter der Vergnügungsdampfer hinter dem Drive funkeln und blinken. Man kennt Chicago nicht, wenn man den See nicht kennt.

Seine Anziehungskraft, die Gerüche von Fisch und Schlamm und irgendetwas Metallischem und absolut Reinem. Er erinnert sich, wie seine Mutter immer mit ihnen zum Oak Street Beach ging, als er und Peggy klein waren. Handtücher. Sandwiches. Eimer und Schaufeln. Am See war es so viel kühler als in ihrem Wohnviertel. Er weinte jedes Mal, wenn seine Mutter mit ihnen zurückgehen wollte. *Wir gehen zum Strand, und dann gehen wir nach Hause. Keine Tränen*, sagte sie. Da hatte er gelernt, dass die Seebrise etwas für reiche Leute war.

Als er Rosalinds Wohnhaus wieder betritt, kribbelt jeder Nerv in seinem Körper. Auf dem Weg zum Aufzug zückt er seine Dienstmarke, und der Nachtportier nickt. Als Charlie klopft, öffnet Rosalind prompt die Tür, zieht ihn in die Wohnung und schließt die Tür hinter ihm.

»Sind Sie sicher, dass sie uns nicht hören können?«, flüstert sie.

»Ganz sicher. Ich habe nichts übersehen.«

Sie seufzt, dann spricht sie mit ihrer normalen Stimme weiter. »Kann ich Ihnen ein kaltes Getränk anbieten? Oder einen Scotch?«

»Nein. Es ist schon spät. Aber bevor ich gehe, muss ich Ihnen noch etwas Wichtiges sagen: Wir haben Ihre Fotos entwickelt. Der Mann, der Sie verfolgt hat, ist Ronald Anson. Wir haben ein Team auf ihn angesetzt.«

»Anson. Ist er gefährlich?«

»Er war früher Boxer. Hat sich auf krumme Geschäfte eingelassen, ein paar Schlägereien angezettelt. Damit ist er für eine Weile ziemlich reich geworden. Keine Ahnung, wann die Kommunisten Verbindung zu ihm aufgenommen haben. Abgesehen von den Schlägereien hat er keine Vorstrafen.«

»Ich nehme an, das ist eine Erleichterung …«

»Hören Sie, erzählen Sie mir mehr darüber, was Weaver

gesagt hat; und dann ist es vermutlich das Beste, wenn ich gehe. Gray wird zurückkommen, sobald er die Wanzen abgeliefert hat.« Er hat Angst davor, wie viel er für sie empfindet. Wie viel Macht sie über ihn hat.

»Setzen Sie sich für eine Weile und reden Sie mit mir«, sagt sie.

Ihr Gesicht sieht jung aus in den Schatten, offen. Sie will seine Gesellschaft. Selbst im Dunkeln ist es offensichtlich.

»Okay«, willigt er ein. »Nur für eine Weile. Kein Übernachten auf dem Sofa heute Abend ...«

Sie lächelt. »Darum würde ich Sie nicht noch einmal bitten.« Sie bedeutet ihm, ins Wohnzimmer voranzugehen. Die Fenster sind weit aufgerissen. Anders als beim letzten Mal ist alles ordentlich, aufgeräumt, sauber. Er macht es sich auf dem Sofa bequem, spürt, wie müde er ist. Es ist spät, und während er ihre Wohnung nach den Wanzen durchsucht hat, muss er den ganzen Körper angespannt haben. Ihn jetzt zu entspannen bedeutet Erschöpfung. Sie setzt sich neben ihn. Die Brise lässt ihn für einen Moment die Augen schließen. Und dann blickt er hinaus auf die dunkle Stille, das leise plätschernde Schwarz, das Drake am Ufer, dessen Lichter sich im Wasser spiegeln, den Leuchtturm des Palmolive Building, dessen Strahl in regelmäßigen Abständen Rosalinds Fenster streift und Pirouetten durch ihr Zimmer dreht. Es ist das Chicago, nach dem er sich immer gesehnt hat.

»Das ist eine schöne Wohnung«, bemerkt er. »Sie wohnen bestimmt sehr gern hier.«

»Ich habe sie mir genommen, als ich im Labor gearbeitet und mehr Geld verdient habe. Jetzt halte ich einfach an ihr fest, solange ich kann. Sie erinnert mich an die Frau, die ich früher einmal war – die Frau mit einer glänzenden Zukunft. Heutzutage fühle ich mich nicht mehr so strahlend.«

Er betrachtet den seidigen Schimmer ihres Bademantels, die blasse Haut ihrer Hals- und Brustpartie im Halbdunkel.

»Für mich sehen Sie strahlend genug aus.«

Sie schüttelt den Kopf. »Ich habe neulich darüber nachgedacht und mich gefragt: ›Wann war ich eigentlich das letzte Mal richtig glücklich?‹ Ich konnte mich nicht erinnern.«

»Rosalind …«

»Sind Sie glücklich? Ich meine, betrachten Sie sich als einen glücklichen Menschen?«

Er starrt sie einen Moment an, bevor er antwortet. Er hat sich diese Frage seit Jahren nicht mehr gestellt.

»Nicht seit dem Krieg.«

»Waren Sie es früher einmal?«

»Als ich jung war, war ich überglücklich.« Es auszusprechen ruft ihm eine glänzende Zeit in Erinnerung, als er jemand war, ein Mädchen hatte, das ihn liebte. »Damals war ich verliebt.«

»Was ist mit ihr passiert?«

»Nach dem hier …« – er hebt seine verkrüppelte Hand – »… hat sie mich verlassen.«

»Das Mädchen, das diese verletzenden Dinge gesagt hat …«

Er nickt.

»Sie kann Sie nicht wirklich geliebt haben.«

»Sie hat sich kürzlich entschuldigt. Sie hat gesagt, mich abzuweisen sei der größte Fehler ihres Lebens gewesen. Aber das hat den Stachel nicht entfernt.« Er lehnt sich zurück, verschränkt die Arme vor der Brust, verbirgt seine schlimme Hand.

»Nachdem Sie mich überredet hatten, Weaver zu treffen, dachte ich, es könnte vielleicht einen Teil der Freude wiederbringen, die ich mit ihm empfunden habe«, sagt sie. »Jetzt glaube ich, dass er mich vielleicht wirklich liebt. Aber die Tatsache, dass er all die Jahre gelogen hat, hat mir die ganze Freude genommen.«

»Wir sind ja ein schönes Paar«, sagt er. »Es tut mir leid, dass ich Sie gedrängt habe, zu ihm zurückzukehren. Es tut mir leid, dass ich die Lüge bezüglich seiner Ehefrau aufgedeckt habe.«

»Ich hätte um ihn getrauert, wenn ich irgendwann herausgefunden hätte, dass er gestorben war, ohne dass ich ihn wiedergesehen habe. Deshalb bin ich Ihnen dankbar.«

Sie schweigt eine Weile, dann zieht sie ein Taschentuch aus dem Ärmel und presst es sich an die Augen. Die Lichter vom Lake Shore Drive erhellen eine Tränenspur auf ihren Wangen.

»Geht es Ihnen gut?«, fragt er.

»Offenbar muss ich in Ihrer Nähe immer weinen. Ich habe letzte Nacht nicht geschlafen. Ich kann meine Gefühle schlecht im Zaum halten.«

»Kommen Sie her.« Er hält einen Arm für sie auf. Sie blickt verblüfft, dann rutscht sie näher heran und lehnt sich seufzend an ihn. Er weiß nicht, wie er den Mut aufgebracht hat. Aber nichts hat sich je so gut angefühlt wie ihr Leib in der Beuge seines Arms. »Also, was hat er gesagt?«

»Ich habe ihn gebeten, mir zu sagen, ob er es war, der den Russen die Informationen zum Bombenbau gegeben hat. Er hat Ja gesagt.«

»Sie haben gesagt, es sei nicht nur er gewesen.«

»Es gab noch andere – Fuchs natürlich, und zwei Wissenschaftler in Los Alamos, glaubt er –, aber die Russen haben ihm nicht gesagt, wer. Er hielt es nicht für sicher, mit den Männern zu reden, die er in Verdacht hatte.«

»Das ist ihre übliche Vorgehensweise. Verhindern, dass die Quellen einander kennen.«

»Er hat ein schlechtes Gewissen wegen dem, was er getan hat. Aber ... wie kann ich ihm je verzeihen?«

»Sie könnten ihm helfen, es wiedergutzumachen.«

»Oh, Sie reden von …«

»Wenn Sie ein Aufnahmegerät tragen würden. Wenn Sie sein Geständnis heimlich aufzeichnen und ihm sagen, dass Sie es haben, könnten Sie ihn dann vielleicht überreden, uns zu sagen, was wir wissen müssen? Details könnten den entscheidenden Unterschied machen …«

»Sie bitten mich, ihn auszutricksen. Ihn zu verraten.«

»Er hat Sie verraten, oder?«

Sie senkt den Blick, schüttelt den Kopf. »Das stimmt.«

»Sie würden ihm helfen, die richtige Entscheidung zu treffen.«

»Ich weiß nicht, ob ich das kann …«

»Sie können es. Sie sind das tapferste Mädchen der Welt.«

Sie sind sich so nahe, dass er die Süße ihrer Haut riechen kann. Ihr Nachthemd ist seidig an seinen Fingerspitzen. Und so hauchzart, dass er ihre Hitze darunter spüren kann. Er zieht sie näher an sich, schmiegt sie in seine Armbeuge.

»Sie sollen wissen, dass ich das hier nicht tun sollte … mich mit Ihnen einlassen. Ich könnte meinen Job verlieren.«

»Wollen Sie sich denn … mit mir einlassen?«, flüstert sie, jeder Atemzug sichtbar am Heben ihrer Brust.

»Mehr, als ich sagen kann.« Er beißt sich auf die Lippe. »Bin ich zu anmaßend? Wenn ich denke, dass Sie es auch wollen?«

»Ich glaube, ich muss verrückt sein. Ich habe Weaver wieder in mein Leben gelassen, und jetzt … finde ich nur Frieden, wenn ich an Sie denke.« Selbst in dem düsteren Licht sieht er, wie sich ihre Wangen röten, und er ist verblüfft von der Freude, die ihre Worte ihm bereiten. Er küsst sie auf den Kopf, erkundet mit den Fingern das Wunder ihres Haars. Himmlisch seidige Fäden. Glänzend und einladend.

»Es gibt etwas, das ich Ihnen sagen sollte«, sagt er. »Ich war schon lange mit keiner Frau mehr zusammen. Ich habe seit 1941 kein Mädchen auch nur geküsst.« Er sagt es, bevor er sich an den Abend erinnert, an dem Linda ihm einen Kuss geraubt hat. Aber es hat keinen Sinn, das zu erwähnen.

»Nachdem Sie zurückgekommen sind, haben Sie nie jemanden gefunden, den Sie attraktiv fanden? Neun Jahre lang …«

»Der Krieg hat mich verändert«, sagt er. Er weiß nicht, wie er erklären soll, wie zerbrochen und wenig liebenswert er sich seitdem gefühlt hat, dass er die Welt wie durch ein kaputtes Objektiv gesehen hat. Jedes Mal, wenn er einer Frau begegnete, mit der er gern zusammen sein wollte, spannte sich sein ganzer Körper an in dem Wissen, dass sie ihn letztendlich abweisen würde. Er versteht nicht, warum Rosalind anders ist, warum er gewillt ist, das Risiko mit ihr einzugehen – weiß nur, dass sie ebenfalls gebrochen ist.

Rosalind ist ergriffen von Charlies Gesicht im Halbdunkel. Edel. Traurig. Jedes Mal, wenn sie ihn gesehen hat, ist dieses Gesicht für sie schöner geworden. Sie ist unerklärlich berührt davon, dass er – obwohl außerstande, sich anderen zu öffnen – sie begehrt. »Ich habe Ihnen doch gesagt: Ihre Hand ist einfach ein Teil von Ihnen«, flüstert sie. »Sie beleidigt mich nur insofern, als sie Ihnen das Leben schwer macht.«

Als er lächelt, scheinen seine Augen aufzuleuchten.

»Wissen Sie«, flüstert sie, »ich habe gehört, Küssen ist wie Fahrradfahren.« Ihr Ton ist neckend. Freundlich. Sie kann nur vermuten, wie schwer das hier für ihn ist. Sie will die lockere Stimmung aufrechterhalten.

»Soweit ich mich erinnern kann, ist es völlig anders als Fahrradfahren«, erwidert er mit einem schiefen Grinsen.

Sie legt die Hände sanft um sein Gesicht, gleitet mit einem Finger über seine Stirn, dann nimmt sie ihren Mut zusammen, um ihre Lippen auf seine zu legen. Sein Mund entspannt sich, lädt sie ein. Seide und Sanftheit und Honig. Mein Gott. Es fühlt sich an, als würde er die Haustür öffnen, nachdem er lange Zeit fort war. Als würde er nach Hause kommen. Aufregend und so natürlich zugleich. Sie ist verblüfft und gerührt, als er ein animalisches Geräusch macht, als ob das Verlangen, das sie in ihm weckt, ihm Schmerzen bereitet. Sie war nie mit irgendjemandem außer Weaver zusammen. Diese seelentiefe Sehnsucht nach Charlie ist anders als alles, was sie je verspürt hat. Eine gewaltige Flutwelle, die sie hilflos auf die Felsen zuschieben könnte.

»Komm mit ins Bett«, flüstert sie.

»Rosalind, du hast keine Ahnung, wie sehr ich das will.« Er lässt sie los, lehnt sich zurück.

»Aber?«

»Wir müssen darüber nachdenken. Wir wollen uns in diese Sache nicht einfach hineinstürzen, ohne nachzudenken«, sagt er.

»Ich habe nachgedacht. *Wir* haben bereits nachgedacht.«

»Wir können uns doch nicht zum ersten Mal küssen und dann gleich ins Bett gehen.«

»Warum nicht? Wir sind keine Teenager mehr. Wir sind nicht jungfräulich.« Und dann lodert ein Gedanke in ihr auf. »Du weist mich doch nicht etwa ab, weil ich mit Weaver geschlafen habe, oder?«

Er starrt sie liebevoll an, schüttelt den Kopf. »Wie könntest du das glauben?«

»Was ist es dann?«

»Wir müssen warten, bis diese Sache mit Weaver vorbei ist. Wenn wir jetzt miteinander schlafen, könnte das alles kompromittieren. Du bedeutest mir zu viel. Das hier ist nicht nur irgendeine Vernarrtheit …«

»Für mich auch nicht.« Sie fühlt sich gekränkt.

»Wenn wir diese Sache durchziehen wollen, dann musst du zurückgehen und wieder mit Weaver zusammen sein. Du wirst zweifellos wieder mit ihm schlafen. Meinst du, du könntest das tun, nachdem wir uns geliebt haben? Selbst wenn es die Sache für dich nicht schwerer machen würde, für mich wäre es schwerer. Du fühlst doch etwas für mich, oder?«, fragt er. »Es ist nicht nur … Einsamkeit, nicht wahr …«

»Was ich für dich fühle, ist so stark und so unaufhaltsam wie die Schwerkraft«, erwidert sie.

Sein Blick wird sanfter bei ihren Worten. »Ja, für mich ist es genauso.« Er hält sein Gesicht für einen Moment sanft an ihres. »Und praktisch gesehen, haben wir keine Verhütung«, flüstert er.

»Wenn ich eine hätte, würdest du dann mit mir ins Bett gehen?«

Er lacht nervös. »Es ist schon schwer genug, ehrenwert zu sein.«

»Wer will denn, dass du ehrenwert bist?«

»Hey.« Er hebt ihr Kinn mit dem Zeigefinger an, gleitet mit dem Daumen über ihre Lippen. »Ich werde jetzt gehen«, sagt er. »Ich werde unten auf Gray warten.«

»Warum habe ich mir nur einen solch guten Samariter ausgesucht?«

»Ich habe neun Jahre gewartet. Ich will, dass alles perfekt ist.«

»Ich glaube nicht, dass ich diesem Anspruch gerecht werden kann«, erwidert sie.

»Oh, ich würde tausend Dollar darauf wetten, dass du es kannst. Hör zu, du hast mich gefragt, ob ich glücklich bin. Ich war seit Jahren nicht mehr so glücklich. Ich bin unfassbar glücklich.« Sie lacht.

»Und was ist mit dir?«

»Ich wäre noch glücklicher, wenn du mit mir schlafen würdest.« Sie lächelt verschlagen.

»Wie hat man diese Frauen genannt, die Seeleute zu den Felsen gelockt haben, um ihre Schiffe zu zerschmettern? Du bist eine gefährliche Frau.«

»Ich habe kein Interesse daran, dein Schiff zu zerschmettern, Charlie.«

Er lacht und steht vom Sofa auf, zieht sie mit sich hoch und presst ihren Körper an seinen.

»Das ist erst der Anfang«, sagt er. »Okay?«

»Okay.« Sie sieht zu ihm auf. Wie getröstet und geborgen sie sich in seiner Umarmung fühlt. Sie hasst die Tatsache, dass er Nein sagt, obwohl sie weiß, dass es ihr erstes Mal nur noch kostbarer machen wird, wenn sie warten. Wenn Weaver weit hinter ihnen liegt.

»Wirst du ihn morgen Abend sehen?«, fragt er.

»Ich nehme an … Ich nehme an, das sollte ich.«

»Würdest du es in Betracht ziehen, dieses Aufnahmegerät zu tragen?« Seine Augen flehen sie an.

»Ich weiß nicht«, erwidert sie grimmig. Der Gedanke, zu der Wohnung in Hyde Park und in Weavers Arme zurückzukehren, macht ihr schreckliche Angst. Und diesmal auch noch mit einem Rekorder, um ihn in die Falle zu locken?

»Wirst du darüber nachdenken?« Sie nickt. »Du könntest zum Hauptquartier kommen, bevor du zu ihm gehst. Wir werden dir helfen, es anzulegen. Wenn ich nicht da bin, werde ich Donna briefen. Sie ist zuverlässig. Sie wird dir helfen.«

»Was, wenn er … wenn er … mit mir intim sein will?«

Für einen Moment sieht sie ein Flackern in seinen Augen.

»Du wirst dich entschuldigen und es abnehmen, wenn du dich ausziehst, allein. Du wirst eine sehr große Handtasche mitnehmen müssen, um es darin zu verstecken. Hast du eine? Und du solltest eine weite Jacke tragen, falls du so etwas hast. Okay?«

Sie nickt. Er küsst sie auf die Stirn, zärtlich, wie ihr scheint. Und doch, fühlt er wirklich, was er beteuert? Sie wünschte, sie wäre so selbstbewusst zu glauben, dass sie einem Mann, nach dem sie sich so verzehrt, den sie so bewundert, etwas bedeuten kann. Ihr letzter Kuss ist schmerzlich, bebend vor Sehnsucht. »Wenn du dich dafür entscheidest, ruf mich an. Es ist das Richtige, Rosalind.« Er wendet sich zur Tür. Als er gegangen ist, fühlt sie sich so einsam wie noch nie zuvor in ihrem Leben.

22

Am nächsten Morgen ist Rosalind ein Bündel von Widersprüchen. Sie ist erwärmt von der unerwarteten Intimität am Abend zuvor. In ihren Knochen ist ein Sirren, während sie an Charlies Berührung, seinen Kuss, seine Gegenwart denkt. Diese breiten Schultern, diese verständnisvolle Miene, seine Stimme. Aber selbst während sie sich eingesteht, wie sehr sie sich zu ihm hingezogen fühlt, kann sie das Misstrauen dennoch nicht abschütteln. Können seine Gefühle wirklich echt sein, ohne Hintergedanken? Weaver hat sie dazu gebracht, an jedem Mann zu zweifeln. Wird sie das je ablegen können? Und dann ist da noch Weaver selbst. Ihre neue Abscheu vor ihm schlingt sich um ihre Liebe zu ihm – erdrückt diese Liebe. Trotzdem, Charlie hat sie gebeten, hat sie angefleht, ihn weiterhin zu sehen.

Und so greift sie, als ihr Tresen frei ist, zum Telefon und ruft Weaver in seinem Büro an, um ihm zu sagen, dass sie ihn heute Abend treffen wird. Er klingt erleichtert, dankbar sogar. Er sagt, dass er befürchtet hat, sie würde nie wieder ein Wort mit ihm wechseln.

»Wirst du dann all meine Fragen beantworten?«, fragt sie.

»Ich werde dir alles sagen, solange es nicht dazu führt, dass du mich noch mehr hasst.«

Als sie auflegt, spürt sie ein Zittern in der Brust. Wird sie den Mut aufbringen, heute Abend den Rekorder zu tragen? Ein

Geständnis könnte Weaver dazu bringen, sich zu stellen. Würde es ihn retten, wie Charlie versprochen hat? Oder würde es ihn umbringen?

Mit diesen widersprüchlichen Gedanken ringt Rosalind, als sie von der Toilette zurückkommt und ihren Schwager vor ihrem Tresen stehen sieht, wo er mit Adele plaudert.

»Henry!« Rosalind glaubt nicht, dass er sie je zuvor bei Field's besucht hat.

»Hey, Kleine«, sagt er. »Diese nette Dame hier hat mich unterhalten, während ich auf dich gewartet habe.« Er wirft Adele, die völlig verzückt dreinblickt, ein Lächeln zu. Hat Henry etwa geflirtet? Rosalind hat ihre Vorgesetzte selten so offen lächeln sehen. »Hast du Zeit, zum Lunch zu gehen?«, fragt er.

»Na klar. Für dich habe ich doch immer Zeit.« Sie sieht hinüber zu Adele, die aufmunternd nickt. »Wohin gehen wir?«

»Harvey's. Falls das okay ist.«

»Du weißt, dass ich es liebe.«

Harvey's Luncheonette in der Lake Street ist *ihr* Lokal. Als sie ein Kind war, war es im Allgemeinen Henry, der mit ihr zu einem Arzt- oder Zahnarzttermin in die Stadt fuhr. »Wir werden Louisa eine Pause gönnen«, sagte Henry dann und nahm sich den Vormittag frei. Nach dem Termin gingen sie immer zu Harvey's, wo sie sich Coca-Cola und Hamburger bestellten. Während sie aßen, stellte er ihr nachdenkliche Fragen und behandelte sie wie eine Erwachsene. Sie erinnert sich, wie er ihr den Börsencrash erklärte. Später, als sich die Weltwirtschaftskrise zuspitzte, stellte er klar, dass sie, auch wenn das Geld knapp war, eine Familie waren, die sich glücklich schätzen konnte. Zum Beispiel könnten sie es sich noch immer leisten, bei Harvey's zu essen. Aber es gebe Leute, die keine Jobs hätten, die Hunger litten. Er sagte ihr, sie solle nie auf deren Armut herabsehen.

»Das heißt, es ist nicht ihre Schuld?«, fragte sie ihn. »Lou sagt, wenn sie sich mehr bemühen würden, würden sie auch Arbeit finden.«

»Na ja, in dem Punkt hat Lou vielleicht unrecht«, erklärte er geduldig. »Manche dieser Leute haben ihr Bestes versucht, um Arbeit zu finden, und hatten trotzdem kein Glück. Es gibt heutzutage einfach viel zu wenige Jobs. Wir sollten freundlich zu jedem sein, der bedürftig ist.« Dieser Lunch legte den Grundstein dafür, wie Rosalind seitdem über Armut denkt.

Während des Krieges war Henry in den Vierzigern, daher wurde er in Washington, D.C. stationiert. Rosalind war erwachsen und arbeitete bereits für Fermi, aber sie vermisste ihren Schwager. Manchmal fuhr sie samstags mit dem Bus von Hyde Park hoch und ging zu Harvey's, wo sie dann allein am Lunchtresen saß. Sie bestellte sich eine Cola und einen Hamburger, zückte einen Bogen Briefpapier und schrieb ihm. *Ich habe eben mit meiner Cola auf dich getrunken*, schrieb sie. *Wünschte, du wärst hier bei mir, Kumpel.* Sie unterzeichnete die Briefe mit *Kleine*. Er schrieb jedes Mal zurück, so rasch er konnte.

»Und«, fragt sie ihn jetzt. »Wie geht es dir?« Als sie in den Strom von Passanten treten, wirft sie einen Blick zurück und sieht Agent Carlisle hinter ihnen gehen. Heute Morgen hat er sich bei ihr vorgestellt, hat gesagt, Lawrence hätte sich eine Grippe eingefangen. Er ist eindeutig neu in seinem Job, und mit seinem Kindergesicht und seinem nervösen Verhalten flößt er nicht unbedingt Vertrauen ein.

»Ich will dir Bescheid sagen«, sagt Henry, »weil ich fand, du solltest es wissen … Ich bin ins Allerton gezogen.«

Sie bleibt wie angewurzelt auf dem Gehsteig stehen. Leute stauen sich hinter ihr, fluchen, schieben sich stöhnend und knurrend vorbei. Er nimmt sie beim Ellenbogen und zieht sie zur Seite, damit die Menge weiterlaufen kann.

»Ich nehme an, ich hätte warten sollen, bis wir im Harvey's sind, um es dir zu sagen.«

Sie glaubt, vielleicht weinen zu müssen, aber sie schluckt die Tränen hinunter.

»Ich dachte nicht, dass es so weit kommen würde«, sagt sie. »Ich dachte, ihr zwei würdet das hinkriegen. Arme Ava.«

»Ava weiß, dass wir beide, Lou und ich, sie lieben.«

»Warum hat Louisa mich nicht angerufen?«, fragt Rosalind.

»Wer weiß? Vielleicht ist sie irgendwo unterwegs und feiert.«

»Es ist eher anzunehmen, dass sie sich schämt. Dass du dich nach all den Jahren auf einmal zur Wehr setzt, verblüfft sie. Sie ist es gewohnt, dass du alles hinnimmst.«

»Ich konnte einfach nicht mehr.«

»Ich verstehe dich. Wann bist du ausgezogen?«

»Vorgestern Abend. Ich wollte es dir nicht am Telefon sagen.«

»Danke dafür.« Sie nimmt seinen Arm. So solide. So freundlich. So selbstlos. Warum hat sie sich damals nicht in einen Mann wie Henry verliebt anstatt in Weaver? Charlie scheint Henry ähnlich zu sein. Ein aufmerksamer Mann. Wie gern will sie ihm glauben, ihre Zweifel abschütteln.

»Wie wird das mit dir und Ava sein?«

»Wir werden ein Arrangement finden. Vielleicht wird sie an den Wochenenden bei mir sein. Sie ist gern in der Innenstadt. Sie hat es immer geliebt hierherzukommen, um dich zu sehen.«

»Hast du denn Platz für sie?«

»Sie können ein Beistellbett aufstellen. Wir werden Roomservice essen. Sie wird begeistert sein.«

»Das heißt, es ist aus? Du und Lou, ihr könnt nichts tun?«

Er zuckt die Schultern. »Es könnte schon etwas getan werden«, sagt er leise. »Wenn gewisse Leute gewillt wären, es zu tun.«

Sie erreichen das Harvey's, und Rosalind ist erleichtert, als sie sieht, dass es einen freien Tisch gibt. Sie würde über diese Sache nicht am Lunchtresen reden wollen, mit einer Bedienung, die sie belauscht, während sie den Tresen abwischt. Am Tisch plaudern sie über andere Dinge, aber bald beugt sie sich vor und flüstert: »Wirst du dich scheiden lassen?«

Henry zuckt die Schultern, rückt seine Brille zurecht. »Vielleicht werden wir einfach getrennt leben.« Sie fühlt sich ein klein wenig erleichtert. Eine Scheidung scheint so hässlich, so drastisch. Etwas, was egoistische, verkommene Leute tun. Oder Filmstars. Nicht Lou. Nicht Henry. Nicht Leute, die seit über zwanzig Jahren verheiratet sind. »Ich hoffe, du wirst nicht … Es sei denn … Henry …?« Sie starrt ihn an.

»Was?«, fragt er.

»Es gibt doch nicht etwa *jemand anders*, oder?« Sie stellt sich undeutlich eine Buchhalterin mit Brille, einem maskulinen Hosenanzug und einem weisen Lächeln vor. »Eine andere Frau?«

Er lacht. »Es gibt niemand anders, Kleine. Ich schwöre.«

»Ich finde es sehr tapfer von dir«, sagt sie, »Louisa die Stirn zu bieten. Aber ich wünschte, sie würde ihre Meinung ändern, sich entschuldigen, etwas lernen.«

»Hat Louisa denn je irgendetwas gelernt?«, fragt er seufzend.

So haben sie all die Jahre miteinander geredet: als ob Louisa im Unrecht wäre. Rosalind hat nie groß darüber nachgedacht. Louisa war schon immer ein harter Brocken. Aber warum eigentlich schlägt sie permanent um sich?

Die Bedienung kommt und bringt ihre Bestellung, und das ist etwas Gutes. Das Unbehagen, das Rosalind empfindet, ist schwer auszuhalten. Später, als sie fast aufgegessen haben, fragt Henry: »Und du und Weaver … wie läuft das?«

»Oh. Es geht ihm nicht gut …«

»Ach nein?«

»Er hat Krebs.«

»Wirklich? Das tut mir leid, Kleine. Das ist ja fürchterlich.«

Selbst während sie das Wort »Krebs« laut ausspricht, fällt es ihr noch immer schwer zu glauben, dass Weaver sterben wird.

»Ist das der Grund, weshalb er zurückgekommen ist?«

»Vermutlich.« Sie sieht ihren Schwager an, den stabilsten Menschen in ihrem Leben, und verspürt den Drang, ihm mehr zu erzählen. »Er ist kein guter Mann«, fügt sie hinzu. »Er hat ein paar entsetzliche Dinge getan.«

»Er hat dich verletzt.«

»Ja. Und das ist erst der Anfang.«

»Du musst ihn nicht treffen, weißt du. Selbst wenn er krank ist. Nicht nach dem, was er dir angetan hat.«

»Ich weiß.«

Sie kann sehen, dass Henry irgendetwas Abfälliges über Weaver sagen will, aber dann beobachtet sie, wie er es hinunterschluckt. Stattdessen sagt er: »Wann immer du mich brauchst, ich bin für dich da.«

Sie nickt.

»Denn du schuldest ihm nichts. Absolut nichts. Sieh mal, du brauchst keinen Vortrag von mir. Du weißt selbst, was das Richtige ist.«

»Wissen wir denn je *wirklich*, was das Richtige ist? Irgendjemand von uns?«, fragt sie.

»Du wirst es wissen. Ich glaube an dich, Kleine. Ich habe keinen Zweifel, dass jede Entscheidung, die du triffst, egal, ob es um Weaver oder die Wissenschaft oder um dein Leben geht, die richtige sein wird. Du bist das schlaueste Mädchen, das ich je gekannt habe, und du hast ein aufrichtiges Herz. Folge einfach deinem Herzen.«

Als sie und Henry sich an der Ecke Dearborn und Monroe verabschieden, wünschte sie, ihr aufrichtiges Herz würde ihr einfach sagen, was sie wegen Weaver unternehmen soll. Sie spürt, dass jemand zu dicht an ihr vorübergeht. Sie nimmt an, dass es der ungeschickte Carlisle ist, der während des ganzen Mittagessens dagesessen und sie und Henry angegafft hat. Aber als sie den Kopf dreht, bemerkt sie mit einem Schaudern eine frisch gebügelte Hose, teure Schuhe, dicke Hände. *Anson.* Eine beängstigende Sekunde lang treffen sich ihre Blicke. Seine Augen sind so farblos, so leer. Wo zum Teufel ist Carlisle?

Sie schwenkt abrupt ab, geht durch die offenen Türen des Carson Pirie Scott, während sie Anson dicht hinter sich spürt. Bei Carson's wimmelt es von Menschen, und es ist erfüllt von Musik. In der Mitte der Hauptverkaufsfläche sitzt ein Mann im Smoking auf einem Klavierhocker vor einem glänzenden schwarzen Stutzflügel, und ein Mädchen in einem langen rosa Kleid schmettert *Buttons and Bows* in ein Mikrofon. Die übertrieben fröhliche Melodie schmerzt Rosalinds Ohren. Dicht gefolgt von Anson, schwenkt sie nach rechts ab, tritt an den Parfümtresen und nimmt den Testflakon von L'Heure Bleue in die Hand.

Eine gelangweilte Verkäuferin mit einem blonden Bob sieht von ihrem Verkaufsbuch auf und erklärt in einem erschöpften Ton: »L'Heure Bleue macht eine Frau unwiderstehlich.« Rosalind hält sich den Flakon an die Nase, spielt auf Zeit, überlegt, was sie tun soll. Solange sie an einem solch öffentlichen Ort ist, ist sie doch bestimmt in Sicherheit, oder? Und dann spürt sie auf einmal, wie Finger ihren linken Arm umklammern.

»Rosalind Porter!«, sagt Anson in einem fröhlichen, vertraulichen Ton. Rosalind versucht, ihn abzuschütteln, aber er verstärkt seinen Griff, sodass ihre Finger zu kribbeln beginnen.

»Sie haben etwas, das ich brauche, meine Liebe.« Er tritt

nah an sie heran und flüstert: »Und Sie wissen genau, was es ist.« Sein Atem, der über ihr Ohr gleitet, lässt sie angewidert schaudern.

»Lassen Sie mich los.« Sie versucht, sich zu befreien. »Lassen Sie los!« Anstatt beunruhigt zu blicken, sieht die Verkäuferin mit einem Seufzer auf, als ob an ihrem Tresen jeden Tag Frauen belästigt werden. Blasiert wendet sie sich ab, um einer Kundin auf der anderen Seite des Parfümstands behilflich zu sein.

»Kein Grund, laut zu werden, Miss Porter. Keiner von uns will eine Szene machen. Wenn Ihnen an der Sicherheit Ihres Freundes Tom Weaver gelegen ist, werden Sie ein braves Mädchen sein.« Seine Stimme ist gelassen, kühl und verblüffend sanft. Genau wie seine Kleidung scheint sie nicht zu seinem harten, bedrohlichen Körper zu passen. Charlie hat ihr gesagt, dass er ein Team darauf angesetzt hat, Anson zu verfolgen. Aber wo sind diese Leute? Es leuchtet ein, dass sie zögern würden, einzuschreiten, dass sie sich nicht gern zu erkennen geben würden, aber werden sie zu Rosalinds Rettung kommen, wenn sie wirklich Probleme bekommt?

»Was wollen Sie von mir?«

»Haben Sie zufällig einen gewissen Schlüssel zu einem Schließfach bei sich?« Sein Atem riecht, als ob er sich ein Pfefferminzbonbon in den Mund gesteckt hat, bevor er sie angesprochen hat.

»Ich weiß nicht, wovon Sie reden.«

»Oh, aber das wissen Sie, meine Liebe, das wissen Sie.« Er verstärkt seinen Griff noch mehr. »Mr. Weaver hat Ihnen einen Schlüssel gegeben, und Sie haben ihn in einem Schließfach hinterlegt.«

»Ich habe keinen Schlüssel«, beharrt sie. »Lassen Sie mich los, sonst werde ich …«

»Sonst werden Sie was?«, fragt er. »Sie werden mir den

verdammten Schlüssel geben!« Er schüttelt ihren Arm. Seine Fingernägel bohren sich in ihr Fleisch. Und kein Agent tritt vor. Niemand kommt, um einzuschreiten.

Ihr Herz hämmert, und sie hebt den Testflakon mit L'Heure Bleue und sprüht ihm das Parfüm genau in die Augen. Anson stößt ein schrilles Kläffen aus, wie ein Hündchen, das von einem Auto angefahren wird. Seine Hände fliegen hoch zu seinem Gesicht, und er krümmt sich. Rosalind knallt den Testflakon auf den Tresen und stürzt davon, schlängelt sich zwischen den Flaneuren und Einkaufenden hindurch, vorbei an den Musikern und der Menge, wagt es nicht, zurückzublicken. Sie stürzt hinaus auf die Madison Street. In ihren Ohren pulsiert jeder Schlag ihres Herzens. Der Atem brennt ihr in der Kehle, während sie sich durch das Mittagsgedränge kämpft. Ihr Ziel: die Straße hoch zu Field's zu kommen, ihren Bodyguard zu finden. Aber selbst wenn Carlisle dort wartet und ein Tresen zwischen ihr und allen anderen ist, wie soll sie sich sicher fühlen?

Obwohl die Begegnung mit Anson ihr einen Schreck eingejagt hat, bleibt ihr keine andere Wahl, als weiterzuarbeiten, als wäre nichts geschehen. Als sie Carlisle entdeckt, gibt sie ihm leise ein Zeichen, zu ihrem Tresen zu kommen. Während sie so tut, als würde sie ihm Schmuck zeigen, berichtet sie ihm, was im Carson's passiert ist. Sie bemerkt, wie zittrig ihre Stimme klingt, und sie ärgert sich, dass es ihm offenbar wichtiger ist, Ausreden dafür zu finden, wieso er sie verloren hat, als Besorgnis wegen ihrer beängstigenden Erfahrung zu zeigen.

Aber danach geht Carlisle auf der Verkaufsfläche auf und ab, wobei er allzu oft, allzu offensichtlich zu Rosalind hinübersieht. Trotzdem ist sie froh, dass er da ist. Sie fragt sich unwillkürlich, was in Weavers Schließfach ist, das die Russen so unbedingt brauchen.

Im Laufe des Nachmittags füllt sich das Field's zunehmend mit Kunden. Freitags herrscht oft viel Betrieb. Sie verkauft ein Paar Diamantohrringe an eine Frau, die ihr erzählt, dass sie aus der Schweiz zu Besuch ist, einen Rubin-Diamant-Ehering an eine junge Frau und ihren Verlobten. Eine große Saphirbrosche in Form einer Blume an einen Mann, der ein Geburtstagsgeschenk für seine Frau sucht, deren Leidenschaft ihr wunderschöner Garten ist. Alle drei Verkäufe sind größer als üblicherweise. Sie wird eine ordentliche Provision bekommen. Aber es fällt ihr schwer, den Small Talk und die Schmeicheleien, den Bezahlvorgang und das Verpacken abzuwickeln. Ihr Arm pocht, wo Ansons Fingernägel sich in ihre Haut gegraben haben. Um die halbmondförmigen Einkerbungen bilden sich ovale bläuliche Wülste vom Druck seiner Umklammerung. Sie fühlt sich körperlos und kläglich, und sie kann nicht umhin, die Menge immer wieder nach Ansons Gesicht abzusuchen.

Um drei ruft sie Adele zu sich herüber.

»Ich muss gehen, Adele«, sagt sie. »Ich *muss.*« Sie stellt sicher, dass ihre Stimme schwankend und schwach klingt. »Ich glaube, ich habe eine Lebensmittelvergiftung.«

Adele mustert ihr Gesicht. »Ich muss zugeben, Sie sehen wirklich nicht allzu gut aus. Gehen Sie. Gehen Sie nach Hause. Ich übernehme hier.«

Rosalind fährt tatsächlich nach Hause – wobei Carlisle hinter ihr im Bus sitzt –, aber nicht zum Lake Shore Drive. Sie weiß, dass Ava und Louisa sie jetzt brauchen. Und trotz allem ist Louisas Zuhause immer noch der eine Ort, an dem sie sich am sichersten, am geliebtesten fühlt. Selbst als ihre Schwester die Tür öffnet und sie kühl anblinzelt, als wäre Roz eine Staubsaugervertreterin, die sie bei ihrer Lieblingsradiosendung gestört hat.

»Du hättest anrufen können«, sagt Louisa.

»Darf ich reinkommen?«

»Warum bist du nicht in der Arbeit?«

»Ich habe früher aufgehört.«

Louisa verengt die Augen, tritt zur Seite, um Rosalind hereinzulassen. Sie trägt keinen Lippenstift, und sie sieht blass und nervös aus. Und auch dünner.

»Du siehst nicht gut aus«, sagt sie zu Rosalind, obwohl es eindeutig Louisa ist, die sich am meisten verändert hat.

»War ein harter Tag«, erwidert Roz. Sie würde sich so viel besser fühlen, wenn sie ihrer Schwester einfach von ihrer Angst und Verwirrung wegen Weaver erzählen könnte. Aber sie weiß, dass auch nur die Erwähnung seines Namens eine Schimpftirade auslösen würde. Rosalind folgt ihrer Schwester in die Küche, wo sich die Teller vom Abendessen in der Spüle stapeln und eine halb volle Pfanne auf dem Herd steht.

»Henry hat mir erzählt, was passiert ist. Ich wünschte, du hättest es mir gesagt«, meint Roz.

»Du hast ihn dazu aufgestachelt, mich zu verlassen, habe ich recht?«, fragt Louisa und wendet sich mit einem verächtlichen Grinsen zu ihr um.

»Das würde ich *niemals* tun.«

»Ihr zwei habt euch doch ständig gegen mich verschworen. Meinst du etwa, das habe ich nicht gewusst?«

Rosalind ist noch immer aufgewühlt von Ansons Attacke, aber die Verletztheit ihrer Schwester dringt dennoch zu ihr durch und berührt sie.

Sie legt Louisa besänftigend eine Hand auf die Schulter. »Es muss doch irgendetwas geben, was ich tun kann«, sagt sie. Louisa schüttelt sie ab.

»Wie zum Beispiel? Mich mit meinem nächsten Ehemann bekannt machen?«

»Ich bitte dich. Ich mache mir Sorgen um dich.«

»Als ob das etwas helfen würde.«

Rosalind stellt sich vor ihre Schwester hin. »Hör auf, mich abzublocken«, sagt sie. »Gehst du aus dem Haus? Triffst du dich mit Freundinnen? Ich bin besorgt.«

»Meinst du, ich will, dass meine Freundinnen wissen, dass mein Mann mich verlassen hat? Ist dir eigentlich klar, wie beschämt ich mich fühle? Wie *ruiniert*?«

Louisa ist oft empört, aber heute ist ihr Gesicht von purem Schmerz verzerrt.

»Es ist gut möglich, dass Henry zurückkommen wird, wenn du ihm einfach mal zuhörst.«

»*Ihm* zuhören?«

»Er bittet dich zu verstehen, dass er unglücklich war. Dass er nicht länger herumkommandiert werden will.«

»Als ob er je zugehört hätte, warum *ich* unglücklich bin.«

Rosalind wünschte, sie könnte in ihr altes Kinderzimmer gehen und sich aufs Bett werfen. Oder den Flur hinuntergehen und Ava finden. Aber sie hält inne. Vielleicht, denkt sie, ist *sie* es, die zuhören muss. Sie holt tief Luft.

»Es gibt etwas, was du Henry gern sagen würdest?«, fragt sie. »Etwas, was er nicht hört?«

»Ja.«

»Dann sag *mir*, warum du unglücklich bist. Fang bei mir an.«

Louisa blickt verblüfft auf. »Willst du es wirklich hören?«

»Natürlich will ich.«

»Ich will ihm sagen ...« Louisas Blick ist abwesend und verzweifelt. »Ich will ... Ich will ihm sagen, dass ich das Gefühl habe festzustecken«, sagt sie. »Ich will ihm sagen ...« Rosalind bemerkt, dass Louisas Lippen beben. »Dass ich das Gefühl habe, als selbstverständlich betrachtet zu werden. Dass ich das

Gefühl habe …« Tränen laufen an ihrer Nase hinunter. Zittern am Rand ihrer Lippen.

»Du hast das Gefühl, dass Henry dich nicht zu schätzen weiß?«

»Du und Ava doch auch nicht. Ich bin nur Louisa, die das Essen auf den Tisch stellt und sich um die Wäsche kümmert und den Boden staubsaugt. Ich bin unsichtbar. Niemand respektiert mich. Keiner kümmert sich darum, was ich sage oder denke. Ich bin ein Niemand.«

»Du bist kein Niemand.«

»Was habe ich im Leben denn schon erreicht? Früher war ich eine Einserschülerin. Genau wie du. Hast du das gewusst?«

»Ich … Ich glaube nicht.«

»Das einzige Mal, dass ich mich wirklich lebendig gefühlt habe, war während des Krieges, als sie mich in der Fabrik aus der Produktionshalle geholt und mich gebeten haben, in die Geschäftsleitung einzusteigen. Ich hatte ein paar Vorschläge dazu gemacht, wie man die Geschwindigkeit am Fließband erhöhen könnte. Und meine Ideen haben funktioniert, Roz. Sie haben funktioniert! Sie haben mir gesagt, ich sei zu schlau, um nur Torpedos zu polieren. Und ich habe in diesem Büro etwas bewirkt. Ich habe alles umorganisiert. Ich habe Systeme entwickelt, die besser funktioniert haben. Zum ersten Mal in meinem Leben wurde ich respektiert.«

»Ich weiß, dass du diesen Job gern gemacht hast. Aber warum hast du dann dort aufgehört?«

»Ava war erst vier. Ich habe nur gearbeitet, weil wir Frauen während des Krieges gebraucht wurden. Und nach einer Weile, du weißt schon, fühlte es sich nicht mehr richtig an – Ava bei Agnes Dodworth und Vater zu lassen. Zu dem Zeitpunkt hatte Vater schon stark abgebaut. Und Ava war schon zu schlau, zu neugierig für die arme, alte Agnes. Daher habe ich die Arbeit aufgegeben. Während du gleichzeitig dort draußen warst und die Welt verändert hast.«

»Vielleicht habe ich das getan, Lou. Aber nicht zum Besseren. Komm, setz dich.« Sie zieht Louisa einen Stuhl an dem Tisch beim Fenster zurück und setzt sich neben sie. In dem kräftigen Sommerlicht kann sie die Falten sehen, die sich über das Gesicht ihrer Schwester ziehen. Im Laufe der Zeit haben sie sich vertieft, wie Wasserläufe, die sich durch Stein graben. Wann hat Rosalind die Frau, die sie großgezogen hat, eigentlich das letzte Mal wirklich angesehen? Oder über ihre Bedürfnisse nachgedacht?

Rosalind ist immer davon ausgegangen, dass ihre Schwester ihr beschränktes, vorgezeichnetes Leben gern angenommen hat, dass sie zufrieden mit ihrer traditionellen Rolle war. Schließlich schien sie doch außer sich vor Freude, als es mit Roz' Karriere bergab ging, als ihr Leben *angemessener für eine Frau* wurde. Aber vielleicht – und wieso hat Rosalind darüber nie nachgedacht? –, vielleicht hat Louisa sie beneidet. Vielleicht fühlte Louisa sich zurückgelassen, gefangen in einem Netz der Erwartungen aller anderen.

»Ich habe dich als selbstverständlich betrachtet, und das tut mir leid. Sehr leid«, sagt Rosalind. »Aber, Lou, du *hast* etwas erreicht.«

»Was denn?«

»Du hast mich großgezogen. Du ziehst Ava groß.«

»Aber das ist nicht genug«, entgegnet Louisa. »Ich weiß, du findest, das sollte mir reichen, aber es reicht mir nun mal nicht.«

Vielleicht zum ersten Mal versteht sie ihre Schwester wirklich. Vielleicht sind sie doch nicht so verschieden. Ihrer Schwester zuzuhören, für sie da zu sein, all das sorgt dafür, dass sich Roz zum ersten Mal seit Stunden gut fühlt. »Du willst mehr. Du hast mehr verdient. Du willst jemand sein. Nicht nur eine Ehefrau oder sogar Mutter. Und du weißt, dass du dazu fähig bist.«

Louisa schließt die Augen und nickt. »Ja«, flüstert sie. »Ja.«

»Vielleicht geht es bei dieser Kluft zwischen dir und Henry ja gar nicht um Henry«, meint Roz.

Ihre Schwester sieht mit fragenden Augen zu ihr hoch.

»Du bist unglücklich. Du lässt es an ihm aus. Aber vielleicht ist er gar nicht der Grund für deine Wut.«

Louisas Gesicht ist fast kindlich. »Vielleicht nicht.«

Rosalind nimmt ihre Schwester in die Arme, froh, dass Lou es zulässt. »Wir können für dich etwas ändern. Das weiß ich. Du könntest aufs College gehen. Oder dir einen Job suchen, einen Ort finden, an dem du glänzen kannst.«

»Sei nicht albern. In meinem Alter?«

»Ich habe von älteren Leuten gehört, die aufs College gehen.«

»Nein. Das könnte ich niemals.«

»Doch, das könntest du.« Roz umarmt ihre Schwester fester, spürt, wie sie schluchzt. »Es gibt Lösungen für diese Sache. Jetzt, wo wir es verstehen, können wir Henry erklären, was los ist. Wir können …«

»Rozzie ist hier? Was ist los? Was ist passiert?« Ava kommt ins Zimmer geschlendert und sieht sie beide mit einem besorgten Stirnrunzeln an.

»Nichts, Ava«, antwortet Roz. »Nur Erwachsene, die miteinander reden. Gib uns eine Minute.«

»Aber ich kriege dich nie zu sehen.«

Louisa lehnt sich zurück. »Nein. Wir haben genug geredet. Geh mit Ava.«

»Ava, gib uns noch ein bisschen Zeit. Okay?«

»Rozzie!«

Roz wirft ihrer Nichte einen strengen Blick zu.

»Ist schon gut.« Louisa steht auf, hebt den Saum ihrer Schürze an und tupft sich die Augen. »Geh mit ihr. Danke.«

»Aber wir haben noch mehr zu bereden.«

»Nicht jetzt.«

»Bist du sicher?«

»Ich bin mir sicher.« Rosalind kann sehen, dass es Lou, trotz ihres ganzen Gejammers und ihrer Unzufriedenheit, schwerfällt, ihre verletzliche Seite zu zeigen, die Seite, die Rosalind lieben kann, die Seite, die sie immer unbedingt finden wollte.

»Wir werden noch mehr darüber reden«, sagt Rosalind. »Viel mehr, okay?«

»Okay.« Louisa lächelt tatsächlich. Es ist ein schüchternes, eingerostetes Lächeln.

Rosalind beugt sich vor und küsst sie auf die Wange. »Ich habe dich lieb«, sagt sie. »Für mich bist du nicht unsichtbar. Du bist meine Retterin.« Sie meint es ernst.

In diesem Augenblick sagt Rosalinds Herz ihr, was sie tun wird. Louisa war für sie da, als sie sie am dringendsten brauchte: Sie hat sie gerettet, als Rosalind nicht die Kraft oder Einsicht hatte, sich selbst zu retten. Als sie nicht einmal gerettet werden *wollte*. Und jetzt hilft sie Louisa, obwohl es Louisas erster Instinkt war, sie wegzustoßen. Es ist an der Zeit, dasselbe für Weaver zu tun. Das FBI hat ihn bereits im Verdacht. Wie lange noch, bis er festgenommen wird? Charlie sagt, wenn Weaver sich stellt, wenn er ein umfassendes Geständnis ablegt, dann werden sie ihn beschützen, so gut sie können. Es ist Weavers einzige Chance auf Vergebung, Rosalinds einzige Chance, Sicherheit zu finden. Sie schaudert bei dem Gedanken, das Aufzeichnungsgerät zu tragen, bei der Vorstellung, dass Weaver sie berührt und es unter ihren Kleidern entdeckt. Sie hasst es, ihm eine Falle zu stellen – auch wenn sie es tut, um ihn dazu zu bringen, das Richtige zu tun. Aber sie sieht für sich keine andere Chance.

Sie geht zu Louisas Tür hinaus, wo Carlisle auf dem Gehsteig wartet und eine Zigarette raucht. Eine Handvoll ausgetretene Kippen liegen rings um ihn verstreut auf dem Boden.

»Ich bin auf dem Weg zum FBI-Büro«, sagt sie im Vorbeigehen zu ihm. »Sie sollten mir besser folgen.«

23

»Weaver?« Rosalind klopft an seine Tür, aber es kommt keine Antwort. »Weaver?«, ruft sie noch einmal. Sie nimmt an, dass er sich hingelegt hat, und sucht nach dem Schlüssel, den er ihr vor ein paar Wochen unbedingt hatte geben wollen. Sie starrt nervös auf die klobige Herrenarmbanduhr an ihrem linken Handgelenk, während sie die rechte Hand in die dunklen Tiefen ihrer Tasche taucht. In der Armbanduhr ist ein Mikrofon versteckt. Als sie zum FBI-Büro kam, wurde ihr gesagt, dass Charlie für den Tag nach Hinsdale gefahren war. Aber seine Sekretärin war wie versprochen umfassend gebrieft worden. Donna half Rosalind, den steifen Ledergurt umzuschnallen, an dem das schwere Drahttongerät befestigt war. Sie führte sorgfältig einen Draht von der Armbanduhr an Rosalinds Ärmel hoch zu dem Rekorder. Sie zeigte ihr, wie sie ihn einschalten sollte. Zweieinhalb Stunden Aufnahmezeit. Rosalind muss sich, wie sie es schon auf der Busfahrt dorthin immer wieder getan hat, in Erinnerung rufen, dass sie das Richtige tut. Wenn Charlie doch nur da gewesen wäre. Er hätte ihr helfen können, sich so viel selbstbewusster zu fühlen.

Sie befürchtet, dass Weaver nach der Armbanduhr fragen wird. Sie hat entschieden zu sagen, dass sie ihrem Vater gehörte, obwohl sie noch nie eine besonders gute Lügnerin war. Der Gurt schneidet sich in ihre rechte Brust. Das *Minifon* war eindeutig nie dazu gedacht, von einer Frau getragen zu werden. Eine einzige Umarmung, und Weaver würde es unter ihrer Jacke spüren. Sie wird Distanz zu ihm wahren müssen. Sie wird vorschieben, dass sie noch immer dabei ist, ihre Wut auf ihn zu verarbeiten. Endlich finden ihre Finger Weavers Schlüssel auf dem krümeligen Boden ihrer Handtasche.

Sie klopft ein letztes Mal. »Weaver? Ich komme jetzt rein.« Sie steckt den Schlüssel ins Schloss und dreht ihn. Die Tür öffnet sich zu einer dunklen Wohnung. Weaver hat keine Lichter eingeschaltet. Vielleicht ist er noch nicht zu Hause, wurde in der Arbeit aufgehalten. Oder er ruht sich aus. In letzter Zeit ist er immer so müde. Trotzdem, er wusste doch, dass sie kommen würde, schien sich darauf zu freuen. Sie drückt auf den Wandschalter und einen anderen an der Lampe neben dem Sofa und geht dann zögernd zu dem düsteren Schlafzimmer. Sie versucht, im Halbdunkel etwas zu sehen, seine Gestalt unter den Decken zu erkennen. Sie will kein Licht einschalten, um ihn nicht zu erschrecken. Trotzdem, das Schlafzimmer geht von einem schmalen Flur ab, aus dem kaum Licht ins Zimmer dringt. »Weaver?«, flüstert sie. »Weaver?« Sie tritt an die Bettkante, und als sie die Hände ausstreckt, berührt sie kaltes Bettzeug. Sie gleitet mit der Hand darüber und fühlt etwas Klebriges. Weaver ist nicht da. Als sie die Nachttischlampe einschaltet, stöhnt sie auf.

Das hölzerne Kopfteil ist an einer Stelle zertrümmert, als wäre es von einer Bowlingkugel getroffen worden. Und ein breiter, rötlich brauner Streifen von etwas, das Blut sein muss, verläuft von dieser Stelle über das Bettzeug, zur Seite des Betts und an der Kante entlang. An ihrer Hand klebt Blut, und eine Blutlache ist an einer Stelle auf dem Bett. Außerdem dunkle Tropfen auf dem Boden. Als ob sein Kopf vielleicht gegen das Kopfteil geschlagen ist, es zertrümmert hat und er sich dann entweder selbst vom Bett geschleppt oder jemand ihn weggeschleift hat. Entsetzen fährt ihr bis in die Haarwurzeln. Großer Gott. Sie weicht vom Bett zurück und stürzt zum Bad. Die Tür ist angelehnt, der Duschvorhang offen. Im Bad ist er nicht, auch in der Küche nicht. Wo ist er?

Keuchend, kurz davor zu schreien, während das Aufnahmegerät in dem Gurt sie bei jedem Schritt würgt, stürzt sie die Treppe hinunter und ruft nach Carlisle.

Sie nennt Carlisle die Wohnungsnummer, sagt ihm, dass die Tür offen steht, aber sie folgt ihm nicht wieder nach oben. Sie kann den Anblick des Bluts nicht ertragen. Sie weiß, wenn Charlie da wäre, dann hätte er darauf bestanden, dass sie bei ihm bleibt. Aber der junge Agent verschwendet keinen Gedanken an sie. Und sie ist froh darüber. Sie zittert. *Ist das hier ihre Schuld? Weil sie dem Mann mit den leeren Augen heute Nachmittag nicht den Schlüssel gegeben hat?* Sie zieht ein Papiertaschentuch aus ihrer Handtasche und versucht, sich das Blut von den Händen zu wischen. Das Taschentuch bleibt kleben und reißt. Sie spuckt in ihre Hand, um sich sauber zu machen. Weaver!

Sie muss Charlie erreichen. Sie weiß, dass an der Ecke vor einer zwielichtigen Bar eine ramponierte Telefonzelle steht. Sie ist oft daran vorbeigekommen. Während sie darauf zugeht, ist das Einzige, was sie spüren kann, das Eigengewicht des Rekorders, das sie förmlich würgt. Der Rekorder ruft ihr in Erinnerung, dass sie geplant hatte, ihn zu erpressen, damit er sich selbst rettet, ruft ihr in Erinnerung, dass sie gescheitert ist. Die Tür der Telefonzelle hängt schief in den Angeln, und in der Zelle selbst stinkt es nach Bier und Urin, aber Rosalind findet drei Dimes im Seitenfach ihrer Handtasche, hält die Luft an und steckt einen davon in den Schlitz. Sie streckt einen Arm in die Zelle aus und wählt Charlies Büronummer. Sie betet, dass er heute Abend arbeitet, wie er es seinen Worten zufolge oft tut, betet, dass er gleich zu seinem Büro gefahren ist, als er von Hinsdale zurückkam. Der Nachtportier klingt verschlafen. »Wer?«

»Special Agent Szydlo. Charles Szydlo.«

»Augenblick, bitte.«

Das Telefon klingelt und klingelt. »Es tut mir leid, offenbar ist er bereits gegangen«, sagt der Portier. »Ich kann etwas ausrichten.«

»Nein. Ich rufe ihn zu Hause an.«

Rosalind dreht die Karte um, wo die Nummer seiner Schwester steht. Sie steckt noch einen Dime in den Schlitz. Ihr Herz fühlt sich zu groß für ihre Brust an. Wenn sie das Hämmern doch nur verlangsamen könnte.

»Hallo.« Eine Frauenstimme. Das muss seine Schwester sein, Peggy.

»Ich bin auf der Suche nach Agent Szydlo«, sagt sie. »Es ist ein Notfall.«

»Er ist noch nicht da. Tut mir leid.«

»Meinen Sie, er ist auf dem Weg nach Hause? Hat er gesagt, wann er heute Abend kommt?« Rosalind wirft einen Blick auf ihre übergroße Armbanduhr. Es ist erst halb sieben.

»Bedauerlicherweise erzählt mir mein Bruder fast nie von seinen Plänen. Haben Sie es bei seinem Büro versucht?«

»Dort hat man mir gesagt, dass er schon gegangen ist. Er war heute Nachmittag draußen in Hinsdale.«

»Kann ich etwas ausrichten? Sie klingen aufgelöst.«

»Sagen Sie ihm, dass Rosalind angerufen hat«, antwortet sie. »Sagen Sie ihm …« Aber was kann sie schon sagen?

»Ich bin bereit. Ich habe einen Stift.«

»Sagen Sie ihm, Weaver ist verschwunden … und dass Blut in seiner Wohnung ist. Ich glaube, es ist etwas Schreckliches passiert. Carlisle ist hier. Aber Charlie sollte kommen. Er *muss* kommen.«

»Augenblick, ich notiere das. Wer, sagten Sie, wird vermisst?«

»Weaver. Sagen Sie ihm, ich fahre nicht nach Hause. Ich fahre zu meinem Freund Zeke, falls er da ist. Er soll unter dieser Nummer versuchen, mich zu erreichen.« Sie gibt ihr Zekes Nummer und legt auf.

Sie steckt ihren letzten Dime in den Schlitz, betet, dass er zu Hause ist, und wählt Zekes Nummer.

Sie sieht ihn aus seinem Fenster im dritten Stock blicken. Sie stürmt zwei Stufen auf einmal die Treppe zu seiner Wohnung hoch, und als er die Tür öffnet, wirft sie sich in seine Arme.

»Großer Gott, was ist passiert? Du warst ja wie von Sinnen, als du angerufen hast. Ich konnte kein Wort von dem verstehen, was du gesagt hast. Was zum Teufel trägst du denn unter dieser Jacke, Bunny? Einen Metallsafe?«

»Schließ die Tür ab«, sagt sie.

»Was?«

»Schließ die verdammte Tür ab!«

»Steckst du in irgendwelchen Schwierigkeiten?«

Sie nickt. »Ja.«

»Geht es um Weaver?«

»Ja. Er ist ... Es ist etwas mit ihm passiert.«

»Etwas?«, fragt Zeke.

Sie schüttelt nur den Kopf.

»Du brauchst einen Drink«, sagt er. »Einen Martini vielleicht? Ich mache ihn extrastark. Aber ich habe keine Oliven mehr da.«

»Nur einen Scotch. Kann ich einen Scotch haben?«

»Bunny, Bunny, Bunny, du musst mich wirklich aufklären!« Zeke geht in die Küche. Bis er mit einem Scotch wiederkommt, hat sie ihre Jacke ausgezogen, löst die letzten Schnallen an dem Gurt und hakt den Draht auf, der an der Uhr befestigt ist. Sie legt den Gurt angewidert ab und wirft ihn zwischen ihnen aufs Sofa. Zum ersten Mal seit einer gefühlten Ewigkeit kann Rosalind durchatmen.

»Was zum Teufel ist das denn?«, fragt er, hebt einen Lederriemen mit zwei Fingern hoch und hält den Rekorder am ausgestreckten Arm, als wäre er ein Tierkadaver.

Während er ihn betrachtet, nimmt sie die Armbanduhr ab. »Ich habe ein Drahttongerät getragen. Das hier ist das Mikrofon.«

»So klein sind die Dinger?«

Mit zitternden Händen zieht sie den Rekorder unter ihrem Ärmel hervor und steckt ihn, genau wie Donna es ihr gezeigt hat, in das grüne Lederetui, das sie in ihrer Handtasche bei sich trägt. Es hat drei Arten von Batterien. »Es wiegt eine Tonne.« In dem Lederetui ist auch eine Ausbuchtung für die Armbanduhr, und sie drückt sie in den weißen Satin, wickelt den Draht sorgfältig um die dafür gedachte Spule und schließt den Deckel. Als sie sich auf dem Sofa zurücklehnt, fühlt sie sich kläglich. Zeke hebt den Gurt zwischen ihnen hoch und wirft ihn auf den Couchtisch, dann rutscht er näher an sie heran.

»Was ist los?«, fragt er. Er zupft an ihren Haaren. Sie schließt die Augen und genießt für einen Moment seine Berührungen, den Trost, mit ihrem besten Freund zusammen zu sein.

»Halt mich einfach, Zekie, okay?«

»Okay, ich bin hier. Fang am Anfang an. Was ist mit Weaver passiert?«

Sie fühlt sich getröstet von Zekes Herzschlag durch sein Hemd. »Ich glaube, er ist tot«, sagt sie und schmiegt sich an ihn. »Da war Blut. Viel Blut.« Sie senkt den Blick. »Es klebt noch immer an meinen Händen.«

Er stöhnt auf, schiebt sie ein Stück von sich, um zu sehen, wovon sie redet. Aber bevor sie aufsteht, um sich die Hände zu waschen, ballt sie ihre blutbefleckten Finger im Schoß zur Faust und erzählt ihm alles. Sogar von Charlie. Denn wenn Charlie herausfindet, dass sie die Information über den Schlüssel zurückgehalten hat, wird er sie sowieso hassen. Und sie weiß, dass Zeke sie immer lieben wird, egal was.

»Und wen hast du damit aufgezeichnet?«

»Weaver. Ich sollte Weaver aufzeichnen ... aber er war verschwunden ... er war einfach verschwunden.«

Schließlich geht sie ins Bad, sich die Hände waschen, aber sie kann nicht umhin zu denken, dass Weaver sie für immer befleckt hat.

Es ist fast acht, als das Telefon klingelt. Sie sind eben mit dem Essen fertig – Campbell's Hühnernudelsuppe. Sie musste sich zum Essen zwingen, denn nach zwei Scotch auf leeren Magen sind sie beide betrunken. Zeke erhebt sich stöhnend, dann legt er eine Hand über die Sprechmuschel, hält ihr das Telefon hin und flüstert: »Bunny, es ist der Schattenmann.«

Sie schnappt sich den Hörer. Schluckt schwer. »Charlie?«

»Geht es dir gut? Meine Schwester hat gesagt ...«

»Ich bin ja so froh, dass du anrufst. Ich bin so froh, mit dir reden zu können.«

Sie schildert ihm die Szene in der Wohnung, bemüht sich zu verhindern, dass ihre Stimme schwankt oder betrunken klingt.

»Ist Gray bei dir? Oder Carlisle?«

»Nein. Keiner von beiden.«

»Warum nicht?«

»Gray war noch nicht da. Ich habe Carlisle dort zurückgelassen. Ich konnte nicht wieder in die Wohnung hochgehen ... Ich ... Charlie, das ist alles meine Schuld.«

»Es ist nicht deine Schuld. Wovon redest du denn?«

»Anson hat mich heute Nachmittag angesprochen. Er wollte

etwas von mir. Ich glaube, er hat Weaver etwas angetan, weil ich es ihm nicht gegeben habe.« Sie *ist* betrunken, sonst wäre sie nicht einfach so damit herausgeplatzt.

»Ich höre«, sagt er.

»Ich habe so getan, als wüsste ich nicht, wovon er redet.«

»Und wovon *hat* er geredet?«

»Von einem Schlüssel zu einem Schließfach. Weaver hat gesagt, dabei ginge es um Leben und Tod. Er hat mich schwören lassen, niemandem etwas davon zu sagen …«

»Ich habe dir doch *gesagt*, dass ich dich nicht beschützen kann, wenn du mich nicht einweihst.« Charlie klingt wütend. »Aber du hast es vorgezogen, Weaver gegenüber loyal zu sein.«

Seine Worte rammen ein Messer in die Stelle, wo sie ihre Sehnsucht nach ihm verborgen hat. Zwei oder drei Zentimeter unterhalb der kleinen Vertiefung ihres Halses. Ein Schwall von Freude und Sehnsucht, der nicht nachgelassen hat, seit er sie geküsst hat. Jetzt pulsiert genau diese Stelle vor Schmerz.

»Ich fahre zu Weavers Wohnung«, sagt er. »Geh auf *keinen* Fall vor die Tür. Sie müssen ganz versessen darauf sein, diesen Schlüssel zu finden. Und dich. Und jetzt wissen wir auch, dass sie vor nichts zurückschrecken werden. Ich schicke Gray vorbei.« Er redet schnell, geschäftsmäßig.

»Wirst du hierherkommen?« Seine Worte haben sie in Stein verwandelt, und er ist der Einzige, der ihr ein Gefühl von Sicherheit geben könnte.

»Ich muss zu Weavers Wohnung fahren. Ich sage Gray, dass er an Zekes Tür klopfen und dann draußen Wache halten soll.«

Sie nennt ihm die Adresse.

»Wann werde ich dich sehen?«, fragt sie. »Heute Abend?«

»Später.« Die Leitung ist tot, bevor sie noch ein Wort sagen kann.

Charlie winkt sich ein Taxi heran. Auf der ganzen Fahrt nach Hyde Park ist er wütend auf eine Art, die er nicht völlig im Griff hat. Wütend auf Rosalind, weil sie Informationen zurückhält, wütend auf sich selbst, weil er nicht verhindert hat, dass die Russen sich Weaver geschnappt haben, wütend, weil er nicht verfügbar war, als Rosalind um Hilfe gerufen hat. Voller Angst, dass er sie nicht beschützen kann. Wenn nicht diese Hand wäre, würde er einen Wagen fahren, der mit einem Zwei-Wege-Funkgerät ausgestattet ist, und hätte ihre Nachricht früher erhalten. Er rammt die Faust in seine verkrüppelte Hand. Bestraft sich selbst. Bestraft die Hand, die ihn tagtäglich bestraft.

Der Tatort ist genau so, wie Rosalind ihn beschrieben hat, nur noch schockierender. Sie hat nichts von dem zerbrochenen Kristallglas auf dem Boden erwähnt, der Scherbe, die von dickem Blut umrandet ist. Haben sie Weaver mit seinem eigenen Glas geschlagen und ihm dann mit einer Scherbe die Kehle aufgeschlitzt? Mit Sicherheit wurde sein Kopf gegen das Kopfteil geschlagen, hart genug, um ihn zu töten. Das Team, das Beweismaterial in Beutel verpackt und Fingerabdrücke sichert, ruft Charlie hinüber ins Wohnzimmer.

»Hey, Szydlo, das hier sollten Sie sich besser ansehen«, sagt Calder. Vor dem Schrank liegt der Finger eines Mannes auf dem Boden. Der Nagel perfekt gefeilt. Das oberste Gelenk intakt. Er wurde beim zweiten Gelenk abgeschnitten. Mit einem Drahtschneider oder irgendetwas extrem Scharfem. Es ist kaum Blut dort, wo der Finger liegt.

»Großer Gott«, sagen er und Pace einstimmig.

»Sie müssen ihn gefoltert haben.«

»In der Tat.« Charlie fragt sich, ob er eingeknickt ist. Die meisten Männer wären es. Calder hebt den Finger mit seiner behandschuhten Hand auf und steckt ihn in einen gewachsten Beweisbeutel. »Happy Halloween«, sagt er.

Charlies gesunde Hand pocht mitfühlend. Gott sei Dank hat Rosalind dieses Beweisstück nicht entdeckt. Wenn er es vermeiden kann, wird er ihr nie davon erzählen. Auf einmal will er nur noch zu ihr, will sie an irgendeinem sicheren Ort verstecken, bis das FBI dieses Schließfach ausfindig gemacht hat, das die Russen so unbedingt haben wollen.

Es ist kurz vor zehn, als er vor Zekes Wohnhaus aus dem Taxi steigt. Es gießt in Strömen. Der kalte, metallische Geruch von Regen steigt vom Gehsteig hoch. Er hat keinen Regenmantel, keinen Schirm. Eine Ratte huscht über die Bordsteinkante und verschwindet durch ein Gitter. Selbst die Ratte will dem unerbittlichen Wolkenbruch entkommen. Er findet die Türklingel, auf der ZEKE ADAMS, WOHNUNG 3B steht. Sobald er mit dem Summer eingelassen wurde, sieht er Gray im Hausflur kauern.

»Ich habe es draußen nicht mehr ausgehalten.«

»Schon gut«, sagt Charlie. »Sie können jetzt gehen.« Es gibt keinen Aufzug, und es ist ein langer Aufstieg. Rosalind öffnet die Tür, tritt zur Seite, um ihn hineinzulassen. Bei ihrem Anblick stößt er den Atem aus, von dem er gar nicht wusste, dass er ihn angehalten hatte. Sie sicher und wohlbehalten zu sehen sorgt dafür, dass seine Wut und sein Adrenalin langsam abflauen. Er kann sehen, dass sie in seinem Gesicht nach irgendetwas forscht. Wut. Empörung. Er kann Alkohol in ihrem Atem riechen.

»Das hier ist Zeke«, sagt sie. Ihre Stimme klingt erstickt und belegt. Bestimmt hat sie Zeke alles erzählt. Es spielt keine Rolle mehr. Zeke kommt auf ihn zu und streckt die Hand aus. Charlie schüttelt sie. Er erinnert sich, wie er ihm und Rosalind gefolgt ist, voller Eifersucht darauf, wie diese beiden einander lieben. Jetzt legt Zeke auf eine besitzergreifende Art einen Arm um Rosalinds Schultern.

»Hey, ganz ruhig. Er ist hier«, sagt er. »Brauchen Sie ein Handtuch, Agent?«

»Ja. Ich nehme an, ich könnte eines gebrauchen. Tut mir leid, dass ich Ihren Boden nass mache.«

»Geben Sie mir Ihre Jacke. Ich hänge sie über der Badewanne auf. Bin gleich wieder da.«

Charlies Hemd ist durchnässt. Seine Haare triefen. Trotzdem nimmt er Rosalind sanft in seine Arme und zieht sie an sich.

»Tut mir leid, dass ich am Telefon so schroff war. Das war nicht meine Absicht. Ich bin so froh, dass es dir gut geht.«

Er hört, wie sie erleichtert aufseufzt, spürt, wie sie sich an ihn lehnt.

»Ich mache dich ganz nass«, flüstert er.

»Das ist mir egal«, erwidert sie.

»Hör zu«, sagt er. »Ich wusste die ganze Zeit, dass du mir irgendetwas verheimlichst. Ich hätte dich mehr drängen sollen, es mir zu sagen. Ich gebe mir die Schuld, dass ich dich in Gefahr gebracht habe.«

»Ich bin es, die sich entschuldigen muss. Ich habe Weaver ein Versprechen gegeben, das ich niemals hätte halten sollen.«

»Der Anblick von Weavers Wohnung muss entsetzlich für dich gewesen sein.«

Sie nickt. Eine Träne kullert ihr über die Wange, und sie wischt sie mit dem Handrücken fort.

»Entschuldige. In deiner Nähe … bin ich immer eine Heulsuse.«

»Hör zu, ich würde dich gern zu meiner Schwester bringen. Dort wirst du sicherer sein. Niemand wird auf die Idee kommen, dich in meinem Viertel zu suchen. Und sie ist fast den ganzen Tag zu Hause. Du kannst bei ihr wohnen.«

»Ich kann nicht nach Hause fahren?«

»Weavers Wohnung sah ziemlich übel aus. Und ich weiß nicht, wie ich dir das sanft beibringen soll …«

»Sag es einfach.«

»Es sieht nicht gut aus für Weaver, Rosalind.«

Sie presst die Augen zusammen. »Das habe ich mir schon gedacht.«

»Sie werden dich suchen. Ich will nicht, dass du zur Arbeit gehst, bevor wir diese Sache geklärt haben.«

»Aber ich kann es mir nicht leisten, nicht zu arbeiten …«

Zeke kommt mit zwei flauschigen weißen Handtüchern wieder. Charlie tupft sein Hemd und seine Hose und seine Haare ab und reicht das andere Handtuch Rosalind. »Habe ich dich dafür nass genug gemacht?«

»Was habe ich verpasst?«, fragt Zeke allzu begeistert.

Rosalinds Wangen röten sich.

»Ihr habt euch versöhnt. Na, halleluja! Willst du einen Drink, Charlie? Kann ich dich Charlie nennen? Freunde von Bunny sind auch meine Freunde!«

»Ich muss Rosalind irgendwohin bringen, wo sie sicherer ist«, sagt Charlie.

»Wer würde denn hier nach ihr suchen?«

»Ich will einfach, dass sie irgendwo ist, wo niemand auf die Idee kommen würde, sie zu suchen. Wir sollten uns ein Taxi rufen. In dieser Gegend werden wir auf der Straße keines kriegen, nicht bei diesem Regen.«

»Sicher nicht«, sagt Zeke. »Ich rufe eines und lasse euch beide ein bisschen Zeit allein.«

Als er geht, nimmt Charlie ihre Hand und führt sie zum Sofa. »Wirst du mir jetzt sagen, was du am Telefon nicht sagen konntest? Was ist das für ein Schlüssel?«

Sie schüttelt den Kopf, sieht auf ihre Hände. »Ich habe dir nichts davon gesagt, weil Weaver mich hat schwören lassen, es niemandem zu sagen, bevor … bevor er nicht mehr ist …«

Charlie seufzt. »Ich würde sagen, das trifft jetzt zu.«

Rosalind starrt zu Boden. »Ich will nicht, dass er tot ist. Aber die Vorstellung, dass sie ihm Schmerz zufügen …«

»Für mich sah es so aus, als ob der Schmerz jetzt vorbei ist«, meint Charlie kopfschüttelnd. »Erzähl es mir.«

»Weaver hat mir einen Umschlag mit einem Schlüssel darin gegeben.« Sie fährt fort, erklärt ihm Weavers Anweisungen für sein Schließfach. »Sie müssen gehört haben, wie ich zu Weaver gesagt habe, ich deponiere den Umschlag bei meiner Bank, wir wussten ja zu dem Zeitpunkt nicht, dass meine Wohnung verwanzt war. Und jetzt wollen sie ihn haben.« Sie zeigt ihm ihren Arm. Die blauen Flecke haben sich zu einem leuchtenden Violett verfärbt.

Er zuckt zusammen. »In diesem Schließfach muss irgendetwas verdammt Belastendes sein, sonst wären sie nicht so versessen darauf, es in die Finger zu kriegen.«

»Es ist meine Schuld, dass Weaver tot ist.«

»Dich trifft keine Schuld. Er hat seine Sicherheit jahrelang aufs Spiel gesetzt. Und indem er dir diesen Schlüssel gegeben hat, auch deine.«

»Ich habe den Schlüssel hinter meinem Tresen bei Field's versteckt. Wir müssen dorthin fahren, um ihn zu holen.«

»Wir werden uns darum kümmern. Ein Agent kann ihn holen, oder die Bank kann das Schloss aufbohren.«

»Ich war im Begriff, ihn zu verraten«, sagt sie mit einer Geste auf das grüne Etui, das den Rekorder enthält. Wie zerbrechlich sie scheint. Aufgewühlt. Verletzt. Er hebt eine tränennasse Strähne ihres Haars an und steckt sie ihr hinters Ohr.

»Du hast es zu seinem Besten getan. Du hast versucht, ihn zu retten.« Er hat sie in diese Gefahr gebracht. Sein Verlangen, sie zu beschützen, sie zu lieben und sogar zu heilen, ist jedes Mal größer geworden, wenn sie zusammen waren. Jetzt, wo Weaver aus dem Weg geräumt ist, bringt das, was in diesem Schließfach ist, Rosalind in Gefahr. Das FBI muss es so schnell wie möglich bekommen.

Zeke kommt zurück ins Zimmer. »Zwanzig Minuten«, sagt er. »Schneller können sie nicht hier sein. Hast du schon zu Abend gegessen, Charlie?«

»Nein.«

»Magst du Campbell's Champignoncremesuppe?«

»Na klar.«

»Ich werde einen Schuss Sherry dazugeben. Das verwandelt Campbell's in Haute Cuisine!« Zeke reibt sich den Bauch. »Ich verspreche dir, du wirst diese Suppe nie wieder auf irgendeine andere Weise essen wollen. Ich verwöhne dich fürs Leben!«

Das Haus ist dunkel, als Charlie und Rosalind ankommen, bis auf zwei Lichter, eines an der Haustür, das andere von der Seite des Hauses kommend. Die Gehsteige sind nass, aber wenigstens hat der Regen aufgehört. Das Haus erinnert Rosalind an eine Kinderzeichnung: roter Backstein mit einem perfekten Spitzdach und Fenstern in gleichmäßigen Abständen. Weiße Rosen blühen hinter einem kleinen schmiedeeisernen Zaun und verströmen einen pfirsichartigen Geruch in die feuchte Nachtluft.

»Komm«, sagt Charlie. »Wir werden zu meiner Wohnung durchgehen.« Er führt sie zu dem Licht an der Seite des Hauses, über einen schmalen Backsteinweg und dann ein paar steile Betonstufen hinunter, zu einer grünen Tür.

»Verurteile mich nicht«, flüstert er. »Wohnungen sind schwer zu kriegen seit dem Krieg.«

Er warnt sie zu Recht. Der Boden ist aus Beton, mit einem

abgelaufenen Flechtteppich darüber. Die Möbel sehen gebraucht und wahllos zusammengestellt aus. Es ist mehr ein Keller als eine Wohnung. Ein über eine Wäscheleine gespannter geblümter Vorhang trennt eine Ecke des Zimmers ab.

»Was ist dahinter?«, fragt sie.

»Ich nenne es mein Schlafzimmer.« Er blickt verlegen. »Du wirst natürlich oben auf der Couch schlafen«, sagt er zu ihr. »Peggy ist schon *sehr* gespannt darauf, dich kennenzulernen. Sie hat versprochen, das Sofa herzurichten, bevor sie zu Bett geht.«

»Ich habe keine Schlafsachen dabei. Gar nichts.«

»Peg hat gesagt, sie legt für dich ein Nachthemd und eine Zahnbürste bereit. Sie kauft Zahnbürsten im Dutzend. Oh, und sie hat versprochen, dir ein paar frische Handtücher im Badezimmer auf den Rand der Badewanne zu legen. Morgen werde ich Donna zu deiner Wohnung schicken, damit sie ein paar von deinen Sachen holt.«

»Danke.«

»Du kannst eine Liste schreiben.«

»Bist du sicher, dass es Peggy nichts ausmacht, mich hier wohnen zu lassen? Du rufst aus heiterem Himmel an, und sie geht prompt in Aktion?«

»Sie weiß, dass du nicht irgendeine Frau bist.« Charlie streichelt ihre Wange. »Sie liegt mir in den Ohren, seit du das erste Mal angerufen hast.« Rosalind ist verblüfft und erfreut zugleich.

»Schlafen jetzt alle?«, fragt sie.

»Sie gehen zu Bett, bevor die Vögel aufhören zu zwitschern.«

»Kann ich noch ein bisschen hier unten bei dir bleiben?«

Er lächelt sanft, sieht auf seine Armbanduhr. »Jetzt ist es fünf nach halb zwölf. Und wir haben heute beide viel durchgemacht.«

Für einen süßen, stillen Moment hatte sie die Gedanken an Weaver beiseitegeschoben. Seine blutbesudelte, zertrümmerte Wohnung. Ihr wird flau. Als ob Charlie es spürt, küsst er sie sanft auf die Stirn, hält sein Gesicht an ihres.

»Komm schon. Ich bringe dich hoch, okay?«

Oben angekommen, schalten sie nur die Lichter ein, die sie brauchen. Flüsternd zeigt er zum Bad und dann zum Sofa, das tatsächlich mit Laken und Decken ausgestattet ist, einem flauschigen Kissen und einem gebügelten mit Hüttensängern bestickten Kissenbezug.

»Deine Mutter?«, fragt sie, während sie mit einem Finger über den schimmernden azurblauen Vogel gleitet.

Er nickt mit einem wehmütigen Lächeln.

Als sie neben dem Sofa stehen, küsst er sie innig. Sie ist getröstet von der Süße seiner weichen, kühlen Lippen, davon, wie viel friedlicher sie sich fühlt, wenn er sie nah an sich gedrückt hält. »Wir werden morgen mehr reden«, flüstert er. »Schlaf jetzt ein bisschen.« Als sie hört, wie sich seine Schritte die Treppe hinunter entfernen, fühlt sie sich verloren. Sie kauert nervös auf der Kante des Sofas, sitzt wie angewurzelt da. Und auf einmal kann sie nicht aufhören, an Weavers Wohnung zu denken. Das Bett mit dem zertrümmerten Kopfteil, die klebrige rote Masse auf den Laken. Leidet Weaver irgendwo? Wurde er gekidnappt? Oder ist er für immer von seinem Leiden erlöst? Er hat das Leben bereut, das er geführt hat. Voller Angst vor dem drohenden Schmerz. Jetzt weiß sie etwas, das sie nicht wusste, bevor er zurückkam: dass er sie wirklich geliebt hat. Vielleicht hat er sie immer geliebt, genau wie sie ihn einmal geliebt hat. Aber kann echte Liebe in einem Meer der Täuschung existieren?

Im trüben Licht der Lampe sieht sie sich in Peggys ordentlichem Wohnzimmer um. Die schwarz-weißen Schulfotos in den silbernen Rahmen. Die bestickten Zierdeckchen und Schoner auf den Sesseln. Die frischen Vorhänge mit den weißen Pompons unten am Saum. Das Holzkreuz an der Wand.

Es muss wundervoll sein zu glauben, dass die Welt einer Ordnung folgt. Dass es ein höheres Wesen gibt, das über einen wacht. Abgesehen von der perfekten Ordnung der Physik – die eine Religion für sich ist – ist organisierte Religion ein Konzept, das Rosalind fremd ist. Henry glaubt an Gott. Louisa hat es nie getan. Folglich ist ihre Familie, gespalten hinsichtlich ihrer religiösen Überzeugungen, nie zu irgendeiner Kirche gegangen. Daher ist Roz früher voller Neugier sonntags bei ihren Freundinnen mitgelaufen. Sie war fasziniert von dem gesprochenen Latein und dem Ritual der katholischen Messe, bewegt von dem Entrollen der Thora und den hebräischen Gesängen in der Synagoge, unterhalten von der heiligen Eucharistie der Episkopalkirche, bei der gesungen, aufgestanden, gesessen und gekniet wurde.

In jedem Gotteshaus fühlte sie sich angezogen von dem Wunder einer Gruppe von Leuten, die gemeinsam beteten und Kraft unter ihresgleichen fanden. Trotzdem hatte sie zwangsläufig immer das Gefühl, aus einem Gefängnisfenster zu starren, während andere an der frischen Luft saßen. Vielleicht musste man in einen Glauben hineingeboren werden.

Was Weaver betrifft, er glaubte nicht an Gott und dachte vielleicht nie wirklich über Recht und Unrecht, Gut und Böse nach. Sie denkt darüber nach, was er vielleicht erlitten hätte, wenn es ihm gestattet gewesen wäre, dem Krebs zu erliegen. Und dann an das Blut, die Spuren von Gewalt. Gott hat sich nicht erhoben, um ihn zu beschützen. Aber sie nimmt an, so läuft das eben nicht. Wie könnte seit dem Krieg irgendjemand noch glauben, dass die Religion ihn beschützen kann?

Sie holt tief Luft, versucht zu vergessen und Trost in der

heimeligen Umgebung von Peggys Wohnzimmer zu finden. Alles ist sauber und ordentlich, fühlt sich bewohnt und geliebt an. Sie wird niemals eine Frau wie Charlies Schwester sein. Aber tief in sich weiß sie, dass sie etwas Einzigartiges zu bieten hat. Ihr Verständnis der Wissenschaft. Ihre Fähigkeit, so zu denken, wie andere es nicht können. Ihr Talent, Probleme zu lösen. Fermi hat es erkannt. Weaver auch. Ihr Glaube ist die Wissenschaft. Und obwohl sie festgestellt hat, dass die Wissenschaft eine Mörderin sein kann, weiß sie auch, dass sie wirkmächtige Antworten bietet. Es ist an der Zeit für Rosalind, nach vorn zu blicken, der Motor zu sein, der der Welt Gutes tut.

Im Bad wäscht sie sich das Gesicht, putzt sich die Zähne mit der Zahnbürste, die auf einem Stück Klebeband am Griff mit *Rosalind* beschriftet ist, und schlüpft in Peggys korallenrotes Baumwollnachthemd mit den Schmetterlingsärmeln, dann in den Morgenrock. Im Spiegel sieht sie eine Hausfrau in einem biederen Hausmantel. Aber in ihren Augen sieht sie die Frau, die sie sein kann. Sie weiß, dass sie den Mut finden kann. Sie muss. Seufzend kriecht sie unter die Decken auf Peggys Sofa. Es ist ein weiches, bequemes Bett, auch wenn sie bezweifelt, dass sie schlafen können wird.

Sie denkt an Charlie unten in seiner Kellerwohnung. Den Betonboden. Die alten Möbel. Warum lebt er so? FBI-Agenten verdienen sicher ganz ordentlich. Er könnte heutzutage eine Wohnung finden, wenn er wollte. Jeden Tag werden welche gebaut. Hochhäuser und stabile kleine dreistöckige Häuser, die für heimkehrende GIs errichtet werden. Er könnte sich eine Wohnung in ihrem Gebäude leisten. Vor zwei, drei Jahren hätte er noch Schwierigkeiten gehabt, eine Wohnung zu finden. Jetzt, auch wenn sie sein Bedürfnis, bei seiner Familie zu leben, versteht, sagt ihr dieser Keller, in dem er lebt, dass er noch immer taumelt, noch immer leidet, obwohl der Krieg längst zu Ende ist.

Sie taumeln beide. Und doch hat sie jedes Mal, wenn er sie geküsst hat, sie gehalten hat, eine unerklärliche Alchemie verspürt, die sie glauben lässt, dass sie zusammen so viel robuster sein können.

24

Nach ein paar Minuten steht Rosalind wieder auf und geht hinunter zur Kellertür. Als sie sie öffnet, freut sie sich zu sehen, dass unter dem geblümten Vorhang noch Licht hervorschimmert. Der Beton am Fuß der Treppe ist kalt unter ihren nackten Füßen. »Charlie?«, flüstert sie.

Die Bettfedern quietschen, und er teilt den Vorhang. Er trägt nur eine Pyjamahose und hält ein Buch in der Hand. Sie ist hingerissen von der Eleganz seines langen Körpers.

»Hey«, sagt er. »Du solltest nicht hier unten sein. Der Dekan wird uns beide der Uni verweisen.«

Sie lacht. »Ich wollte nicht allein sein«, erwidert sie. »Bitte …«

Er schlüpft noch einmal ins Zelt, um sein Buch abzulegen, dann kommt er auf sie zu und schließt sie in seine Arme. Sie gleitet mit einer Hand über seine nackte Brust. Sie ist glatt und hart, schön modelliert, so anders als Weavers. Nein, sie darf nicht an ihn denken …

»Du schläfst halb nackt«, sagt sie.

»Im Sommer.«

»Wie hast du diese Muskeln bekommen?«

»Liegestütze.«

Wie schwer muss das sein, mit nur einer Hand?, fragt sie sich.

»In Quantico habe ich entschieden, wenn die anderen Jungs

das können, dann kann ich es auch. Ich mache sie zweimal täglich.« Er ist stolz, und das berührt sie.

»Ich habe gehört, gut in Liegestützen zu sein, könnte beim Liebesspiel von Vorteil sein.« Ihre Sehnsucht nach ihm ist kribbelnd, ein klein wenig gefährlich.

»Rosalind ...« Er nimmt ihre Hand sanft von seiner Brust und küsst ihr Handgelenk. »Du weißt, dass wir keine Verhütung haben.«

»Ich weiß, aber ...«

Sie hebt eine Hand, um mit einem Finger über seinen kräftigen, muskulösen Hals und sein Schlüsselbein zu gleiten. Er seufzt bei ihrer Berührung auf und schließt die Augen. Sie sehnt sich danach, jeden Zentimeter seiner Haut kennenzulernen. Ihn auf eine Art zu lieben, auf die er noch nie zuvor geliebt wurde. Als er sie hochzieht, um sie zu küssen, ist sie aufs Neue entzückt vom Geschmack seines Mundes, weich und kühl und ohne eine Spur von Zigarettenrauch. Ihr Kuss, eine lange Erkundung, wird zu Hingabe. Er presst sie an sich, und sein Verlangen ist unmissverständlich. Neun Jahre ohne Liebe. Sie würde alles tun, um den Schmerz auszulöschen, den er erfahren hat.

»Meine Sirene«, haucht er, während er sie hinter den Vorhang zieht.

In dem weichen, geblümten Zelt seines »Zimmers«, in dem die Lampe noch immer brennt, beginnt Charlie, die riesigen Knöpfe an Peggys zu großem Hausmantel zu öffnen.

»Selbst ohne Verhütung gibt es so viel, was wir tun können«, flüstert er.

»Lass mich das tun«, sagt sie. Knopf für Knopf entblößt sie mehr von ihrer Haut, während seine Augen in dem weichen Licht blau funkeln. Als sie erst den Morgenrock, dann das Nachthemd auf den Boden fallen lässt, stößt er einen langen Atemzug aus.

»Du bist schön.« Seine Worte brennen sich in sie. Genau wie sein Blick. Er starrt sie an, als würde er versuchen, sie sich einzuprägen, und beginnt dann, mit den Fingern über ihre Haut zu gleiten.

»Deine Kleider haben Spuren hinterlassen«, sagt er leise. Jede sanfte Berührung löst Funken aus. Er küsst ihre Schultern an der Stelle, wo sich der Träger ihres BHs in die Haut geschnitten hat, das V genau unter ihrem Bauchnabel, das vom Bund ihres Hüfthalters herrührt. Sie muss sich in Erinnerung rufen zu atmen.

»Und wovon ist das hier?«, fragt er, während er sich hinkniet, um mit einem Finger über die geröteten Linien von der Biegung ihrer Beine bis zum Oberschenkel zu gleiten.

»Meine Strumpfbänder.« Als er die Lippen an jede der Linien legt und eine Spur von Küssen über sie zieht, stöhnt sie vor Verlangen auf. Sie dachte, sie würde ihn verführen müssen, aber er macht alles von allein.

Er steht wieder auf, zieht sie zu seinem Bett und schaltet die Lampe aus. Eine sanfte Brise weht durch das hohe Fenster herein und streift ihre Schultern. Er zieht seine Pyjamahose aus, und sie kann nicht ignorieren, wie bereit er ist, mit ihr zu schlafen.

»Charlie, es ist mir egal, ob wir keine Verhütung haben.«

»Denk heute Nacht nicht daran, *kochanie*. Es gibt so viele Arten, einander glücklich zu machen.«

»Aber es gibt nur eine Art, die uns … vereint.«

Er streicht ihr Haar glatt. »Führ mich nicht in Versuchung.«

Ein Halbmond, wie ein Stück Wassermelone, wirft Licht durchs Fenster, strahlend genug, um Charlies Profil zu erhellen. Sein kräftiges Kinn, seine hohen Wangenknochen.

Er hat recht. Es gibt so viele wundervolle Dinge, die sie miteinander teilen können. Aber heute Abend weiß sie, wonach sie sich verzehrt.

»Meine Jungfräulichkeit kann ich dir nicht schenken, aber

ich habe noch nie jemanden ohne Verhütung geliebt. Ich will dir das schenken«, sagt sie.

Er sieht sie in dem schattigen Dunkel an, gleitet mit den Fingern über die Konturen ihres Gesichts. »Nichts zwischen uns«, flüstert er.

»Nichts zwischen uns.« Sie ist hingerissen von dem Samt seines nackten Körpers an ihrem. »Ich weiß, es gibt keine sichere Zeit. Trotzdem, das hier ist die sicherste …«

»Willst du das wirklich?«

»Mehr als alles andere.«

»Wenn etwas passiert … werde ich dich heiraten. Ich will dich heiraten, Rosalind.« Nicht ein einziges Mal hat Weaver vom Heiraten geredet. Nicht ein einziges Mal.

Seine Finger finden das Epizentrum ihres Verlangens. Vielleicht ist es Jahre her, aber er hat nicht vergessen, wie man jemanden berührt. Und sie berührt ihn auch, mit einem Schwall von Lust. Sie hat nie irgendetwas mehr gewollt als das. Kurz bevor er sie an den Rand ihres Höhepunkts bringt, stützt er sich über ihr auf seine Arme und dringt in sie ein. Ein köstliches Hineingleiten purer Nacktheit. Anfangs kann sie nicht umhin, sich wild zu bewegen, aber er zwingt sie beide, ihr Tempo zu verlangsamen, den Moment in die Länge zu ziehen. Sie kann sein Staunen bei jeder gemeinsamen Bewegung hören. Als sie kurz vor dem Höhepunkt ist, hält er auf einmal inne. »Schlag die Augen auf«, flüstert er heiser. »Sieh mich an. Sieh mich an.« Keuchend, noch immer in dem mächtigen Rhythmus gefangen, ist sie überwältigt von der Zärtlichkeit seiner Miene. »Ich liebe dich«, flüstert er. »Ich liebe dich.« Auf der Welle dieser Worte gleitend, bäumt sie sich gegen ihn auf und wird in den Strudel hinuntergezogen. Sie muss die Kraft ihrer ganzen Seele aufbringen, um nicht laut aufzuschreien, selbst während das Nachbeben anhält und seine Bewegung sie über eine Welle nach der anderen trägt. Als Charlie zum Höhepunkt kommt, stößt er das seelenvollste Geräusch aus, das sie je gehört hat – neun Jahre Alleinsein, die sich heben und entschweben.

Nach langer Zeit, einer Zeit, in der sie das Hämmern seines Herzens sowohl hören als auch spüren kann, lösen sie sich voneinander, und er schlingt die Arme um sie und stößt einen befriedigten Seufzer aus. Nie zuvor hat sie sich einem anderen Menschen so verbunden gefühlt. Sie würde am liebsten jeden Zentimeter von ihm küssen und wieder von vorn anfangen. Für diesen Mann alles riskieren.

»Meinst du, sie haben uns oben gehört?«, fragt er.

»Sie haben uns bis nach St. Louis gehört.«

»Ich habe das mit dem Heiraten ernst gemeint«, sagt er.

»Ich habe es sehr gern gehört.«

»Aber du hast nicht darauf geantwortet.«

»Nur weil wir dafür noch einen weiten Weg vor uns haben.« Wie viel empfindet sie schon jetzt für Charlie, und doch, wie kurz kennen sie sich erst. Vor ein paar Tagen waren sie noch Fremde.

»Meine Hand«, sagt er.

»Was?«

»Meine Hand ist der Grund, weshalb du mich nicht heiraten kannst.«

»Hey!« Sie schnellt herum und umfasst sein Kinn, wie sie es vielleicht bei einem ungezogenen Kind tun würde. Sie sieht seine Augen, die von Zweifel getrübt sind. »Hör zu, ich bin dabei, mich schwer in dich zu verlieben, und deine Hand ändert nichts an meinen Gefühlen. Ich will dich einfach noch besser kennenlernen. Ein Jahr des Umwerbens. Und Blumen. Einen unerwarteten Verlobungsring … und noch viel mehr Liebesnächte wie diese. *Viel* mehr.« Sie denkt an Weaver. All die Jahre waren sie ein Liebespaar, und doch hat sie sich nie so geliebt, nie so hoffnungsvoll gefühlt.

Er schüttelt staunend den Kopf. »Du bist mit Sicherheit anders als jedes Mädchen, dem ich je begegnet bin. Ich hätte nicht gedacht, dass ich je wieder so glücklich sein würde.«

»Mein Plan ist es, dafür zu sorgen, dass du so glücklich bleibst«, erwidert sie.

Sobald er Rosalind wieder die Treppe hochgeführt und auf dem Sofa unter die Decke gesteckt hat, kehrt Charlie zurück in den Keller und klettert mit einem tiefen Seufzer wieder in sein eigenes Bett. Seine Schwester würde ihm die Hölle heißmachen, wenn sie Rosalind am nächsten Morgen nicht in dem ihr zugedachten Bett vorfinden sollte. Aber wie viel Genuss hätte es ihm bereitet, sie die ganze Nacht in seinen Armen zu halten. Mit ihr zusammen im Bett zu liegen war fast ebenso befriedigend wie das Liebesspiel selbst. Denn zum ersten Mal seit dem Krieg fühlt er sich nicht allein. Es ist eine schwindelerregende Freude, von der er nicht wusste, dass er sie je wieder fühlen könnte. Sich gehalten, getragen, geliebt zu fühlen.

Grinsend liegt er im Dunkeln da und erinnert sich, wie er sie mitten in ihrem Liebesspiel bat, die Augen aufzuschlagen – er musste sich sicher sein, dass sie wusste, dass sie mit *ihm* zusammen war, dass sie nicht von Weaver träumte –, ihr Gesicht erhellt von Freude bei seinem Anblick. Es rührt ihn, dass seine Worte der Liebe dazu beigetragen haben, sie zum Höhepunkt zu bringen.

Seit dem Krieg hat er immer wieder darüber nachgegrübelt, warum er überlebt hat, während andere um ihn herum starben. Er dachte, das FBI würde ihm Antworten liefern, aber selbst wenn er irgendetwas tat, was vielleicht ein Leben rettete oder einen Verbrecher dingfest machte, fühlte es sich immer nur an wie irgendein Job. Ein anderer Mann hätte es tun können. Er wünschte, er müsste keine Pistole tragen oder darüber nachdenken, was die nächste schlimme Sache sein wird, die auf seinem Schreibtisch landet. Aber heute Abend, mit Rosalind in seinem Bett, war es, als ob eine Tür aufging und Licht hereinströmte. Für einen Moment konnte er glauben, dass die Welt im Grunde gut ist, dass er diese Güte wert ist. Vielleicht wird er nie wieder an Gott glauben, aber er kann Gott in der Berührung und Liebe guter Menschen sehen. In ihr. Er könnte anfangen, wieder zu glauben. Das Wort »gut« muss doch sicher von dem Wort »Gott« abgeleitet sein, oder?

Ironisch, dass es ausgerechnet Weaver war, der Charlie mit Rosalind zusammengebracht hat. Hat er seinen Folterern die Informationen über die H-Bombe gegeben? Vermutlich wird er es nie erfahren. Das Labor wird Fingerabdrücke aus seiner Wohnung untersuchen, Faserproben, all die Detailarbeit und den wissenschaftlichen Hokuspokus veranstalten, auf den das FBI so stolz ist. Aber Charlie nimmt an, dass Weavers Leiche letztendlich einfach irgendwo auftauchen wird. Unterm Strich ist das Leben eines Mannes nicht mehr als das, was er hinterlässt. Weavers Vermächtnis wird sie alle noch lange heimsuchen. Weiß Gott, was er zum Ende hin erlitten hat. Angst. Entsetzen. Weavers Finger auf dem Boden. Der Gedanke daran zerreißt Charlie das Herz. Und doch kann er sich des Gefühls nicht erwehren, dass der Mann, der zu verantworten hat, dass Kindergartenkinder für den Fall eines Atomangriffs Ducken und In-Deckung-Gehen üben müssen, so oder so glimpflich davongekommen ist.

Als Rosalind die Augen aufschlägt, sieht sie einen kleinen Jungen, der stirnrunzelnd vor ihr steht. Er trägt einen roten Cowboy-Pyjama und isst eine Banane.

»Wer bist du?«, fragt er.

»Hallo. Wer bist *du* denn?«

»Ich wohne hier. Was machst du auf meiner Couch?«

Sie setzt sich auf. Es ist noch früh, aber Sonnenlicht flutet bereits über den Wohnzimmerteppich.

»Ich bin Rosalind«, antwortet sie. »Deine Mom war so freundlich, mich heute Nacht hier schlafen zu lassen. Wo ist sie?«

»Sie schläft noch. Aber samstags gibt es *Pow Wow – Der kleine Indianerjunge* im Fernsehen, und du sitzt da, wo ich es mir immer ansehe.«

»Na ja, dann sollte ich wohl mal Platz machen«, sagt sie. Sie steht auf und beginnt, die Decken und Laken zusammenzulegen, das Sofa herzurichten. Das Bettzeug stapelt sie auf einen Sessel in der Ecke.

»Wie heißt du?«, fragt Rosalind.

»Stevie. Warum schläft eine Dame wie du nicht in ihrer eigenen Wohnung?«

»Das ist eine lange Geschichte. Ich werde dir einfach aus dem Weg gehen. Ich will nicht, dass du deine Sendung verpasst.« Er zuckt die Schultern und setzt sich im Schneidersitz auf seinen Lieblingsplatz.

Im Bad hängt Rosalind Peggys Morgenmantel auf, legt die frischen Handtücher ins Waschbecken und steigt in die Badewanne, um zu duschen. Während sie die letzten Spuren des Liebesspiels zwischen ihren Beinen abwäscht, ist sie hingerissen von Gefühlen für Charlie. Emotionen, die echt und tief sind und vielleicht Liebe sein könnten. Die Vorstellung, dass jede Nacht so sein könnte wie die letzte, dieses Gefühl, zum ersten Mal in ihrem Leben nicht allein zu sein. Das hat sie mit Weaver nicht ein einziges Mal erlebt. Nicht ein einziges Mal hat sie sich so geborgen oder verstanden oder aufgeregt oder *glücklich* gefühlt. Zusammen sind sie so viel mehr als getrennt. Sie weiß, dass er es auch fühlt. Die Vorstellung, dass sie heiraten, zusammenleben, sich eine Zukunft aufbauen könnten. Dass sie sich in seinen Armen sicher fühlen könnte bis zu dem Tag, an dem sie stirbt. Und er könnte Trost bei ihr finden. Charlie, der lieber eine Hand eingebüßt hat, als den Namen eines Mannes preiszugeben, der freundlich an ihm gehandelt hat. Er hat so viel mehr verdient, als er im Leben bekommen hat, und sie fragt sich unwillkürlich, ob sie ihn verdient hat. Sie, eine gescheiterte Wissenschaftlerin. Eine Frau, die Schuld auf sich geladen hat. Was sieht er, wenn er ihr in die Augen blickt?

Dann denkt sie: *Wenn Weaver nicht wäre, hätten wir uns nie kennengelernt*. Und im nächsten Atemzug wird sie überwältigt von der Vision eines zertrümmerten Kopfteils, die Holzsplitter in Blut getaucht, eines Stroms dunkler Flüssigkeit, der klebrigen Lache davon auf Weavers Laken. Weaver. Hat er gelitten? Hat er geschrien? Hat er ihren Namen gerufen? An die kleine Keramikstange über der Seifennische geklammert, krümmt sie sich vor Schmerz und vor Kummer. Sie schluchzt, während sie hofft, dass das Rauschen des Wassers verhindert, dass andere Leute hören können, wie es ihr das Herz zerreißt. Sie schämt sich unwillkürlich dieser aufkeimenden Liebe, die sie für Charlie hegt. Wie konnte sie ein solches Vergnügen ausgerechnet an dem Tag empfinden, an dem Weaver auf grausame Weise starb? Sie wünschte, sie könnte ihrem eigenen Körper entsteigen. Sie stellt das Wasser so heiß, dass es auf ihrer Haut brennt. Dann steht sie da, während es auf sie eintrommelt, und schluchzt. Hat er zum Schluss etwas Edles getan? Hat Weaver zum Schluss dieses eine letzte, entscheidende Geheimnis für sich behalten, selbst wenn es ihn das Leben gekostet hat?

Sie braucht eine Weile, um den anderen gegenübertreten zu können. In den Kleidern vom Vortag geht sie zurück ins Wohnzimmer, zitternd und ernüchtert. Ein kleines, rothaariges Mädchen sitzt neben Stevie auf der Couch.

»Machst du uns Frühstück?«, fragt das kleine Mädchen.

»Wir werden auf eure Mom warten«, stößt Rosalind mühsam hervor.

»Wenn du *Pow Wow* magst, kannst du dich zu uns setzen und es auch ansehen«, sagt das Mädchen.

»Ich glaube, unser Gast hat vermutlich Besseres zu tun.« Eine hübsche Frau mittleren Alters mit sandblonden Haaren und Sommersprossen kommt ins Zimmer, während sie sich einen Morgenmantel zubindet.

»Sie müssen Peggy sein«, sagt Rosalind.

»Und Sie sind Rosalind.«

»Ich kann Ihnen gar nicht genug danken. Es war so kurzfristig, und Sie waren so freundlich.« Rosalind versucht, begeistert zu klingen. Kann Peggy hören, wie ihre Stimme schwankt?

Die Sendung hat begonnen, und Musik erfüllt das Zimmer.

»Kommen Sie mit in die Küche? Ich glaube, wir können ohne *Pow Wow* leben«, sagt Peggy. »Außerdem möchte ich wetten, Sie hätten gern einen Kaffee.«

Rosalind sagt nicht, dass ihr Tee lieber wäre. Oder dass sie im Grunde sogar einen Drink gebrauchen könnte. Es macht ihr Angst, wie sehr sie sich nach Alkohol sehnt. Aber sie ist froh, hier zu sein, in Sicherheit und in der Gesellschaft von Charlies Schwester und ihrer Familie.

»Kommen Sie, setzen Sie sich, meine Liebe«, sagt Peggy. »Sie haben viel durchgemacht.«

Beim Frühstück bekommt Rosalind die Gelegenheit, Mack kennenzulernen und festzustellen, woher die roten Haare in der Familie stammen. Charlie kommt von unten hoch, gut aussehend, sichtlich entspannt. Am Frühstückstisch sitzt er ihr gegenüber, und sie tauschen von Zeit zu Zeit ein heimliches

Lächeln. Einmal fühlt sie, wie sein Fuß ihren Knöchel streichelt. Nachdem sie geholfen hat, den Tisch abzuräumen, scheucht Peggy sie aus der Küche, und Charlie nimmt ihre Hand und zieht sie hinaus in den Garten, wo sie sich auf Klappstühle setzen. Die Sonne ist sanft, nicht zu heiß. Hummeln umschwirren Peggys bunte Blumen. Rosalind versucht angestrengt, anwesend zu sein, sich aus ihrem Loch der Trauer und Beklommenheit zu ziehen. Denn sie hat so viele Gründe, sich zu freuen. Und doch: Weaver. Weaver – ihr Liebhaber, ihre Qual.

Charlie berührt ihr Handgelenk. »Ich werde heute versuchen, jemanden zu finden, der uns die Continental Bank öffnet, damit wir an dein Schließfach kommen können.«

»An einem Samstag?«

»Das FBI hat seine Möglichkeiten.« Er lächelt verschlagen. »Wir müssen sehen, was da drin ist. Du wirst nicht in Sicherheit sein, bis wir es wissen. Ich bezweifle, dass wir für Weaver viel tun können …« Sie spürt, wie sich ihr Herz bei der Erwähnung seines Namens verkrampft. »Falls auch nur die geringste Chance besteht, dass er noch am Leben ist, wollen wir alles wissen, was wir wissen können. Wie auch immer, ich vermute, dass dort eine Schatztruhe an Informationen auf uns wartet.«

Rosalind starrt auf das glitzernde smaragdgrüne Gras. Eine Welt ohne Weaver. Seit er ihr gesagt hat, dass er sterben muss, hat sie oft darüber nachgegrübelt, wie es wäre, zu wissen, dass er nicht mehr ist. Sie hat sich nie vorgestellt, dass er so gewaltsam oder so bald von dieser Welt gehen würde.

»Ich muss los und deinen Schlüssel zu dem Schließfach holen, das heißt, du musst mir ein paar Anweisungen geben«, sagt Charlie.

Ein unerwartetes Geräusch entweicht aus ihrer Kehle. Ein gequältes Aufstöhnen.

»Hey.« Er hebt ihr Kinn mit den Fingern an, zwingt sie, ihm in die Augen zu sehen. »Was denn?«

Sie schüttelt den Kopf, kann nur hervorstoßen: »Weaver … Wir … gestern Abend.«

Sie sieht, wie sich seine Augen mit Besorgnis füllen.

»Du bereust es?«

»Nein. Niemals. Ich meine …«

Ein Schatten huscht über sein Gesicht.

»Ich bereue, dass es mich so glücklich gemacht hat …«

»Ah …« Seine blassen Wimpern zeichnen Strahlen über diese aquamarinblauen Augen. »Du hast Schuldgefühle.«

»Ja.«

Er sieht ihr ins Gesicht, streichelt ihre Wange. »Manchmal, wenn eine Tragödie zuschlägt, ist das der Moment, in dem man das Leben erst recht feiern muss, weißt du?«

»Ich weiß, aber …« Überwältigt von Schuldgefühlen, glaubt sie, keine Luft mehr zu bekommen. Sie schlüpft in ihre Schuhe und steht schwankend auf, geht zum Rand des Gartens und starrt zu den anderen Häusern, mit dem Rücken zu ihm. Auf einmal fühlt sie sich körperlos. Sie kann das herrliche Wetter, die Brise an ihren Fingern oder die Sonne auf ihren Schultern nicht mehr spüren. Ihr einziges Gefühl ist Elend. Es überwältigt sie, hüllt sie ein, verlangt ihre ganze Aufmerksamkeit.

Er lässt ihr Zeit, als ob er weiß, dass sie für sich sein muss, aber schließlich tritt er von hinten an sie heran.

Er berührt ihren Rücken, und sie spürt, wie sie zusammenzuckt. »Was kann ich tun?«, fragt er zärtlich.

Sie wendet sich zu ihm um. »Vielleicht muss ich einfach für eine Weile allein sein … Wenn ich vielleicht einfach nach Hause fahren könnte …«

An einem Haus in der Ferne prellt ein Teenager in einer Auffahrt einen Basketball. Das Geräusch schmerzt in ihren Ohren.

»Rosalind … du weißt, dass du das nicht tun kannst. Nicht jetzt. Solange Anson versucht, diesen Schlüssel in die Finger zu kriegen, kann ich dich nicht allein lassen.«

»Wir könnten Lawrence bitten, mich zu begleiten, und ich könnte nach Hause fahren. Ich kann nicht … Ich sollte im Moment nicht bei dir sein.«

»Solltest *nicht* bei mir sein?« Sie kann seine Verletztheit hören.

»Nein, versteh mich nicht falsch … Ich …« Sie kann das Gefühl, entkommen zu müssen, noch immer nicht abschütteln. »Bitte. Ich flehe dich an. Lass mich nach Hause fahren.«

Er wendet sich rasch ab und stapft aufs Haus zu. Sie weiß nicht, ob er zum Telefon geht, um Lawrence zu kontaktieren, oder ob er wütend ist.

»Charlie«, ruft sie ihm nach, aber die Tür hat sich bereits geschlossen, und sie bleibt allein im Garten zurück.

Nach dem strahlenden Sonnenlicht ist das Dunkel des Kellers undurchdringlich. Charlie tastet sich die Stufen hinunter und rollt sich in dem abgewetzten Sessel zusammen, der früher seinem Vater gehört hat. Er braucht nur eine Minute, sagt er sich. Er schafft das schon. Er muss nur atmen. Er hat in Matsushima zu viel Hass gesehen, will niemals ein Gefäß für diese Art Feindseligkeit sein. Und seit Linda seine Hoffnungen zertrümmert hat, ist er gelähmt von der Angst, sein Herz könnte gebrochen werden. Seit er zurück ist, hat er jede Emotion hinuntergeschluckt: Verlangen und Wut, Verletztheit und Schmerz. Seine Leidenschaft für Rosalind aber hat er zugelassen. Er hat alles riskiert. Und sie sagt, sie kann nicht bei ihm sein. Nur für heute? Oder für immer? Vielleicht reagiert er über. Vielleicht auch nicht. Aber eines hätte er wissen müssen: Verletzte Menschen verletzen einander zwangsläufig.

Im Taxi, auf dem Weg zu ihrer Wohnung, sieht sie neben sich Charlie steif und aufrecht dasitzen. Sein Gesicht ist bleich. Sie hasst die Tatsache, dass sie ihn verletzt hat, und greift nach seiner Hand. »Ich brauche einfach Zeit«, sagt sie. »Ich brauche einfach nur Zeit. Okay?« Aber anstatt zu nicken, schüttelt er den Kopf. Sie hat keine Ahnung, wie sie das interpretieren soll. Als das Taxi in die kreisförmige Auffahrt einbiegt, wartet Lawrence bereits auf sie. Er wirft seine Zigarette auf den Boden, tritt sie aus und kommt auf sie zu.

Charlie steigt aus, geht um den Wagen herum und öffnet ihr die Tür, streckt die Hand aus, um ihr beim Aussteigen behilflich zu sein – eine freundliche Geste, aber sie kann seinen verkniffenen Mund nicht ignorieren. »Warte drinnen auf Lawrence«, weist er sie an. Seine Stimme ist kühl. Sie geht ins Haus, verharrt aber gleich hinter der Tür. Der Plan sieht vor, dass Charlie mit dem Taxi weiterfährt, bei Field's den Schlüssel abholt – sie hat ihm genau erklärt, wo er ihn findet – und dann weiter zur Continental Bank fährt, wo er den Anweisungen in dem Umschlag zu Weavers Schließfach folgt. Sie hört das Gespräch der beiden nicht, aber als sie sieht, dass Charlie im Begriff ist einzusteigen, drückt sie die Haustür auf und schnappt seine letzten Worte auf, bevor er ins Taxi schlüpft.

»Jetzt liegt ihre Sicherheit in Ihren Händen.«

Rosalind geht in ihrer Wohnung auf und ab, während sie darauf wartet, dass das Wasser kocht. Ihre Kehle schnürt sich zu, als sie einen Beutel von Weavers English-Breakfast-Tee in einen

Becher wirft. Sie spürt Weaver bei sich, seine fiebrige Hitze, seinen Geruch, eine komplexe Mischung aus Tabak, Wolle und Scotch. Bis jetzt hat sie nie gewusst, dass jemand, nachdem er gestorben ist, auf einmal gegenwärtiger sein kann, dass ein Verlust Unmittelbarkeit mit sich bringt. Sie könnte schwören, wenn sie sich umdreht, wird Weaver am offenen Fenster stehen, zusehen, wie sich die Segel auf dem See entfalten, und Rauch in den allzu blauen Himmel hinausblasen. Sie kann die Falten der Erschöpfung um seine Augen sehen, dieses perfekte Grübchen in seinem Kinn. Sie weiß, er wird ein Sack Steine – ein paar Diamanten, ein paar Kohlestücke – sein, den sie für den Rest ihres Lebens mit sich herumschleppen wird. Erst vor ein paar Stunden hat sie ihre neue Intimität mit Charlie gefeiert. Wie sehnt sie sich danach, diesen zärtlichen Mann frei zu lieben, der alles riskiert hat, um sie in sein Leben zu lassen. Jetzt haben Gedanken an Weaver sie zurück in die Vergangenheit gezogen. Sie ist besorgt, dass er sie niemals loslassen wird.

Das Telefon schrillt. Sie denkt, dass es Weaver sein muss. Vielleicht hat sie den Verstand verloren.

»Rozzie. Daddy und ich haben den ganzen Vormittag versucht, dich zu erreichen.« Avas Stimme durchdringt den Nebel. »Du hast gesagt, dass wir heute in *Cinderella* gehen.« Als sie bei Louisa zu Hause war, hatte Ava Rosalind angebettelt, an diesem Wochenende mit ihr ins Kino zu gehen.

»Oh, Ava. Es tut mir leid, mein Schatz. Ich weiß, wir hatten einen Plan.«

»Du hast es vergessen.«

»Nein, ich musste weg«, sagt sie. »Ich bin eben erst zurückgekommen.«

»Also, bist du bereit? Der Film läuft um halb zwei. Holst du mich mit dem Taxi ab? Daddy und ich können unten warten.«

Der Schmerz über Weavers Verlust wetteifert mit ihrem

Wunsch, diesem Kind eine Freude zu machen. Sie schließt die Augen, stellt sich Avas hoffnungsvolle Miene vor. Das macht es ihr nur noch schwerer zu sagen, was sie sagen muss.

»Ich weiß, du wirst sehr enttäuscht sein, und das kann ich dir nicht verdenken, aber ich kann nicht.«

»Warum denn nicht? Du hast es versprochen. Das ist das Einzige, was ich das ganze Wochenende wirklich tun wollte!«

»Ich weiß. Es tut mir so unendlich leid. Kann ich mit deinem Dad reden? Kannst du ihm das Telefon geben?« Sie erinnert sich mit einem unbehaglichen Gefühl, dass sie Henry von ihrer Diskussion mit Louisa erzählen muss. Sie wird es tun, wenn die Welt wieder im Lot ist.

Ava ruft Henry, und sie hört das Scheppern des Telefons, das hingelegt wird. Einen Augenblick später kommt ihr Schwager in die Leitung. Im Hintergrund hört sie die Stimme einer Frau, die mit Ava redet, und sie fragt sich, wer das sein kann.

»Roz?«

»Henry. Es tut mir leid, aber es ist etwas Schreckliches passiert. Kannst du mit Ava ins Kino gehen? Ich weiß, *Cinderella* ist nicht unbedingt nach deinem Geschmack, aber … sie will so gern gehen.«

»Was ist denn passiert? Geht es dir gut?«

Roz kann das Gespenst von Weaver noch immer am Fenster sehen, in Hemdsärmeln, rauchend, während er sie eindringlich ansieht. »Weaver ist gestorben«, sagt sie leise.

»Roz. Großer Gott. Wie denn?«

Sie hat jetzt nicht die Kraft, ihm die ganze Geschichte zu erzählen.

»Ich habe dir doch gesagt, dass er Krebs hatte. Keiner von uns dachte, dass es … so schnell zu Ende gehen würde.« Es fällt ihr schwer, die Worte herauszubringen. Ist es zu Ende gegangen? Um Weavers willen hofft sie es. »Henry, kannst du mit

Ava gehen? Ich kann einfach nicht einen ganzen Film absitzen. Nicht heute. Und sie hat sich so darauf gefreut.«

»Natürlich. Keine Sorge. Ruh dich einfach aus.«

Aber ich muss dich warnen, in der *Tribune* steht, dass darin singende Vögel vorkommen.«

Henry lacht. »Ich werd's überleben. Aber geht es dir gut? Soll Louisa zu dir kommen?«

»Louisa?« Warum bringt er Louisa zur Sprache? »Nein. Es geht mir gut. Ich bin einfach froh, dass Ava nicht enttäuscht sein wird.«

»Vielleicht sollten wir alle bei dir vorbeikommen.«

Glaubt er, sie wird sich ins Bett legen und nicht wieder aufstehen, so wie letztes Mal? Ein Teil von ihr würde das am liebsten tun.

»Es geht mir gut«, erwidert sie, auch wenn ihre Stimme hohl klingt. »Ich brauche nur etwas Zeit, um zu verstehen, dass er nicht mehr ist. Es fühlt sich nicht echt an.«

»Wenn wir vom Kino zurückkommen, rufen wir dich an. Dann kannst du mir sagen, was du brauchst, und wir bringen es dir vorbei. Okay?«

»Danke. Ich hab dich lieb.«

Als Rosalind auflegt, hämmert ihr Herz, und ihr Kopf dröhnt. Sie starrt auf die Tasse Tee, die sie sich eingeschenkt hat, aber bei der Vorstellung, ihn zu trinken, dreht sich ihr der Magen um. Sie greift in den Schrank, nimmt die Flasche Scotch heraus und schüttelt sie, nur noch ein Schluck ist darin. Diese große Flasche staubte so viele Jahre ein, bis Weaver wieder in ihr Leben trat. Jetzt wird sie nicht mehr da sein – genau wie Weaver. Sie kippt den letzten Rest in den heißen Tee und leert ihn in einem Zug. Der Tee brennt. Der Whisky brennt auch.

Nach dem Scotch ist sie eingeschlafen, und jetzt ist sie sich sicher, dass es eine Luftschutzsirene ist, die sie geweckt hat. Sie setzt sich im Bett auf, kribbelig und verwirrt, dann wird ihr bewusst, dass es die Gegensprechanlage der Lobby ist, die summt. Benommen steht sie auf, stützt sich an der Wand ab und schlurft barfuß hin.

»Ja?«

»Es ist Ihre Schwester«, meldet Moses, der Wochenendportier. »Kann ich sie hochschicken?«

»Meine Schwester?«

»Miss, kann ich sie hochschicken?«, fragt er noch einmal.

»Ja, natürlich.«

Was tut Louisa hier? Im Halbschlaf versucht ihr Verstand, die Situation zu begreifen. Vor dem Spiegel fährt sie sich mit den Händen durchs Haar, während sie sich vorstellt, wie Louisa sie dafür schilt, dass sie so unordentlich aussieht. Aber als sie die Tür öffnet, tritt ihre Schwester ein und schließt sie in die Arme.

»Mein Gott, Roz, du hättest es mir sagen können«, sind ihre ersten Worte.

»Was hätte ich dir sagen können?«

»Das mit Weaver. Du hast mir nicht gesagt, dass er im Sterben lag.«

»Aber woher weißt du das?«

»Ich war bei Henry und Ava, als ihr geredet habt.«

»Wirklich?«

»Ich hatte vor, mit dir und Ava in *Cinderella* zu gehen, aber dann bin ich stattdessen hierhergekommen – um sicher zu sein, dass es dir gut geht.«

»Du warst bei Henry und Ava?«, fragt sie noch einmal.

»Setzen wir uns«, sagt Louisa.

Rosalind nickt, und sie nehmen beide auf der Couch Platz. Es ist lange her, seit Louisa zuletzt in ihrer Wohnung war. Jahre vielleicht.

»Sag mir, wie es dir geht«, fordert Louisa sie auf.

»Es geht mir gut. Kann ich dir etwas zu trinken anbieten? Wasser? Tee?«

»Oh, lieber Gott, nein. Erzähl mir alles. Warum hast du mir nicht gesagt, dass Weaver krank war?«

»Du hast ihn gehasst.«

»Ich weiß. Aber nur, weil er dich verletzt hat.« Sie legt die Stirn in Falten. »Hast du getrunken?«

»Woher weißt du das?«

»Dein Atem.«

»Oh. Tut mir leid.«

»Entschuldige dich nicht. Vermutlich stehst du unter Schock.«

»Ich nehm's an.« Rosalind verspürt ein allumfassendes Gefühl von Taubheit. Als ob jede Träne vergossen wurde und sie nur noch aus einem Paar roter Augen und einem leidenden Herzen besteht.

Louisa ergreift ihre beiden Hände. Sie furcht vor ihr nicht die Stirn, faucht sie nicht an, hält ihr keinen Vortrag. »Ich weiß, du hast ihn geliebt«, sagt sie. Verblüfft wird Rosalind bewusst, dass Louisa gar nichts von Charlie weiß, davon, wie tief ihre Gefühle für ihn reichen, wie sich ihr Leben binnen weniger Tage verändert hat. Sie erinnert sich wehmütig, wie er mitten in ihrem Liebesspiel innehielt, um sie zu bitten, die Augen aufzuschlagen, um ihr zu sagen, dass er sie liebte.

Als Roz den Blick zum Fenster wendet, sieht sie, dass Weaver nicht mehr da ist. Sein Bild hat sich verflüchtigt. Er hat Louisa nie leiden können. Oder vielleicht haben Rosalinds Gedanken an Charlie ihn weggefegt.

»Ich habe Weaver geliebt, und ich habe ihn gehasst«, sagt sie, verblüfft, vor ihrer kritischen Schwester so etwas zuzugeben.

»Nach dem, was er getan hat«, meint Louisa, »ist das nur verständlich.«

»Aber was er getan hat, ist so viel schlimmer, als du dir vorstellen kannst …«

»Wie kann das denn sein? Du weißt doch, ich halte den Mann schon jetzt für ein Monster.«

»Louisa, warum warst du eigentlich bei Henry im Allerton?«

»Das willst du jetzt nicht hören. Erzähl mir mehr von Weaver.«

»Ich will es wirklich hören.«

»Oh. Na ja, nachdem wir beide gestern geredet haben, habe ich über das nachgedacht, was du gesagt hast: dass es vielleicht gar nicht Henry ist, auf den ich wütend bin. Vielleicht bin ich einfach nur wütend auf mein Leben und darauf, wie es für mich verlaufen ist.«

Ihre Schwester hat ihr tatsächlich zugehört? Nichts könnte Rosalind mehr verblüffen. Vielleicht war sie imstande zuzuhören, weil Roz zuerst zugehört hat. Ihre Schwester hat sich seit Jahren unmöglich benommen. Aber jetzt erkennt Rosalind, wie unfair es von ihr war, sich nicht ein einziges Mal in Louisas Lage zu versetzen.

»Ich bin ins Allerton gefahren, und Henry und ich haben im Schlafzimmer geredet, während Ava sich im Wohnzimmer eine Radiosendung angehört hat.«

»Was hat er gesagt?«

»Ich glaube, er hat mich wirklich gehört.«

»Was hast du zu ihm gesagt?«

»Ich habe ihm gesagt, warum ich unglücklich bin. Und ich habe ihm gesagt, dass ich meinen Anteil daran verstehen will, warum er unglücklich ist.«

»Das hast du getan? Louisa!«

»Es wird nicht über Nacht besser werden. Er wird nicht Hals über Kopf nach Hause zurückkommen …«

»Nein.«

»Und vielleicht sollte er das auch gar nicht tun. Noch nicht. Was hätte es denn für einen Sinn, wieder zusammenzukommen, wenn wir es nicht besser hinkriegen? Aber wir reden.«

Roz atmet erleichtert aus. »Ich bin ja so froh«, sagt sie. Sie beugt sich vor und gibt ihrer Schwester einen Kuss auf die Wange.

»Ich bin in den Wechseljahren, weißt du. Das erklärt zu einem Teil, was mit mir los ist. Ich bin so aufbrausend. Das habe ich ihm auch gesagt. Er hat es nicht gewusst.« Rosalind sagt lieber nicht, dass Louisa schon immer aufbrausend und unzufrieden war. Trotzdem, sie ist hoffnungsvoll. Sie will, dass ihre Familie zusammenbleibt.

»Ich will hören, was Weaver getan hat. Alles. Aber jetzt ist es lange nach Mittag. Hast du schon gegessen?«

Rosalind schüttelt den Kopf.

»Ich bin am Verhungern. Meinst du, das Wagon Wheel hat noch geöffnet? Ich lade dich zum Lunch ein«, sagt Louisa.

»Die haben sicher auf.«

»Hast du denn Lust, auszugehen?«

Roz nickt. »Vielleicht wird mir das guttun.«

»Geh und zieh dich um und pudere dir die Nase, und dann gehen wir zu Fuß dorthin. Ein Lunch wird deinem Magen helfen, aufzusaugen, was immer du da getrunken hast.«

»Bloß ein winziges Schlückchen. Es war nur eben ein bisschen früh.«

Louisa zuckt die Schultern. »Geh und zieh dich um. Ich werde in der Zwischenzeit diese Zeitschrift hier lesen.« Sie nimmt die erstbeste in die Hand, die sie auf dem Couchtisch findet. »Das *Journal of Applied Physics*. Klingt ja richtig spannend. Mach schnell.«

Roz schlüpft aus den Kleidern vom Vortag, die sie jetzt schon zweimal getragen und in denen sie sogar geschlafen hat, und streift das Leinenkleid über, das sie an dem Tag getragen hat, an dem sie zu Charlies Büro ging. Charlie. Sie versucht, nicht daran zu denken, wie verletzt er schien, als sie sich trennten, wie distanziert. Es wühlt sie noch immer auf.

Sie und Louisa entfernen sich von der Seepromenade, gehen vorbei an Familien, die mit Eimern und Handtüchern bepackt auf dem Weg zum Oak Street Beach sind, vorbei an Hausfrauen, die Einkaufstüten schleppen, und Eltern, die Kinderwagen schieben. Es ist ein perfekter Chicagoer Sommertag. Luftig und hell. Sie sieht ein paarmal über die Schulter, um sich zu vergewissern, dass Lawrence pflichtschuldig hinter ihnen hertrottet. Er nimmt sie nicht zur Kenntnis.

Es ist nach zwei, und im Wagon Wheel ist es fast leer. Es ist ein Café im Westernstil, an der Decke hängen Wagenräder, die Wandleuchten sind Gaslaternen nachempfunden. Auf der blauen Tapete wimmelt es von Lasso schwingenden Cowboys zu Pferd, Rinderherden, Frauen mit Spitzenhäubchen. Ein Mann mittleren Alters sitzt am Tresen und kaut an einem gegrillten Käsesandwich; eine ältere Frau zählt an einem Tisch am Fenster das Bargeld für ihre Rechnung ab. Eine hochgewachsene Frau mit einem durchscheinenden grünen Kopftuch schwebt zum Bimmeln der Türglocke herein. Ansonsten keine Menschenseele. Roz und Louisa schlüpfen in eine Sitznische an der Wand. Roz bemerkt, dass Lawrence an einem Tisch in der Mitte des Raums Platz nimmt. Ein guter Ort zum Beobachten. Sie holt tief Luft, versucht sich zu erden, den Moment und die Umgebung zu spüren.

Eines steht fest: Sie ist froh, mit ihrer Schwester hier zu sein. Sie fragt sich, ob Louisa nur freundlich zu ihr ist, weil sie, Rosalind, wieder einmal bedürftig ist. Und doch, während sie zusieht, wie Louisa die Speisekarte überfliegt, fühlt sie sich erstaunlich besänftigt von ihrer Gegenwart.

»Hier gibt es gute Clubsandwiches, oder?«, fragt Louisa.

»Ja, die sind toll.«

»Genau darauf habe ich jetzt Appetit.« Wie verändert sie scheint. Entspannt. »Also, erzähl mir von Weaver.« Sie klappt die Speisekarte zu. »Erzähl mir alles. Vor allem, warum er so viel schlimmer ist, als ich mir vorstelle.«

Rosalind sieht kurz hinüber zu Lawrence, der mit den Fingern auf den Tisch trommelt und auf die Bedienung wartet.

»Vermutlich sollte ich dir das nicht sagen.«

»Warum solltest du es mir nicht sagen?«

Rosalind beißt sich auf die Lippe. Was spielt es jetzt noch für eine Rolle? Weaver ist nicht mehr. Letztendlich würde Louisa vielleicht sogar von selbst darauf kommen, dass Lawrence ihnen gefolgt ist. Sie sollte es besser wissen.

»Siehst du den Mann dort drüben?«

Louisa sieht hinüber und nickt.

»Das ist ein FBI-Agent.«

»Was?«

»Er ist hier, um mich zu beschützen.«

Über Louisas Gesicht zieht eine lange Reihe von Emotionen. Verblüffung. Bestürzung. Skepsis. »Du machst Witze, oder?«

Roz schüttelt den Kopf. Und dann erzählt sie Louisa alles. Ganz leise, ganz langsam. Ihr Essen kommt, aber Rosalind redet weiter. Über Clemence, Victoire und das FBI, das zertrümmerte Kopfteil, das Blut. Sie sagt nichts von ihren Gefühlen für Charlie. Davon will sie Louisa in einem glücklichen Kontext erzählen, nicht im Schatten von Weaver.

»Ich habe dir doch erzählt, dass Weaver so viel Schlimmeres getan hat, als ich mir vorgestellt habe. Offenbar hat er schon sehr, sehr lange Atomgeheimnisse an die Russen verkauft«, sagt Roz. »Seit 44, noch bevor wir die Bomben auf Japan abgeworfen haben. Du würdest nicht glauben, wie viele Informationen er an sie verraten hat.« Louisa starrt sie mit offenem Mund an, verblüfft und entsetzt zugleich.

»Ich hatte recht damit, diesen Mann zu hassen«, sagt sie.

»Zum Ende hin hat er es bereut. Vielleicht hat er es schon lange bereut. Er wollte irgendeine Art Vergebung. Ich glaube, hauptsächlich deshalb ist er zu mir zurückgekommen.«

»Das macht ihn erst recht zu einem Verräter. Er hat dich in Gefahr gebracht. Und vermutlich keine Sekunde darüber nachgedacht.« Louisa nimmt den letzten Bissen von ihrem Sandwich und tupft sich die Lippen mit der Serviette ab. »Er hatte kein Recht, dir das alles anzutun.«

»Aber das bleibt unter uns. Sag es nicht mal Henry. Lass mich das tun, okay?«

»Okay.«

Rosalind ist froh, dass ihre Schwester endlich mit Henry redet. Allein schon der Gedanke bringt sie zum Lächeln.

»Bist du fertig?«, fragt Louisa.

»Könnte keinen Bissen mehr essen.«

Louisa schiebt sich aus der Nische. »Entschuldige. Ich muss zur Toilette. Wie wär's, wenn du dieses halbe Sandwich mit nach Hause nimmst? Zum Abendessen. Sie werden es für dich einpacken. Ich übernehme die Rechnung, wenn ich wiederkomme. Versuch ja nicht zu bezahlen, okay?«

»Keine Sorge.« Roz sieht zu, wie Louisa ganz damenhaft, Handtasche in der Hand, zur Toilette geht, dann ruft sie die Bedienung. Die Frau nimmt das Sandwich mit und bringt es ein paar Minuten später eingepackt und in einer Tüte wieder. Aber Louisa ist noch immer nicht zurück. Rosalind rückt ihre Handtasche zurecht, denkt an Ava und Henry im Kino, macht sich Sorgen wegen Charlie. Was in aller Welt dauert so lange? Rosalind steht auf, um nach Louisa zu sehen. Als sie an Lawrence vorbeikommt, zeigt sie unauffällig zu dem Gang, in dem sich die Toiletten befinden, und geht in diese Richtung weiter. Der Mann mittleren Alters und die Frau mit dem grünen Kopftuch sind verschwunden. Am Tresen beugen sich zwei kichernde Teeniemädchen eifrig über einen Milchshake. Rosalind geht den langen Gang hinunter und drückt die Tür auf, die mit einem Rüschenhäubchen gekennzeichnet ist.

Sie stöhnt auf. Mit dem Rücken zur Wand stehend, hält die hochgewachsene Frau mit dem grünen Kopftuch Louisa von hinten umklammert und presst ihr ein Messer an die Kehle. In dem Moment, in dem die kajalumrandeten Augen der Frau ihren Blick auffangen, weiß es Rosalind: Sie hat dieses Gesicht in ihren Albträumen gesehen.

»Clemence.« *Sie ist am Leben.* Sie nickt fast unmerklich. »Oder sollte ich Sie Victoire nennen?«

Die Gesichtszüge der Frau verhärten sich; ihre Nasenflügel blähen sich. »Er hat Ihnen meinen Namen genannt?«

Das Messer, das ihrer Schwester an die Kehle gepresst wird, bebt in Clemence' Hand. Louisas Augen sind vor Entsetzen weit aufgerissen, ihre Lippen kreidebleich. Rosalind zwingt sich, nicht auf das bedrohliche Funkeln des Metalls zu starren.

»Er hat mir *alles* erzählt«, sagt Rosalind.

»Und Sie … Sie haben es weitergeleitet … ans *FBI.*« Clemence spuckt die Buchstaben aus.

Rosalind wird flau im Magen.

»Es war nicht schwer, Sie zu verfolgen. Wir wussten, dass Sie für diese Leute arbeiten. Thomas wäre noch am Leben, aber Sie haben ihn kompromittiert. *Sie sind es, die ihn getötet hat.*«

Die Vorstellung, dass Weaver wirklich tot ist, ist furchtbar.

»Aber Sie sind es, die ihn *hat töten lassen*, habe ich recht?«, stößt Rosalind hervor.

Die Frage trifft ins Schwarze. Clemence' Mund bebt. »Was

hatte ich denn für eine Wahl? Wie lange hätte es gedauert, bis man ihn festgenommen hätte, bis er alles ausgeplaudert hätte Ihretwegen. Jahrelang hat er mich geliebt«, sagt Clemence. »Er wurde als unser Verbindungsmann in die USA geschickt. Und dann sind Sie dahergekommen ...«

Rosalind mustert das Gesicht ihrer Nemesis. Wie hat sie diese Frau früher beneidet. Von Nahem betrachtet, sieht sie die Furchen des Alters, die verblassende Schönheit, den Schmerz, der sich in jede Falte gegraben hat. Nicht ein einziges Mal in all den Jahren hat Roz sich vorgestellt, dass Clemence ebenso eifersüchtig auf sie war wie sie auf Clemence.

»Er hat mir nicht von Ihnen erzählt. Er hat uns beide im Dunkeln gelassen«, sagt Rosalind.

»Ja, darin war er gut.«

»Er hat gesagt, Sie sind tot.«

»Natürlich hat er das.« Clemence' Stimme ist ein leises, gebrochenes Flüstern.

Während ihres Wortwechsels hat Rosalind zugesehen, wie Clemence' grünes Chiffontuch nach hinten gerutscht ist, und jetzt kann sie eine schockierende Wunde über ihrem linken Ohr erkennen: die Haare in einem breiten Bogen rasiert, in der Mitte eine dicke, verschorfte Wulst. Roz zuckt unwillkürlich zusammen. Dieses ganze Blut, das man Charlies Worten zufolge in dem Wald gefunden hat ... war es eine Schürfwunde am Kopf oder ein Streifschuss?

»Weaver hat versucht, Sie zu töten, habe ich recht?«, fragt Rosalind. »Er hat versucht, Sie zu erschießen.«

»*Tais-toi!*« Clemence zieht das Tuch wieder hoch. Ihre Bewegung mit der linken Hand presst das Messer in der anderen Hand noch fester an Louisas Kehle. Rosalind sieht, dass es die Haut ihrer Schwester tatsächlich aufritzt, sodass eine dünne, rote Linie an ihrem Hals hinuntersickert. Sie schluckt schwer.

»Ich habe ihm Jahre meines Lebens geschenkt. Und Sie haben ihn gegen mich aufgebracht. Ich hätte ihn nicht töten müssen, wenn Sie nicht wären.« Tränen beginnen, über die Kajalränder ihrer Augen zu kullern, und fließen in dunklen Rinnsalen über Clemence' Wangen. »Jetzt ist es nur recht, dass ich *sie* töte. Um Sie zu bestrafen.« Rosalind sieht, wie ihre Schwester die Augen fest zusammenpresst. Ihr Gesicht ist völlig grau.

»Wenn Sie ihr etwas antun, werden Sie diesen Schlüssel *nie* bekommen!«, brüllt Rosalind.

»Oder vielleicht werde ich sie so foltern, wie wir Thomas gefoltert haben. Er hat geschluchzt und sich in die Hose gemacht, als sie ihm den Finger abgeschnitten haben.« Bei diesen Worten sieht Roz sie sichtlich zittern. *Sie haben Weaver einen Finger abgeschnitten, und Clemence hat dabei zugesehen?* Roz' Magen verkrampft sich. Lou sieht so verängstigt aus. Sie liebt ihre Schwester, hat sie nie mehr geliebt als in diesem Augenblick. Wenn sie ohnmächtig wird, wird das Messer sie bei ihrem Sturz mit Sicherheit schneiden.

»Sie wollen den Schlüssel«, sagt sie zu Clemence. »Wenn Sie meine Schwester loslassen, werde ich Sie dorthin führen. Sie brauchen *mich* dabei. Nicht sie. Lassen Sie meine Schwester los!«

Wann wird Lawrence endlich begreifen, dass das hier zu lange dauert? Wann wird er mit gezückter Waffe zur Tür hereinstürzen? Und selbst wenn er es tut, wird er verhindern können, dass Clemence Louisa etwas antut? Rosalind muss sein, was in ihrem Ring steht: *das tapferste Mädchen der Welt.* Aber wie? Sie kann sehen, wie sich Louisas Brust mit jedem panischen Atemzug hebt und senkt. Sie hat nicht viel Zeit, doch was kann sie schon tun, solange das Messer an Louisas Kehle gepresst ist?

Auf einmal wird die Toilettentür aufgerissen, und eines der Teeniemädchen kommt herein, die Arme vor sich, den Kopf gesenkt, ohne auf irgendetwas zu achten. Clemence reißt das Messer von ihrer Schwester und richtet es auf das Mädchen.

»Mach, dass du verschwindest«, zischt sie. Die Augen des Mädchens weiten sich vor Entsetzen. »Und komm ja nicht auf die Idee, zu schreien oder irgendjemandem etwas zu sagen, sonst schlitze ich dir dein kleines Gesicht auf, das schwöre ich dir.« Alle Farbe weicht aus dem Gesicht des Mädchens. Während sie rückwärts hinausgeht und die Tür langsam zufällt, weiß Roz, dass das ihre einzige Chance ist. Blitzartig stürzt sie auf Clemence zu, schnellt herum und schmettert ihre Fäuste gegen die Hand, die das Messer hält, wie sie es früher mit einem Volleyball getan hat. Clemence stößt einen verblüfften Schrei aus, und das Messer schlittert scheppernd unter eine Kabine. Mit aller Kraft, die sie aufbringen kann, rammt Roz Clemence' Kopf und Schultern gegen den an die Wand montierten Papierhandtuchhalter. Dann packt sie Louisas Arm. Sie stürzt an dem Teeniemädchen vorbei, zerrt ihre Schwester hinter sich her und eilt den Gang hinunter auf Lawrence zu, während sie auf dem ganzen Weg schreit.

Es ist nach acht Uhr abends, als Rosalind, Louisa und jetzt Agent Gray in Grays Wagen zum Allerton fahren. Nachdem Lawrence es geschafft hatte, Clemence Handschellen anzulegen, mussten Aussagen aufgenommen werden, und das Messer musste sichergestellt werden. Bald wimmelte es in dem Lokal von Agenten – Charlie war nicht unter ihnen –, und der Besitzer des Wagon Wheel weinte fast und erklärte beharrlich, der Samstagabend sei sein großer Familienabend, und das FBI würde ihn in den Ruin treiben.

Schließlich bestand Agent Lawrence darauf, dass Louisa zur Notaufnahme gebracht werden müsse. Die dünne Schnittwunde an ihrer Kehle, aus der Blut sickerte, war winzig, aber Lawrence nahm an, dass Louisa vielleicht unter Schock stand. Sie schnappte immer wieder nach Luft.

Irgendwann, während sie im Krankenhaus warteten, schaffte es Rosalind, ein Münztelefon zu finden und Henry anzurufen. »Geht es ihr gut? Geht es dir gut?«, fragte er immer wieder. »Wie konnte so etwas nur passieren?«

Jetzt, in Grays Wagen, betastet Louisa ihre einbandagierte Kehle.

»Tut es weh?«, fragt Roz.

»Es brennt.«

»Du kannst es als Ausrede benutzen. Um dich von allen verhätscheln zu lassen. Mir tut sehr leid, dass du das durchmachen musstest«, sagt Roz.

»Weaver verfolgt uns noch immer, obwohl er nicht mehr am Leben ist. Meinst du, das hat gestimmt – was die Frau darüber gesagt hat, dass sie ihn gefoltert haben?«

»Ja«, flüstert Rosalind.

»Das heißt, er ist gar nicht an dem Krebs gestorben. Er wurde ermordet. Hast du das gewusst?«

Rosalind nickt, schwindelig von der entsetzlichen Erinnerung daran, wie Clemence ihr Weavers Tod geschildert hat. »Es tut mir leid. Ich wollte nicht lügen … Ich war nur noch nicht bereit, es dir zu sagen.«

»Wenigstens weiß ich jetzt, wieso du vor dem Mittagessen Scotch getrunken hast.«

Louisa drückt Roz' Arm. Roz ist sich ziemlich sicher, dass sie nie wieder einen Tropfen Scotch anrühren will.

Später, zu Hause, wird Roz von Erschöpfung überwältigt – der Art Trägheit, die den Körper nach einem Adrenalinschwall durchflutet. Es war gut, Lou bei Henry und Ava im Allerton zu lassen. Sie küssten und umarmten ihre Schwester.

»Wir werden dich verwöhnen«, versprach Henry Lou.

»Und ich werde eine Woche lang die ganze Hausarbeit machen. Du wirst dich wundern!«, sagte Ava.

»Wenn das stimmt, werde ich mich wirklich wundern«, gab Louisa ihr recht.

Jetzt ist Rosalind froh, allein in ihrer Wohnung zu sein. Sie sieht über den See hinaus, während sie sich vorstellt, dass Weaver irgendwo dort draußen ist, tief unten im See, sein Leichnam liebkost von Wasser. Wie seltsam, dass ein Mann in einem Augenblick am Leben, aufregend, verwirrend, liebevoll sein kann – und im nächsten ein Teil des Seebodens, eines Wäldchens oder der Erde unter einem beschrifteten Grabstein.

Als Weaver nach Chicago kam, hatte er keine Ahnung, dass er hier sterben würde. In dem Punkt ist sie sich sicher. *Wir alle gehen ohne Drehbuch oder Gewissheit durchs Leben*, denkt sie. *Selbst wenn jemand anders uns ermordet oder im letzten Moment unsere Hand hält, ganz gleich, ob wir Dutzende von Leuten haben, die uns über alles lieben, oder die ganze Welt uns hasst, enden wir letztendlich absolut und völlig allein.*

Um kurz nach zehn, als Rosalind eben in die Badewanne steigen will, ertönt der Türsummer. Sie bindet ihren Morgenmantel wieder zu und fragt Frank, wer es ist.

»Es ist Ihr Freund, der Agent«, antwortet Frank. Rosalind wird von Erleichterung durchflutet. Sie hatte erwartet, dass Charlie zum Wagon Wheel kommen, dass er besorgt um sie und Lou sein würde. Als er nicht kam, nahm sie an, er müsse noch immer wütend auf sie sein, weil sie nach Hause fahren wollte.

Als sie jetzt die Tür öffnet, schüttelt er sanft den Kopf und zieht sie in seine Arme. Zum ersten Mal seit Stunden spürt sie, wie ihr Kiefer sich entspannt.

»Es tut mir so leid«, sagt er. Sie kann seinen Herzschlag hören, den frischen Duft seiner Seife riechen. »Lawrence hätte wirklich nach Victoire Spenard Ausschau halten sollen. Wir waren uns nicht sicher, ob sie tot war. Das heißt, ich hätte ihn briefen sollen, hätte ihm ihr Foto zeigen müssen …« Charlie redet zu schnell. Sie hat das Gefühl, dass er sich diese Worte auf dem Weg hierher immer wieder vorgebetet hat. Er blickt kläglich drein, schuldbewusst sogar, als er ihr Kinn anhebt und ihr Gesicht mustert. »Geht es dir gut?«

Sie nickt. Sie weiß nicht, wie sie erklären soll, dass das Erlebte sie in einen Zustand der Lähmung versetzt hat. Die Welt scheint seltsam fern, als ob Rosalind alles durch das hintere Ende eines Teleskops betrachtet.

»Ich wollte kommen, sobald ich es gehört habe, aber …«

»Du musstest Clemence vernehmen?«

Er schweigt einen Moment, dann sagt er: »Das hätte ich getan. Ich hatte es vor …« Rosalind beobachtet ihn, versucht zu ergründen, warum er mitten im Satz abgebrochen hat. Er reibt sich die Stirn, weicht ihrem Blick aus. »Sie ist gestorben … im Wagen, auf dem Weg zum Hauptquartier.«

»Sie ist gestorben?«

»Russische Agenten tragen Zynanid bei sich. Sie wurde durchsucht. Man hat es nicht gefunden.«

Rosalind greift sich an die Kehle. »Mein Gott.«

»Die Agenten hätten besser aufpassen sollen. Manchmal sind die Kapseln in einen Saum oder in Manschetten eingenäht. Sie hätte uns so viel sagen können.«

»Sie ist tot. Clemence ist tot?« Auf einmal wird ihr schwindelig, und sie muss sich an Charlies Arm festhalten.

»Komm, setz dich.« Er führt sie zum Sofa. Weaver lebt nicht mehr. Clemence lebt nicht mehr. Es ist, als ob sich die ganze Welt verschoben hat. Sie spürt, wie er sie beobachtet.

»Warum bist du nicht zum Wagon Wheel gekommen?«, fragt sie. »Ich hatte gehofft, das würdest du vielleicht tun.«

»Mein Boss hat darauf bestanden, dass ich sichte, was Weaver in seinem Schließfach hinterlassen hat.«

»War das wirklich der Grund?«

Er rückt die Zeitschriften auf dem Couchtisch zurecht. Sie sieht, wie seine gesunde Hand leicht zittert.

»Wenn ich dich verletzt habe mit meinem Wunsch, nach Hause zu fahren, tut es mir leid«, sagt sie.

Er zuckt die Schultern. »Du hast Weaver geliebt.«

»Ja, ich habe ihn geliebt. Er war meine Vergangenheit«, sagt sie. »Aber du bist meine Zukunft. Ich habe einfach Zeit gebraucht.«

Er nickt, dann schüttelt er den Kopf, als würde er mit sich ringen. »Die Sache ist die …« Er verfällt in Schweigen. Sie wundert sich, wie viel sie für ihn empfindet. Eine tiefe, innige Verbundenheit, die bis in ihre Zellen reicht. »Als du mich weggestoßen hast, hatte ich eine Erkenntnis.«

»Sag's mir.«

»Ich habe in Matsushima genug Schmerzen für ein ganzes Leben erlitten. Ich glaube nicht, dass ich noch mehr verkraften kann.«

Sein Gesicht ist eine Maske, die sie nicht deuten kann.

»Soll das heißen, du willst das hier aufgeben? Das mit uns?« Ihr wird schwer ums Herz bei dem Gedanken. »Vor Schmerz oder Eifersucht kannst du nicht davonlaufen. Oder vor Wut oder Einsamkeit. Sie gehören zum Leben. Sie werden dich immer finden.«

»Aber … du … du hast die Macht, diese Gefühle in mir aufzuwühlen. So wie Linda. Dafür hasse ich dich regelrecht.«

»Du hast diese Macht auch über mich. Das ist Liebe, oder? Die Macht, sowohl zu bezaubern als auch zu verletzen.«

Er sieht sie nicht an.

»Willst du denn für den Rest deines Lebens allein bleiben?«, fragt sie.

»Ich habe mich daran gewöhnt.«

»Aber du musst nicht allein sein«, erwidert sie. Sie nimmt seine verkrüppelte Hand und hält sie zärtlich an ihre Wange. »Nicht, wenn jemand dich so liebt, wie ich es schon jetzt tue. Ich liebe dich, Charlie. Ich liebe dich.«

Bei ihren Worten stockt ihm der Atem. Unwillkürlich streckt er die Arme nach ihr aus, vergräbt das Gesicht an ihrem Hals und schweigt lange Zeit.

»Ich habe Angst«, sagt er schließlich. »Und das hasse ich.«

»Wer hat denn keine Angst?«, flüstert sie.

Nach einer Weile drückt er die Arme durch, und anfangs ist sie sich nicht sicher, ob er versucht, Abstand zwischen sie beide zu bringen, oder ob er ihr ins Gesicht blicken will.

»Wir haben alle Angst«, sagt sie und hält seinen Blick mit ihrem fest. »Und daran wird sich nie etwas ändern. Ist es dann nicht besser, zusammen Angst zu haben?«

Als sie am nächsten Morgen aufwacht, steht Charlie am Fenster, in seinem weißen Hemd und seiner Hose, und trinkt eine Tasse Tee. Wieder war ihr Liebesspiel eine Offenbarung. Und er hat sie die ganze Nacht in seinen Armen gehalten. Sie hat sich noch nie so geborgen oder geliebt gefühlt.

»Ich wollte dir das hier eigentlich schon gestern Abend geben«, sagt er und stellt die Teetasse ab. Er greift in seine Hosentasche und holt ein zusammengefaltetes Blatt Papier heraus. »Aber irgendwie bin ich froh, dass ich es nicht getan habe. Es ist nur eine Kopie. Sie haben darauf bestanden, das Original zu den Akten zu legen.« Wie bei allen Mimeografien ist die Tinte violett und riecht nach in Gin getränkter Gurke. »Es ist an dich.«

Sie entfaltet das Blatt Papier und erkennt Weavers Handschrift, die sorgfältiger und entschlossener aussieht, als sie sie kennt.

Liebste Rosalind,
wenn du diese Zeilen liest, bin ich nicht mehr. Ich hoffe, du bist nicht allzu erfreut darüber. Ich würde es dir nicht verdenken. Ich ermuntere dich, eine Party zu geben, wenn das deiner Stimmung entspricht. Du bist das eine, was ich in meinem Leben am meisten bedauere, und glaub mir, ich bedauere vieles. Wegen meiner »Verstrickungen« (Welches andere Wort kann ich gebrauchen? Intrigen? Verwicklungen?) habe ich dich nicht so behandelt, wie du es verdient hast. Du sollst wissen, dass ich dich liebe. Und ich bin gern bereit zu sterben für all das, womit ich dich verletzt habe. Es freut den Physiker in mir, diese Symmetrie am Ende meines eigenen kontraproduktiven Lebens zu erschaffen.

Wie auch immer, ich bin dankbar, dass du mir gestattet hast, dir Zugang zu diesem Päckchen zu gewähren. Darin wirst du einen Stapel Dokumente mit der Aufschrift »FBI« finden. Bitte suche eine Möglichkeit, sie ihnen unverzüglich zu geben. Es ist wichtig, und sie werden froh sein, sie zu haben.

Versuch bitte, dich von Zeit zu Zeit an Tage zu erinnern, an denen wir glücklich waren. Beiliegend findest du die Telefonnummer meines Anwalts. Ruf ihn bezüglich meines Testaments an. Wenn du mir je verzeihen kannst, der egoistische, schwache und unwürdige Dreckskerl zu sein, der ich bin, wäre ich so dankbar.
Dein
Weaver

Rosalind sieht zu Charlie hoch, der sie beim Lesen beobachtet.

»Der Inhalt des Schließfachs war fürs FBI bestimmt?«

»Ja.«

»Was war darin?«

»Ein Geständnis. Vierzehn Seiten – jedes Detail über die Russen, das ihm eingefallen ist. Beschreibungen, Decknamen, Methoden. Er schreibt, er sei sich nicht sicher, ob das, was er hinterlassen hat, hilfreich sein würde. Aber wenn man es um das ergänzt, was wir bereits wissen, ist es eine Goldgrube. Hoover ist völlig aus dem Häuschen. Aber eines solltest du noch wissen, denke ich«, sagt er.

»Ja?«

»Auf der letzten Seite des Geständnisses hat er etwas über Clemence geschrieben.«

»Oh.« Rosalind spürt, wie ihr der Atem in der Kehle stockt, und sie muss sich zwingen, durch die Lippen auszuatmen.

»Er hat geschrieben, sie sei seine Führungsoffizierin gewesen, hätte versucht, ihn zu kontrollieren, ihn sogar aus Eifersucht gezwungen, diesen Brief zu schreiben, der dafür gesorgt hat, dass du gefeuert wurdest. Sie war nicht bereit, ihn aus dem zu entlassen, was sie als einen Vertrag ansah. Er hat sie für einen Ausflug zu diesem Waldgebiet gelockt … und sie dort kaltblütig erschossen. Das war das Wort, das er verwendete: ›kaltblütig‹.«

»Doch sie hat überlebt.«

»Ja. Aber als er diese Zeilen schrieb, dachte er, er hätte ihr Leben ausgelöscht. Und er hat auch geschrieben, es täte ihm ›nicht ein bisschen‹ leid.«

25

Der Herbst hält früh Einzug, und die kleinen Bäume, die am Lake Shore Drive gepflanzt wurden, verlieren ihre Blätter in einem Farbenregen. Der Winter kündigt sich allmählich an. Ohne Segelboote liegt der See die nächsten Monate still und eisig da. Dann nahen die ersten kalten Frühlingstage. Die Abende werden länger, aber die Temperaturen fallen nachts immer noch auf um die fünf Grad ab. Rosalind ist froh, dass sie an diesem Morgen ihren dicken Mantel angezogen hat. Sie betritt die Lobby ihres Wohnhauses und wickelt sich aus ihrem Schal. Das ist typisch Chicago: draußen zu kalt, drinnen zu warm. Nachdem sie Frank begrüßt hat, geht sie zu der Reihe mit Briefkästen. Seit Wochen dreht sie den Schlüssel in ihrem Kasten jeden Tag voller Sehnsucht und Beklommenheit. Heute, endlich, ist der Brief gekommen, auf den sie gewartet hat. Ein eleganter Umschlag, die Worte »Argonne National Laboratory« auf eine Ecke geprägt. Der Gedanke, dass er schlechte Neuigkeiten enthalten könnte, sorgt dafür, dass sie ihn in ihre Handtasche steckt und hoch zu ihrer Wohnung fährt. Sie schenkt sich ein Glas Rotwein ein, bevor sie ihn öffnet. Gestern Abend hat Charlie sie gebeten, ihn zu heiraten. In nur einem Monat werden sie sich seit einem Jahr kennen. Wie erstaunlich glücklich sie zusammen sind. Seine Schwester hat sie herzlich in die Familie aufgenommen. Louisa, Henry und Ava lieben ihn schon jetzt. (»Fast so sehr, wie ich Weaver geliebt habe«, vertraute Ava ihr an.) Als Charlie ihr den Antrag machte, sagte Rosalind Ja. Sie sagte ihm, sie müsse nur noch eine Sache klären, bevor sie ein Datum festlegen könnten.

Und jetzt hält sie die Antwort in der Hand. Sie setzt sich mit ihrem Wein und dem Umschlag aufs Sofa und nimmt einen Schluck, bevor sie den Finger unter die Lasche steckt. Sie sagt sich, wenn der Brief keine guten Neuigkeiten enthält, wird das nichts an ihrem Leben ändern. Und doch war die Erinnerung an ihre frühere Laufbahn in letzter Zeit wie ein Stein im Schuh. Es ist an der Zeit, denkt sie, ihn herauszuschütteln.

Charlie pfeift vor sich hin, als er um halb sieben bei Roz ist. In letzter Zeit ist er immer so gut gelaunt, dass er es nicht für sich behalten kann. Er wacht glücklich auf. Er schläft gut, mit weniger Albträumen. Und zum ersten Mal seit Jahren hat er Hoffnungen. Selbst wenn ihn schlimme Erinnerungen überkommen, helfen ihm Gedanken an Rosalind, Halt zu finden, etwa so, wie ein seekranker Mann den Horizont absucht, um das flaue Gefühl zu besänftigen. Selbst die Arbeit fühlt sich wie ein Neuanfang an. Binders Respekt für Charlie ist exponentiell gewachsen, seit Weavers Seiten ein Meer an Informationen offengelegt haben. Binder hat (nach einigem Hin und Her) sogar eingewilligt, dass Charlie Rosalind, da sie keine Informantin mehr ist, weiterhin sehen kann.

Der Frieden, den er in Rosalinds Armen, in ihrem Bett, in ihrer bloßen Gegenwart findet, hat ihn auf Arten geheilt, die er sich nie vorgestellt hat. Als er sie bat, ihn zu heiraten, sah sie hoch in seine Augen und streichelte sein Gesicht. Sie flüsterte »Ja«. Wie glücklich sie schien.

Noch mehr Glücksgefühle stiegen in ihm auf, als sein Team im Hauptquartier heute einen Durchbruch erzielte. Eine der deutlichsten Spuren aus Weavers Unterlagen führte zu einem Blumenladen in der Damen Avenue – dem Ort, an dem Weaver Nachrichten abholen und hinterlassen sollte. Die Besitzerin ist Mutter von vier erwachsenen Kindern – die unwahrscheinlichste kommunistische operative Mitarbeiterin. Das FBI hat prompt ihr Telefon angezapft, ihre Wände verwanzt und sie abgehört. Aber Monate verstrichen, ohne dass irgendetwas passierte. Dann, heute, kam ein Mann in ihren Laden, und sie diskutierten mit gedämpften Stimmen über einen anderen Wissenschaftler, den sie überredet hatten, auf ihre Seite zu wechseln. Die Frau sagte, sie hofften alle, er würde ihnen die Informationen zukommen lassen, die »Weaver nicht liefern wollte«. Gray beschattet den Wissenschaftler. Ein anderer Agent wurde auf den Mann angesetzt, der die Information im Blumenladen überbracht hat.

»Hat Weaver dir oft Blumen mitgebracht?«, fragt Charlie jetzt, während er seinen Mantel in ihren Dielenschrank hängt. »Er muss oft in den Laden dieser Frau gegangen sein, um Anweisungen zu bekommen. Ich nehme an, er ist zur Tarnung mit Blumen herausgekommen?«

»Weaver mochte Blumen«, erwidert sie. Aber er hört heraus, dass ihre Stimme abwesend klingt.

Er wendet sich zu ihr um. »Was ist los?«, fragt er. »Geht es dir gut?«

»Willst du ein Glas Wein?«, fragt sie.

»Du kennst mich doch: Bier. Hast du eins im Kühlschrank?«

»Ich habe es extra für dich gekauft.«

Er forscht in ihrem Gesicht. »Sieht aus, als ob ich vielleicht eines brauche.« Er nimmt sich eine kalte Flasche und setzt sich zu ihr aufs Sofa. »Ist etwas passiert?«

»Ich habe einen Brief bekommen«, sagt sie.

»Was für einen Brief?«

Sie holt tief Luft, dann atmet sie langsam aus und sagt: »Kennst du Argonne Labs in Lemont? Gegen Ende des Krieges bin ich ab und zu dorthin gefahren, um an Meiler 3 zu arbeiten, unserem Schwerwasserreaktor.«

»Ich glaube nicht, dass ich es kenne«, antwortet er zögernd, da ihre Miene so ernst ist.

»Vor zwei Wochen bin ich mit dem Zug zu einem Vorstellungsgespräch dorthin gefahren. Um genau zu sein, war es das zweite Vorstellungsgespräch.«

Er legt die Stirn in Falten. »Davon hast du mir gar nichts erzählt ... nicht beim ersten Mal und auch jetzt nicht.«

»Vielleicht hätte ich das tun sollen. Aber das Verfahren hat sich hingezogen, ohne dass ich eine Antwort bekommen habe, und ich bin mehr oder weniger davon ausgegangen, dass ich keine Chance habe. Dann, letzte Woche, haben sie mich gebeten, noch einmal zu kommen. Ich wollte meine Hoffnungen nicht zu hoch hängen. Die Universität von Illinois schien auch bereit, mich befristet einzustellen. Und dann haben sie mir doch eine Absage geschickt.«

»Davon habe ich auch nichts gewusst.«

»Ich habe dir nichts von alledem gesagt, weil ich nicht wollte, dass du siehst, wie ich scheitere.«

Er blinzelt sie an. »Vor mir darfst du scheitern«, sagt er.

»Nicht heute.« Sie hält ihm den Brief ihn.

Er entfaltet ihn, streicht ihn glatt. *Ich freue mich, Ihnen mitzuteilen ...*

»Sie haben mir einen Job angeboten. Einen guten Job.«

»Das ist ja wundervoll! Es hatte für dich doch keinen Sinn, noch länger bei Field's festzustecken.«

»Ich hatte mir eingeredet, dass mich nach Weavers Bericht

jedes Atomlabor ablehnen würde. Aber dann habe ich meinen Mut zusammengenommen und Fermi geschrieben. Ich war es ihm schuldig, ihm zu sagen, was mit Weaver passiert war – allen Gerüchten entgegenzuwirken, die er vielleicht gehört hatte. Und da ich ihm ohnehin schrieb, erklärte ich auch gleich, was mit mir passiert war, bevor ich gefeuert wurde. Er hatte bislang nur Weavers Version der Geschichte gehört und sagte, die Sache hätte ihm immer Sorgen bereitet. Jedenfalls ist er in Argonne noch im Vorstand.«

»Und?«

»Und ich habe heute Abend ein Ferngespräch mit ihm geführt, nachdem ich das Angebot bekommen hatte. Offenbar hat er ihnen gesagt, wenn sie mich nicht einstellen, würde er es tun. Ich habe so viel Zeit damit verschwendet, zu denken, ich hätte keine Chance. Das hier ist alles, was ich will. Argonne setzt sich dafür ein, die Atomenergie in Friedenszeiten zu nutzen – für Stromerzeugung.«

Charlie nimmt die Flasche Wein in die Hand, um ihr nachzuschenken. »Wir sollten anstoßen!«

»Die Sache ist die …«

Ihm fällt auf, dass sie ihn nicht ansieht, und das macht ihn beklommen.

»Argonne baut draußen in der Wüste von Idaho einen gigantischen Atomreaktor. In dem Schreiben steht, dass das der Ort ist, an dem sie mich ausbilden wollen. Der Job, den sie mir angeboten haben, ist außergewöhnlich. Das Gehalt ist so viel besser als das, was ich an der Universität von Kalifornien verdient habe. Und die Tätigkeitsbeschreibung … na ja. Hinterher kann ich vielleicht zurückkommen und in Lemont arbeiten.«

»Vielleicht?« Charlie reibt sich mit einer Hand übers Gesicht.

»Ich …«

»Du hast vor, Chicago zu verlassen?«, fragt er. »Du hast vor, mich zu verlassen?«

»Ich habe es eben erst erfahren. Ich habe noch nicht zugesagt.«

»Du *willst* mich verlassen.« Es ist eine Feststellung, keine Frage. Seine Stimme ist flach. Und genau so fühlt sich auch sein Herz an.

»Das ist das Letzte, was ich will ...« Sie rutscht näher an ihn heran, gleitet mit einer Hand über seinen Rücken. Aber er steht auf und geht auf die andere Seite des Raums.

»Ich kann deiner Stimme anhören, dass du dich bereits entschieden hast.«

»Ich wollte zuerst mit dir reden. Die Ausbildung ist nur für ein paar Monate. Es sei denn ... Ich meine, besteht vielleicht die Chance, dass das FBI dich dorthin versetzen würde?«

»So läuft das nicht«, antwortet er. »Sie sagen uns, was wir zu tun haben, nicht umgekehrt. Nach Ansicht des FBI folgen die Männer nicht ihren Ehefrauen.«

»Nein, wohl kaum.«

»Außerdem, was meinst du, wie viele Verbrechen es in der Wüste von Idaho schon gibt?«

»Beschmierte Zäune? Umgeschubste Kühe?«

Er lächelt nicht. Wie kann sie ihn verlassen? Sie hat ihn von so viel Bitterkeit geheilt. Und es scheint, dass sie selbst allmählich von den Narben heilt, die Weaver hinterlassen hat. Er hat geschworen, dass sie bei ihm sicher ist. Aber ist er auch sicher bei ihr?

»Du bist verärgert«, sagt sie.

»Du hast ›vielleicht‹ gesagt.«

»Ich wäre nicht ausschließlich dafür verantwortlich, was passiert, genau wie du, aber wenn alles gut läuft ...«

Er steht auf. »Ich denke, ich sollte nach Hause fahren«, sagt er.

»Was?«

»Ich ertrage das nicht …« Er steht auf, geht zur Garderobe, seinen Mantel, seinen Hut holen.

»Warte. Geh nicht weg.«

Rosalind sieht den Schmerz in Charlies Miene. Selbst während sie ihn sanft überredet, sich wieder zu setzen, hat sie das Gefühl, dass er nicht mehr ganz in diesem Raum ist. Seine Augen haben sich eingetrübt. Sein Gesicht ist verschlossen. Ihnen beiden fiel es seit dem Krieg schwer zu glauben, dass Glück möglich ist, und doch haben sie sich in diesen letzten Monaten gegenseitig geheilt. Sie weiß, dass es das Schlimmste wäre, diesen Mann jetzt zu verlieren.

Von Frauen wird erwartet, dass sie ihre Träume für Männer aufgeben. Aber die Vorstellung zieht sie nach unten wie ein Anker. Sie wurde dazu erzogen, zu sagen: *Ich werde den Job ablehnen. Dich zu heiraten ist mir genug*. Aber die Worte verstummen, noch bevor sie ihre Lippen erreichen.

»Es geht nicht um dich, Charlie. Ich muss das für mich selbst tun.«

Er schweigt lange Zeit. Sie lauscht auf ihren eigenen Atem, voller Angst.

»Aber heißt das, dass du mich verlassen musst?«

»Ich will in der Welt etwas bewirken … Ich weiß, es klingt lächerlich. Ich muss an mich selbst glauben, nicht nur als Frau, sondern als Wissenschaftlerin.«

Er schüttelt den Kopf. »Das klingt nicht lächerlich.«

»Das heißt, du verstehst es? Das hier ist meine eine Chance … eine Chance, bei der ich mir nicht sicher war, ob sie je kommen würde.«

»Es hat nichts mit mir zu tun?«

»Absolut nicht. Wir sind glücklich zusammen, aber es ist schwer, mich ausgefüllt zu fühlen, wenn ich nicht stolz darauf sein kann, wer ich bin. Und seit Weaver, seit dem Krieg, habe ich meine eigenen Ziele aus den Augen verloren. Das hier ist meine Chance, sie wieder in Angriff zu nehmen.«

»Das verstehe ich«, sagt er mit angespannter Stimme. »Aber du hast gesagt, dass du mich heiraten willst. Wenn du nach Idaho gehst, was wird dann aus uns? Was, wenn sie dich nicht zurückschicken?«

»Natürlich will ich dich heiraten. Doch ich will nicht nur noch eine weitere Hausfrau werden, die ihren Ehemann anhimmelt, aber ihre Träume verloren hat.« Eine Sirene heult am Lake Shore Drive auf und verhallt dann in der Nacht. »Kannst du das vielleicht irgendwie verstehen? Du bedeutest mir alles ...«

»Nicht alles offenbar.«

Sie kann die Uhr auf dem Tisch neben dem Sofa hören, spürt die Hitze, die in den Rohrleitungen aufsteigt. Sie weiß nicht, was sie sonst noch sagen soll. Sie wundert sich, wie schwer sie sich fühlt, wie erschöpft.

Dann steht Charlie auf und tritt ans Fenster. Er verschränkt die Arme vor der Brust und starrt lange Zeit in die Nacht hinaus. Sie hat Angst, ihn verloren zu haben. Sie fragt sich, ob irgendein Mann sie je wird verstehen können. Selbst wenn der Mann so anständig und freundlich ist wie Charlie. Worum sie bittet, das verstößt gegen jede Norm. Und doch hat sie keine andere Wahl, als darum zu bitten.

»Sprich mit mir, bitte«, flüstert sie, als sich das Schweigen allzu lange hinzieht.

Er wendet sich um. Seine Miene kann sie nicht deuten. »Ich würde keinen guten Ehemann abgeben, wenn ich nicht wollen würde, dass du stolz auf dich bist«, sagt er schließlich. »Das verstehe ich durchaus. Und ich erwarte nicht, das Einzige in deinem Leben zu sein. Darum würdest du mich auch nicht bitten …«

»Nein.« Sie wartet darauf, dass er fortfährt.

»Chicago ist dein Zuhause. Und wo immer ich bin – das will ich auch sein: dein Zuhause.«

»Charlie … das bist du.«

»Dann geh nach Idaho.« Er holt tief Luft. »Wir werden heiraten, wenn du so weit bist.«

»Ich *werde* wiederkommen«, erwidert sie. »Ich werde eine Möglichkeit finden.« Sie tritt auf ihn zu und schlingt die Arme um ihn. Er riecht nach Pfefferminz und Kräutern. Nach Trost. Nach Zuhause. »Wusstest du eigentlich, dass das Wort ›Atom‹ aus dem Altgriechischen stammt?«, fragt sie.

Er sieht auf, schüttelt verblüfft den Kopf.

»Im Griechischen bedeutet das Wort ›atomos‹ unteilbar. Sie dachten, ein Atom sei das kleinste Partikel auf der Welt und unmöglich zu teilen. Ich habe mein Leben lang zu beweisen versucht, dass das nicht stimmt. Aber ich will, dass unsere Liebe genau das ist. Ganz gleich, wie weit voneinander getrennt wir sind. Ganz gleich, was in unserem Leben passiert.«

»Unteilbar«, wiederholt er. Er zieht sie mit der Art Verzweiflung an sich, die mit einem bevorstehenden Verlust einhergeht. Hält sie an sich gedrückt. Liebe ist so unfair. Zwei Leute brauchen selten dasselbe, suchen selten dieselben Antworten. Und doch, was wird möglich, wenn zwei eigenständige Träume sich zu einem verbinden?

Er hat die Arme noch immer um sie gelegt, während sie zusammen auf die Stadt hinausstarren. Unten tauchen die Wagen auf dem Lake Shore Drive den Himmel in rotes und weißes Licht. Die rosa Neonlichter des Drake blinken. Der Strahl des Leuchtturms hoch oben auf dem Palmolive Building erhellt das Zimmer für einen Moment auf seiner Kreisbahn. Und eine Mondsichel steht über dem See und legt ein phosphoreszierendes Band auf das dunkle Wasser.

Verbrennung

Sara Eliza Johnson

Wenn ein menschlicher Körper zweihundertsechs Knochen
und dreißig Billionen Zellen hat und jede Zelle
einhundert Billionen Atome, wenn das Rückgrat
dreiunddreißig Wirbel hat –
   und jedes Atom
einen Schatten – dann sind die Fliederbüsche hinten im Hof
Nebel, die sich formieren.
Wenn die Fruchtfliegen, die sich auf der Orange
auf dem Tisch niederlassen, aufsteigen
wie die Photonen
   von einem Bombenfeuer meilenweit entfernt,
sind meine Gedanken im Moment der Explosion
Nägel, die
in einem Glas Honig schweben.
   Ich schäle die Orange
für dich, verstreiche den Honig auf deinem Toast.
Wenn unsere Haut sich berührt,
berühren sich unsere Atome, und ihre Schatten
verschmelzen zu einer Schattengalaxie.
Und wenn Echos Schatten
von Geräuschen sind, wenn jede der hexagonalen Zellen im Körper
ein dunkler Klecks Gallert ist,

wenn in jeder Zelle
eine andere Zelle summt –
    krümmt sich, wenn die Bombe explodiert,
das Rückgrat des Menschen wie sein Schatten
über der Straße.
Als er sein Gehör verliert,
glaube ich, du rufst mich
von der anderen Seite des Hauses,
denn meine Ohren klingeln.
Vom Küchenfenster
    sehe ich die Fliederbüsche, knisternd wie statisches
    Rauschen,
als würden sie
Bienenschwärme, die über den Blüten aufsteigen,
auslöschen, teleportieren:
Winzige Flammen in der Sonne.
Ich lecke das Messer ab,
und der Honig durchdringt meine Zunge:
    Ein Nagel aus Licht.
Mein Körper ist in Honig getaucht. Wenn ich hinaustrete,
    werde ich Feuer.

Nachwort

Ich wollte schon lange über eine weibliche Wissenschaftlerin schreiben. Meine Mutter war eine. Während des Zweiten Weltkriegs als Biochemikerin an der Universität von Chicago ausgebildet, arbeitete sie dort nach ihrem Abschluss für die Krebsforschung. Aber wie es für diese Zeit typisch war, wurde ihr, als sie heiratete, gesagt, kein anständiger Mann würde seine Ehefrau »zwingen« zu arbeiten, schon gar nicht in einer Männerdomäne wie der Wissenschaft. Daher gab sie ihre Karriere auf, um Ehefrau zu sein. Sie vermisste die Wissenschaft zutiefst. Also floss die Wissenschaft in ihr Kochen, Putzen, unsere Gesundheitsvorsorge. Sie maß, sie wog, sie überlegte, sie stellte Hypothesen auf. Und schließlich arbeitete sie ehrenamtlich in unserem örtlichen Krankenhaus, um kostenlose Krebstests durchzuführen.

Die beste Freundin meiner Mutter war ihre Cousine Jean. Sie gingen jeden Tag zusammen zum Campus und redeten über alles: die Familie, Liebe, ihre Hoffnungen. Aber egal, wie oft meine Mutter fragte, Jean weigerte sich, ihr auch nur ein einziges Detail aus dem Metallurgischen Labor zu erzählen, in dem sie arbeitete. Wie sich herausstellte, war Jean Büroangestellte beim Manhattan-Projekt, und sie hielt sich an ihren Verschwiegenheitseid, noch lange nachdem die Atombombe abgeworfen worden war.

Diese Geschichte eines Schweigens hat sich mir eingeprägt. Als ich sie mit meinem Wunsch, über eine weibliche Wissenschaftlerin zu schreiben, verband, freute ich mich festzustellen, dass es tatsächlich nur eine einzige weibliche Physikerin gab, die in jenen frühen Chicagoer Jahren in das Manhattan-Projekt eingebunden war: Leona Woods. Unter der Anleitung ihres Mentors, Enrico Fermi, war Woods das jüngste Mitglied des Teams, aber zugleich ein wichtiges. Ihr wird die Entwicklung des Bortrifluorid-Zählers zugeschrieben, der die erste künstlich erzeugte Atomreaktion maß, und sie war die einzige Frau unter neunundvierzig Wissenschaftlern, die an jenem kalten Tag anwesend waren, als der *Pile-1*, der erste Atommeiler in Chicago, in die kritische Phase trat. Dieses Buch basiert keineswegs auf Woods' Leben. Anders als Rosalind Porter hat Woods immer die Ansicht vertreten, dass die Atombombe von entscheidender Bedeutung für die Beendigung des Krieges war. Dennoch hat ihre Gegenwart an diesem bedeutsamen Zeitpunkt und Ort in der Geschichte es mir ermöglicht, die Figur der Rosalind zu erschaffen.

Und es gab einen Physiker, der mich indirekt zu Thomas Weaver inspirierte. Theodore Hall verriet entscheidende Atomgeheimnisse an die Russen, während er in Los Alamos war, und auch weiterhin, nach dem Krieg, als er an der Universität von Chicago forschte. Aber da das FBI ihn mithilfe der Entschlüsselung russischer Nachrichten enttarnte, hätten die Beweise vor Gericht keine Gültigkeit gehabt. Außerdem befürchtete das FBI, wenn das Verfahren gegen Hall nicht durch eine unabhängige Ermittlung unterstützt werden konnte, würden die Russen dahinterkommen, dass ihr Code geknackt worden war. Daher wurde Hall trotz ihrer Bemühungen nie verurteilt und verbrachte den Rest seines Lebens in England.

Eine weitere persönliche Anmerkung ist, dass meiner Mutter die Liebe zur Wissenschaft in die Wiege gelegt wurde. Ihr

Vater, Dr. Joseph Springer, war genau zu der Zeit, als Gangster Chicago übernahmen, Gerichtsmediziner fürs Cook County. Als wissbegieriger und beharrlicher Forscher spielte mein Großvater eine Schlüsselrolle dabei, die aufkeimende Wissenschaft der Forensik zu entwickeln. Er sagte als Gutachter bei vielen Sensationsprozessen aus und wurde so zu einer bekannten Persönlichkeit in der Al-Capone-Ära. Meine Mutter erzählte, wie sie einmal mitten in der Nacht geweckt und auf den offenen Notsitz des Familienwagens verfrachtet und zum Haus der Familie in Michigan gebracht wurde, nachdem irgendein Mann meinen Großvater gewarnt hatte, wenn er am nächsten Tag vor Gericht aussagte, könne für die Sicherheit seiner fünf Töchter nicht mehr garantiert werden. Meine Mutter und ihre Schwestern blieben eine Weile in Michigan, mein Großvater sagte aus, und zum Glück kam niemand zu Schaden. Als Dr. Joseph Springer starb, war er eine solch nationale Berühmtheit geworden, dass über 1500 Zeitungen landesweit seinen Nachruf abdruckten. Er war der Mann, nach dem ich Rosalind Porters Vater, Dr. Joe, gestaltet habe.

Noch eine letzte Anmerkung zu Chicago: Ich bin in einem Vorort im Norden der Stadt aufgewachsen und habe zehn Jahre meines Erwachsenendaseins in Near North gelebt, in fußläufiger Entfernung von der Michigan Avenue. Meine Wohnung ging – genau wie Rosalinds – auf den Lake Michigan hinaus. Obwohl es viele Jahre her ist, hält meine Liebe zu Chicago, seiner Schönheit, seiner Architektur und seinen Menschen noch immer an. Chicago wird sich für mich immer wie ein Zuhause anfühlen.

Dank

Als jemand, der seine Arbeit selten mit anderen teilt, bevor sie fertig ist, wundere ich mich, wie viele Leute mir auf so viele Arten geholfen haben, dieses Buch zu schreiben. Ich danke Annie Solomon für ihre hilfreichen Hinweise dazu, wie man Spannung erzeugt. Yona Zeldis McDonough hat mir wie immer Anleitungen von unschätzbarem Wert gegeben, ebenso Ann Patchett, die die erstaunliche Leistung vollbracht hat, das Manuskript an einem einzigen Tag von sechs Uhr morgens bis Sonnenuntergang zu lesen. Ich danke Kory Wells, James Hayman, Sally Schloss, Rachel Gladstone und L.B. Gschwandtner, die es gelesen und mich großartig beraten haben. Ich danke außerdem Xan Holt, der mir bei den polnischen Wörtern geholfen hat. Außerdem danke ich William Bailey, der in den Fünfzigerjahren als Special Agent im Chicagoer FBI-Büro gearbeitet hat und so freundlich war, das Büroumfeld zu beschreiben und meine zahlreichen Fragen zu beantworten.

Das Fine Arts Work Center in Provincetown, die Rivendell Writers' Colony und die Rockvale Writers' Colony haben mir allesamt wundervolle, ungestörte Zeit zum Schreiben geboten, ohne die dieses Buch niemals hätte entstehen können.

Ein Riesendankeschön gilt meiner neuen Agentin, Susanna Einstein. Sie hat Wunder dabei vollbracht, mich zu vertreten, und ich schätze mich glücklich, sie an meiner Seite zu haben.

Einer der Menschen, denen am meisten Anerkennung gebührt, ist Tara Singh Carlson, meine brillante Lektorin bei Putnam, deren Ideen so fabelhaft waren, dass ich mir an die Stirn geschlagen und mich gefragt habe, warum ich nicht selbst darauf gekommen bin. Und ich danke ihrem ganzen Team, vor allem Helen O'Hare. Ich danke außerdem meiner Lektorin in England, Jillian Taylor, für ihre vielen klugen Kommentare.

Zu guter Letzt geht ein Riesendankeschön an meine besten Unterstützer: meinen Ehemann Russ, meine liebe Freundin Lindy DeKoven und meinen Hund Violet Jane, die alle immer da waren, um mich aufzumuntern, wenn ich es am dringendsten brauchte.